思想

REFLEXION 39

南洋魯迅：接受與影響

編輯委員會

總 編 輯：錢永祥

編輯委員：王智明、白永瑞、汪宏倫、林載爵
　　　　　周保松、陳正國、陳宜中、陳冠中

聯絡信箱：reflexion.linking@gmail.com

網址：www.linkingbooks.com.tw/reflexion/

目　次

南洋魯迅：接受與影響

「馬華魯迅」與「東亞魯迅」：
對話的可能與不可能

回看「東亞魯迅」與「馬華魯迅」的論述生產者，即可發現前者以學者、知識分子為主，後者則以左派文人和底層民眾為主，後者較少學理上的自覺，也較易受到時代風潮的衝擊。

魯迅在冷戰前期的馬來亞與新加坡

冷戰掀開序幕後的二十年，馬華文壇的現實主義與現代主義思想之爭，或隱或顯都帶有左翼魯迅與以西方文化為基柢的馬華現代主義文學文化之爭。

魯迅在印尼的傳播與影響

魯迅在印尼的傳播是多方面的，既對印尼語文學有影響，更啟蒙乃至一路伴隨著印尼華文文學的成長。

雙重身分與雙重視野：
越南譯介中的魯迅

魯迅文學在越南的譯介，反映了越南接受中國文學的一些重要特徵和在不同時期的發展傾向，成為20世紀代表性的中國文學接受現象。

台港思想

鄉土文學論戰中的記憶政治：
論胡秋原〈中國人立場之復歸〉

我們是否可以藉助安德森的眼光發問：台灣意識形態的要素是什麼，又有哪些值得分析的迷思呢？

楊杏庭與京都學派的歷史哲學：
台灣歷史哲學初探

探討京都學派的歷史哲學與「台灣歷史哲學」的關連，可幫助吾人挖掘出這段被掩蓋的台灣哲學萌芽與發展之歷史記憶。

新儒家在香港：
唐君毅視野下的「香港圖像」

不論是1960-70年代的唐君毅的香港圖像還是近年香港民主派的身分認同，都是受到中國及香港的時代政治發展所影響，而兩者都不能不順從這個「時代背景」，修訂自己的身分認同意識。

致讀者

功虧一簣的政治化療：
德國威瑪憲法頒布百年回首

蕭 瀚

前言

　　1918年夏季，綿延了四年的第一次世界大戰即將結束，背負著發動戰爭和戰敗雙重罪責後果的德意志帝國處於四分五裂的外壓內亂之中。險些被視為戰爭罪犯的德皇威廉二世無奈退位，他留下的巨大權力真空進一步加劇了國內左右極端政治勢力的衝突，內戰一觸即發。

　　1918年11月9日下午2點，迫於斯巴達克團領袖（即二個月後的德國共產黨）卡爾‧李卜克內西馬上要在皇宮宣布成立德意志蘇維埃共和國，正在國會大廈焦慮而猶豫的社會民主黨副主席菲力浦‧謝德曼，不得不走到二樓的陽臺上向樓下的柏林市民們宣布「德意志民主共和國」成立。

　　從首相巴登親王手裡接下權力的社會民主黨主席亞伯特還在試圖挽救君主制，對謝德曼此舉大發雷霆，但無論如何，謝德曼這一無奈之舉比卡爾‧李卜克內西當天下午4點宣布成立蘇維埃共和國早了兩個小時。

　　這兩個小時可謂人類最雋永的歷史時刻之一，人們可以借此遙

望未來十三年間這個幼弱共和國的火山與冰川、光榮與悲壯。

　　這個倉促間幾乎無可選擇下成立的共和國，從它出生那一刻開始就各種疾病纏身，營養嚴重缺乏，出生後依然營養沒能跟上，雖然最初躲過了極左翼德共的暴動，但最終還是被極右翼的變態種族主義者謀殺。

　　從1919年7月威瑪憲法頒布到今年正好一百年。這一百年，全球民主化浪潮已進行到第三波，民主轉型大潮淹沒了世界上大部分國家，直到1999年，這巨大的民主潮開始回落，新興民主化國家在民主鞏固方面出現的包括民主崩潰在內的各種問題，引發了全球民主人士及其批評者的嚴重關切。作為政治合法性的意識形態，民主在全球依然有著強勁的聲音，探尋民主崩潰的原因，正視民主運行中容易發生的偏差，至少從智識上對於追尋民主和維護民主的聲譽有著重要的現實價值。

　　作為一個歷史標本，威瑪共和國的崩潰顯然是一座富礦，人們從未停止挖掘，本文也是從中挖出的一鍬礦砂。

上篇　齎志難伸的地緣政治格局

　　德國歷史學家米歇爾‧施丹莫（Michael Stürme）曾說，「不管德國人是否意識到，事實是，德國通過其歷史和地理決定了歐洲大多數國家的命運；進而，無論好壞，德國的命運對這些國家都至關重要。」[1]施丹莫特別提到了地理，可見在德國史的形塑過程中，其地處歐洲中部的先天地理位置是何等重要，如日本歷史學家阿部謹

1　*The German Empire: A Short History*, Reprint Edition, Kindle Edition, by Michael Stürmer（Modern Library, 2007.12.18）.

也所說，「這是一個可以左右歐洲命運的地理位置」[2]。

翻開歐洲地圖，可以清晰地看到，在歐洲彼此鑲嵌、星羅棋布的國群中，處於中歐的德國，東接波蘭和捷克，南鄰瑞士和奧地利，西臨荷蘭、比利時、法國、盧森堡交界，北連丹麥，總共與九個國家直接相接，是歐洲大陸上鄰國最多的國家。除了上述接壤的九個國家中南邊的奧地利和西邊的法國，不遠的西北隔海是大英帝國，波蘭以東是原蘇聯，更早則是俄羅斯帝國——在波蘭被瓜分期間德國與俄國直接接壤，德國處於強鄰環伺的包圍圈裡。如此惡劣的地緣政治，在世界大國中可謂獨一無二了。難怪俾斯麥在1882年國會演講時會這麼說：

> 數以百萬計的刺刀主要就直直指向歐洲中央，而我們就站在歐洲的中央。我們由於自己所處的地理位置，以及因為歐洲整體歷史的緣故，遂優先成為其他強權結盟對抗的對象。[3]

雖然俾斯麥只說出了一半的事實——另一半是普魯士從它崛起以來一直奉行軍國主義、擴張主義的國策，即使沒有德意志帝國，這一事實本身便足以構成歐洲的恐懼，遑論出現了普魯士所領導的德意志帝國。地處中歐這一無可更易的地理位置，本身可以是個中性的地緣政治概念，但一個大國和強國地處中歐，則是一個完全不同的地緣政治概念。

在國際政治的叢林裡，被瓜分的波蘭或列強分食的非洲已經是

2　[日]阿部謹也著，陳雲譯，《極簡德國史：何謂德國特色》（中國出版集團東方出版中心，2018），頁3。

3　[德]塞巴斯提安・哈夫納著，周全譯，《從俾斯麥到希特勒》（上海：譯林出版社，2015），頁43。

血淋淋的前車之鑑，各國想要在國際政治裡從賓語變成主語，顯然就得強大起來，即使這會加劇國際不安全感，但是讓別人感覺不安全總比自己感到不安全好。這幾乎是所有具備某種主權發展能力的國家都會產生的念頭。普魯士領導的德意志帝國在脫穎而出的同時，也大大加劇了全歐洲的恐懼──一個國家自認被包圍因而武力突圍，從而引發國際群毆：恐懼激發恐懼，相互的恐懼激發暴力，人類的個體心理如此，國家也會如此。這是國家之間戰爭與和平的囚徒困境。

要理解20世紀上半葉德國在國際政治中的行為方式，需要涉及一門新的國際政治地理學即地緣政治學。1901年，德國地理學家弗里德里希·拉采爾（Friedrich Ratzel）發表論文，提出「國家有機體」論和「生存空間」（Lebensraum）論，他認為國家是個生命體，國界線將隨著國家的生長而對外擴張。拉采爾的學生、瑞典學者魯道夫·契倫（Rudolf Kjellen）順著老師的思路，首次提出Geopolitik的概念，地緣政治學遂由此誕生。拉采爾、契倫師徒都是帝國主義者，契倫甚至規劃了德意志帝國所謂的生存空間所「應當」囊括的遼闊領土。

自1904年英國地理學家哈爾福德·約翰·麥金德（Halford John Mackinder, 1861-1947）在英國皇家地理學會的倫敦大會上宣讀了〈歷史的地理樞紐〉這一經典的地緣政治學論文之後，「世界島」（world-island，主體是歐亞非大陸）和「心臟地帶」（the heartland of the continent，一片位於歐亞大陸中央與北方的大平原，德國就處其中）學說遂成為後來的地緣政治學家們十分重視的重要命題（麥金德的學生詹姆斯·費爾格里夫（James Fairgrieve）在1915年出版的《地理與世界霸權》一書中詳述了「心臟地帶」理論）。1918年，麥金德出版《民主的理想與現實》，進一步闡述這兩個命題，並提

出著名的「控制東歐即控制世界」論[4]。不過,這一觀點遭到了後來國際政治的否證,冷戰中蘇聯陣營的失敗意味著東歐重要,但還沒有重要到控制它就能控制世界的地步。而早在1930年代,以邊緣地帶理論名世的荷裔美籍政治學家尼古拉斯‧斯皮克曼(Nichaolas Spykman)則明確反對麥金德這一觀點,認為他是錯誤的,並且針鋒相對地提出,「如果舊世界的強權政治需要一個口號的話,那一定是『誰控制了邊緣地帶,誰就統治了歐亞大陸;誰統治了歐亞大陸,誰就掌控了整個世界的命運』。」[5]斯皮克曼這一觀點原本是擔憂德國之論,他所謂的邊緣地帶,是指麥金德提出的心臟地帶邊緣,即歐洲沿海地區、阿拉伯中東沙漠地帶和亞洲季風區,但斯皮克曼將第三塊亞洲季風區,再細分為印度和印度洋沿岸,與中華文明兩塊[6]。不過邊緣地帶的分散性導致了在現實的國際政治中,沒有哪個國家能夠真正地全面控制,這也已經成為地緣政治學界的共識[7]。德國的地緣政治學在納粹崛起之後變得十分危險,繼承了拉采爾、契倫以及麥金德思想的卡爾‧豪斯霍弗(Karl Haushofer, 1869-1946)進一步發展了國家有機體、生存空間論、自給自足經濟、泛區域、海陸爭霸等理論;雖然豪斯霍弗一再自辯自己是無辜的[8],但通常他

4　[英]麥金德著,《民主的理想與現實》,武原譯,內部讀物(商務印書館,1965),頁134。其原話是「誰統治了東歐便控制了『心臟地帶』;誰統治了『心臟地帶』便控制了『世界島』;誰統治了『世界島』誰便控制了世界。」

5　[美]尼古拉斯‧斯皮克曼著,俞海傑譯,《和平地理學:邊緣地帶的戰略》(上海:上海人民出版社,2016),頁58。

6　《和平地理學:邊緣地帶的戰略》,頁55。

7　[美]索爾‧科恩著,嚴春松譯,《地緣政治學:國際關係的地理學》(第二版)(上海:上海社會科學院出版社,2011),頁26。

8　[德]卡爾‧豪斯霍弗著,袁媛譯,《為德國「地緣政治學」申辯》,

被認為是希特勒納粹德國發動二戰的重要教唆犯之一，至少他的地
緣政治理論為納粹德國的侵略提供了可茲利用的理論依據，儘管他
與希特勒的直接關係被嚴重誇大了[9]。

在很長的時間裡，地緣政治學之所以名聲不佳，跟兩次大戰以
及德國自拉采爾到豪斯霍弗地緣政治學中幾無掩飾的帝國主義意識
形態有著密切關係，從這裡也可以看出英美系地緣政治學和大陸系
地緣政治學的明顯差異，而這些差異，都與1871年之後崛起的德意
志帝國關係密切。甚至可以說，地緣政治學這門學科，在很大程度
上是由威廉二世時代的德國地緣戰略所激發誕生的。

一戰爆發的根本原因，就是作為陸權國家的德國在試圖擴張海
權時，引起了傳統海權國家英國的恐慌，從而爆發直接衝突。但德
國政治精英未能深刻理解英國保持歐洲權力均衡的外交傳統，也無
法理解英國對即將崛起的另一個海權強國的恐懼。二戰的爆發，除
了希特勒個人的因素之外，對於德國來說，是一戰未完成的地緣衝
突的繼續，沒有新崛起的海權國家美國的全面參戰，歐洲是否有能
力對付德國就得打上一個大大的問號。

冷戰時期，在四大占領國統治下，分裂的柏林成為美蘇兩大集
團地緣對抗的前哨。1989年，隨著柏林牆倒塌和兩德統一，尤其是
1993年歐盟的成立，德國和平崛起為歐洲的引擎，也成為世界上最
重要的和平力量之一。雖然兩德統一迄今存在諸多問題，歐盟也在
遭遇危機，但都與兩次大戰期間的德國大不相同。重要原因之一，

（續）————————————

　　載婁林主編，《地緣政治學的歷史片段》，頁71-82（華夏出版社，
　　2018）。

9　*The Demon of Geopolitics: How Karl Haushofer "Educated" Hitler and
　　Hess*, by Holger H. Herwig（Rowman & Littlefield Publishers, 2016），
　　Amazon Kindle Edition, Conclusion.

就是在經過七十多年後，痛定思痛的德國在地緣政治上早已放棄帝國妄想。此外，現在的德國也不再處於那種被外部國際強權碾碎的國際地緣政治格局，沒有了這樣的地緣政治格局，國內極端左右自我撕裂的誘因也同時消失。

中篇　威瑪共和國的先天殘疾

　　威瑪共和國誕生於一戰戰敗和德國國內十一月蘇維埃革命失敗這雙重失敗的陰影之下，不可避免地繼承這兩項遺產。此外，越是脆弱的軀體越是會承受比表面上看起來更重得多的包袱，新生的幼弱共和國除了要解決「臨時創造的民主」[10]本身就已經焦頭爛額的問題之外，還需要排掉自中世紀到德意志帝國之間形成的各種政治結石，比如普魯士與德意志兩種文化間的格格不入問題、猶太人問題、民族主義問題、極端左右思潮和平共處問題等，其中每一個政治結石都可能是致命的。

　　先天殘疾如此嚴重的共和國，崩潰本是大概率事件。

一、德意志帝國的複雜政治遺產：普魯士問題及其導致的地緣政治危局

　　1871年的德意志帝國，是1806年「德意志民族的神聖羅馬帝國」崩潰以後，一個歷史陰差陽錯的產物，而一戰戰敗，給德意志帝國

---

10 [德]於爾根・羅伊勒克著，《世界大戰時代（1914-1945）》，載〔德〕烏爾夫・迪爾邁爾、安德莉亞斯・格斯特里希等著，《德意志史》，孟鐘捷、葛君、徐璟瑋譯（商務印書館，2018），頁270。

原本未完的爛尾政治事務雪上加霜,而這就是威瑪共和國起航的港
口。

　　普魯士地處中北歐,古普魯士人屬於波羅的語族,在12-16世紀
的德意志化殖民(尤其是條頓騎士團武力強迫皈依基督教與使用德
語)過程中被融合,普魯士語因此消亡。在經歷了條頓騎士團時代、
波蘭的行省時代、以波蘭為宗主國的公國時代之後,1660年,勃蘭
登堡大選帝侯腓特烈‧威廉戰勝波蘭,取消了波蘭的宗主權,勃蘭
登堡從此擁有東普魯士的完整主權。1701年,腓特烈一世借西班牙
王位戰爭逼迫神聖羅馬帝國將普魯士公國升格為王國,因此稱帝。
霍亨索倫王朝自「大選帝侯」腓特烈‧威廉(1640-1688年在位)到
「腓特烈大帝」腓特烈二世國王(1740-1786)將近一百五十年間,
帝王不但長壽而且沒有因為繼承導致領土分裂,這帶來了任何時代
都十分稀缺的政策連續性,他們藉助神聖羅馬帝國的皇權乏力而自
行其是。這是普魯士迅速發展的天命,給了普魯士充分的時間,走
上穩定的軍事─官僚絕對主義。

　　因募兵制常備軍替代雇傭軍的軍事革命[11],以及日爾曼諸邦按
等級設置的三院制等級議會所導致的等級區隔[12],勃蘭登堡─普魯
士難以成就英式那種下院能夠打破等級階層的二院制議會制度,以
及由此奠定的憲政國家,而只能成就軍事─官僚絕對主義政體。18

11　[美]布萊恩‧唐寧著,趙信敏譯,《軍事革命與政治變革:近代早
　　期歐洲的民主與專制之起源》(上海:復旦大學出版社,2015),
　　頁97-132。

12　[美]湯瑪斯‧埃特曼著,郭台輝譯,《利維坦的誕生:中世紀及現
　　代早期歐洲的國家與政權建設》(上海:上海人民出版社,2010),
　　頁23。埃特曼將歐洲的國家和政權建設模式分為世襲憲政主義、官
　　僚憲政主義、世襲絕對主義、官僚絕對主義。

世紀的歐洲是個啟蒙時代，啟蒙運動促使神聖羅馬帝國境內的各邦君主們「對管理、經濟和司法進行了理性論證、合理規制及有效實施」[13]，官僚絕對主義結構中有著相當理性化的成分，「對於德意志與波西米亞邦國而言，大部分權力都被掌握在一個迅速發展起來、且越來越職業化的中央管理部門手中」[14]如果沒有啟蒙運動，像1763年的初級教育義務化、1770年的行政改革、1780年開始後持續二十年的法典化運動，可能都會讓人無法完全理解。也正是這一系列改革，大大緩衝了法國大革命對德意志的衝擊，沒有釀成法國那樣慘絕人寰的革命暴政以及長達一百多年的政權動盪。

　　作為歐洲世襲絕對主義政體的典型和高峰，法國未能像普魯士和奧地利那樣進行具有啟蒙精神的理性化與一定程度人道的平等化改革，矛盾終於積累到爆發大革命。1789年的法國大革命，在歐洲引發了一場歷時至少二十二年的巨大動盪。大革命的最初階段，德意志各邦君主們懷著驚恐，而人民則懷著期待，尤其是啟蒙知識分子們，但隨著革命暴政愈演愈烈，德意志在之前自身改革的基礎上屏聲靜息地看著法國折騰。歐洲君主們的驚恐，匯成了六次反法同盟，讓意欲成為查理大帝第二的拿破崙折戟沉沙，即便如此，神聖羅馬帝國在1806年解體後再未恢復，其間，普魯士幾乎滅國，僅僅作為俄國在易北河東岸的一個總督轄地而存活，直到1814年善後拿破崙時代的維也納會議才復活。

　　維也納會議的目的是維護歐洲君主制及其相互之間的均勢，以確保歐洲的地緣安全，因此，德意志是作為一個自相矛盾的政治體

13　[德]安德莉亞斯‧格斯特里希，〈從《威斯特伐利亞和約》簽訂到維也納會議（1648-1814年）〉，載烏爾夫‧迪爾邁爾、安德莉亞斯‧格斯特里希等著，《德意志史》，頁194。

14　同上，頁196。

而存在的，這種自相矛盾指它被刻意扭曲——需要它強大得足以制衡法國或任何其他霸權，又別強大到成為威脅全歐的霸主[15]。如美國歷史學家大衛‧金所說，「普魯士已經是個大國，不能被作為弱國對待，但它也沒有強大到已經是個偉大的國家。」[16]維也納會議建立了並不合乎普魯士願望的德意志邦聯（Deutscher Bund），但是它在領土上的要求基本上得到了實現。與原神聖羅馬帝國相比，邦聯比原先的三百多個邦國緊密許多，因繼承拿破崙的撤併，有些邦國的領地範圍大大超過以前。對於歐洲來說，更多勢均力敵的主權國家的出現，對於形成更為複雜因而更具有均勢效應的國際關係顯然是件好事。

維也納會議對後世產生了巨大影響，就普魯士而言，一是東西首尾無法相顧的領土，使得統一以及因統一而起的各種目標，成為接下來普魯士的重要政治目的；二是西部德意志的成長與壯大，對東部本土在文化上產生了巨大的德意志化推動作用；三是法德關係更加緊密也更加緊張，因為現在雙方已經成為領土接壤的鄰國——這是英國支持普魯士獲得萊茵地區領土重要原因，以抗衡法國[17]。就歐洲而言，維也納會議確立了主權替代君主的權威，使得各國政治更趨理性化。正是裹挾著如此強大的觀念力量，主權理論開疆拓

---

15 在這個問題上，英國歷史學家瑪麗‧富布盧克《劍橋德國史》只看到了維也納會議希望德意志強大得足以制衡法國的一面，未能注意到他們也顧慮德意志過於強大，正如日本歷史學家阿部謹也《極簡德國史》只注意到他們顧慮的一面。

16 *Vienna, 1814: How the Conquerors of Napoleon Made Love, War, and Peace at the Congress of Vienna*, by David King（New York: Harmony Books, 2008），Amazon edition.

17 劉新利、邢來順 著，《德國通史‧第三卷 專制、啟蒙與改革時代（1648-1815）》（南京：江蘇人民出版社，2019），頁433。

土，在歐洲紛繁複雜的土地上樹起數量更少但國力更強的民族國家。

　　1807年到1819年的12年間，在馮・施泰因男爵和馮・哈登貝格男爵的領導下，普魯士進行了一系列改革，在廢除農奴制、改革中央政府管理制度、實現城市自治、財政和工業化、軍隊和教育領域都獲得了巨大成功，尤其是教育領域的洪堡改革除了為普魯士和德意志邦國培養了一批受過良好歐洲教育的現代勞動力，還使得德意志各邦在自然科學和社會科學領域都取得了卓越的成就。當法國以及德意志其他邦國在遭遇1848年革命驚恐萬狀的時候，普魯士再次因為自身的改革而僅僅經歷了相對較輕的動盪，一個副產品是法蘭克福民間議會催生了兩套德意志民族國家的方案，即由普魯士領導將奧地利和波西米亞排除在外的「小德意志方案」，和包括奧地利的「大德意志方案」。議會結果選擇了小德意志方案。普魯士官方迫於國際國內的壓力，沒有接受這套方案，普魯士國王腓特烈・威廉四世拒絕了法蘭克福議會奉上的皇冠，但它至少反映了民間渴望建立德意志民族國家的強烈民意。

　　18世紀和19世紀的這兩次大規模改革，不僅為普魯士迅速增長國力與擴張打下了堅固的基礎，也為日後統一德意志打下了物質基礎和部分民意的基礎。1853-1856年的克里米亞戰爭後，中立的普魯士與俄國關係加強，維也納體系確立的歐洲神聖同盟開始趨於瓦解，奧地利日漸孤立。1862年，俾斯麥因其幫助國王威廉一世調和與議會關係的能力而成為首相，從此，普魯士按「小德意志方案」統一德意志的行動開始進入快車道。

　　十年的「鐵與血」行動，經過1864普丹戰爭、1866普奧戰爭和1870普法戰爭後，1871年1月18日，威廉一世在巴黎凡爾賽宮鏡廳登基加冕為德意志皇帝，兼任普魯士國王，德意志帝國建立。1871年4月16日，以普魯士憲法為藍本，德意志帝國頒布了帝國憲法。這部

俾斯麥主導的憲法在制憲史上被視為二元君主制的代表性憲法文件,它意味著,「新德國是一個聯邦實體,是用新憲法捆起來的一束邦國。新憲法是個複雜的文件,它看起來似乎展示出與自由相關的面相,而事實上卻給予皇室巨大的權力,這樣的憲法架構因此被稱為『經過同意的專制』」[18]

德意志帝國的建立,既是德意志人出於世界潮流的影響而強烈嚮往民族國家的結果,也是作為地處中歐這一特殊地理位置的地緣政治需要。奧地利作為德意志最強大的守成國被逐出「小德意志」方案,符合普魯士的利益,於德意志利益則難言利弊,這完全取決於後來局勢發展的不同路徑。新的德意志帝國,在內政和外交上帶著數重自殺性的政治經濟文化基因。

一、普魯士是個錯誤的德意志領袖

長期以來,普魯士都存在著嚴重的東西方地區差異。在經濟上,西部繁榮,東部蕭條,沒有貿易和工業;社會生活上,東部匱乏,就連容克貴族都很貧窮;文化上,東部因偏於一隅,遠離歐洲主要的商業和文化中心;宗教上,王國臣民既有信仰天主教的西部臣民,也有信仰加爾文宗與路德宗的臣民,還有被法國宗教迫害趕出來的胡格諾教徒;語言上,德語也不是統一語言,東部地區以波蘭語、立陶宛語等斯拉夫語占優勢。德意志帝國成立後,這一差異因帝國版圖的擴大而加劇。雖然西部對東部的德意志化更直接和有力了,但時空距離的縮短也使得矛盾更容易激化。聯邦中的其他小邦雖然出於民族國家的現實需求而服從普魯士,但存在諸多滯礙因素,無

---

18 *Bismarck and the German Empire: 1871-1918*, by Lynn Abrams, Routledge; 2 edition (January 24, 2007), p. 13.

法完全相互融合。普魯士與德意志帝國之間存在著難以調和的矛盾，普魯士本位主義無法同時保證普魯士的獨大地位和德意志帝國的統一，德意志帝國本身的所謂「國家理性」最終將拋棄普魯士本位主義。

二、做了政治換頭術的神聖羅馬帝國變成了侏儒德意志

作為一個民族國家，「小德意志」是個折衷方案，成因在於被終結的神聖羅馬帝國原本出於多元和寬容的傳統，無法成就一個民族國家。作為普魯士它太大，作為德意志它又太小[19]，尤其是原本最有資格領袖德意志群倫的奧地利在普魯士的擴張野心之下被徹底逐出德意志，使得德意志帝國不但作為德意志太小，甚至是否可以稱其為真正的德意志都很難講。後來的歷史尤其證明了這一點，至少對外擴張並不是神聖羅馬帝國的舊傳統，而是普魯士的新傳統；神聖羅馬帝國的傳統是內耗，這正是她難以成就民族國家的主要原因之一。對於歐洲來說，後發的德意志民族主義變得越來越煩躁，它的「國家理性」要求德意志帝國鯤鵬展翅掙脫中歐囚籠，而俾斯麥雖然深諳其中危險，但苦於並不存在永久阻卻其成災的錦囊妙計。被哈夫納視為德意志帝國制動閘的普魯士，終有一天會徹底失靈。更為糟糕的是，俾斯麥只是明智地消化普魯士剛剛囫圇吞下的小德意志，既沒有完全退出當時帝國主義爭霸潮之意，也沒有將德意志永久限定在現有德意志帝國內的意願和能力，這些都為後來走向一戰奠定了基礎。

---

19 [德]塞巴斯提安・哈夫納著，周全譯，《不含傳說的普魯士》（北京：北京大學出版社，2016），頁242。

三、普魯士戰車將德意志載入地緣政治沼澤

慣於擴張的普魯士領袖德意志群倫，這個危險的歷史錯誤從一開始就成為歐洲的巨大地雷，被埋在歐洲的心臟。它的軍國主義新傳統與方興未艾的德意志民族主義脾氣相投。雖然在俾斯麥掌權期間通過遏制擴張衝動，以維持德意志帝國與周邊國家乃至整個歐洲的和平，但他旨在孤立法國的德奧俄三皇同盟（1873）、德奧同盟（1879）、德奧意三國同盟（1882）、德俄再保險條約（1887）卻是一套疊床架屋、危如累卵的外交特技——除了他自己沒別人能玩得轉，幾乎將德意志帝國的安危完全寄於自己一身，無法繼承。於是，在俾斯麥下臺之後，繼任的卡普里維首相屢次拒絕俄國1890年續簽德俄再保險條約的動議，自感遭受孤立的俄國於是尋求與法國結盟（1892），這成為俾斯麥外交體系崩潰的第一張多米諾骨牌。

俾斯麥再傑出，也無法永久阻止還在挨餓的德意志帝國張開血盆之口，在他被新皇帝威廉二世解職後，這種擴張衝動就夾雜著民族主義的慣性，將德國送上絕路。哈夫納因此將一戰的爆發歸咎於德意志帝國的地理位置和俾斯麥以來德國的總體外交政策，它既包括了俾斯麥的外交政策，也包括俾斯麥下臺後被改變的德國外交政策，以及地緣政治下各國外交政策的總和。

二、 一戰的遺產：不公正的《凡爾賽和約》及其後果

一戰期間以及一戰後直到當代，德皇威廉二世都被作為一戰的罪魁禍首看待，但正如英國歷史學家克里斯多夫・克拉克的研究所表明的，威廉二世個人的作用被過於誇張了，威廉「沒有實現其在19世紀90年代孜孜以求的對政治事務的掌控，……威廉在外交政策

領域的干預，……並不像他們宣稱的那樣充滿惡意，反而幾乎沒有在任何情況下對德國的外交政策產生什麼影響。王朝之間的聯繫和交流在這一方面並沒有什麼用處。」[20]威廉在發展德國海軍方面雖然起了很大作用，但他自始至終都反對德國最高統帥部致命的無限潛艇戰計畫。威廉二世的許多公開言論對其形象的塑造產生極大負面效果，但實際上只是加劇了德意志政治的四分五裂，並非使得德意志更具有嚮往戰爭的凝聚力。一戰是德國地緣政治格局和德國外交政策以及各相關國家外交政策的結果，這其中除了德國的責任，自然也包括其他各國的責任。例如，英國參戰是一戰全面爆發的原因之一，但英國參戰的動機首先是為了確保英國的海權，它要的是一個分裂的歐洲。而法國自1870年戰敗後一直伺機報復，也是一戰成因之一；更別提俄國長期以來對包括巴爾幹半島在內中東歐地區的野心。其實，早在一戰爆發前六年的1908年，就有一位傑出的瑞士金融家菲利克斯・梭馬利（Felix Somary），通過一條國際鐵路線山傑克鐵路（The Sanjak Railway）的融資與可行性論證過程引發的地緣政治糾紛，推論不久會有一場國際大戰；他認為這麼小的一件事情都會讓鐵路沿線的各國（涉及奧地利、奧斯曼帝國、俄國、法國等國家）大動肝火，如果事情再大點就會發生戰爭[21]。一戰雖然並非什麼必然發生的事，但梭瑪利的推斷入情入理，也就是說，如果這起事件中主導各國外交的人們行為方式不變，那麼將來就會爆發戰爭，而我們會發現，通常人們的行為方式沒那麼容易改變。一戰正是如此發生的。

---

20 [英]克里斯多夫・克拉克著，蓋之珺譯，《沉重的皇冠：威廉二世權謀的一生》（中信出版社，2017），Kindle電子書，〈結語〉。
21 *The Raven of Zurich: The Memoirs of Felix Somary*, by Felix Somary, in English translation（New York: St. Martin's Press, 1986），pp. 40-43.

各國都負有責任的巨大災難尤其需要一個總替罪羊，而啟釁並且戰敗的德國自然是條件最合格的替罪羊，威廉二世被妖魔化不可避免，正如德國被妖魔化也一樣不可避免。經過半年多的討論，1919年6月，協約國在完全罔顧德國的要求下，強行塞給德國苛刻甚至羞辱性的《凡爾賽和約》。這份和約將所有的戰爭責任都歸於德國（就是最著名的231條款），對德國進行政治上羞辱、經濟上摧毀（賠償2000億金馬克）、領土上割讓與被占領（喪失了65,000平方公里，海外殖民地被全部瓜分、協約國軍占領萊茵蘭地區十五年等）、軍事上限制（軍隊人數不得超過十萬人、不得擁有大型艦隊等）……。

伍德羅·威爾遜總統並不認為德國是唯一的責任者[22]，但他缺乏政治歷練且又充滿理想主義的姿態，使他沒有能夠實現原先自我期許的那種公正，眼睜睜地看著法國「強加給德國非常愚蠢和恥辱的懲罰性和平」（喬治·肯南語[23]），雖然法國更加苛刻的條件並沒有獲得英美的同意。這種不公正不僅僅帶來了德國的巨大憤怒和持續的怨恨，甚至協約國領導人自己也意識到了這種不公正的危險，勞合·喬治當時就說：「我們在二十五年之後，會以三倍的代價重演這一切。」[24]事實是二十年後，德國就再次發動了世界大戰，

---

22 [英]大衛·雷諾茲著，馬俊譯，《峰會：影響20世紀的六場元首會談》（中信出版社，2018），Kindle電子書，〈1章 通向峰會之路 從巴比倫到凡爾賽〉。

23 *The Treaty of Versailles: A Reassessment after 75 Years*, edited by Manfred F. Boemeke, Gerald D. Feldman, Elisabeth Glaser（Cambridge University Press, 1998），p. 3. 這部著作旨在為《凡爾賽和約》翻案，認為它確實是創造和平。

24 [英]大衛·雷諾茲著，馬俊譯，《峰會：影響20世紀的六場元首會談》（中信出版社，2018），Kindle電子書，〈第1章 通向峰會之路 從巴比倫到凡爾賽〉。另見：*Britain and America Since*

而在二戰中，僅僅一個月，法國就被德國擊垮並且投降。

後世對於凡爾賽和約是否帶來了二戰災難迄今存在很大爭議，許多人認為德國事實上只是支付很少的戰爭賠款，同時萊茵蘭地區也很早就被德國派軍隊占領回去，至於軍隊人數和軍備限制都沒有實現。然而，如此替凡爾賽和約辯解是沒有意義的，因為凡爾賽和約這份對於德國來說的「城下之盟」，至少在文本上十分嚴肅地表達了「強加給德國非常愚蠢和恥辱的懲罰性和平」的強烈願望，同時，條約的具體內容卻又因為不公正而遭到受辱國的蔑視，從而根本難以執行。凡爾賽和約德國未能履約的情況，幾乎都可以解釋為故意不履約，甚至是報復性地不予履約。這種難以執行不但使得德國一直試圖修正和約，甚至連法國也因為後來意識到這個問題而試圖修正，這是1925年施特雷澤曼成功簽署《洛迦諾公約》的基礎。

凡爾賽和約最大的惡果其實並不在地緣政治，而在於對德國內政造成的難以癒合的創傷，十四年後德國迅速滑向地獄、二十年後將世界拖入地獄，只是德國遭受凡爾賽和約內政創傷的衍生物。

德國遭受凡爾賽和約的內政創傷幾乎反映到了國內的所有領域。政治上，從是否簽約問題就已經開始。如哈夫納所言，「整份和約處理德國的態度，不像是對待一個雖然打了敗仗但仍舊屬於國際共同體的戰爭對手，反倒像是處置一名收到了刑事判決書的被告。平民百姓、國民議會與政府當局的第一反應都是：『不要簽字。』」[25]謝德曼政府因無法接受條約而集體辭職垮臺，繼任的古斯塔夫·鮑爾政府迫於重新開戰的壓力而不得不接受條約，但這一無奈之舉被

（續）

Independence, by Howard R Temperley（Red Globe Press, 2002），p. 112.

25　[德]塞巴斯提安·哈夫納著，周全譯，《從俾斯麥到希特勒》（上海：譯林出版社，2015），頁131。

德國國內視為賣國行為（包括著名的「背後一刀」神話正是起源於
此，並且因共和國政府裡有傑出的猶太人而開啟了對猶太人的進一
步憤恨），此後所有共和國政府的履約行為也都順理成章地被視為
賣國行為，共和國政府難以獲得民意的普遍支持。凡爾賽和約因此
刺激了德國國內本已分裂的左右兩派持續地走向各自的極端，這在
後來成為共和國崩潰的關鍵原因之一。經濟上，凡爾賽和約導致了
1919-1923年間的通貨膨脹，而其間的八屆政府不但未能解決這個問
題，甚至「放任通貨膨脹肆虐，以便讓自己失去償付能力來規避賠
款」（哈夫納語），通貨膨脹洗劫了德國的中產階級，將他們趕往
未來的希特勒麾下。經濟學家梅納德・凱恩斯原是英國的談判代表
之一，因凡爾賽和約的不公憤而辭職，並寫出了他那本最初的成名
作《凡爾賽和約的經濟後果》，凱恩斯預言的惡果並沒有全部發生，
僅僅是因為和約未被實際履行。外交上，凡爾賽和約刺激並且凝聚
了國內民眾對國際社會的仇視。一戰結束後德國的地緣格局變得比
過去有利得多，一是在中東歐新成立諸多國家，對於德國重振地緣
權力有利，二是一戰後歐洲列強重回鬆散狀態，難以結盟一致對付
必將重新崛起的德國，三是軍事壓制於改善民生有利。但德國民眾
或是無視這些優勢，或是未能注意到這些好處，凡爾賽和約的文本
所激發的憤怒與仇恨遮蔽了他們的耳目。

　　上述德國所遭受的所有「凡爾賽創傷」，最後全部都回饋到國
際政治中，它通過摧毀共和國而摧毀國際和平，成為國際政治中幾
乎最著名的殘酷教訓。

三、 政治思潮鬥爭的遺產：左右極端勢力的崛起撕裂德 國社會

　　德國政治思潮的鬥爭，主要表現為從自由主義和民族主義運動中發展出來的極端左右兩翼，到最後變成威瑪時代的布爾什維克主義和納粹主義之間的鬥爭。德國民族主義的歷史十分奇特，可以回溯到後神聖羅馬帝國時代。正如以研究民族主義著稱的社會學家麗亞‧格林菲爾德所指出的，「德意志民族主義的發展明顯不同於英格蘭、法蘭西和俄羅斯。德意志民族意識出現得相當晚；它產生於19世紀初反抗拿破崙統治的解放戰爭中。在法蘭西和俄羅斯，民族意識根深柢固，到1800年時，民族觀念已經支配了政治話語；在英格蘭，民族認同始於16世紀。然而德意志民族意識的發展尤為迅速，1806年之前還談不上有民族意識；到1815年時它已經成熟：它是一種令人驚歎的存在並具備了使之聞名於世的所有特點。」[26]

　　1648年的《威斯特伐利亞和約》雖然結束了三十年戰爭，並且開始初建以主權為基本單位的歐洲民族國家國際體系，但當法國通過絕對主義王權向民族國家高歌猛進的時候，神聖羅馬帝國治下的德意志因其四分五裂而缺乏民族意識，直到法國大革命以及拿破崙戰爭掃蕩了歐洲的封建制和神聖羅馬帝國解體之後，德意志各邦國才開始了民族以及民族國家的覺醒。德國在成就民族國家的過程中，職業知識分子發揮了重要作用，被視為德國國家主義之父的德意志哲學家費希特貢獻尤巨。費希特《對德意志民族的演講》正是

---

26 [美]麗亞‧格林菲爾德著，王春華等譯，《民族主義：走向現代的五條道路》（上海：三聯書店，2010），頁337。

發表於神聖羅馬帝國解體之後的1807至1808年——他演講的目的是
「撫慰神聖羅馬帝國被廢止以後民眾的內心憂傷」[27]，並且以樂觀
和堅定的姿態重樹一種超國家和文化性的「民族精神」[28]（梅尼克
因此注意到費希特的這一思想特徵與之前他的世界主義思想之間的
關聯[29]），回答兩位文化大師歌德和席勒關於「德意志，你在哪裡？」
這一著名的憂傷之問，以喚醒德意志的民族感。費希特的思想裡有
著嚴重的毒素，即存在著為了抽象的民族而犧牲個人自由和權利的
傾向[30]，這是後人對費希特的評價有諸多分歧的原因之一。《對德
意志民族的演講》被視為德國民族主義的「聖經」還有一個重要原
因是，自費希特開始，包括威廉·洪堡在內的大量傑出的德意志知
識分子虔誠地認為德意志民族擁有最傑出的心靈和大腦，是人類中
最偉大的民族，她應當統治歐洲，甚至拯救世界於墮落的「土耳其
人、黑人和北美部落」。顯而易見，德意志民族主義從它一開始就
已經不自覺地盲目自大，且隱藏著擴張主義的危險酵素。

　　拿破崙戰爭和費希特都在很大程度上開啟了德意志知識分子對
德意志統一的嚮往，在費希特之後，弗里德里希·哈根、喬納森·
C·馮阿雷丁、雅各·格林、阿恩特、達爾曼、霍夫曼、法勒斯雷
本等著名知識分子也都開始了他們思想上的民族主義之旅。但正如
葉普·列爾森的研究所清晰表明的，德意志邦聯地區的知識分子們，

27 [荷]普·列爾森著，駱海輝、周明聖譯，《歐洲民族思想變遷：一
　　部文化史》（上海：三聯書店，2013），頁106。
28 [德]費希特著，梁志學譯，《對德意志民族的演講》（商務印書館，
　　2010），頁133-153。
29 [德]弗里德里希·梅尼克著，孟鐘捷譯，《世界主義與民族國家》
　　（上海：三聯書店，2007），頁71-89。
30 《對德意志民族的演講》，頁142。

對於國家意義上的統一觀念具有內在的自我衝突[31]。一方面，德意志知識分子們的民族統一觀主要是精神性和文化性的至多也只是倫理性的，所以他們在讚揚德意志民族及其民族性時和費希特一樣誇張，以至於容易表現得像是極度的民族自戀，甚至會被誤解為地緣政治上極具擴張嫌疑的帝國主義傾向，文化的世界主義者被誤解為政治的帝國主義；另一方面，德意志知識分子的民族主義，除了文化上的世界主義，在政治上通常是自由主義的，因此反對封建，反對專制，而嚮往民主與平等，但這種自由主義由於民族主義的摻雜，就變得不再是立基於個人主義的自由主義，而是一種民族自由主義的混沌物。19世紀開始形成的德意志民族主義的這一特質，給之後的尤其是統一後的德意志帝國，以及20世紀愈演愈烈的政治思潮分裂與衝突，都埋下了伏筆。

此後三十三年的所謂復辟時代，一方面，自由主義運動如火如荼，但如前述，摻雜著民族主義的自由主義運動，帶著國族枷鎖也是顯而易見的，這在當時德意志「自由與統一」運動的一系列事件中都清晰地反映出來，無論是1817年10月的德意志學生兄弟會瓦特堡集會事件（高舉「黑─紅─金」三色旗、發表演講、焚燒他們眼裡反德意志的書籍），還是1819年學生兄弟會會員刺殺諷刺國民運動的戲劇家柯采比（August von Kotzebue）事件；另一方面，自由主義運動與歐洲君主制尤其是君主專制之間發生了嚴重的衝突，以梅特涅為代表的舊勢力因此打擊自由主義，建立警察國家，監控學校，取締學術自由──具有煽動性的教師會遭解雇，大學生協會被取締，報紙會被查禁，大量出版物審查後才能出版。

梅特涅的鎮壓進一步激怒了「自由與統一」運動的人們。1832

31　普·列爾森著，《歐洲民族思想變遷：一部文化史》，頁150。

年5月的哈姆巴赫慶典（Hambach Festival）事件，1833年的法蘭克
福自由主義者推翻邦聯議會事件，1834年的詩人畢希納號召人民起
義並遭通緝而逃亡事件，1837年的哥廷根大學七教授宣言抗議漢諾
威新任國王恩斯特·奧古斯特一世廢除自由憲法事件等，都強烈地
表達了反對專制和渴望建立統一的德意志民族國家的願望。

　　梅特涅變本加厲地強力鎮壓，但德意志自由與統一運動已是風
起雲湧，難以遏制。復辟激發了1848年的全歐洲革命，對德意志來
說，最重要的結果是五千多名中產階級自由派自發召集的法蘭克福
國民議會上通過的「小德意志」統一方案，開始進入人們的街談巷
議，雖然普魯士國王腓特烈·威廉四世迫於各種原因拒絕了議會奉
上的德意志皇帝稱號，自由派議員們也大量流亡美國，但普魯士官
方依然意識到必須回應革命，因此決定制定憲法，並且準備成立強
大的北德意志聯盟，以回應德意志自由主義者的民族主義訴求。

　　在19世紀中期以前的德國，還有一股重要思潮，即保守主義，
其最重要的代表人物當然是梅特涅。保守主義產生於法國大革命以
及拿破崙戰爭。早在19世紀初旨在實現現代化的普魯士改革運動
中，就出現了不少反對的聲音。例如亞當·米勒（1779-1829）認為
應該維持現狀，反對一切改革，他甚至認為回到中世紀「一種基督
教的、等級的秩序」才是最好的；卡爾·路德維希·馮·哈勒爾
（1768-1854）則提出了建立基於宗教之上的等級世襲國家的觀點，
以消解社會契約論和人民主權論思潮；容克貴族瑪律維茨
（1777-1837）則反對廢除農奴制，反對解放尤太人。保守主義思潮
提出了傳統、秩序和穩定這些基本原則，以對抗自由主義思潮。保
守主義思潮以秩序取代自由主義者追求的自由，以權威替代平等，
所謂「權威而不是多數」。他們從宗教推導出君權神授，根據君權
神授推導出正統主義君主制權威，以君主制權威確保穩定和秩序。

　　保守主義者也反對民族主義，因為民族主義者聲稱要建立統一的德意志主權民族國家，這觸犯了封建邦君和貴族們的利益。除了貴族等既得利益者之外，德意志社會傳統的下層社會階層，比如農民和手工業者，由於資本主義時代帶來的就業、經濟狀況以及市場競爭的衝擊，因為懷舊也加入了維護舊秩序的保守主義陣營。保守主義的這一複雜結構，為日後的納粹黨崛起做好了準備。威瑪共和國早期經歷的暴動和政變，就有兩次來自極右勢力，第一次是1920年3月由自由軍團發動的卡普政變，雖然只經歷了四天而且失敗，但國防軍並沒有發揮保衛共和國的作用，而是亞伯特政府放棄柏林逃到斯圖加特，並且發動全國工人大罷工才獲勝的；第二次，就是1923年希特勒在魯登道夫協助下發動的啤酒館政變，雖然同樣遭遇失敗，但只獲得了極其輕微的刑事處罰，希特勒只坐了九個月的牢，這次坐牢不但沒有阻止他，而倒讓他變成英雄，六年後東山再起，成為後來德國的永久噩夢。

　　德意志帝國成立的前後二十年裡，還有一股日後成為導致德國國家與社會翻船重要力量之一的思潮開始出現並迅速成長，這就是共產主義思潮。1848年2月，馬克思、恩格斯發表《共產黨宣言》，給剛剛興起的國際共產主義運動極大的理論支持，隨著1848年歐洲革命的失敗，以共產主義同盟遭受破壞為標誌，共產主義運動暫時轉入地下甚至暫停，直到1950年代末、1960年代初才出現了具有社會民主思想的社會主義運動。這既與馬克思、恩格斯有關，也與傑出的工人運動理論家斐迪南‧拉薩爾（1825-1864）關係密切，前者是世界主義的、激進的、暴力的，後者則是民族主義的、改良的、溫和的。拉薩爾在兩件事上具有極高的歷史地位，一是他是德國社會民主黨的創始人，該黨前身為「全德意志工人聯合會」，由拉薩爾成立於1863年5月（第二年他就在決鬥中喪生）。1875年，在馬克

思的調和下，將聯合會與1869年由倍倍爾和威廉・李卜克內西創立
的「德意志社會民主工黨」合併為「德國社會主義工人黨」。1890
年，該黨改稱「德國社會民主黨」至今。二是拉薩爾宣導並且極力
推進普魯士的普選權（1871年德意志帝國成立後實現了普選權），
同時其社會主義思想是俾斯麥創建福利國家思路的觸動者以及主要
的倒逼者。德國社民黨曾經一度以馬克思的暴力革命論為主要指導
思想，但遭到了德意志帝國「非常法」的嚴厲鎮壓，因此社民黨改
變策略，合法鬥爭與非法鬥爭相結合。從伯恩斯坦（1850-1932）發
表修正主義理論，放棄馬克思主義，轉而全面走合法的議會道路以
完成社會主義政權更替的思路，雖然並不公開，但日漸成為社民黨
行動的重要方法論，在一戰後終於成為其公開的官方意識形態。一
戰後，社民黨內的左翼分裂出去，成立了新的「德國獨立社會民主
黨」；1918年，德國獨立社會民主黨中的左翼「斯巴達克派」再次
分裂出去，在卡爾・李卜克內西和羅莎・盧森堡領導下，成立了「斯
巴達克團」。由於獨立社民黨反對十一月革命，而斯巴達克團則積
極參與，這導致斯巴達克團退黨後另組德國共產黨，德共從此誕生。
德共成立後，立刻效仿俄國布爾什維克的十月政變舉行暴動，試圖
推翻襁褓中的威瑪共和國，以建立蘇維埃政權，但暴動遭到了社民
黨政權雇傭的自由軍團無情鎮壓，德共創始人之一、第一任總書記
卡爾・李卜克內西與另一位傑出領袖羅莎・盧森堡慘遭殺害，德共
後由恩斯特・台爾曼長期領導。

　　德共最初的革命失敗了，但他們並未放棄。1920年3月，趁著卡
普政變的東風，德共發動魯爾工人暴動，產生了五到八萬的紅軍，
後被自由軍團鎮壓；1921年3月，包括德共在內的德國極左翼再次在
哈雷、洛伊納、梅澤堡、曼斯費爾德等位於薩克森——安哈爾特州的
城市發動工人暴動，所謂「三月行動」；1923年10月，德共發動了

僅僅持續一天的漢堡暴動；這些暴動都失敗了，但它動搖了威瑪共和國的根基，並且為日後納粹黨的崛起打下了基礎。尤其當經濟出現嚴重問題，極端政治就會再次抬頭。到1932年下半年，德共與納粹之間的爭鬥開始進入白熱化階段，「柏林的街道上到處都有持續的騷亂，爭鬥中使用的武器有匕首、指節銅套、輕武器，甚至還有炸藥，這些騷亂簡直就是小型內戰。1933年1月底，這種小型內戰終於因為納粹的勝利而宣告結束。」[32]德共是威瑪共和國的重要掘墓人之一，早在威瑪共和國宣布成立的那一刻就已經開始挖土。

四、「尤太人問題就是德國人問題」[33]

威瑪共和國時代的尤太人，也許是全歐洲最幸福的尤太人，正如納粹德國時代的尤太人是全歐洲最悲慘的尤太人。尤太人問題從來就不只是在德國成為問題，它在所有歐洲國家都成為問題，自中世紀以來，迫害尤太人，在遭遇社會危機時拿尤太人做替罪羊，一直就是歐洲基督教世界的常態。

尤太人之所以在德國遭遇如此的災難，一個特別重要的原因反倒是因為德國較早地就在法律上尊重尤太人的公民權。早在拿破崙戰爭期間，普魯士進行施泰因—哈登貝格改革時，即已頒布著名的「普魯士（尤）太人敕令」（1812年3月11日），規定普魯士的尤太人與其他普魯士人擁有同等的權利和自由，可以自由就業和經商。

---

32 [英]弗雷德里克・泰勒，劉強譯，《柏林牆：分裂的世界（1961-1989）》（重慶：重慶出版社，2009），頁21。

33 漢語的造字法將異族的族名加上反犬旁原是一種侮辱性做法，所以我在遇到這種情況時都是將反犬旁去掉。前兩年台灣似乎曾正式照會以色列將「猶太人」改為「尤太人」，不知確否。

雖然敕令只適用於勃蘭登堡、波美拉尼亞、西普魯士、東普魯士和西里西亞等舊普魯士地區，直到1847年後，才覆蓋全普魯士，但這在歐洲無疑已經是個種族寬容的驚人成就。當德雷福斯僅僅因為是個尤太人而在法國遭遇間諜罪誣告、佩劍被折斷的時候，至少德國尤太人尚未遭遇來自官方的種族羞辱——因為普魯士的兩次改革都是受啟蒙運動影響的政治領域自上而下的啟蒙運動，即便如萊辛戲劇《尤太人》所反映的德國尤太人尚未被社會大眾完全平等地接受，但他們正在開始通過平等的公民權，獲得了舉世矚目的財富、地位和幾乎所有重要領域的眾多傑出成就。

　　19世紀初德意志民族主義最初興起時，因受赫爾德（1744-1803）的浪漫主義影響，費希特等德意志民族主義先驅思想中都帶著強烈的日爾曼種族優越意識。這種種族優越意識雖然也常常成就同樣強烈的種族榮譽感，成為美德的來源之一，但它的危險也在於一不小心就可能墮落到蔑視其他種族，成為狹隘的民族主義論甚至種族主義論者。這種種族主義觀念與中世紀以來就一直盛行的反尤主義結合在一起，就演變成變態的種族主義。

　　如果沒有一戰（「背後一刀」神話、威瑪共和國裡大量傑出的尤太人政治家等），也許德國的反尤運動不至於那麼極端和恐怖，這是尤太人的替罪羊地位所決定的。威瑪共和國時代的德國反尤現象，不僅存在著規模急劇擴大的特徵，還有著幾乎囊括所有階層的普遍性，而反尤行動的惡性也隨之增大[34]。1922年1月底，當瓦爾特‧拉特瑙從總統手中接過外交部長委任狀的時候，他半開玩笑地跟總統說：「您帶來了我的死訊。」不滿五個月，他就被暗殺團體「領

---

34 [德]克勞斯‧費舍爾，錢坤譯，《德國反猶史》（南京：江蘇人民出版社，2007），頁227-237。

事組織」的一個三人小組刺殺。隨後發生的事情特別能說明當時民間反尤狀況的實情：一方面有百萬柏林市民悼念他們的民主領袖，十幾萬人走上街頭，另一方面，正式的悼念活動因為遭到反尤學生勢力的威脅而被取消。這一現象說明，在尋常時代，反尤最多只是人們一個普遍的意識習慣，不意味著任何具體的傷害性行為，但到了社會狀況處於緊張狀態時（比如一戰之後），它會成為那些極端人士的發洩口。一個可悲的結果是，極端人士雖然人數沒有那麼龐大，但他們的行為在浸染了仇恨的毒汁之後具有特別的威懾力及其所產生的凝聚力——如美國社會心理學家霍弗所說，「群眾運動不需要天使，但需要魔鬼」，從而綁架了數量巨大的溫和中間派。德國的局勢，從一戰戰後開始，就從極端左右兩邊開始撕裂，直到極右勝利上臺。從被撕成各種意識形態碎片的共和國廢墟裡崛起的納粹極右，並非憑空造出來一個反尤行動，作為他們的標誌性政綱之一，而只是從地上拾起無人在意、人人可用，對使用者沒什麼危險的反尤存貨，作為吸收成員擴大勢力攫奪民意的工具。更為可悲的是，這一變態的行為不僅僅是工具，還是他們信仰的重要意識形態之一——這種仇恨是真誠的。

反尤症顯然成為德國高速狂奔向地獄的重要驅動力之一。

下篇：威瑪共和國的後天困境

一、 威瑪共和國的制憲失誤

在民族國家的歷史上，威瑪時代的德國在民主制中也是年輕的國家。和人一樣，年輕雖然意味著朝氣蓬勃意味著活力，但許多時候，它也意味著少不更事、魯莽，缺乏經驗。從某種程度上說，憲

政是一種成熟但不老朽、年輕但不魯莽操切的政治，它對憲政的駕馭者有著同樣的要求。法國大革命時期的最初制憲活動中，希望引進英國憲政經驗的內克爾一派被盧梭派直接排擠出制憲會議，隨後制定的憲法，文本固然漂亮，但根本不經用就被政治爭鬥撕爛了。相比而言，威瑪共和國的憲法文本，曾一度被視為成文法憲法的國際範本，被視為最先進的憲法，然而，它一樣被左右極端群體撕碎，它的碎片迄今還是許多憲政史研究者的重要靈感來源。

　　和法國大革命以來諸多憲法文本一樣，威瑪憲法側重於宣示德國作為一個民主共和國的國家性質、國家目的，這種制憲者的激動雖然是可理解的，但它的一個危險是，制憲者極其容易深陷這種激動不自拔，結果忘記了英國這個憲政母國的憲政經驗：限權以達權力的平衡。

　　一則由於威瑪共和國成立得倉促，二則由於一戰後糟糕的地緣政治環境，三則德國國家未來的全民迷茫，這三個因素使得威瑪共和國的制憲者試圖兼顧以下三個國家目標：一是強有力的主權者，二是廣泛的民主性，三是作為人民慈父的國家。當這三個目標都過度實現的時候，三個可怕的惡魔也同時被釋放出來：一是獨裁的主權者，二是完全沒有凝聚力、散沙般的人民，三是既壓抑了人民自主創造力又耗竭財政的福利國家。

一、半總統制的憲政體制

　　威瑪共和國是世界憲政史上出現的第一個半總統制憲政體制。雖然半總統制這個政治憲法學概念是晚至1959之後才誕生，其真正的研究則要從法國政治學家杜維傑發表於1978年的政治學論文之後才出現，但作為一種憲政體制，威瑪共和國就是一個典型的半總統制（詳見《德意志國憲法（威瑪憲法）》第41-59條），符合杜維傑

所確定的兩個基本特徵：一是總統經普選產生，並且擁有一定實權；
二是政府首腦總理同時需要向總統和議會負責。

半總統制的憲政體制，在具體的制度運行過程中會產生諸多亞
類型的憲政體制，尤其是總統權力和總理權力的博弈結果會導致偏
總統型的或偏總理型，前者就類似於總統制，後者類似於議會制，
但這往往取決於總統和總理各自的個性及其在整個政治體制中的勢
力。威瑪憲法的半總統制憲政體制架構，顯然有著俾斯麥時代《德
意志帝國憲法》的影子。

在威瑪共和國存在的十三年裡，半總統制暴露了它的嚴重缺
陷，輔以比例代表制的議會選舉制，其運行一直齟齬難通。威瑪半
總統制的缺陷主要體現為下述幾項：

1. 總統權力過大

當總統尊重民主精神時，其運行會偏向於議會制，總統和總理
容易達成共識；亞伯特當總統時的德國，就是這種情況。當總統是
個傾向於獨裁的政治強人時，會產生兩種後果，一種是如果總理很
獨立，總統和總理容易發生衝突，那麼總理就會因為總統的原因頻
繁更換；一種是如果總理只是總統的應聲蟲，那麼總統會和議會形
成衝突，政爭激烈，政治決策常常難以產生，此刻總統往往會濫用
權力，強行克服上述情況。威瑪共和國後期基本上就是完全依靠總
統興登堡行使緊急狀態權來解決問題，這原本就是通往集權之路。
自憲法頒布到1932年為止，總統宣布緊急狀態達233次之多，僅1930
年到1932年短短三年，就有191次[35]，布呂甯總理就是個完全聽命於

---

35 *Borrowing Constitutional Designs: Constitutional Law in Weimar Germany and
the French Fifth Republic*, by Cindy Skach（Princeton University Press,

總統的總理。以研究德國史著稱的英國歷史學家瑪麗・富布盧克在
《德國史》裡指出，亞伯特以動用第48條緊急狀態權來鞏固民主，
而興登堡則用這一條促使其崩潰[36]。

2. 總理權責不明

　　總理既要對總統負責，又要對議會負責，導致總理權責不明，
因此行政權被人為割裂，缺乏統一領導，行政效率低下。如上節所
說，總統和總理不同的個性會帶來不同的政治結果，並且差異巨大。
亞伯特和總理們的關係，就與興登堡與總理們的關係差異很大，它
既可能使得總理完全籍籍無名，也可能使得總理凌駕於總統之上，
後者如希特勒是最典型的結果。

3.無謂的衝突導致政治滯礙

　　在政黨政治之下，如果總統和總理屬於同一個政黨，也意味著
是議會的多數黨，那麼總統任命的總理基本上就是總統的秘書，並
無總理作為行政首腦的實質性價值。更糟糕的是，它將導致總統有
權無責，總理有責無權；總統所在的政黨如果是議會中的少數黨，
總統任命本黨黨員當總理，總理在議會中的日子將會很不好過，總
統若不得不任命多數黨黨員當總理，則總統和總理之間必將關係緊
張。由此總理及其內閣就會經常倒臺，威瑪共和國存在的13年時間
裡，共產生過12位14人次總理，20個內閣，總理及其內閣任職時間
最長的是社會民主黨人赫爾曼・穆勒，也才一年零九個月，其他許

（續）
　　2005），p. 49-70.
　36　[英]瑪麗・弗爾布魯克（Mary Fulbrook），卿文輝譯，《德國史：
　　　　1918～2014分裂的民族》（第四版）（上海：上海人民出版社，2018），
　　　　頁36、58。

多總理任職時間常常只有幾個月甚至一個月。這種情況常常還和下文即將討論的比例代表制問題連在一起。威瑪共和國從其成立即開始了這種黨派林立、內閣隨時倒臺的無謂衝突，直到它滅亡為止。

二、比例代表制

為了表現純粹的民主，威瑪共和國在選舉上規定了比例代表制。1920年4月27日，新通過並頒布的《選舉法》規定：全德國分為35個選區，各政黨提出本選區候選人名單後，在選區內得票滿60,000張即可有1名代表當選，候選人按名單排列的先後順序取得席位。單一選區內達到30,000張選票以上者的剩餘選票可以在全國範圍內累計，以便為該黨的全德候選人名單補缺。各政黨在全德候選人名單上所得席位數，不得超過其在初選選區裡所得的席位數。

這就是威瑪共和國一直遭到後世批評的比例代表制。相對於當時德國的情形，該選舉制的優點在於它確實體現了公平原則，每張選票無論在何處投進投票箱都具有相同的分量；然而缺點更多。

首先是1869年和1871年劃分的選區都被原封不動地保留，而經過了五十年後，人口狀況已經發生了巨大變化，但選區劃分並未與時俱進，這就導致了選區劃分上的不公平，它會造成有些選區過度競爭，而另外一些選區則競爭不足。

其次，1925年的德國領土大約不到47萬平方公里，人口6,241萬，以此為參考，全德只有35個選區，說明選區數量太少，意味著每個選區過大。選區太大的後果是選民和候選人之間聯繫困難，從而導致關係疏遠，雙方互不了解，這種疏遠的關係使得民主政治的鞏固變得十分困難。

威瑪共和國的比例代表制，其最大的問題是帶來兩個結果，一是將過多的政黨而不是個人選入議會，二是導致政黨碎片化。雖然

比例代表制在全德候選人方面的規定是有利於大黨的，但比例代表
制本身就已經製造了過多的政黨，它的後果是導致了選舉制度與議
會制本身的宗旨背道而馳。當時的德國進步黨主席弗里德里希‧瑙
曼（Friedrich Naumann）就對比例代表制提出過尖銳的批評：「議
會制度與比例代表制是互相排斥的……比例代表制一般不適合確立
領導集團」[37]。瑙曼甚至明確反對此制度，提議適用英國的選舉制
度[38]。瑙曼的這一批評可謂一語中的，多黨聯合執政會困難重重，
內閣將頻繁更換。因此，政治將會由於制度本身加劇其不穩定狀態。
這種效果是顯而易見的，例如1920年有24個政黨提出政黨名單參選
國民議會議員，1924年是29個，1928年是32個，1932年達到42個。
國民議會中政黨數量的急劇上升，就是議會制度行將崩潰的前兆，
議會裡除了政黨紛爭之外，已經幾乎沒有別的東西了。

　　許多歷史學家都認為應當以更為全面和理性地態度看待威瑪共
和國的比例代表制，但即便如富布盧克那樣對威瑪憲法充滿同情的
歷史學家也不得不承認，即便比例代表制不能承擔共和國議會制度
失敗的全部責任，它至少加劇了原有的政黨碎片化及政治不穩定。
而事實上，至少在比較政治學界，尤其是在專門研究選舉制度的政
治學家之間，威瑪共和國的絕對比例代表制，是一個重要的歷史教
訓[39]，已是共識。

---

37 [瑞士]埃里希‧艾克，高年生、高榮生譯，《威瑪共和國史（上卷）：
　　從帝制崩潰到興登堡當選（1918-1925）》（商務印書館，1994），
　　頁71。

38 *Borrowing Constitutional Designs: Constitutional Law in Weimar
　　Germany and the French Fifth Republic*, by Cindy Skach（Princeton
　　University Press, 2005），p. 39.

39 *A Mathematical Approach to Proportional Representation: Duncan Black on
　　Lewis Carroll*, ed. by Iain McLean, Alistair McMillan, Burt L.（Monroe，

三、福利國家的威瑪陷阱

福利國家問題，一直是防止民主制度民粹化蛻變的核心問題之一，即使許多左翼政治學家或經濟學家不肯承認這一點。有研究者甚至聲稱，威瑪共和國的失敗很大程度上是因為無法提供數百萬人的福利，無法兌現福利國家的承諾所致[40]。許多人都持這一觀點，尤其是偏右的經濟學家們（比如當代美國經濟學家湯姆‧戈‧帕爾默〔Tom G. Palmer〕），這個觀點雖然有其片面性，但同樣也由於其片面而有其獨特視角下的深刻性。

威瑪憲法設定了福利國家的使命，在其第五章進行了公民權和公民社會經濟權利的宣示，將福利國家原則寓於公民基本權利之中。除了眾所周知的8小時工作制外，國民大會也從福利國家原則出發，通過了加強中央徵稅權的埃茨貝格爾財政改革。隨後通過一系列法案，以兌現福利國家的承諾。例如，1920年的《企業代表會法》、1927年的《失業者保險法》都是旨在建立國家社會保險體制，共和國並且在社會教育、社會衛生、青年人保護、住房救濟等領域全面推行國家承擔社會福利的政策。這些政策在擴大公民權範圍、消除傳統濟貧制度缺陷的同時，也不可避免地擴大了國家的社會功能。福利國家的推進加劇了國家的法制化和官僚化，強化國家權力對社會的控制。由此，所謂「現代社會工程」的職業階層開始出現，他們成為了界定福利領域的權威。

正如歷史學家科林‧斯托雷爾指出的，除了要重新建立秩序、

（續）————————————
　　　Springer, Netherlands, 1996），p. 31.
　40　*Germans on Welfare: From Weimar to Hitler*, by David F. Crew（Oxford
　　　University Press,1998），p. 6.

對付戰爭賠款之外，「新的共和政權還面臨著80萬傷殘退伍軍人的退休金，53萬戰爭寡婦、120萬的戰爭孤兒，還要兌付威瑪憲法雄心勃勃的福利承諾。」[41]然而，威瑪共和國誕生於兩場失敗之中，幾乎繼承了所有的不利條件。不論別的情況，即使僅僅從財政角度看，面對巨額的國際債務同時，還要解決上述斯托雷爾提出那些難題，這幾乎是不可能的。可見，福利國家的承諾至少從一種政治策略上說，也是極不明智的，雖然德國作為現代福利國家的創始國，威瑪共和國很難不繼承第二帝國留下的這份沉重遺產。更重要的在於，威瑪共和國的政治和經濟領袖們，對英國式的自由市場並沒有什麼信心，他們更相信國家權力對市場的干預，英國道路無論從政治上還是經濟上都沒有獲得當時德國掌權者的青睞。

負擔沉重，但共和國依然需要建立福利國家，這是這個脆弱的新國體繼續爭取合法性的重要途徑——雖然威瑪共和國從生到死都沒有獲得必要的足夠的人民支持。到1929年，威瑪福利國家規模已經空前龐大。除了繼承並擴充了帝國福利制度遺產，即工人、職員的三大保險，還增設前述社會保險種類，幾乎囊括了所有重要福利。如此龐大的福利國家，與之相應的國民經濟規模也本當是更為龐大的。然而，一個很普通的常識在此顯靈：財富需要去創造，並不會從天上掉下來，國家擁有的財富再分配權力不但不能增加財富，還可能會戕害財富創造者的積極性從而減少財富。三大保險的支出，1913年是13億馬克，1929年則是43億馬克，戰爭犧牲者供養、社會救濟、危機救濟和失業保險這四個新險種，1929年是50多億馬克，這兩項共93億馬克，相當於國民收入的13%，而不是1913年的1.8%

---

41 *A Short History of the Weimar Republic*, by Colin Storer , I. B.（Tauris, 2013），p. 88.

（那時候還沒有新四險），減去幣值影響，也是1913年的五倍多，而1929年的淨國民生產總值卻尚未達到戰前最後幾年的水準[42]。

由於各種巨額支出，威瑪共和國的財政從一開始就處於嚴重的赤字狀態，「日益增加的預算赤字只能由帝國銀行平衡。從1920年4月到1924年3月，四個財政年度內，政府的三分之二支出是通過通貨膨脹、急劇增加債務解決的。」[43]這就是威瑪共和國的第一次嚴重通貨膨脹時代。國際金融中，從1923年的下半年開始，僅用了108天的時間，到1923年10月，馬克每隔8-11天就貶值十分之一[44]。

1923-1929年間，出任過總理並且主掌共和國外交的傑出政治家施特雷澤曼通過與西方和解、整頓國內金融秩序，解決了到1924年的通貨膨脹問題，並且恢復了國內經濟。到1929年大蕭條爆發之前的五年裡，被視為威瑪共和國的黃金五年，但這是一種脆弱的繁榮與穩定，因為經濟結構並沒有發生根本性改變。從前述引用資料即可看出，當經濟繁榮時能夠承受的福利國家重負，一旦遭遇經濟下行，原來由低失業率支撐的福利國家在高失業率之下就會陷入困境，難以維繫。1929年至1933年的大蕭條期間，德國失業人數最高時達600萬以上，失業率高過30%，如此高的失業率，在減少GDP的同時福利費用卻激增。該增的減，該減的增，這一進一出足以引發社會的全面動盪。布呂寧政府不得不削減福利支出，除了加劇社會的不穩定，還使得本來就已所剩無幾的共和國合法性進一步流失。

威瑪福利國家在法律上對青年有著特別的照顧，但在國民經濟

42　李工真著，《德意志道路：現代化進程研究》（武漢：武漢大學出版社，2005），頁280。

43　[德]卡爾‧哈達赫，揚緒譯，《二十世紀德國經濟史》（商務印書館，1984），頁20。

44　《二十世紀德國經濟史》，頁21。

陷入窘境甚至絕境的時候，這種法定國家義務就會變成口惠實不至的空頭支票。高失業率下的年輕人社會經驗尚未成熟，而政治思想卻易走極端，這時候便是極端社會思潮最能誘惑他們的時刻——他們逐漸成為各種街頭極左或極右思潮的俘虜。

左右互相激盪之下，極端思潮幻化為行動的群眾，只待風雲際會，血色中升起的勝利者將隨時給半截入土的共和國敲下最後一顆喪釘。

二、 兩次經濟危機：1918-1924惡性通貨膨脹、1929大蕭條

威瑪共和國，生於戰後的廢墟，其間遭遇了令德國人迄今聞之色變的惡性通貨膨脹；死於大蕭條的經濟崩潰，以變態種族主義為根本特徵的納粹帝國取代了共和國，從此一步步走向將世界拋入戰火的八年。

一、1918-1924惡性通貨膨脹

1918年至1924年，德國馬克遭遇了惡性通貨膨脹，通貨膨脹引發了兩個嚴重後果，國內政治動盪，國際上外國軍隊占領魯爾區。早在一戰期間，為了籌措軍費，德國就暫停了金本位制，並開始大規模發行國債，直接引發馬克貶值。戰時匯率，美元對馬克從1：4.2降到1：7.9，跌了將近一半。戰後因戰爭賠款壓力，馬克迅速進一步貶值，1919年底美元對馬克1：48，1921年上半年，又跌了一半多，1：90。此後，在賠款催逼之下，德國政府索性用印鈔機來對付，大量印鈔購買外匯支付賠款，於是，到1923年11月，美元對馬克的匯率是1：4,210,500,000,000（42,000億），一小塊麵包的價格是200億

馬克，一份報紙的價格是500億馬克[45]。直到1924年，新上臺的施特雷澤曼政府重整德意志銀行，發行地產抵押的新馬克，才解決了這個恐怖的惡性通脹問題。

造成此次惡性通貨膨脹的原因無疑是多方面的，除了戰後重建以及福利國家這兩個原因之外，還有一個特別重要的原因是戰敗引起的外債，在每年30億金馬克的外債壓力下，威瑪政府根本沒有足夠的財政收入應對。因此，許多歷史學家和經濟學家認為，威瑪政府在通貨膨脹問題上是放任的，確實，無論是拉特瑙還是斯汀內斯，都聲稱通貨膨脹是無可奈何之舉，在特殊情況下，至少是防止革命的唯一方法[46]。

通貨膨脹產生了多重後果。即使長期以來，1918-1924的這次惡性通貨膨脹都曾經獲得一些政治家和經濟學家正面的評價，他們認為通貨膨脹增加了就業（至少到1922年都是如此）和出口，減少了外債，使得社會較為平穩。這是相當令人詫異的結論。事實是，政府通過通貨膨脹，可以隱蔽卻恣意地沒收國民的財富，它使某些人赤貧，卻使另外一些人暴富，這種任意重新分配甚至剝奪財富的權力行為，不但造成經濟生活毫無安全感，也造成人們對經濟生活的基本規則和秩序喪失信心，政府權力因此徹底喪失公信力與合法性。歷史學家哈夫納曾在其去世後出版的回憶錄《一個德國人的故事》裡詳細寫過他們一家人如何在1923年的恐怖通貨膨脹中挺過來的，當他父親——一個普魯士法官——拿到薪水以後，他們全家人必須以最快的速度一起去把錢花完，包括一起去理髮、購買地鐵月

45　《二十世紀德國經濟史》，頁23。

46　[英]尼爾·弗格森著，賈冬妮、張瑩譯，《紙與鐵》（中信出版社），
　　頁5。

票、交房租、付學費，購買「大塊的乳酪、整只的火腿、幾十公斤的馬鈴薯」，然後整個月一文不名。街上到處都是饑餓的人，許多人甚至餓死。正如尼爾‧弗格森在《金錢關係》中指出的，「無論宏觀經濟成本和收益如何，德國資產階級對自由體制失去信任，成為威瑪政權的致命一擊。」[47]

二、1929-1933年的經濟危機

1923年8月13日，古斯塔夫‧施特雷澤曼成為德國歷史上第十六任總理，雖然他當了不到三個月的總理，但對德國貢獻巨大，他從該年到1929年還任外交部長。甫一上臺，施特雷澤曼就推出地產抵押馬克，令貨幣重獲公信力，同時拒絕增加貨幣量，增加稅收，重整德意志銀行，精簡政府機構，壓縮政府開支，以此振興經濟；外交上，施特雷澤曼推行和平外交，接受了美國的道威斯計畫，減少了德國的戰爭賠款。1925年，在施特雷澤曼的努力下，德國與協約國簽署了《洛迦諾公約》，與鄰國成功修好，逐漸恢復了在歐洲的正常外交關係，第二年並加入國際聯盟，成為第六個常任會員國。

歷史有時喜歡開一些惡作劇玩笑，國運不濟的表現之一就是英傑的遺憾隕落。1929年10月3日，年僅51歲的施特雷澤曼猝死於中風，這位被視為共和國「定心丸」所帶來的黃金時代就此結束——在他去世之後三週，席捲全球並最終摧毀威瑪共和國的大蕭條就開始了。施特雷澤曼所獲得的經濟成就原本主要是依賴道威斯計畫的美國貸款，它在帶來經濟復甦、休養生息的同時，也導致國債增加，外貿逆差加大，失業率上升。當美國的黑色星期五衝擊到來的時候，

---

47 [英]尼爾‧弗格森著，唐穎華譯，《金錢關係》（中信出版社，2012），
　　頁190。

第一個遭受重創的就是德國：美援貸款停止。布呂寧政府倉惶以貨幣緊縮應對，布呂寧因此被譏為「饑餓總理」，他降工資升稅率，減少政府開支，導致了投資規模的急劇縮小，就業機會隨之大規模喪失，消費支出的降低進一步加劇了失業和生活水準。1930年初，失業人數大約300萬，1931年就上升到435萬，到1932年，已經到達510萬。

　　經濟大蕭條帶來的嚴重後果，除了飆升的失業率以及人們生活水準的大幅下降，絕望的人們在政治上也開始瘋狂。施特雷澤曼時期已經逐漸消停的極端政治再次開始在全國蔓延，治安急劇惡化，舉國幾乎進入一場全面準內戰狀態，各種由極端政治派別引發的暴亂此起彼伏。

　　人們對議會制度的蔑視再度甚囂塵上，甚至開始出現專事企圖推翻自己的總理，如布呂甯和巴本、施萊歇爾。人們普遍反對議會制，從大蕭條以來國會的選舉情況也可以看得很清楚。1930年9月，納粹黨得107席，德共77席；1932年7月，納粹230席，德共89席；到1932年11月，納粹196席，德共則是100席。納粹加上德共，共占將近55%的議席，社會民主黨在民眾中的市場越來越萎縮——這還是納粹黨比上一次選舉少掉了200萬張選票和34個席位下的結果。國民議會裡超過一半以上的議員反對議會民主制，這樣的共和國如何繼續生存下去？早在1932年7月20日巴本內閣作出政變之舉時，新形勢就已經不可逆轉，如克勞斯・費舍爾指出的，「1932年7月20日之後，某種極權主義政府的即將出現已經不可避免，只不過是從政治光譜的哪一極出現的問題。」[48]

48　[德]克勞斯・費舍爾著，佘江濤譯，《納粹德國：一部新的歷史》
　　（上海：譯林出版社，2011），上冊，頁315。

　　後面的故事自然不會再有懸念了，1932年3月13日的總統大選已是熱身，1932年11月的議會大選只是之前狀況的進一步加劇，威瑪共和國已經奄奄一息，只等這最後的終結了。

結語：威瑪共和國崩潰的歷史教訓

　　1933年1月，通過對興登堡總統的兒子奧斯卡進行總統在東普魯士住所諾伊德克（Neudeck）房產稅訴訟的威脅，以及與總理巴本的周旋，希特勒讓巴本內閣以及興登堡周圍的人認為他們能夠控制並且同化自己，1月30日，希特勒被滿懷狐疑的興登堡任命為總理。

　　之後不到一個月的2月27日，發生了國會縱火案；不到2個月的3月23日，授權法案通過，國民議會授權希特勒可以不經議會通過任何法律。德共的81名議員被清除出議會，雖然社民黨26位議員缺席，出席的94名議員全部投了反對票，但是授權法案還是在納粹黨清除異己後被強行非法通過。

　　至此，威瑪共和國的議會民主制崩潰。從1933年到1945年間，希特勒德國將世界拖入一場空前的戰火浩劫。

　　德國一戰戰敗後成立的威瑪共和國，很大程度上可以說是一次對之前病入膏肓之德意志帝國的政治化療，然而，它沒有成功。不但沒有成功，而且失敗得一敗塗地。正如美國歷史學家韋茲所言，「威瑪的歷史向我們昭示，一個社會如果缺乏共識，那就無法建立一套觀念以及產生權威的團隊，那將是危險的。事實上，每一個問題都被誇張地放大為極端的意識形態紛爭，民主政治不可能長期經受這樣的狀態。民主政治尤其無法承受其精英們從內部對它的破壞，他們一邊不停地抱怨一邊從這依然在運行的體制中攫取特權，

處理其巨大的資源。」[49]這或許是威瑪共和國崩潰的最根本原因，是對「沒有共和派的共和國」這一悲劇式標籤的名詞解釋。具體檢討，或可做以下大致歸納。

一、劣勢地緣政治格局陷阱

地處中東歐，東臨俄羅斯，西接法蘭西，北望英格蘭，南緣奧地利，德國的這一地緣政治格局極像處於一個包圍圈裡。但威瑪時代的拉特瑙、施特雷澤曼，戰後的阿登納、默克爾，都十分成功地化解了這一不利的包圍圈格局，與周邊國家友好邦交。而德意志帝國時代以及威瑪時代，更不用提希特勒時代，舉國上下的主流都在用敵意和悲壯感強化這種劣勢的地緣政治格局，這是產生褊狹民族主義的溫床。

二、隨意更改國體陷阱

德國成立共和國是一戰後被列強所強加的，他們更多是出於情緒，而不是深思熟慮的結果。屈辱感造成了共和國的民意基礎嚴重不足，這導致了威瑪時期大量民眾懷念帝國時代，尤其是國防軍系統成了蔑視共和國的右翼大本營。君主的存在並不意味著一定妨礙民主，作為憲政母國的英國可謂最好的例子。世界近現代的民主化進程中，因貿然廢除君主制實行共和國體的轉型可謂異常慘烈。在集權傳統深厚的國家，廢除君主後留下的權力真空往往造成群雄割據以及血腥問鼎的格局，最後往往以九犬一獒式內戰或準內戰中的殘忍獲勝者重建集權甚至極權政體。除了德國之外，大革命後的法

49　*Weimar Germany: promise and tragedy*, by Eric D. Weitz（Princeton University Press, 2007），p. 365.

國、20世紀的西班牙內戰都是共和國轉型的慘烈案例。

三、激進民主制陷阱

　　歷史上成功的民主制都是循序漸進的結果，英國、美國就是較為成功的案例。雖然當代民主選舉制度不可能再用財產或人種來限制選舉權，但對選舉權應該進行一定的限制，依然是在提高選舉品質方面值得思考的方法。對於那些缺乏自由民主政治訓練，民主教育剛剛開始的國家，過於激進地追求絕對平等的民主選舉有時候是災難性的，威瑪憲法的普選保障顯然是個典範，但也正是這個典範將希特勒送上了權力巔峰。

四、選舉—政黨制度陷阱

　　威瑪共和國的議會制度與其幾乎沒有門檻的比例代表制之間是自相矛盾的。比例代表制造就了多如牛毛的政黨，導致難以形成有執行力的單一政黨內閣，通常只能產生聯合內閣，這種內閣就會變得十分脆弱，沒有凝聚力。戰後德國吸取教訓，設置了以5%門檻的比例代表制為基礎的聯立制選舉機制，迄今運行得很好。

五、總統權過大陷阱

　　威瑪憲法半總統制的憲政體制賦予總統巨大的權力，被時人稱為「替身皇帝」，這給那些痴迷權力的政治罪犯扔下了危險的誘餌。尤其是威瑪憲法第48條緊急狀態權條款幾乎給了總統毫無限制的無限權力，這是相當危險的，在一個本來就缺乏民主制傳統的地方尤其危險。總統權力過大，還容易導致其他的權力腐敗，包括總統家屬干政。興登堡連任總統時，已是八十歲老人，精力不濟，將大量政治事務交由其兒子奧斯卡·興登堡代辦，這一政治腐敗行為造成

了十分嚴重的後果，包括他被希特勒要脅，興登堡終於不得不任命
其為總理。

六、福利國家陷阱

　　福利國家的最大問題，在於它的自相矛盾性。選舉式的民主政
治通常具有福利擴張的內在屬性，而大規模的福利卻只能由一個繁
榮的經濟體才能提供，但一國經濟不可能永遠繁榮，它受制於諸多
條件。因此，健康的民主政治，其福利制度即使遵循最低必要原則
安排，也會在民主政治運行過程中不斷擴張，遑論威瑪共和國幾乎
按照盡可能高的福利原則來安排制度。再加原有的經濟基礎就已經
遭到嚴重摧殘，因此長期陷入高赤字財政與經濟低迷的雙重陷阱，
也就毫不奇怪。威瑪共和國雄心勃勃的福利國家計畫，是其嚴重經
濟危機的主要禍根之一，它使得共和國進一步喪失合法性。福利國
家的弊害除了經濟方面，還導致官僚機構的擴張，低效大政府就變
得不可避免，官僚主義盛行。

七、國家資本主義陷阱

　　威瑪共和國在很大程度上也是實行的「國家資本主義」，這其
實也是福利國家的面相之一種。在政府權力極大的制度安排下，政
府會忍不住傾向於各種管制。經濟領域過多的權力干預，導致了保
護主義以及特定行業的特權，它在助長經濟方面行政壟斷的同時，
挫傷企業家的積極性，抑制創新，加劇國民經濟的刻板與僵化，以
至難以適應戰後的國際經濟體系，並且也加劇再分配上的官僚主義。

八、通貨膨脹陷阱

　　1923年的惡性通貨膨脹，除了一些顯而易見的原因，比如沉重

的外債、尚未調整健康的經濟結構，還有一個重要原因是威瑪政府
有意無意的放任。如經濟學家凱恩斯所言，這種做法雖然有宏觀經
濟上的獲益，但代價昂貴到任何一個政府都不可能承受，它表明了
國家對人民的盜竊與搶劫姿態——威瑪共和國原本就稀薄的合法
性，在通貨膨脹之後更是迅速地流失。

九、極端意識形態陷阱

作為德意志帝國的遺產之一，威瑪共和國不得不繼承其地緣政
治格局惡劣與科學、文化超前這種矛盾性所催生的意識形態後果，
這表現為各種對立的思潮彼此相互激盪，尤其是極左翼共產主義思
潮與極右翼納粹主義思潮之間的撕裂性鬥爭。威瑪共和國後期，溫
和的社會民主主義思潮沒落，被極左和極右思潮取代，最終結果無
論是雙方誰勝出，都將埋葬共和國。

十、司法不公陷阱

國家權力對社會生活的干預是全方面的，它也不可避免地體現
在司法領域，而這是對政權合法性傷害最大的領域之一。例如，在
勞資關係上，當1924年初貨幣穩定之後，大聯合政府就頻繁使用「國
家仲裁制度」解決勞資關係，國家勞動部長海因里希·布勞恩聲稱，
「85%至90%的仲裁處理，以及75%至80%的有法律約束力的解釋，
是應工會的建議才形成的。」[50]這是用行政取代了司法。再如，威
瑪時代的司法在對待極左和極右的態度不是一視同仁的，明顯偏袒
極右，「在1918至1922年間，右翼集團從事了354次政治謀殺，而左
翼集團從事了22次謀殺；但是，由右翼集團從事的354次謀殺有326

50　李工真著，《德意志道路：現代化進程研究》，頁271-272。

次沒有受到懲罰，由左翼集團從事的22次謀殺有17次受到嚴厲懲
罰，其中包括10次死刑。」[51]這樣的偏袒至少無法讓左翼人士感到
公平，而同時它鼓勵甚至慫恿了右翼的進一步作惡，即使僅僅從這
一點都可以說最後威瑪共和國亡於納粹希特勒之手，多少有點「罪
有應得」。極左和極右都進行恐怖活動，都搞暴力政變，都應當用
公開公正公平的司法對待，但威瑪司法系統沒有這樣做。司法不公
除了摧毀政府公信力，稀釋政權合法性之外，還會鼓勵犯罪，這甚
至比前者的政治性後果更為嚴重，因為這已是直接的治安後果了。

上述列舉的十項威瑪陷阱只是舉其大端而言，威瑪共和國的故
事遠比這些要豐富得多，也複雜得多。今日德國已是歐洲的經濟引
擎，是歐盟的支柱，也是全世界舉足輕重的大國之一。其成就，相
當一部分就是來自吸取了威瑪共和國失敗的教訓。例如，在憲政體
制方面，聯邦德國基本法從一開始就選擇了與半總統制迥異的議會
制，總統不再由普選產生，也沒有實權，政府權力主要在總理及其
內閣手中；選舉制度方面，則改進了比例代表制，設置了5%的獲取
席位門檻，並且增加了選政黨的一票，即聯立制，迄今運行得很好；
地緣政治方面，今日德國已是愛好和平、有國際擔當的重要國家，
這也是改變了二戰前外交政策的結果。其他諸方面，現在的德國也
都在很大程度上吸取了威瑪時代的教訓，從而獲得成就的，即使不
可能完全沒有問題，但至少不是威瑪時代那樣嚴重甚至會產生根本
性危機的缺陷。包括目前歐盟面臨的危機，可能依然需要從過往的
歷史中尋找靈感。

今年是威瑪共和國成立一百周年，回望百年前的煙塵，無非為

---

51 克勞斯‧費舍爾著，《納粹德國：一部新的歷史》，上冊，頁86。

了明鑑今日的紛紜。從百年前歐亞大陸西端發生的故事裡，也許可以找到許多具有共性的問題及其答案。即使這種概率可能向來微乎其微，也值得後人惕勵警悟。比如憲政體制的選擇、民主制度的具體設計、權力平衡的架構、經濟活動的方法、外交政策的制定、協調社會思潮的智慧……諸如此類，只要人類還存在一天，這些問題及其解決，尤其是隨著時代和環境變化衍生的諸多新問題及其解決的新方案，也都是在變動不居之中，人們既需要展開新的思考、努力與行動，也同樣需要歷史的經驗與教訓。

2019年5月28日

蕭瀚，中國政法大學副教授，研究興趣主要是憲政史與社會理論，主要著作《法槌十七聲》（2007）、《制憲權：創建國家及轉型陷阱初論》（成書於2017年，目前無法出版）。

「中國問題」與「日本天職」：
內藤湖南的中國觀

許章潤

　　內藤湖南以漢學為業，而終以「文化史學家」蓋棺論定[1]。其在華夏，早享聲名，而近年愈昭，則多冠奉為一代漢學大家[2]。綜其一生，前後十次遊歷中國，履痕南北。時在1899年，清光緒二十五年，春遭祝融之災，彷彿前學盡廢，遂決絕過往，沉心斂志於中國研究。是年9月仲秋，放舟芝罘，首次踏履中原，至11月末，悠游華北與長江流域。一路下來，登山臨水，載酒問字，時或風木含悲。此後二十年，至1918年間，至少五次游華，走尋常里巷，登名勝古跡，訪名流宿儒，搜古籍逸刊，察情勢變遷，謀時事應策[3]。而終究其事，

1　凡此具見於日人桑原武夫、小川環樹的研究，參詳連清吉，《日本近代的文化史學家：內藤湖南》（台北：台灣學生書局，2004），頁241-242。唯此「漢學」，迥乎歐洲同名學問，適為「東洋學」。有關於此，參詳董雙葉，〈內藤湖南學術研究中的「東洋學」概念〉，載《藝術學界》2018年第1期；趙京華，〈在東西兩洋間重述「中國」：近代日本的東洋學／中國學〉，載《文化縱橫》2017年第2期；陳懷宇，〈沒有過去的歷史：學術史上的日本東洋學——讀《日本的東方：將過去轉化為歷史》〉，載《國際漢學》2009年第1期。

2　當年觀堂自沉於昆明湖，陳寅恪先生挽詞竭盡哀痛，而有「東國儒英誰地主，藤田狩野內藤虎」一聯，即以其學術交誼為本事也。

3　1897年4月至1898年4月，內藤湖南曾任《臺灣日報》主筆，雖在台一年，然翌年始訪游華夏中原，此後九次游華，合此總共十次。凡

心智沉潛於故事，心志卻盤桓於一衣帶水之當下進退出處，處心積慮於日本文明的主導性，將自己送入推導日本成為一架隆隆戰車並遭受滅頂之災的喧嚷思想行列。在此思想群體中，他當然不算最為突出的，但忝為一員，則情形昭彰。

初游所思輯集成書，以《禹域鴻爪》題名，翌年刊行，此後並迭有增補[4]。本文主要以此為據，呈現內藤氏基於此間中國遊歷而載述、生發的中國印象，再結合相關氏著，大致梳理其「中國問題」，尋究由此催發之著名「日本天職」論，尤其考問為何「凡屬中國之物，皆在嗜好之列」[5]，卻力主刀兵相加，欲亡中國而不惜，如同悉心於母邦繁盛而終究無意間將其變成一架送死的戰車。在時間維度上，本文主要限定上述二十載前後，以此時段的中日關係與世界體系作為基本歷史背景，概予文化政治和歷史社會分析。

（續）——————

　　此巨細載見《內藤湖南全集》第14卷〈年譜〉，轉引自上揭連清吉著作前言部分。並參詳錢婉約，《內藤湖南研究》（北京：中華書局，2004）。

4　本書的兩個中文譯本，分題為《燕山楚水》與《禹域鴻爪》，由中華書局（2007）與浙江文藝出版社（2018）先後刊行，譯者分別是吳衛峰與李振聲。中華書局版收錄了日文本原有的「禹域論纂」十二篇。以下引錄，凡「禹域論纂」部分出自中華書局本，其餘皆出自李振聲譯本，分別只注明作者、中文書名與頁碼。光明日報出版社1999年曾刊行過《兩個日本漢學家的中國紀行》，係「日本人眼中的近代中國」叢書的一種，除收錄內藤氏《燕山楚水》外，並有青木正兒的《江南春》與《竹頭木屑》，譯者王青。

5　此為內藤哲嗣耕次郎氏「有關湖南之斷章」一文中語，轉引自桑原武夫「湖南先生所厭惡的」，收見內藤湖南《禹域鴻爪》，頁288。

一、作為問題意識的「中國問題」

　　綜其平生，內藤觀察中國，藉中國致思，或者「以中國為方法」[6]，無論著墨思想還是制度，放眼古史抑或當下，心中面對的是作為整體的中原華夏，而孜孜以求的是這個文明—政治實體的格局規制及其興衰脈絡，特別是眼前頓挫的歷史根源與現實原因。由此生發積聚，凝結成思，遂有一家之說，為人為己，所謂「中國觀」也，所謂「東洋學」也。其生也適，恰逢「漫長19世紀」與「短暫20世紀」之風起雲湧，遭遇世界性巨變之驚濤拍岸，面對的是深陷「中國問題」之周邦新命，則此「中國觀」，一個東瀛漢學大家的外在旁觀與內在省視，在中日比照之際，恰為內藤關於「中國問題」之捫心問答，也是據以建言日本進退的他者影像。

　　那麼，什麼是「中國問題」呢？筆者在此先約略梳理，以過渡引申出內藤氏有關於此的學思理路。

　　現代早期以還，兩、三百年裡，先後出現了以「英國問題」引

6　所謂「以中國為方法」，雖則經溝口雄三教授闡釋而稱著，實則內藤於處女作中即已運用。在1897年出版的《諸葛武侯》一書中，開宗明義，內藤以魏晉三國形勢之「三大時期」，比擬指陳日本明治維新後之變遷，亦歷三大時期。如此作業後更復喟言：「是似無用之比擬，然論古之快，非切其身其時之快，而尚友之義，實存乎此，故試為牽合之說如此也。」進而言之，歷來文明比較與全球史視野，均在於能近取譬，而得鑑戒之明，則其既為視野，也就是方法，所謂「他山之石」者也。凡此參詳〔日〕內藤湖南，《諸葛武侯》，張真譯（2019），頁2；〔日〕溝口雄三，《作為方法的中國》，孫軍悅譯（北京：生活·讀書·新知三聯書店，2011）。

領的八大典範性文明轉型案例[7]。它們各出機樞，疊加型塑，推導出
現代世界，昭示著這一波歷史大轉型的基本脈絡，彰顯出所謂現代
世界的國家政治間架結構與文明願景，一種基於民族國家和民主國
家之雙重交疊搭設的大框架而來、關於人生與人心的基本義理結
構。其間，「中國問題」生發於中國文明內部，卻激發自西力東漸，
更接續以隨後東瀛的強力衝擊，而立刻影響於傳統中華世界的文明
秩序，這才引發了包括內藤氏在內的扶桑朝野的密切關注，進而在
彼土擴張性取向中改寫了中日互動格局，恰構成新舊生滅之際「古
今中西」的大時代。「中國問題」生發於此背景並構成了這一背景
的重要方面，內藤氏的中國觀再以此「中國問題」為背景，而於雙
重背景中鮮明疊現，倏然凸顯。

概言之，「中國問題」講述的是傳統王朝帝制中國，一個奠立
於小自耕農經濟與宗法倫理基礎之上的文明共同體，如何轉型為現
代民族國家，並必須進境於民主國家，成就「文化中國—民族國家」
與「政治中國—民主國家」的二元一體，形成「以文明立國」與「以
自由立國」的政治國族格局。此為「雙元革命」，構成了國族政治
意義上的全部現代內涵，也就是所謂現代國家大致先後遞進的兩個
版本，成敗進退，為上述八大案例所歷驗不爽。逮至落諸華夏，引
發震盪，跌宕不已，而形成中國近代史上的「古今中西時段」，一
脈流轉，至今而未已。其以「立國、立憲、立教和立人」為旨歸，
追求富強、民主與文明。綜其核心義項，則為「發展經濟—社會，

---

7   有關於此，包括「英國問題」、「美國問題」、「法國問題」、「德
     國問題」、「俄國問題」、「西班牙問題」和「中國問題」，以及
     「阿拉伯—伊斯蘭問題」，參詳拙著，《國家理性與優良政體：關
     於「中國問題」的「中國意識」》（香港：香港城市大學出版社，
     2017），頁5以下。

建構民族國家，提煉優良政體，重締意義秩序」，構成了文明轉型、思想啟蒙、社會成長和政治建國的統一進程。凡此兩重四位一體的文明轉型，統攝民族與民主，依恃國家理性與公民理性二柄，而關鍵在於最後以優良政體籠統收束，為政治立國提供終局性安排。經此轉圜，將政治與邦國連袂一體，憑「以自由立國」奠立邦國之本；實現文化與國族的內在溝通，借「以文明立國」接濟政治理想。由此，賦予中華民族的現代建政立國進程以政治位格與文明品格，孜孜於營造良善社會與正派人生。由此，這方水土方能於世界體系中求存而求榮，在匯融於世界歷史進程中發掘地方性生存智慧的普世性意義，乃至有所謂的「貞下起元」[8]。

　　此間陳述，是為後視之明。而在晚清最後時光，苗頭已現，卻依舊暝晦，見仁見智。當其時，歐美與東瀛各以立國實踐提示新興政道可能性，早為華夏賢達所識，可欲行之國中，卻不能不迭經頓挫。至此世紀交替之際，方歷外戰恥敗，復經內政血腥，一切彷彿已成僵局。雖說不旋踵即有變法修律登場，將「改革的劊子手常常反為改革的政治遺產的執行人」這一悖論演繹得淋漓盡致，而開啟自新之道，但更大震盪在前，終於匯出帝制向共和的根本更張，一個三千年一遇的古今之變。其迅疾，其浩瀚，可謂順乎情理而出乎意料。內藤五次中原之旅，恰在此一時段，遂於對比中觸目驚心，將早已萌生之島國天職感應，沉潛把玩，鋪陳為更加具體明確的學思理路，於信誓旦旦中步入後來愈益顯豁的那個思想群體。這不，此前甲午，老大中華已然敗於新銳日本，但及至親歷身受，現實居

8　筆者對此迭有指陳，參詳拙著《法意今古：一個基於私人經歷的法理思考與文明敘事》，〈世界體系中的「中國問題」〉、〈「現代中國」究竟意味著什麼？〉等章節（香港：香港城市大學出版社，2019）。後一章的刪節版，曾刊於《南風窗》2017年第5期。

然衰敗隳頹若此，還是令內藤不勝唏噓。今日透過字紙，尚能感受到作者的滄桑興歎與心潮起伏。

　　那麼，較諸上述筆者的後見之明，這一內藤氏的「中國問題」究所何指？呈現出何種圖景呢？僅就本文主題所涉來看，總體而言，內藤體認到中國作為一個國家或者文明「出事了」、「有問題了」，因而，幾百年趨勢下來，如其後來所總結，也是其一以貫之的思路，「如今的中國已經到了不得不變的時候。」[9] 首先而一目了然的就是，面對列強侵凌卻無力自保，而屢戰屢敗，乃至於敗北東鄰，即為力證。話說回頭，當年以「中國問題」為題作文，包括《燕山楚水》所錄「禹域論纂」中的〈中國問題和南京北京〉一文在內，雖說均以「中國問題」措辭，但含義並非就是上述後見之明所概述之「中國問題」。毋寧，更多地是以眼目所見社會政治窳敗與文明衰微的種種物事與現象作為描摹對象，牽扯到救亡圖存與變法更張的利病進退，當然，也觸及到其間歷史文化大轉型的意味。就此而言，梁漱溟、胡適之與英人羅素的「中國問題」，最具歷史感與現實性[10]。新儒一脈，迄唐、牟、張、徐諸賢，愈益清晰，學理分梳更上層樓，尤其俱見於1958年的《為中國文化敬告世界人士宣言》。話題收回來，就內藤氏而言，其於現象而遙瞰歷史，就中

9　參詳〔日〕內藤湖南，《清史九講》，武瓊譯（北京：華夏出版社，2019），頁292。

10　參詳梁漱溟，〈談中國憲政問題〉、〈中國政治問題研究〉，收見《梁漱溟全集》（濟南：山東人民出版社，1988-1993），卷6，頁496、758-760；胡適之，〈中國問題的一個診察〉、〈從思想上看中國問題〉，收見《胡適全集》（合肥：安徽教育出版社，2003），卷21，頁511-518、392-406；羅素，《中國問題》，秦悅譯（上海：學林出版社，1996）。並參詳拙文〈也談「中國問題」及其現代性〉，收見拙集《說法 活法 立法》，（北京：清華大學出版社，2004）。

國而反顧母邦，自母邦再回視華夏，這才指陳其遠源，深溯其近因，而於中日對照比勘中勾勒出一幀「中國問題」圖景，遠非一般時政評論所能比擬，完成的恰為「文化史學家」的作業。

　　在此，對於西力東漸之大勢，現代世界降臨之血腥，對於包括中日兩國在內的東亞世界必須應變求生之時局，凡此大是大非，凡此艱難時世，內藤氏均有明晰的歷史感和清醒的時代意識，而以秉照日本維新變法經歷的過來人身分，指認老大中國郡縣體制一病千年，亟需一場根本變革，更自詡日本在此應當發揮應有作用，乃至不惜刀兵開道。當其時，中國變革維艱，進程逶迤，且復屢戰屢敗，將國運危機推至邊極。自甲午而戊戌，而庚子之變，再至辛亥，雖說終究突破，卻又彷彿捉襟見肘，相形見絀。以此具體觀感和總體判認為憑，內藤並未概括出一個關於「中國問題」的系統理論，但卻在歷史陳述中得出了自己的中國問題結論，提示出日本應當採行的可能對策。前前後後，彼左顧右盼，有關中國的全部論述，可以說均生發自這一問題意識，並圍繞於此第次展開，而心思乃現矣。

二、內藤湖南的「中國問題」

　　內藤心中的「中國問題」，古今牽連，中西交纏。自縷述中國「南北興衰的文化流轉」，到闡論東亞華夷易位的「文明中心變異」，再至對於「新舊嬗變」與「郡縣利病」之現實考察，特別是念茲在茲據此而來、蓄勢待發之「日本天職」，其之伏脈錯綜，頭緒萬千。然細加分梳，概莫四端，此即「華夷易位論」、「南北興衰論」、「新舊嬗變論」與「郡縣利弊論」。其間經緯，遭大投艱，且試綜理如下。

　　第一，華夷易位論。逮至內藤首次旅華，傳統的中華世界已然

坍塌，「華夷」分明的舊日東亞「中心—邊緣」文明格局不復存在，
而且，主次早已易位。解構是一個過程，起先潛伏在歷史的幽冥暗
道，然後突出地表，轟然噴發，有如風捲殘雲，前後不過半個來世
紀。而甲午一戰，最為致命，將蒙在孱弱病體上的最後一絲遮羞布
無情揭剝。故而，在雙方歷史文化心理上，不僅此時歐美早已蔚為
文明開化的先進典範，東瀛亦且以戰正名，從而一舉反轉以華夏為
軸心的東亞「中心—邊緣」格局。也就因此，當年豐島海戰甫發，
內藤情非得已，伏案疾書〈所謂日本的天職〉，開篇一句頗見氣勢，
「豐島海戰一捷，繼而進剿牙山。……長驅直入渡過鴨綠江，西指
奉天、北京」[11]，口吻儼然王師北伐，身姿端的是王道正統，可見
心態翻轉，面貌浩然，非復當年。究其根由，還如內藤所言，「雖
說事端起於朝鮮，而所爭已不在區區半島國家的權力輕重。」[12] 那
麼，所爭何在？爭又何益？原來，經此一戰，不僅東亞大地誰主沉
浮可見分曉，更在於日本自茲位居文明中心，執東亞地緣牛耳，反
過來必「使日本的文明、日本的風尚風靡天下、光被坤輿」。而起
點和對象，不在別處，恰為東亞最大國家之中國也[13]。換言之，雖

11　內藤湖南，《燕山楚水》，頁172。

12　內藤湖南，《燕山楚水》，頁172。

13　內藤湖南，《燕山楚水》，頁183。此處略提一句，郭廷以先生論
　　及此役，亦以此作結。在〈六十年前中日的戰與和」〉一文中，郭
　　先生喟言：經此一役，「從此制海權入於日本之手，陸軍可平安向
　　大陸輸送。如果是中國海軍勝利，日本不惟不能在陸上作戰，更不
　　能攫取朝鮮，進窺東北，肆侵大陸，而其本土亦將遭受嚴重威脅，
　　遠東的領導者，將仍是中國而非日本。」參詳氏著《近代中國的變
　　局》（北京：九州出版社，2012），頁133。並泛詳〔法〕克勞德‧
　　邁耶，《誰是亞洲領袖：中國還是日本？》，潘革平譯（北京：社
　　科文獻出版社，2011）。

說中日兩國「二者的開化很相似」[14]，但中國實力不再，已然喪失東亞中心地位，處於歐美權勢與日本先進文明的包抄之中，要麼奄奄待斃，要麼接受日本文明西進照拂。此為文明大勢，更為當日「中國問題」之時勢，而總括為中國必得面對之尷尬卻嚴峻之局勢。

結論既出，天翻地覆。千年格局轟塌，且更攪動寰球。然則內藤未嘗不知，列強矯囂，「幾乎把中華帝國看作一片沒有統制的土地」[15]，而侉離分裂，「如此江山，乃使他人放言為彼之勢力範圍，」[16] 則其既予中華奇恥大辱，勢必反彈，浩瀚華夏胡可引頸任其宰割耶！至於其間為時之久暫，進程之緩速，功業之微宏，端看天時地利，更且事在人為，必賴殺身成仁壯烈而後成。此在甲午戰事甫發，內藤已有預料[17]，四年後初游中原得與張菊生元濟筆談，亦所言及，更當漸有成案在胸矣。

撇開這些不論，在此，「剿」之一字，道出了華夷反轉的文明心態，最堪玩味。作者儼然以王朝正朔自居，而視鄰邦為必予掃蕩之叛逆。至此，日寇侵華，遂成王師西征。寥寥數字，透露出明治維新後的日本亟欲坐大，正圖為東亞中心，建立「日本—東亞」的核心—邊緣關係這一深心大願。其間，既有華夏王朝政治烙於彼時

14　內藤湖南，《燕山楚水》，頁179。

15　內藤湖南，〈在清國的領事館〉，收見《燕山楚水》，頁195。

16　內藤湖南，《禹域鴻爪》，頁148。當日菊生心腹沉痛，唯以「國事至此，夫復何言」以對，更於話畢口占一絕相贈，道盡心事。詩云：「海上相逢一葉槎，愴談時事淚交加；願君椽筆張公論，半壁東南亦輔車。」具見前揭，頁153。

17　當時內藤反對有關中日關係的「唇齒論」與「利源論」，宣導「日本天職說」，就在於認定面對廣土眾生之華夏古邦，即刻武力進行「異服改宗」式的征服之不可能。參詳氏著《燕山楚水》頁178-179的論述。

日本的政治心理，也有效慕大英帝國縱橫四海、如日中天之「英國—
世界」格局之大國抱負。實際上，英人之面對亞歐大陸最西端，背
靠大西洋，與歐洲大陸隔海相望，正如同日本之局處海疆，面朝這
片大陸之最東端，背倚無垠太平洋，引頸遙望膏腴東亞。一東一西，
其地緣情勢，其心緒情態，正相類似，遂相引為朋比矣[18]。而將發
端於西洋之近世帝國主義蒙裹上一層中原古典王朝政治倫理說辭，
復披上文教面紗，說明此世迷漫，正是一個新舊雜陳的混沌時代，
文化史學家運思下筆，有以然哉，所以然哉。

　　細言之，當年日人彷彿雄心萬丈，處心積慮於西進征服，就在
於明治維新所仿效的晚近這波現代文明，發源於那方歐美水土，秉
持的是尼采式之「沖創力」也。彼四百年間苦於征戰不休，而窮則
思變，遂意氣昂揚。初起指向「權勢國家—權力政治」，以海外征
服為內政外向之鵠的，更收穫戰爭賠償的巨額紅利。砍斫不休，終
以基於列強均勢為憑之歐洲公法作結，額手稱慶之時，留下無數孤
兒寡母。然彼時方酣，未到夢醒時分，日人體量漸重，遂起向慕追
化之志，同樣是窮則思變，裹挾於時與勢也。近代西進「大陸政策」
的成型出籠，遠源可溯及豐臣秀吉，彼之圖謀「四百餘州，收歸掌
裡」，而且，「盡化我俗，以施王政於億萬斯年」[19]，能近取譬的
卻是這現成的西洋列強楷模，甜頭初嘗，不忍離手。兩相疊加，國
力發酵，心力膨脹，終於將日本拖上隆隆戰車。因而，雖甲午戰事
未始蓄謀已久，而西進擴張之志實乃深埋明治維新運動邏輯之中，
豐島之釁不過適時契機爾。無豐島之契，必有其他由頭。故爾，所

18　參詳子安宣邦，《東亞論：日本現代思想批判》，趙京華編譯（長
　　春：吉林人民出版社，2004），頁168。
19　內藤湖南，《燕山楚水》，頁175。

謂「日本天職」之說，只是擴張論的理念淵源，徒為緣飾而已，逮至《新支那論》不惜以刺刀開道，便赤裸裸了。

在《新支那論》中，內藤氏申言：

> 為了開拓大片的天地，挖掘灌溉用的溝渠，在疏通溝渠過程中有時會遇到埋藏於地下的大塊岩石，此時必須使用斧頭或炸藥。但是，也會有人忘記這樣做的真正目的是開拓田地，斷定其目的是爆破土地。同樣，現在日本的輿論忘記了日本的歷史和將來要走的道路，將使用武力的權宜之計說成侵略主義、帝國主義，不免妄自菲薄。[20]

至此，「使用武力」已成定局，而在所不惜，其來有據矣。所謂「權宜之計」，在「手段與目的」語境中，亦即「手段」，內藤正是以目的正當論說手段之必要，以及正當。究其實，此說承襲氏著兩篇論述日本天職的文章思旅而來，而為此奠立基準並引申發揚的，實為其基於時地坤輿之論的「文明中心移動說」，中國文明之「南北興衰」，不過為此權勢轉移進程之階段論，而終究於東亞世界回環震盪。

第二，南北興衰論。在內藤眼中，無論是地力、人種和風土，還是格局、個性與做派，中國東西別相，南北殊風。東南富庶，而塞北荒遠，關中王氣已盡，終成「北衰南興」之象。此為宋明之後，文化中心南移，漸次演變成型的結果，至此清末民初凋敝時光，彷彿益發無以復加。有關於此，不惟文教典章與民力心氣，亦且見諸

20　內藤湖南，《新支那論》，轉引自薛天依，〈辛亥革命後內藤湖南的中國認識〉，載《外國問題研究》2014年第2期。

山川世相。翻檢《禹域鴻爪》，處處可見內藤眼見筆錄，讀來觸目
驚心。就連北京皇城之貢院，「院內荒草長掩……守者糞便狼藉」，
而且，整個北京，街角裡巷，處處皆糞，「儼然若一大溷圊」，可
為之證[21]。故而，面對黃土衰草，日暮殘陽，則「古今之變，竟至
於此，但覺感愴難禁」，寫盡內藤基於歷史興亡的文化哀傷[22]。其
景其情，恰如詩所詠，「處今身計闊，覽古淚痕斜」[23]。

　　雖則如此，但內藤用心非在表層描述。毋寧，借此省視中國文
明的內在流脈，而引申出關於中國文明及其國運之一般命題。換言
之，此間轉折在於，如論者所言，內藤將中國一分為二，既非截然
「守舊停滯」，如黑格爾諸公並被福澤諭吉等日本文明論者所過度
渲染者，亦非全然「維新更張」。毋寧，偌大中華，北方「已衰」，
但是南方「可興」，孕育著中國未來的「希望」，而構成「一個整
體」與「兩個部分」之格局[24]。百姓萬方，普天率土，一統中華，
至此乃南北分殊，新新而舊舊，整體上卻可謂一敗塗地，惟敗象中
潛藏著生機。

　　但是，若將此種形勢進一步引申開來，竟然發展至其所倡言的
「分治中國」與言之鑿鑿的「國際共管」，則難能諱言殆有深意存
焉，或者，引向無可收拾之惡果。在1921年發表的〈作為中國人觀
的將來觀及其批評〉一文中，內藤開頭就說，「近來世界上的重大

21　內藤湖南，《禹域鴻爪》，頁165、167，以及頁53、84-85。
22　內藤湖南，《禹域鴻爪》，頁60。
23　此為內藤氏〈舟中無聊次秋水犀東二兄見贈韻〉一詩之頸聯。內藤
　　詩見《燕山楚水》頁225，幸德秋水和國府犀東的贈詩見《禹域鴻
　　爪》頁17-18。
24　參詳胡天舒，〈內藤湖南的中國觀：以《燕山楚水》為中心〉第一
　　節，載《歷史教學》2013年第22期，

問題，當然是中國問題……對中國的援助——從另一個方面來說就是對中國的國際管理」[25]。此種將華夏置諸肉案的腹案，在內藤看來也許例為不外之言，而在魚肉眼中，既足與外人道也，可就洵非家人一時之憤言矣[26]。至少，在最大善意解讀，也是站著說話不腰疼。如同後面將要敘述的，彼初履華夏，輒以「如此江山，乃使他人放言為彼之勢力範圍，我以為乃貴國士大夫之恥」詰問[27]，卻又以「分治」「共管」而加恥不遑稍讓，則何其自相矛盾乃爾。實際上，京大同事，同為漢學家的野原四郎就曾直言不諱，其之腹案，不啻「向日本帝國主義授予支配中國的秘訣。」[28]在此，雖說內藤並未如秉持國家主義的內田良平那樣赤裸裸主張瓜分中國，但卻喟言中國之為一個國家之亡國不足惜，蓋此與中國文明自有遺存價值分屬兩事。可問題在於，中國本體既已不存，又何來中國文明之遺存耶。淺顯道理，路人皆知，而文化史學家故作蒙昧，可見明面敘事背後必有深層邏輯存焉，同樣難能諱言矣。

實際上，一方面內藤判定中國「除了共和政治以外已經沒有別的路可以走了」，可弔詭在於，縱便地方自治局部成功，全國性的共和政治也無法實現，因而，只能通過領土分割、放棄統一主權乃至於放棄國防、停止收回利權、建立一個國際託管的共和政治，方

25　參詳內藤湖南，《東洋文化史研究》，林曉光譯（上海：復旦大學出版社，2018），頁146。

26　關於內藤的凡此腹案與介入，日本學者溝上瑛曾經曲為轉圜，認為「對他來說，日本明明白白是中華文明圈的一員，日本人參畫、寄與中國的近代化，是自然而然之事。也正因為如此，他遭到了鼓吹日本侵略中國正當化的批判。」參詳前揭內藤氏《諸葛武侯》附錄之溝上文〈內藤湖南〉，頁126-127。

27　內藤湖南，《禹域鴻爪》，頁148。

28　轉引自上揭溝上瑛的文章，頁130。

始有望存續。雖說地方自治與全國共和的關聯依此排列，而內在因果，則又語焉不詳，但卻不影響後文將要分析的內藤的分治主張。具體而言，在關於「領土問題」的討論中，內藤逕言，「自古以來支那的領土對於其國力來說顯得過於龐大，……五大民族共和這一理論也是保守的、基於維持固有領土之上提出的。」[29] 基此判認，其對策之一就是放棄滿蒙藏，僅維持漢地一統。辛亥後內藤力勸日本政府把握時機「解決未決的問題」，意即侵占中國內蒙。而且，機不可失，時不再來，便是基此預判而來。

> 內蒙古、外蒙古、西藏等不會歸順新成立的共和政府。這些少數民族地區不喜歡歸順漢人，何況是共和政府這種沒有成順天命的天子的國家。……或許新共和國對這些塞外的領土毫無眷戀。割捨這些麻煩反而對於中國的經濟有利。勸日本政府，此乃千載難逢之機，必須有穩步著手，在各種抱怨產生之前解決此事的手腕。[30]

行文至此，真所謂「處心積慮，狼子野心」，令後人不得不感慨史家腹案，原是經略大計！內藤並不看好所謂中國之「南北分治」，直認其「大錯特錯」與「荒唐」，說明經略者「不懂中國歷史」[31]，但卻以國際分治而實則瓜分為腹案，可謂陰鷙森森，更甚

29　本段所引內藤氏著作，均出自氏著《支那論》，轉引自黃豔〈從「宋代近世說」到日本的「天職」：內藤湖南中國論的政治目的分析〉第二部分，載《四川大學學報》2016年第3期。

30　內藤湖南，〈支那時局的發展〉，轉引自薛天依，〈辛亥革命後內藤湖南的中國認識〉，載《外國問題研究》2014年第2期。

31　參詳氏著《清史九講》，武瓊譯（北京：華夏出版社，2019），頁

一層。唐德剛先生論及其時日人經年營造之「侵華哲學」，曾經感慨「當年日本對漢學的研究（其火候有時且超過中國），足夠支持他們軍政兩界肢解中國的理論」[32]，可謂沉痛已極，而鑑往識今，知人論世矣。

另一方面，在內藤眼中，此為理之所致，勢之必然，就在於當日中國民眾的狀況不足以建立共和政治，造成了非走共和之路不可與民眾心智不相匹配這一兩難之境。與此同時，內藤更嚴判中國官民均缺乏「政治上的道義心」，不但無法依靠自己建立共和政治，甚至既有一切「文明國家」所實行的任何一種政治形式均不適合中國，致使中國作為一個自存自立之國根本前途無望。職是之故，為長遠計，內藤乃擘劃由列強共同監管中國：「我認為，一直到支那真正成立讓人滿意的共和政治為止，世界列國都有不得不監視的義務。」如此這般，才有可能保守政治道義，從而成為現代世界列國之一員[33]。在此進程中，日本所擔尤重，蔚為「天職」。──至此，遠溯自兩部古史紀記的「天命」論，逢時應世，凡經編織，乃為「天職」說也。有關於此，其四期承續與嬗變，本文下節還將詳述。

然而，事實是中國於辛亥鼎革，建立亞洲第一個共和國，而共和初肇，跌宕起伏，洵非常態，卻也不出歷史先例。考察前述八大案例囊括之世界現代各國，包括日本明治維新之和戰起伏在內，現代立國肇始，猶如走獸變為飛禽，無不幾經跌宕，踉踉蹌蹌，乃至於血流成河，方式步入正軌。就中國而言，倒是經此共和一統，華夏一新，不僅一舉扭轉衰頹，而且底定復興之基，則長此以往，勢

(續)───────────────

　　286-287。

32　參詳唐德剛等，《從甲午到抗戰：對日戰爭總檢討》（北京：台海
　　出版社，2016），頁95。

33　上揭黃豔文。

必形成阻攔「西進」之勢，其事俱在，其理不言自明。日本明治維新後的情勢，幾經回環而百折不回，終究造成日本的崛起，多所類似。兩相比較，融史事與時事於一體，由時事而遠覘時勢，內藤氏不能不知，不會不知。《支那論》刊行於1914年，時為日本大正三年，同年出版的還有內田良平的《支那觀》，所見略同，心胸同慨，正為那個激盪時勢的思想映射，其來有自矣[34]。

　　而激發心潮起伏、學思震盪以至不免浮想聯翩者，在其「文化史學」視之，還必然關涉中國人的新舊觀念與中國正在發生的新舊鬥爭。內藤氏每論時事，輒引申史事，而牽連多方，統此構成「時代」，正為此解頤矣[35]。

　　第三，新舊嬗變論。內藤氏以「唐宋變革論」解釋中國歷史，落筆宏大，最為著名，引發這篇討論，至今音響回蕩[36]。今日中國學界尚聞其名，無論治史與否，多緣此說。氏認宋代為中國近世開端，自此以還，直至清末衰敗，無論文質，實多所凌駕於歐美之上。門人宮崎市定教授更以「文藝復興」比附，將乃師學說前推一步[37]。

34　有關此間的中日情勢，包括1914年「一戰」甫發日本即悍然侵占中國青島、翌年提出「二十一條」等事件之於內藤學說的可能影響，參詳〔日〕野村浩一，《近代日本的中國認識》，張學鋒譯（南京：江蘇人民出版社，2014），頁51-52。

35　有關內藤史學意義上的「時代」意蘊，參詳前揭連清吉著作，頁74-75。

36　有關於此，中文世界頗有論述，最為稱著的研究，參詳張廣達先生的〈內藤湖南的「唐宋變革說」及其影響〉，載鄧小南、榮新江主編，《唐研究》第11卷「唐宋時期的社會流動與社會秩序研究專號」（北京：北京大學出版社，2005），並收入氏著《史家、史學與現代學術》（桂林：廣西師範大學出版社，2008），頁57-133。

37　〔日〕宮崎市定著、礪波護編，《東洋的近世》，張學鋒等譯（北京：中信出版集團，2018）。

但自茲一變，頂峰既現，而心衰力竭，中國歷史遂彷彿靜滯不前，迴圈於治亂，直要西力東漸方始更張。此為黑格爾諸賢之靜滯論，雖不為內藤所喜，但既以「兩千年郡縣之弊」慨而慷之，歸於「時勢螺旋」，則只能導入新舊折衝與崇古趨新的拉鋸為解。僅就《禹域鴻爪》一集文字來看，一方面內藤指認中國崇尚往古，則年代越久越具權威，以至於彷彿泥古不化。所謂「忸古難移，乃貴邦在朝之大弊。」[38] 而三年後（1902）再訪華夏，之所以獨對肅親王讚譽有加，就在於內藤體忖，置身晚清僵局，「極富破除門面之美質，抱持豁達宏遠理想之有若親王者，實為其最所急需之事。」[39] 在此，其與大學堂總辦王修植的筆談中的那句話，亦頗能概括其意。言及近世變法，內藤喟言「鄙邦只認勇與進而拙於守，貴國之人則相反。」不過，王大人對此彷彿並不認同，而以「去年諸君子，亦正坐知進而不知退之病」作答[40]，彷彿牛頭馬嘴，何其悖反乃爾，就在於進退之間，攻守兩端，此一時彼一時，而有此風馬牛之應答差池也。

另一方面，如同文化中心之移動，伴隨著中國北衰南興而如風動潮湧之新舊遞嬗，亦且演繹於東亞世界，如同上演於近代五洲環球。蓋在於文明中心─邊緣的互動，先進促後進的躁動，風水輪流轉，自有感時應天之大道存焉。此不惟昔日華夏秦漢至唐宋兩變所昭示者，亦為中原文明與四方生地文化互為邊疆，而邊疆必於吸納中原後再予回饋，乃至於入主中原，而終成激蕩之勢所在在演繹者。就東亞而言，文化的生發非獨一民族的自我展開，毋寧，是中日韓三族「整體為一」的文化形態，由中心向周邊正向運動與周邊向中

38　內藤湖南，《禹域鴻爪》，頁149。
39　內藤湖南，《禹域鴻爪》，頁261。
　　內藤湖南，《禹域鴻爪》，頁42。

心回饋，雙向流變所成，恰構成宮崎市定所詮釋之「螺旋循環」。至於流向流量，則全看時運，端在乎新舊，取決於厚薄。置此中日文化同體結構，就當日情勢來看，日本維新引領潮流，則東亞文明中心早已移至三島，更為日俄之戰與甲午之戰，凡此兩戰所證實。由此，南北興衰轉至中心邊緣之變遷，終以日本文化中心定位而塵埃落定[41]。如果說古典中國文明是日本文明的「鹵鹽」，今則相反，有待日本文化反哺，實乃一大「逆襲」。

那麼，為何出現此大「逆襲」？原因無他，就在於中國唐宋變革之後，雖有突破努力，始終未能走出故轍，一病千年，而病在郡縣也。

第四，郡縣利弊論。「敢問貴國時局，當從何處著手，方見起色？」[42]此為內藤初來中原，首次筆談劈頭之問。類此之問，在《禹域鴻爪》載述的四次筆談中[43]，均曾出現，雖口吻有別，彷彿賓主寒暄客套，不過時事談資，但問者心切，答者情湧，其實問題意識如一，連貫打通的正是所謂「中國問題」，一種中日映照而形成的東北亞局勢中的共同問題。例如，就在同次筆談中，王修植甫回上問，內藤旋以「貴國時事，尚難變法矣？」[44]再相追問，則「時局」必落於「時事」，再牽連於「變法」，而變法者，三千年之轉折也。

---

41 內藤氏所作〈學變臆說〉、〈地勢臆說〉、《支那上古史》、《支那近世史》以及〈概括的唐宋時代觀〉等著述，對此均再三致意，終成一己之說。

42 內藤湖南，《禹域鴻爪》，頁41。

43 凡此四次筆談，留有紀錄，分別是1899年9月15日，天津，晤談嚴復、王修植，見《禹域鴻爪》頁41-45；10月4日，天津，晤談陳錦濤、蔣國亮，頁83-89；10月9日，晤談文廷式，頁91-94；11月末，晤談張元濟，頁148-153。

44 內藤湖南，《禹域鴻爪》，頁42。

其他如問嚴又陵「敢問府帑充裕，有何良策？」問文廷式「豪傑之
士，不待於文王者，踵起於草莽。果有歲月之可指乎？」以及問張
元濟「如此江山，乃使他人放言為彼之勢力範圍，我以為乃貴國士
大夫之恥，不知先生以為如何？」等等，所問有別，所由來有別，
而心意一貫，拳拳問題意識恒定矣[45]。

　　凡此諸問，由時事入手，追尋的是時勢，觸及的卻是當此千年
變革之際，華夏人文與帝制典章有無存續可能，吐納之際如何因應
更革，概為大是大非，攸關生死存亡。其之不得不問，不得不答；
其之有所問而問，無所答亦答。因而，考其學思，則時事根由還在
史事。而恰恰在此，如其同胞後人所言，「湖南是不做專題著作的
學者，一般的理解是，把握歷史的大流行趨勢，指出其內在的性質
是湖南治學的特點」[46]。因此，不難理解，蓋在內藤看來，中國目
下之弊，早埋伏於有宋一代，牽延流轉，蓄積既久，至此世變之極，
總體大爆發而已。雖說乾嘉世運豐享，但「衰敗之兆早已稍萌」，
卻了無意識，不思深患，以致「千年積弊」愈益深重，而積重難返
矣[47]。

　　這裡，1899年9月9日，晨光熹微，內藤乘舟初抵成山角之際，
觸景生情，不能自已，頗具象徵意義：

　　國家之衰敝荒涼，一至於此，兩千年郡縣政治之餘弊，令人惟
　　有痛惜。[48]

45　內藤湖南，《禹域鴻爪》，頁44、92、148。
46　〔日〕高田時雄，〈內藤湖南的敦煌學〉，收見氏著《近代中國的
　　學術與藏書》（北京：中華書局，2018），頁125。
47　內藤湖南，《禹域鴻爪》，頁80、94。
48　內藤湖南，《禹域鴻爪》，頁28。

看來，所謂千年積弊，弊在郡縣矣。其實，所謂郡縣政治不過
總貌，實為華夏文明整體皆病矣。稍後，與育才館漢文教習蔣國亮
的筆談，在回答氏問「今日救時，有何方法」時，內藤秉筆直陳，
更且開列其他兩端：

> 竊以為，貴國積弊，非始於本朝。遠而言之，根源在商君之變
> 井田、開阡陌；進而言之，則以科舉取才，徒有美名而不見實
> 功；加之郡縣之制，牧民之官不以生民休戚為念。[49]

就是說，井田科舉，加上郡縣體制，凡此古典華夏立國之根基，
始自秦漢，變在唐宋，而沿襲千年，至此悉為中國當下衰敝負責，
縱有英主，亦難措意。事後回瞰，此間立論，頗有讓古人為今人「背
鍋」、令文化為政治負責之嫌，倒與「五四」前後中國思想界反傳
統主義主導下流行之「遷責弒父情結」，堪有一比，也是位處後發
一方，中日都曾有過的文明反思思潮的反映。但既然凡事總有源流，
因果輾轉，則郡縣之弊，難辭其咎，確乎是一條致思的線索。而根
本則在於整個體制眼睛朝上，洵非「以生民休戚為念」。反過來，
生民亦不以郡縣為念。推至極端，則「君之視臣如犬馬，則臣視君
如國人；君之視臣如土芥，則臣視君若寇仇」。其在士人階層，則
眾人而眾人之，國士則國士之。其間轉折，在於所謂「參政權」之
有無，則事涉帝制與共和之大變，涵括「古今之變」與「東西之變」，
值此時代，時間凌駕於並取代了空間，概為文野之別矣。同為京都
學派而為二代掌門的宮崎市定先生論及古典華夏與羅馬帝政異同，
曾舉羅馬政制中的市民權，包括「任官權、參政權、所有權與婚姻

---

49 內藤湖南，《禹域鴻爪》，頁83。

權」，凡此四權為例，展開思旅[50]。設若以此衡估，則郡縣政治所缺在於參政權，共和政治卻為此打開門扉，而近世之走向現代，正以此為徑，登堂入室。經此一役，人民出場，主權落定，現代政治降臨人世，那眼睛便朝下了。兩相參照，內藤慨言「不以生民為念」為郡縣政治大弊，則中西之別蛻轉為古今差異，方案遂出，一切不言自明。其實，這也是明治煥然一新後的夫子自道。正是在此，日本維新而領先，中國瞠乎其後，新舊既現，彰顯的是新興日本無可辯駁之文明主導性。此如張廣達先生引述美國學人傅佛果（Joshua. A. Fogel）所論，「內藤的學問既是描述性的（descriptive），也是方案性的（prescriptive）。他從唐宋變革說出發論證宋代為中國的近世，這是描述性的；針對現實而論證宋代以來平民主義趨勢導致共和，這是方案性的。」[51]證諸內藤郡縣利弊而共和立國之論，可見不予欺也。

然則一旦維新更張，具體著手之際，究以「何種政治方案與民更始」？改革之難非在知道改革之必要，毋寧，「難在怎麼知道從何處著手」[52]？以及，可能如何著手？凡此等等，不一而足。以中國之大，情形複雜，舉世罕匹，縱便「歐洲著名的政治家，也幾乎

---

50 〔日〕宮崎市定，〈我的中國古代史研究〉，馬雲超、張學鋒、石洋譯，載氏著《東洋的古代：從都市國家到秦漢帝國》（北京：中信出版社，2018）。

51 張廣達，〈內藤湖南的「唐宋變革說」及其影響〉，收見氏著，《史家、史學與現代學術》（桂林：廣西師範大學出版社，2008），頁57-133。並泛詳傅氏著作，《內藤湖南：政治與漢學（1866-1934）》（Joshua A. Fogel, *Politics and Sinology: The Case of Naito Konan [1866-1934]*, Cambridge and London: Harvard University Press, 1984），陶德民、何英鶯譯（南京：江蘇人民出版社，2016）。

52 內藤湖南，《燕山楚水》，頁185。

無從著手」，況乎基業初奠之隔海日人[53]？折衝禦侮與革除宿弊兩
端，所謂「救亡」與「啟蒙」，孰先孰後，孰難孰易？所藉不僅政
治技藝，更且關乎政治取向，而古今中西之變及其文野之別，盡在
其中。還有，一旦維新啟程，則需上下同慨，然則民愚士躁，何以
措置？這便牽扯到近世立國之立教與立人兩端了。

　　凡此種種，內藤沉澱於心，以史為鑑，皆有所思慮，皆有所解
釋。在此，依照炳卿先生，禦侮較易，革弊反難，就在於長遠深思，
內政變革事關「大轉型」。此為三千年之變，既關涉現代國家建構，
更牽連優良政體建設，復深賴細水長流之風俗教化，非一時一地之
役所能畢競其功。相較而言，文廷式以「無兵力，則國無以立，遑
論治法」作答[54]，道出了「落後就要挨打」的現狀，好像也是一種
德國式「1914」（兵力）vs.「1789」（治法）的對壘，看上去首先
著眼於外侮之火燒眉毛，而一時不遑深究「何以得有兵力」之追問，
然則根本還在於一切均必得回溯於內政之維新自強而後成這一長久
之計，文廷式於此並非不知也。故而，內藤的中國方案，一言以蔽
之，「有效實行新政」[55]，同時更張風俗，發展社會，「促進發展
公眾的社會集體意識」[56]，同為書生字紙，亦未超出當日華夏朝野
之共識。毋寧，印證了中日同處大轉型，而前後次第之別也，成功
先賢與失敗後生之落差也。而新政者何？新文明者何？此為「西歐
政治」，也就是更上層樓的維新後的政教體系，一種現代政道與治
道[57]，只能徐徐圖之，同為共識也。其間值得一提的是，雖然內藤

53　內藤湖南，《燕山楚水》，頁184。
54　內藤湖南，《禹域鴻爪》，頁94。
55　內藤湖南，《禹域鴻爪》，頁281。
56　內藤湖南，《燕山楚水》，頁191。
57　內藤湖南，《燕山楚水》，頁189、215、184。

暢言「日本天職」而欲行日本文明於華夏，卻又認為經由租界建設，
「使中國人感受到西歐政治好處」，而俘獲人心，絕不亞於戰勝的
榮光感染[58]，說明直到此時，並不排斥指向逐漸西化的維新路向，
不若後來逕言以武力推行日本政教於「此四百州」矣。

　　總之，運思至此，腹案乃出，而清末變法與辛亥之役，奔趨正
在此途，反不料內藤卻以「日本天職」半道打入，羼乎其中，直至
發酵為烽火連天。歷史早已證明，其之適足以打斷歷史進程，以致
於在在延宕而遺患無窮，可能既非內藤氏所曾料及，抑或雅不欲也。
如果說上述文廷式的德國式路向對壘以「兵力」與「治法」兩相排
列，則內藤氏同樣有一個德國式路向對壘，那就是西歐政治為榜樣
的自主維新（1789）與日本天職主導下的東洋秩序（1914）之兩相
對壘，而終究以「1914」壓倒了「1789」。歷史弄人，不待人謀，
何其弔詭，又何其殘忍！如筆者曾所論及，所謂「1914精神」與「1789
精神」的對舉，道盡了德意志近代歷史的文明癥結所在，構成了「德
國問題」的命脈樞機[59]。時空移位，它們同樣彷彿出現於「日本天
職」與「中國問題」的幽冥深處。內藤炳卿氏之一己思旅，為此再
添一則例證爾。

　　綜上所述，內藤追尋中國歷史，是要說明其於當下的走向，講

58　內藤湖南，《燕山楚水》，頁189。

59　有關於此，參詳〔德〕海因里希・奧古斯特・溫克勒，《永遠活在
　　希特勒陰影下嗎？——關於德國人和他們的歷史》，丁君譯（北京：
　　生活・讀書・新知三聯書店，2012），頁217；〔美〕格奧爾格・
　　G.伊格爾斯，《德國的歷史觀》，彭剛、顧杭譯（南京：譯林出版
　　社，2006），〈中文版前言〉，頁3。並參詳拙文〈置此邦國，如
　　何安頓我們的身心——從德國歷史學家邁內克的「歡欣雀躍」，論
　　及邦國情思、政治理性、公民理性與國家理性〉，載《政法論壇》
　　2013年第1期。

明其未來趨向，進而一轉，是要明確自家扶桑應當採取的相應路向。
凡此三端，牽連糾結，丁一卯二，遂成一體。他眼前的中國，外患
與內弊纏身，而衰敗一至若此，正處將生將死、方死方生之厄。為
此，其之中國觀首先講明華夷易位、東升西沉這一慘酷但卻真確不
二之現實，而勾勒出一幀自東亞瞰中國、自中國望世界的坤輿全圖。
如此江山淪落，自有遠源近因，則宋明以降，南興北衰，貴族政制
為君主專制所取替，難辭其咎，道出的則是文明中心流轉與螺旋迴
圈的文明景觀。及至東瀛一變而強，一戰稱霸，表明世道嬗變，新
舊更替、改弦易轍的內在機制還在於文明的勁道，首先是士人的心
志與心智。設若內在勁道不足，外力自會打上門來，當此之際，只
能走維新之道，也就是文明的轉型長旅，於低頭致意中漸求昂首做
人也。母邦之豹變，可堪為證。在政制而言，則共和體制為不二法
門，當然首選，毋庸置喙。由此構成內藤氏中國觀之「中國問題」，
而他山攻錯，或者，反客為主，遂引申出「日本天職」，一個或許
十分真誠但注定錯謬的命題也。

三、所謂「日本天職」

　　「日本天職」說初見於〈所謂日本的天職〉一文，撰述於甲午
戰爭爆發之際，而於一個月後的當年8月刊行，可謂有感而發，「現
場」評論。翌年續撰〈日本的天職與學者〉，更予闡說，再三致意。
晚年放棄「天職」這一修辭，而改用「使命」一說。不妨說，戰爭
激發了內藤的思緒，而前半生從業新聞的敏銳與健筆縱橫的歷練，
促成了系列文字之呱呱墜地。戰事是時事，由此時事激發的「天職
論」縱橫於時勢，而上下貫通於史事，則今古牽連、東西掉闔中，
念茲在茲的還是當下及其走向。近世始自福澤諭吉的倡說，而延綿

於兩代明治心智中的心志，至此筆走龍蛇，和盤托出，蔚為聲勢，終釀就一衣帶水之滔天狂浪。

下筆縱健，縷述開戰四因，續斥流行國中的「唇齒論」與「利源論」，而獨尊「天職」說。用他的原話來說就是：

> 我們和清國出於意外而竟發展成嚴重對抗這次事件，有人認為我們某種程度是接受了天命，需要盡我們的天職。我認為此論最善。[60]

此間關鍵，是天命為本為體，天職為末為用。天命落諸具體職責，是為天職，恰為使命。本末體用之間，第次推展，有以然哉。換言之，自然消長也好，文物興衰也罷，冥冥之中自有定律，循依的是天道輪迴。而天何言哉，端看人事翻覆，托口於人言，借助於人力，因而，印證的是所謂勢者時也，命者運也。就是說，它們終究落諸人事榮枯，具體顯現於人世滄桑，昭示著天賜天罰，則反過來天意需由人意表彰，天職總是在於具體人事之踐履，端看是否奉天承運，以德配天。由此，秉持天意，而盡天職，則一切行徑均有所恃，甚至稟賦高蹈道義，遂彷彿無所顧忌了。

對於這樣的言行，中國文明並不陌生。所謂「天敘有典，天秩有禮」，及其衍伸之「天討有罪」，均不外借天道以行人道，於人事盡天意，落腳點還是一個將凡俗當神聖的超越路向。根本說來，不過找個說法是為了有個活法。至於假借天命，而行詭道，禍國殃民，乃至自鄶以下，更不論矣。縱便天命在肩，但行天職，其具體彰顯，卻需循時以變，化偽起性，方能道成肉身，並非一了百了。

60　內藤湖南，《燕山楚水》，頁180。

當此甲午，適值「古今中西」大時代，舊有的朝貢與互市體系均且乏力，東西空間概念一轉為新舊時間觀念，而新舊等於優劣，東西化為文野，遂成絕對價值標準。就是說，守舊還是進步，表明天道悖依。而時論日本維新進步，中國守舊落伍，所謂進步就是達臻現代西洋文明水準。據此而言，維新之日本奮起痛擊守舊之中國，進而拯救整個東亞，豈惟天命所繫，直是王道浩蕩，恰為天職所在也。

但是，直到甲午年間，內藤尚未如此淺顯直白，故而斥責此說為淺薄之論。蓋因「中國是否守舊的代表，現在還不能馬上斷定。」[61] 對於「中國引進西洋文明走向進步，一定要等待我國的介紹」這種「文明仲介論」，也不以為然，蓋因「中國和西方的交通，原就比我國要早。」[62] 更何況，如下文所述，內藤眼中的現代西洋文明本就弊害重重，不值全盤效法，縱便仲介給中國，也應將此「前車之鑑」講清道明。

問題在於，翌年禹域之行，面對滄桑燕山，衰敗楚水，內藤的觀念變了，新舊觀念壓倒了東西概念。查《禹域鴻爪》，開口「維新」，閉口「新政」，時以「變法」為題肆外弘中，依古今新舊之變提綱挈領，顯然是個進步論者，與後來愈益彰顯定型的「文化史學」路向若合符契。但問題在於，讀其書，綜其論，炳卿先生的可貴之外，在於對近世西洋文明，實則猶太—基督教式文明之利病，尤其是它的重重弊端，如但求自利之無情征伐，「以血還血」之報復正義，均洞若觀火，非淺薄西化論者所可比擬，亦非新舊觀念所能籠統。而當日咸認西潮即新潮，內藤也指認中國「兩千年郡縣政治之餘弊」禍延今日，很顯然雖非靜滯，但確乎並非「與時俱進」

61　內藤湖南，《燕山楚水》，頁180。
62　內藤湖南，《燕山楚水》，頁181。

而生機蓬勃之國，則處此兩國交戰關口，中國雖說守舊但既非全然落後守舊的代表，日本亦非文明仲介的二道販子，新舊不足以概其貌，新舊亦難能道其情，則日本談何天職？其天職何在？又能秉承直行而快意彰顯哪種天意呢？

　　正是在此，內藤的天職說超越了當時的同種論調，蓋將日本文明提升至無以復加之地位，賦以無以復加之期許，直是一種超級文明救世主角色。其情見乎辭，憑高搖曳，彷彿義正而辭嚴，真正的「文化史學家」的路子。

　　多說無益，且看夫子自道：

> 日本的天職，就是日本的天職，不是介紹西洋文明，把它傳給中國，使它在東亞弘揚的天職；也不是保護中國的舊物賣給西洋；而是使日本的文明，日本的風尚風靡天下、光被坤輿的天職。我們因為國在東亞，又因為東亞各國以中國為最大，我們天職的履行必須以中國為主要對象。[63]

　　讀者諸君，行文至此，心意乃出，可謂無遮無攔。可以看出，其之天職論實以文明中心流轉論和華夷易位論為憑，自世界瞰日本，由日本而望中國，將中日扭結一體，故而是一個「沒有中國」、「看不見中國」的中國觀。其如前述豐臣秀吉《答朝鮮國王書》中所謂，「吾欲假道貴國，超越山海，直入於明，使其四百州盡化我俗，以施王政於億萬斯年」，可謂前呼後應。逮至《新支那論》目的至上，不計手段，公然不諱武力開道，則可謂一脈相承。如後文還將敘及的，給整個東亞和日本自身造成深重災難的「西進大陸政

63　內藤湖南，《燕山楚水》，頁183。

策」，有一個逐漸成型的過程，回繹心思，不妨說正是基於「秀吉宿志」，再至「日本天職」，所謂「代替支那人，為了支那人」，而膨脹發酵之癲狂倒錯！因而，此非「利源說」，卻是「擴張論」，在文明中心流轉與王師北伐式的面具背後，活脫脫近世西洋領土國家征伐殺戮的行為模式。而賦予其如此文化自信的，不是別的，乃是有關當時日本文明與武備國力的膨脹自信。戰後四年，第一次遊歷中國後，目睹華夏中原的衰敝，內藤的此種自信彷彿多有增長，在1900年3月所作〈國人讀書的弊習〉一文中喟言，「東西的學問，正集中在我國。我國處於最好的位置來對它們進行薈萃、折中、融和，以開啟學術的新生面，形成世界文明的一大轉機。」[64]此亦即日人後來總結的內藤氏「坤輿文明」論[65]。諸位，當日內藤說出這樣的話，並非全然自吹自擂，空口無憑。毋寧，近世西洋文明弊害早現，而日人勵精圖治，一戰而敗華夏，已然證明其文明勁道正酣。回頭一看，大轉型時代，萬國競逐，處於國力上升期，多半都會雄心萬丈，野心勃勃。果不然，五年後日本再敗沙俄，一躍而為當日亞洲最為先進強悍國族，矯然躋身世界列強陣列，而在內藤們的心中，此即世界歷史精神滄海橫流、流轉不息的生生之兆。只不過，如前所述，它換了個名稱，叫「文明中心流轉」。自茲以還，日本遂放手大膽追逐霸業，豈止「四百州」，直要橫跨印太兩洋，駸駸乎半個世界呢。論者謂內藤在甲午戰事初期產生的是一種「中國未必守舊」的模糊認識，但在初旅中國後即變為「中國守成論」，復於辛亥後正式形成為系統的「中國解體論」，進而終於發展為「日

64　內藤湖南，《燕山楚水》，頁215。

65　參見〔日〕小野泰，〈內藤湖南與同時代〉一文第四部分「湖南的文明論、天職論」，李濟滄譯，收見日本內藤湖南研究會編，《內藤湖南的世界》（西安：三秦出版社，2005），頁92。

本興中論。」[66] 以此觀之，「日本天職論」及其不諱武力開道，正為表裡之間，而前後之際矣。而起炳卿先生於九泉，循依往聖先賢教訓，「以仁心說，以學心聽，以公心辨」，你讓我華夏億萬萬子民，設身處地，將心比心，情何以堪！

在「所謂日本的天職」之後，同年11月，內藤又接連寫出了〈地勢臆說〉與〈日本的天職與學者〉兩文。其後大正四年（1914）的《支那論》與十年後的《支那新論》（1924），對於「天職」續有申說。尤其是《支那新論》逕認恪盡「天職」，不妨訴諸武力，以刺刀開道，如前所述，已達巔峰。前揭美國東亞史家傅佛果教授指認，內藤的這一觀點是逐步形成的，[67] 後期著作中幾無筆涉，而這個「後期」，不過是《支那新論》刊行至去世前，週期約為十年。原因何在？可能是覺得措辭太過，也可能是因為侵華戰事日急，則筆翻墨湧居然可能導致血流成河，內心遂有不安？抑或其他什麼原因，未可知也。內藤最後一次旅華是1933年，主要在搜羅典籍，其時東北全境早已自沙俄易手淪為滿洲國，可謂「以中國為主要對象」初見成效，應該符合內藤心願。逮至翌年長逝，內藤心中是否已然預感全面戰爭箭在弦上，而對此究所何感，後人只能想像。但史家治史，史事牽連時事，則還如張廣達先生所說，內藤氏「宋代近世說與他對中國清末民初的時局觀察有密切的聯繫。密切關注現實，既是內藤的治學特色，也是他在政治上曾經為人詬病所自。」[68] 當

---

66 參詳胡天舒，「內藤湖南中國觀的變與不變」，載《中南大學學報》2013年第3期。並參詳劉嶽兵，〈近代日本中國認識的原型及其變化機制〉，載《歷史研究》2010年第6期。

67 參詳前揭傅佛果著作中譯本，頁193以下。

68 張廣達，〈內藤湖南的「唐宋變革說」及其影響〉，收見氏著，《史家、史學與現代學術》（桂林：廣西師範大學出版社，2008），頁

代中國青年學人指謂內藤「『宋代近世說』表面以中國為研究對象，但其最終目的在於通過東洋文化中心移動至日本這樣一個虛幻的假說，為日本以振興『東洋文化』的『天職』為理由對中國採取侵略行動披上合法性外衣。」[69] 陳詞直截，點撥剴切。前揭溝上瀛教授指謂，內藤出於東方不應僅為西方的附庸這一本意，設想經由「中日協力」，以為「強化和發展東方的內在進步的要素」，其旨趣，其目的，較諸「鼓吹擁戴萬世一系的日本天皇為亞洲盟主的軍國主義論調」，實具有「本質的不同。」[70] 谷川道雄教授總結其思其慮，「一言以蔽之，日本以和平的、經濟的方式進入中國，進而破壞其古老的體制，促成中國民眾勢力的成長，這就是湖南的主張。」[71]可正如日人野村浩一教授所言，「湖南一方面想為日本人入侵中國正名，另一方面，卻又忍受不了世間對中國文化的貶低與鄙視。所以，一邊談論這『支那之王國』，一邊又讚揚中國文化。」因而，「其《支那論》是在日本帝國主義侵略（中國）大陸這一平面上展開的，這一事實是不言自明的。」[72]

　　的確，縱觀歷史，此種「日本天職論」，其來有自。除開紀源頭，凡經四期。第一期，起自豐臣秀吉時代之反轉，核心在於「以小挑大」。所謂「壬辰倭亂」，劍指東亞，番號正為日本的天職天

（續）————————————
　　　64。
69　黃豔，〈從「宋代近世說」到日本的「天職」：內藤湖南中國論的政治目的分析〉，載《四川大學學報》2016年第3期。
70　〔日〕溝上瀛，〈內藤湖南〉，見前揭內藤氏《諸葛武侯》，頁127。
71　參詳穀川道雄為《內藤湖南的世界》所作〈序說〉，馬彪譯（西安：三秦出版社，2005），頁43。
72　〔日〕野村浩一，《近代日本的中國認識》，張學鋒譯（南京：江蘇人民出版社，2014），頁51。

命[73]。第二期為甲午後至大正間,多少含有文化反哺意味,戚戚以為東亞一體而承擔,實為明治學習西洋帝國主義之劍及履及。第三期,也就是與內藤氏最為切近的一波,以彙聚東西的新文明救治東亞為職志,而內涵「殖民宗主」對於「殖民地的責任」這一時代氣息。其之始自福澤諭吉 1894 年 7月7日發表〈不可將世界共有物據為私有〉一文,再次提到「日本天職」,劍指朝鮮和中國,鼓噪弱肉強食與侵略有理,復有三宅雪嶺、陸羯南、內村鑑三、大隈重信、竹越與三郎、田岡嶺雲、淺水又次郎、德富蘇峰以及內藤湖南等輩踵繼而來,聲調愈發激越,心態愈益癲狂[74]。第四期為「二戰」吉田茂時代基於地緣政治考量的「地區責任說」,申言促使中蘇脫鉤,建構一個包括東亞在內的全球開放市場,從而促進中國的「改革開放」。在此,如吉田茂所言,「如果日本不伸出援助之手,亞洲的興起和未來就難以期待,這似乎已成為今日的定論。」[75]歷經1960年代後日本的長期繁榮與晚近中國的成長,天職說似乎漸趨消歇。

　　置此背景下,一言以蔽之,如本文最後一節所論,若無前前後後、大大小小的內藤湖南們的心中濤湧、筆下浪翻、神馳八極,整

73　參詳韓東育,〈日本對外戰爭的隱秘邏輯(1592-1945)〉,載《中國社會科學》2013年第4期。

74　參詳李煒,〈甲午戰爭前後日本知識階層的「天職論」〉,載《社會科學研究》2016年第1期;楊永亮,〈論甲午戰爭中內藤湖南的文化使命〉,載《社會科學戰線》2015年第8期。並前揭錢婉約氏著作相關章節。

75　有關於此,參詳〔日〕吉田茂,《激盪的百年史》,袁雅瓊譯(上海:上海人民出版社,2018),頁124。並參選拙文〈擇善而從的國族轉型心史:從吉田茂《激盪的百年史》看中日轉型進路與現代日本的國家理性〉,第三節「『改革開放』與『日本天職』」,載見《二十一世紀》2019年第一期。

個知識心智為國家主義裹挾而集體淪陷，哪會鬼使神差，將瑰麗島
疆推向火海刀山？

四、基於日本主導性的互鏡性認識

　　在此，緊接著必須回答的問題是，值此八面來風時節，炳卿先
生們為何居然萌發出此種今日看來不著邊際的「日本天職」意識？
王霸爭鋒的連天戰火與世道人心的風雲激蕩中，是哪些宏微因素連
袂輻輳，使得後來居上的島國心智竟然自大膨脹若斯？士人學子徜
徉其中，究有何能、又該當何責？所謂的思想家，既是時代思潮的
弄潮兒，終亦必時代思潮釀就之聯翩後果的擔受者，則浪翻潮湧之
下瘡痍滿目，他們究竟屬雜幾何、主動抑或被動、有意還是無意？
撇開其他種種政經因素，但就個人學思之滋長發育，細加審視，其
以國力強弱判斷為基礎、借文野之別彰顯行動的合法性、而基於日
本文明主導性的互鏡性認識，允為關鍵。在此，南北比較、古今對
勘、東西映照、新舊鋪排、文野對質、中心邊緣移位，凡此六端，
內藤於行文致思時均揣摩體察、熟練運用。而統宗匯元、提綱挈領
的，卻是中日比勘，以此比勘涵括濃縮上述六端，並借此比勘進程
而益發凸顯古老且復新興的日本文明的主導性，及其對於中國存亡
之予取予奪的歷史正義與政治正當。但凡樞紐文明，總持普遍主義，
而有選民意識和拯救意識，如基督教福音主義。就此而言，兩相比
對，不能否認，日本文明渴望秉具如同樞紐時代原典性文明的特質，
而就其體量與區位而言，概乎發揮至極致矣。

　　在此，仍以《禹域鴻爪》及所附「禹域論纂」為樣本，以見一
斑。首先，最為粗淺而直觀的，面對山巒江海、風物地貌，內藤必
觸景生情，每聯想比譬於故國山川，而至歷史人文。這不，初抵華

夏，登臨山水，感慨煙臺「海山風光，毋寧說跟日本十分相似。只
是稍嫌闊大，無細微曲折，故而少細膩之情趣」。由此思及中國文
明可能萌芽於渤海之濱，「進而思及我日本天神到來之路徑，與任
那、伽羅諸國古史之關聯」，以及「燕齊海上思想之發達」，乃至
於徐福東渡「來歸我邦」等等「彼此交涉之沿革。」[76] 彼之好學深
思，舉一隅而三反，真所謂「前塵夢，月上魂，暗惆悵，思無涯」。
類此觀照排比，在《禹域鴻爪》中比比皆是，顯見時時用心，刻刻
留意[77]。即在專門學術著述，此種心思，亦且時現，已如前揭魏晉
三期與明治三期比譬之說，利在相互發明，意在確定己身，而功在
未來定位。在此，讀者諸君想必已經注意到，內藤行文措辭「來歸
我邦」，而非中國古史傳說之「得平原廣澤，止王不來」，並催發
日本「彌生文化」，一如前揭雄文措辭之「進剿牙山」，則又表明
其之凸顯日本歷史正當性與政治主體性之我族中心文化心理，彷彿
施施然也，實則矯矯然兮[78]。實際上，豈止互鏡，直欲翻轉，坐實
的正是文化心理隨國勢而起伏，歷史解釋遂三陳其事矣！

　　更主要的，由表及裡，還是在於時事與時局的觀察，而引發中

76　內藤湖南，《禹域鴻爪》，頁30-33、183。

77　例如，經由觀察中國南北家居與人民品相，遂斷言「南方人種，本
　　與吾邦人同，屬來自熱帶之茅屋人種；北方漢族則由穴居進化而來，
　　住土石造家屋。」（頁172、88-89）游金陵，感慨「巡路夫日日修
　　理掃除不息，但憑此點，似與上海等不相上下。比之我帝都，似也
　　勝過一籌。」（頁138）。遊西湖，喟言「獨杭州地方，山迫海繞，
　　土地逼隘，頗似吾邦……若西湖，其景致殆與吾邦京畿、中國相類。」
　　（頁182）

78　有關徐福東渡及其真偽，參詳安志敏，〈論徐福和徐福傳說〉，載
　　《考古與文物》1997年第5期；王妙發，〈徐福東渡日本研究中的
　　史實、傳說與假說〉，載《中國文化》1995年第1期。

日政制與文明的比勘思路，並沿此展開思旅，以舊日文明的路向闡
說當下政制的走向，進而借助新興文明的方向，判斷其大致歷史趨
向。縱覽內藤氏文本，其間層次，逐一理述，總括而言，約分三層。

　　一是以過來人身分，借東瀛後見之明為臧否華夏歷史進程的先
見之明。迄至1899年秋，甲午烽火尚未完全消散，而庚子之災已在
路上。一年前的轟轟烈烈，終究以菜市口顧落血濺收場，演繹的正
為大歷史連續進程中的一闋過場悲曲。那邊廂，日本早成脫亞入歐、
踥步先進的範例，國勢泱泱，人心滔滔。就顛覆古典中華世界，重
組東亞格局而言，其業既達，其功已竟，並有待於六年後同樣發生
於中國東北的那場血腥大戰，來正式獲授躋身世界級列強俱樂部的
一紙門票[79]。故而，此方山水新舊之間變法生聚之教訓，不惟他山
之石，直是歷史規律，或者歷史規律的遠東案例，從而彷彿賦予了
戰勝者先知覺後知的道義資格與知識資質。如抵天津，語及變法，
以日本維新為例，內藤便呈示前後，提示利弊：「鄙邦三十年來，
以變法為富強之本，然而，今日看去，措施失當者，亦復不少，這
一點，宜乎貴國志士引以為鑑戒。」[80] 口氣是過來人，誠懇自抑，
而又不無垂範提訓之意。正是在此，內藤之推誠相向，甚而憂憤有
加，非為虛言。又如早在游華前夕，內藤論及「中國改革的難易」，
輒言當從財政入手，經由扭轉「民富國窮」之弊，而「把政府的歲

79　此間騰挪顛倒，亦見於學人引證資源之取捨。即以激昂孤高之太炎
　　先生為例，其最為著名《訄書》初刻引用日文資料僅只五則，言及
　　之日人僅只岡本監輔一位。逮至修訂重刻，則達三十餘處，論及日
　　人包括有賀長雄、遠藤隆吉、戶水寬人與白河次郎諸君。而且，據
　　日人考索，重刻本經由日文書籍引證之西洋文獻，亦較初刻增加八
　　倍。有關詳情，參詳〔日〕小林武，《章太炎與明治維新》，白雨
　　田譯（上海：上海人民出版社，2019），頁34-35。

80　內藤湖南，《禹域鴻爪》，頁42。

入增加到現在的五倍之上。」[81] 至於當日帝華國情是否「民富國窮」，權且另當別論，但內藤之憂，卻真實無欺。半年之後，再論及此，更言革除千年弊政，絕非組建新式軍隊、開設外語和現代教育那麼簡單，「況且伴隨政治改革的最重要的問題是財政的整理，而清國財政的整理，恐怕要比土耳其的財政和我國封建時代的財政還要來得困難。」[82] 故而，夾在前後兩頭之間，時在天津，與嚴又陵、王修植筆談，提及財政，便以日本維新現身說法：

> 鄙邦明治維新之時，最患府帑空竭，以至借貸於富豪，以濟一
> 時之急。想來貴國時事，亦復如是。敢問府帑充裕，有何良策？
> [83]

　　提問者當然早有腹案，日本維新亦且提示答案，而進步意味著富強，富國富民強兵強國，是那個時辰的不言自明之理，也是維新孜孜所求及其功德圓滿之善果。但此時此刻，迭遭時厄、內裡朽爛的清王朝，沿承接續的實為兩千年帝制沉痾，優劣俱在，究欲何為，又能何為，牽連著帝制王政的全部安排，財政之為犖犖大端，實非三言兩語所能講清道明。稅收財政為綱，綱舉目張，既是前提，更是全部體制大轉型的結果，關乎所謂現代與前現代之涇渭分明，要是手到擒來，華夏豈非早於荊公熙寧變法之際，便已躋身現代了，何需尼德蘭英吉利後來代勞。黃仁宇先生每論「中國問題」及其長程性格，總說要把歷史縱深拓展千年，更有「中國近五百年歷史為

81　內藤湖南，《燕山楚水》，頁187。

82　內藤湖南，《燕山楚水》，頁209

83　內藤湖南，《燕山楚水》，頁44。

一元論」之說，其因在此。[84]話說回頭，當日嚴復對此如何作答，此處不遑理述，但提問者或者請教者儼然是過來人的身姿心態，早有後見之明的眼光胸襟，乃作此草芹之獻，則不待言詮，而已言明。至於賓主兩造，對此均一目了然，而心知肚明矣。

　　二是儼然以新興先進強國尊位自居，事涉中日，則語帶啟導教誨之意，甚或居高臨下之態。《禹域鴻爪》所錄四則筆談，殊為珍貴，就在於當場倚馬可待，最見文心。其間經緯，筆者將另文詳談。今日所可言者，揣摩文意與各家身姿，頓顯紛呈，而拿捏頗見分寸，湖南者真東洋通也。見嚴又陵，則語氣謙抑有禮，多為請教式。見文廷式，彷彿謙抑而自尊，實則話鋒犀利，步步進逼，以致談話難以為繼，卻又終成莫逆，時相唱和。見張元濟，彷彿彼此相談甚歡，好一個主體平等，主題交集。見蔣國亮、陳錦濤，則不掩居高臨下，而含教誨訓導意味在內了。即以與蔣、陳筆談為例，二位身姿低就，語意謙恭，請益諄諄，口惟諾諾，輸心向誠，而內藤氏似乎大度開示，每以開化進步之國代言。蔣國亮「一睹風采」後請教「不知今日救時，有何方法？」內藤氏乃自歷史而現實，由井田、科舉與郡

84　例如，在〈大歷史帶來的小問題〉一文中，黃先生就曾指陳，「如果我們把秦漢當作『第一帝國』，隋唐宋當作『第二帝國』，明清當作『第三帝國』，各以其財政稅收作行政之張本，則全部經歷與今日對照，也可以將當中大變動解釋得明白。我們更將英國與荷蘭在16、17世紀，經過變亂從農業體制進入商業體制的情形，與今日中國比較，也能說得互相銜接。」參詳黃仁宇，《大歷史不會萎縮》（桂林：廣西師範大學出版社，2004），頁11；新北：聯經出版公司，2004）；《放寬歷史的視界》（北京：中國社會科學出版社，1998），頁185-208、277-282。並泛詳黃仁宇，《資本主義與廿一世紀》（北京：生活·讀書·新知三聯書店，2002；新北：聯經出版公司，1991）。

縣諸端，一一陳列於前，最後嘉勉有加：「要而言之，成之者，其在諸君子乎？」[85] 而且，同樣再以日本變法維新為鑑，倡言「革命只需實行，無須言談。」[86] 換言之，決不能口囁囁，身喏喏，畏首畏尾，貪生怕死。

> 敝邦維新之前，殺身赴義者，不下數十上百之人。即便幕府最強盛之時，攘臂圖之者也曾不乏其人。貴國人士若只是坐談維新，欲以口舌成之，則誤甚。[87]

五日後，復與文廷式筆談，再度喟言：

> 姑且以敝邦之事為例。百年以來，志士仁人，殺身取義，蓋不下數十百輩，而後維新之變，疾如影響。若坐等時機時勢，又將如何拯救斯民於塗炭？[88]

此亦為過來人、先進國的後見之明。故而內、文筆談，彷彿不歡而散，在文廷式一方，可能不堪其教訓口吻，亦以為兩國軒輊，一時間難以盡言。而與蔣、陳交流，則順暢得多。就此處上引兩則對話而言，彰顯殺身取義，而內含勇懦之比較，便實在既有違實情，也缺乏對於後進者犧牲的基本尊重，雖說不把自己當外人，但於剛剛兵臨城下割地賠款一方而言，實在情何以堪。實際情形是，志士仁人前赴後繼，華夏早已血流成河。甲午一役，雖為外患，而緣在

85　內藤湖南，《禹域鴻爪》，頁83。
86　內藤湖南，《禹域鴻爪》，頁87。
87　內藤湖南，《禹域鴻爪》，頁87-88。
88　內藤湖南，《禹域鴻爪》，頁92。

內疾，為此復加恥辱，再添悲愴。就以內藤氏頗不以為然的康梁師徒為例，不也是提著腦袋奔競呼號！更何況菜市口雨雪紛飛，更哪堪，頭顱濺處血斑斑。惟中國轉型為三千年大變，而牽連浩瀚，如黃仁宇先生言，有如走獸蛻變為飛禽，非一時三刻所能一蹴而就，則內藤治史雖深，而用情亦切，卻彷彿見不及此爾。實則當日內藤氏亦未能自料，明治維新行走至此，還只是個半拉子工程，且正導向血海翻騰之途，直要半個世紀後方能矯枉過正，而真正完成這波日本現代大轉型也[89]。

三是以日本為東西匯聚之新興文明及其中心，而申說其歷史主導性。歷經頓挫，事後證明，現代東瀛確乎了得，經此近代淬煉，真可謂「薈萃東西，混融和洋」，而獨樹一幟矣。此為眼前事實，毋庸諱言，亦無法遮擋。多年後隔洋觀瞻，老右派亨廷頓指認日本文明係獨立於中華文明圈之獨特文明類型，雖不無誤解，卻也不能謂毫無道理[90]。但在當日，情形略有不同，則內藤的心路歷程，說白了，就是將日中現代進程的緩速以成敗籠統，再還原為文野之別，以證真其「王師北伐」，類同於下文將會論及之英人早期「自由帝國」理念也。而就深層追究，則此種文明中心移動趨勢，早已自唐宋變革即已開始了，俱見其〈唐朝文化與天平文化〉一文[91]。實際

---

89 有關於此，參詳拙文，〈擇善而從的國族轉型心史：從吉田茂《激盪的百年史》看中日轉型進路與現代日本的國家理性〉，載《二十一世紀》2019年2月號，頁101-114。

90 在《文明衝突與世界秩序的重建》一書中，撒母耳‧亨廷頓教授盤點的世界主要文明共計六種，包括中華文明、日本文明、印度文明、伊斯蘭文明、西方文明以及可能意義上的非洲文明，指認日本文明是一個獨立於中華文明的文明類型。參詳氏著第7章。

91 內藤湖男《日本文化史研究》收入兩篇論文，分別題為〈唐代文化與天平文化〉和〈唐朝文化與天平文化〉，劉克申譯（北京：商務

上，甲午海戰爆發四天後的7月29日，福澤諭吉即發表〈日清戰爭乃文野之戰〉一文，指天畫地，昭彰此意，呼風喚雨[92]。此後文野對峙便成有關這場戰爭的主調敘事，並一直衍變入後來的所有對華侵略理論文飾中。而起自福澤諭吉的文明論焦慮，實為近代日本開國以還至今不息的一縷愁思，同樣就這樣被內藤氏以文野之別輕輕打發了。在此，再以《禹域鴻爪》所載內、文對話為例，以資說明。通觀談話，圍繞中國如何變法，何處下手，時機是否成熟，雙方均坦陳己說，不妨說英雄各有所見，而分歧在於內外視角之別。其間一大關鍵，就在於內藤逕以日本為成功範例，現身說法，儼然以為效法之榜樣，而在文廷式看來，「知其例之同，亦當知其例之變，」[93] 而「所難者，在新舊之交替及尊攘之術耳」[94]，遠非「革命只需實行，無須言談」那麼簡單。其間一波而三折，即如東瀛，亦未曾免，包括「西南戰爭」，更不用說此後半世紀，源於此徑一路往前，終至大災大難[95]。如果說內藤此種心態身姿，在初游華夏尚無成型展現，則後續諸作，尤其是《新支那論》為遂行「日本天職」所作鋪陳，如前文論及，則可謂無所遮攔，而無以復加矣。

　　其實，此間理脈，並非內藤孤峰突起，實乃早已潛伏於彼邦思旅，為初習西洋近世發達之心得而拳拳於賡續發揚者，正為那個時

（續）—————————
　　　印書館，2018），頁174-200，286-295。
92　近年大谷正教授新書《日清戰爭：近代日本最早的對外戰爭的真相》（東京：中央公論新社，2014），對此「文野之戰」提出詳實駁論。中文版改名為《甲午戰爭》，由劉峰翻譯（北京：社會科學文獻出版社，2019）。
93　內藤湖南，《禹域鴻爪》，頁92。
94　內藤湖南，《禹域鴻爪》，頁93。
95　參詳孫歌，〈明治維新並非值得中國人美慕的現代化轉型方式〉，見微信公眾號《三聯學術通訊》2018年1月18日。

分以「權勢國家」為國家理性意識之赤裸裸帝國主義霸道也。君不見，早在甲午前二十年，江華島事件一起，交涉過程中，李鴻章以東方諸國「均需同心和氣，挽回局面，方敵得歐羅巴」，苦心勸慰，然日使森有禮逕謂「和約沒有用處，國家舉事，只看誰強，不必盡依著條約。」更進而謂「萬國公法亦不可用。」[96] 逮至日後甲午初捷、日俄戰爭再勝，就更加一發不可收拾了。唐德剛先生嚚言，「日本之模仿西洋，最能得其精髓的，也是它最有興趣的一環，便是西式的帝國主義了」[97]，可謂一語中的。從薩摩藩森有禮到秋田的內藤炳卿，更不用說此前之吉田松陰、橋本左內、山縣有朋、木戶孝允以及伊藤博文，尚有若干環節，一環接續一環，一浪高過一浪，串聯起這一脈滋長、愈見強橫的弱肉強食國家理性也。

總茲三層既畢，由此往裡深說，則不能諱言的一大問題便是，在內藤氏的「文化史學」看來，中國是一種特例或者「畸形性」嗎？如果說相對於「優等生」的日本，中國是現代世界的「落伍者」與「落第生」，則差別只在先後，不妨守先待後，急起直追，乃至於推陳出新，而終究和光同塵。若果根本就是路向問題，且路向無法更張，本就是一種「畸形」與「特例」，與現代世界和現代文明南轅而北轍，則無可救藥，只能通盤否定[98]。在此，內藤指認帝制中國具有「奇異的財政狀況，特殊的統治方法」[99]，概以中國之大，

---

96 有關於此，轉引自郭廷以，〈中日交涉中的歷史教訓〉，收見氏著《近代中國的變局》（北京：九州出版社，2012），頁144。

97 唐德剛等，《從甲午到抗戰：對日戰爭總檢討》（北京：台海出版社，2016），頁91。

98 野村浩一就認為內藤湖南與內田良平分享著一個共同的理論和方法，即均「將中國放在畸形性、特殊性中加以考察。」參詳前揭氏著，《近代日本的中國認識》，頁51。

99 內藤湖南，《燕山楚水》，頁184。

人種、民族紛雜而南北差異懸隔，其變革維新，無成例可循。縱便日本秉行天職，也只能橫移覆蓋而來，直接取而代之。就此而言，彷彿中國厥為特例。但依其所見，包括日本文明在內的東亞諸種邊緣文明皆從中華世界中心生出，衍變萬象，復以自身蹈勵發揚光大，乃至自成一格，而返身回哺文化母邦，形成類如拉鐵摩爾地緣意義上之「互為邊疆」，直至優勝一籌如日本者，影響早已光被四野，則其彼此得能通約，而非特例，又不言自明。如此這般，則「特例」「畸形」乎？「普遍」「常態」乎？內藤自己陷入矛盾，並非將中國之為國家與中國文明之為一種普遍意義體系兩相區隔這一方案所能解決。前引野村浩一教授也曾指認，「湖南對中國的國情越是貼近就越是會產生一種奇妙的倒錯」[100]，亦正為體己之論，方家之言。

　　在此綜觀內藤學思，吾人今日或可斷言者，在看似扞格不鑿的「倒錯」理路之下，實有一以貫之深意存焉。此亦非他，就是中國之為特例，一種畸形，無從轉圜，則必然結論只能是日本文明勝出，正可以華夏「為對象」，而大展身手。——既以華夏為對象，將中國對象化與他者化，即已表明日本文明之主導性，而自亦坐大矣。內藤運思於史事，而牽掛在時事，紓解的是自家的心事，彼此激蕩，互相映照，乃至於因時事而害史事，藉史事以為時事服務，將「一切（真）歷史都是當代史」這一史家名言的有效性演繹得淋漓盡致，再添一則人身證據矣。

　　但是，問題在於，此於內藤與內藤們，雖以學術為業，智慮澄明，可身處囂嚷，亦難免心隨神馳，理為事蔽，情屈於勢。而現代國族蒿矢之初，全賴讀書人編制身心、肉食者道成肉身，則一旦有失，禍及全體，殃及將來，所謂「觀念的災難」，不難想見，早有

---

100 前揭野村浩一，《近代日本的中國認識》，頁47。

成例再再。在此，華夏之引進馬列而成「法日斯主義」與明治大正之崇羨權勢國家適為軍國主義，皆可為證[101]。由此，圍繞本文主題，這便不能不說到現代日本成長進程中國家理性的取向及其編織者們，其如此作業之際，合唱共鳴之集體無意識機制了。

五、驅向戰爭的國家理性編織者

　　是的，基此「文化史學」路向邁步，伴隨著西進路線的文化橫移乃至於為此而不惜運用武力的政治衝動，遂丁一卯二，如順水之舟，終使躋身列強的新興日本，在朝野稱觴、萬眾臚歡中，變成了加害東亞的隆隆戰車。半個多世紀裡，勵精圖治，確乎做到了如1868年明治天皇《御筆信》所言之「開拓萬里波濤，布國威於四方」，可終究是玉石俱焚。究跡原情，此間轉折，雖為今日後見之明，卻非當日所曾預見，或者，所樂之見。一國之大，才智決決，而朝野袖手，集體淪陷，眼睜睜看著國家駛上不歸路，為中日兩國近代史暨整個人類文明史所一再見證，而屢見不鮮，復使後人而哀後人矣。就內藤而言，此亦肯定既非心願，可能亦非其所曾預見，如同其曾經誤判日俄關係[102]。但是，筆者在此意欲申說的是，縱便如此，正

---

101 所謂「法日斯主義」，是指現代中國揉雜傳統法家酷政與日爾曼——斯拉夫專政思緒所紐結而成之國家意識形態，在拙文〈自由主義的五場戰役〉第三部分中略有說明，有待續予解說。

102 在1900年初撰寫的〈在清國的領事官〉一文中，內藤盱衡時局，分析列強在東亞的動向，指認「近來關注外交的人都不懷疑，日俄之間將不會有大的衝突。何況俄國正在忙於東三省的經營，無暇顧及其他的地方。」的確，聯合沙俄共組霸業，曾是日本的戰略，未料形勢比人強，五年後雙方在中國東北大打出手，以至於我百萬無辜同胞生靈塗炭，夫復何言。詳《燕山楚水》，頁198。

是包括內藤的「文化史學」在內的紛紜思潮所合謀鍛煉的明治一脈
國家理性，經由大正年間的推波助瀾，致力於富國強兵與追尋利源
的擴張性國策，卻終將日本和東亞拖入火海。鐵騎過處血斑斑，經
行其路，囂囔其間，能無憾恨耶？得辭其咎乎？悖謬若斯，讀史拍
案，又豈只是一聲興歎了得！

　　彼佳公子出身漢學世家，祖父兩代學養深植。家學淵源，幼承
庭訓，奠定了內藤一生的學術根基。1899年春遭祝融之災後，至1934
年辭世，終其一生，以中國研究為業，目光未曾稍離華夏典章文物。
其之耽溺中國文化，而馳騁於東洋學術，成一家之言，可謂至精至
誠。不妨說，中國文明作為第二精神家園，早已成為內藤自我認同
的組成部分，而共同構築起他的心智與心志。正因為此，其於中國
文明近世衰頹之悲哀惋痛，發乎衷心，不能自已。初遊北京，但見
衰草塵沙，皇城暮掩，不禁感愴而極，最見心腸：

> 眺望中的都城，但覺無限凄涼，以致無法想像，這便是當今君
> 臨四億生靈之上的大清皇帝棲居的皇城，故而唯有潸然淚下。
> 103

　　清淚涕泗，映照一己心思的同時，「哀其不幸，怒其不爭」心
態油然生發。此於內藤氏四次筆談載述之「究竟變法何時開始？」
「當從何處下手？」縷縷發問，語次急切，不難窺見一斑。推想其
心路歷程，概以華夏之大，士夫唯知諾諾，權貴心志沉滯，變法歷
經頓挫而無果，更且缺乏「殺身取義」之慷慨大志，不惟迴乎東瀛
維新志士，且夫拖延下去只能愈見窳敗，便只好「以日本為華夏」，

---

103 內藤湖南，《燕山楚水》，頁53。

代為操持，乃至於刺刀開道了。更何況，國際託管共治方案不行，而列強虎視眈眈，瓜分勢迫，便只好有待秉匯東西文明的昌達日本起而收拾河山。後來的歷史進程表明，1930年代初期，也就是在內藤去世前兩年，恰恰是日本公然違犯「華盛頓體系」，掙脫列強平衡馭華體制，欲壑難填，為獨吞華夏張本之際[104]。此為後話，就本文處理的時間段而言，在內藤看來，事實上日本已然彙聚東西，國勢日熾，堪當此任。初游華夏前一年撰作的〈中國人的一統思想〉一文末句，將此擔憂和盤托出。面對列強泰山壓頂，尤其是沙俄之虎視眈眈，雖「昆侖之地鞭棰四海、長駕遠馭的重要地位」未變，但「天山南北」屏障已失，早為俄蠻所竊，復更「虎視伊犁」、「覬覦喀什」，如此一路滑落，「繼皇帝之後開王會之圖者會是何人，此問豈不令人寒心」[105]，其智曠達無涯，其情激切可見。終於，千情統宗，萬思匯元，甲午戰事爆發的隆隆炮聲裡催生出「日本天職論」。而十七年後憶及戰事，古今比譬，念茲在茲者「國益」擴張也[106]。只是，代勞也好，越位也罷，在那個主權國家理性正以「權勢國家—權力政治」為尚，以戰事為商事的年代，日人得其神髓而失察其魔性，攫獲其甜頭卻渾忘其後果，等於打開了潘朵拉魔盒，雅不欲東亞秩序崩解而以日本文明中心—邊緣格局取而代之，卻造

---

104 參詳〔美〕入江昭，〈國際體系的徹底顛覆者：日本極端民族主義是如何登堂入室的？〉，載《經濟觀察報・書評》，2017年7月7日。並參詳氏著〈20世紀東亞國際關係：現在與未來〉，載《南開日本研究》2010年卷；《20世紀的戰爭與和平》第5章〈和平論的崩潰〉，李靜閣等譯（北京：世界知識出版社，2005）。

105 內藤湖南，《燕山楚水》，頁225。

106 具體參詳內藤湖南，〈朝鮮攻守的形勢〉，收見氏著，《日本文化史研究》，劉克申譯（北京：商務印書館，2018），頁271-285，特別是頁283後的內容。

成了如山屍首、積血成河。從而，這一叫做「國家理性」精神結構，原本旨在為新興民族國家這一政治巨靈鍛造心智與心志，圍繞著國家政治與世界體系的權勢聚散展開，終究敵不過權勢本身，遂至玉石俱焚。但是，縱便如此，無論當日還是今天，客觀上斷不能卸卻「侵略」二字，也無法對此做任何相對化論處，更不可能逃脫歷史正義的嚴正審視。

　　因而，如同「代勞」論，其之處處以母邦為中心，在在以東洋文明為己任，而實則以日本崛起利益最大化為鵠的，卻終究將母邦驅向戰爭深淵。一意振興東洋東亞，反致東亞於血海，為近世呈現了所謂德日一脈的崛起模式，而終究宣告諸如「日本天職論」這類學思論說之荒唐錯謬。在此，本土式神意附體的神正論與舶來性世界精神凱旋的歷史觀，兩相交集，靈光閃忽，心魂煽惑。這不，一方面內藤指證近世西洋文明崇尚實力而輕視道義，趨騖物質而違忤美善，「征於他人，征於異邦，但求使自身和自國安樂富饒，偶爾阻塞不通，便爆燃轟發，相為無情殘虐。」[107] 另一方面，卻嘯嘯乎天職之臆想偽託，不惜為武力開道張本，何其矛盾乃爾，道出的正為一旦服膺近世帝國之道，則終究取徑如一，惟徑意於「蠻力政治」國家理性趨騖之「文化史學」之可怖也！？張廣達先生說家教使內藤自幼深受日本實學的薰陶，他的究極關懷畢竟是日本的命運，關懷的結果使他不免趨同於「國民主義」[108]，亦即民族主義，雖然他自己毋寧更多地自覺是文化學取向[109]。凡大時代必有大思想，一經

---

107 內藤湖南，《燕山楚水》，頁182。

108 參詳前揭張廣達，〈內藤湖南的「唐宋變革說」及其影響〉，收見氏著，《史家、史學與現代學術》（桂林：廣西師範大學出版社，2008）。

109 如論者所言，內藤文化史學自始即濡有濃重的「政治功利性質」，

問世，相應風從。周情孔思，憐我憐卿，則哺育千秋，天乎人乎；
黨邪醜正，聒噪囂張，適貽害萬代。明治大正交接之際，正為此大
時代，而有此大思想，將此兩面展示無遺矣。

　　說到這裡，必須借助「國家理性」一詞，在「文化史學」意義
上，對於以內藤為樣本的日本思想究竟如何失守於其魔性，而——
有意無意、陰差陽錯——集體合謀推導出戰爭的國家理性，略予分
析。此處最大關鍵，承接前揭論述可知，蓋在華夷觀念及其給予內
藤們的知識論與價值觀烙印，翻轉過來作為一種思考的範疇工具，
形成有關中日關係的反轉性概念，在借助現代歐式文明的中心邊緣
放射狀原理，旨在建構日本文明的主導性及其合法性。如果說明治
以還的國家意志與民眾文化心理集體指向「脫亞脫儒」，逮至侵華
戰爭全面爆發前夕，則日本即華夏這一文化心理建設進程已然完
成。其政治面相，就是「田中外交」勝出，「幣原外交」退場。概
言之，「日本天職論」既然在使日本文明行於中國，而且，再屬行
「大義於宇內」之際，不惜犁庭掃穴、刺刀開道，則所實現的不僅
是中心邊緣的千年倒轉，一舉扭轉華夷關係，而且適足以提供近世
日本立國所需之文化政治學位格。從本居宣長的國學教養之排斥儒
學華夷論，而主張「日本乃中華」，以及內田良平視中國為「畸形
國家」，反抗的不僅是將日本強推入現代國際體系的西洋「中心邊

（續）————————————

　　而其十次訪華，除開文化采風、資料收集外，並曾受外務省委託，
參與「東三省善後條約」的謀劃，兼行軍事目的的調查。至於第二
代京都學派旗手宮崎市定，亦曾參加侵華日軍「戰利品部隊」或者
「筆部隊」，大肆掠奪中國文物典籍。有關於此，參詳劉正，《京
都學派》（北京：中華書局，2009），頁21、91、104；陶德民教
授為傅佛果的《內藤湖南：政治與漢學》中譯本所作〈導言〉（南
京：江蘇人民出版社，2016），頁3。

緣」論，而且在「攘夷」的同時，將鋒刃對準了古典中華世界的華
夷秩序。如果說明治國家的漸次成型之塑造現代日本，日本之為現
代國族，必有肉身，復有魂靈，則此番包括沖決華夷觀念的思想努
力在內的國家理性的錘煉，塑造的便是現代日本的魂靈，為此奠立
於領土和主權的政治共同體展示自知之明。不料這一總體而言本欲
以歐洲公法觀念取代華夷格局的精神修煉，一種洋學指歸，卻控制
不住現代國家理性中的惡魔因素，而正是這一惡魔因素積聚成型，
日益坐大，直必欲摧毀那個承載著昔日華夷秩序的龐大肉身而後
已，好像非如此不足以表明國學對儒學和唐魂的大哉勝，而終亦必
戰火連天。其為中國計？是的，但更為祖國計！其為日本計？是的，
但豈止日本，直欲覆蓋東洋而世界，而終究以母邦日本利益最大化念
茲在茲。這種帝國之思，吾人並不陌生，實質是一種文化沙文主義與
普世絕對體系，理論家們率先膨脹於內，政治家們接續發散於外，影
響風從，潛移默化，俗眾歡騰陣陣中，軍頭們便以炮彈落地回應
矣！——自書齋而沙場，不過一步之遙；自一戰而二戰，再至冷戰，
復至今日之大國囂嚷，形制有別，而內質無二，同樣是咫尺之間。

　　起內藤先生於九泉，喚內藤先生們自天國，諸公賢達，今日回
眸，以為然否？以為然否？以為然否？

　　由此亦可推測，內藤們的心中實有大一統觀念在。如同其國學
擯斥儒學，卻終究在義利之「辯」為經緯的華夷之「變」中表達了
一種一統觀念。明治的「國權論」走向了「八紘一宇」的想入非非，
提升為「日本天職論」，或者，如後面所引丸山真男教授所言之「皇
國日本」的使命論，再現了主權國家要求錘煉國家理性而國家理性
卻終於墮落的不幸，證明帝國理想的背後實為傳統的大一統觀念，
一統觀念落諸政經操作，適相搭配的一個詞便是「野心」，或者，
「野心勃勃」。逮至躋身列強，原本歷經苦難、被迫趨騖的「宇內

公法」彷彿只是道義口號，或者遂行武力的飾口。論及日本近代國家成長及其國家理性的曲折，丸山真男感慨「國際社會從來高唱國際和平和指責戰爭的罪惡，但『強權便是正義』的無恥原理同時在那裡通行無阻。」[110] 以此狀述甲午前後起航而至二戰拋錨的日本戰艦行程，其得謂恰切不二乎！

　　進而，由此可得引申增述的一個主題便是，所謂「王師正朔」與「自由帝國」的古今關聯和東西牽合。就是說，沿此敘事脈絡，圍繞著「中國問題」和「日本天職」這一主題，在上述內藤文化史學的隱層，實有一個「王師正朔」打頭起步，而以自由帝國理念後繼鋪展的運思邏輯。就是說，歷經「友好線」、「拉亞線」與「公法秩序」的一路鋪陳而來的西洋自由帝國理念，在調處列強互動之際，仲裁文野區辨當口，為勝局者之霸業張本而漸至於有所設限，為諸種內在悖論曲為轉圜的同時並以德性倫理指向責任倫理，將帝國之業統籌為國家政治的德性意識，不妨說，恰為一種基於基督文明和古典歐洲公法的王道觀。相較而言，其時內藤們的王師正朔理念，不僅表明其自覺於中華世界格局中，而於文明論意義上已然臻達正統，從而，以此為征伐正名，證真仁政之國「征伐」不仁不義之國，非惟「正當」，亦且「應當」。而且，更於文化論意義上，立足全球視野和世界體系，以匯通集成東西先進文明之文明體自居自期，從而，認定所作所為恰為一種自由帝國豐功偉業之道成肉身。可能，此刻內藤氏並不一定熟諳伯克們的自由帝國概念，但西洋帝國及其主義，早已經由煌煌霸業而昭彰於世，橫絕於全球，則內藤

---

110 〔日〕丸山真男，〈近代日本思想史中的國家理性問題〉，收見氏
　　著，《福澤諭吉與日本的近代化》，區建英譯（北京：北京師範大
　　學出版社，2018），頁135。

伯克，王不見王，卻心心相印，而燈燈相映哉。但是，可能同樣有所不知而難能警怵的是，無論是自由帝國理念還是王師正朔觀念，不僅在為王道或者自由人權理念張本，而且，並為其設限。否則，心懷暴力衝動，自負天命，動輒起念殺伐，則縱便動機善好，而效果同樣可怖，或者，益發委實可怖。實際上，伯克們的自由帝國理念所要應對的，正是遍諸寰宇，而首先是發生在美洲的這一尷尬，如果不說是罪惡昭彰的話。在此，如果說美洲問題挑戰的「自由帝國」的價值主要是自由，而印度問題挑戰的則主要是正義，則內藤氏所面對的不僅是自由，正義更是無所迴避，而牽連到帝國政治與普遍歷史的深重悖論[111]。顯然，當其時，內藤們對此並無道義自覺，遑論理論意識，遑論反省矣。

有意思的是，近年漢語學界偶有「仁高於主權」之說，顯然脫形於「人權高於主權」。此說強調仁義的至尊至上，理據則在神俗兩分的二元論。就是說，俗世權力之上尚有超越價值，一個更高的價值實體，超越了並且永恆導引著俗世國家。它不是別的，此即仁也。如此申論，其於內政意義，尤為凸顯。但是，如筆者曾經指陳，若乎用諸世界體系，則以仁義為名，而徑行武力開道，如同那個自由帝國的行頭之前世今生，該是多麼可怖。同樣，反過來說，若果世界體系中了無仁之思、義之念與道之德，只有利益交換而了無仁義關照和道德自省，如同法律多如牛毛卻法度隳頹，同樣該是多麼可怖[112]。

* * * * * * *

---

111 參詳拙文，〈無陸上富源即無海上霸權〉第五節「以國家理性涵養國族政治成熟」中的相關論述，未刊。

112 有關於此，未刊拙文〈以普世人道阻遏暴力衝動：讀白彤東教授「民族問題、國家認同、國際關係：儒家新天下體系及其優越性」一文的感想〉，曾略有論及。

　　甲午以還至內藤氏初始五次遊歷中國的二十來年間，正是中國由帝制走向共和的三千年未有之大轉型時段，而一敗再敗、屢仆屢起，也是日本漸趨富強、躋身世界列強的崛起時刻，同時是中日兩國錘煉現代國族之國家理性的跌宕時段。當此之際，內藤氏之觀察與省思，呈現的是東亞連貫於世界的風雲變幻，疊映的是起落之際尚未定型的國家理性，勾勒的則為榮衰交替的文明流脈。因而，內藤氏對於當日中國政制、社會、文化與民生之觀察，自東瀛學人視角，巨細入眼，明暗入心，既為客觀記述，也是內省沉思，不僅反映了一位遊歷者的觀感，更且表述了一位研究者的文化歷史意識，以至於明白顯豁的政治用意。其於中國舊制窳劣的揭示和文化衰亡的痛惜，對於中國社會積弊與民生痛苦的描摹，所提供的正是一幅大變遷圖景，適足引發關於中西文化、和風唐韻的深刻思考，以及對於中國未來的前瞻性分析，於今不為過也，且將厚澤將來。

　　內藤初履華夏，友人松岡素俠贈詩，中有兩聯，「知君道德希古聖，儒業又見窮典墳；時務長年欽諸葛，歸來欲祭賈生文」，道盡遠遊壯士的志業雄心。內藤本人而立有三，正值豪壯，且歌且嘯，豪情迸發：

> 風塵滿目近中秋，一劍將觀禹九州；
> 故舊當年空鬼籍，江山異域久神遊。[113]

　　如此情志，好一個豪邁曠達的書生劍俠。非如此，不足以治史，更不足以全史在胸，而縱論宇內。考其唐宋變革論、文明中心流轉論和日本天職論，無不視野闊大，筆力雄健，而志在萬里。可也正

---

113 內藤湖南，《禹域鴻爪》，頁14。

是此間筋腱僨張，一旦發散誇張，豈非浩然、廓然卻悚然，而終有
害於其之深情款款的華夏中原、母邦秋田？史家褒貶，牽連世道人
心，更何況自己有意牽連，豈能不如履如臨，卻徑意神思，馳騁八
極？是耶非耶，吾不知也，吾不知也。

　　1899年9月15日，天津，內藤氏夜宴嚴復諸賢，筆談既畢，詢問
「京中有可以與之談論時務者乎？」侯官嚴又陵慨然做答：

> 自戊戌政變以來，士大夫鉗口結舌，何處有可與言時務者，吾
> 不知也！[114]

　　今復百二十年過矣，東亞遽變，世界依舊囂然，而國中寂然復
矯然，昂然且蕭然。然則何處有可與言時務者，何處得言時務耶？
吾不知也，吾更不知也！

2018年8月初稿於東京小石川旅次，時炎炎酷熱也

2019年6月，略予修訂，故河道旁

　　許章潤，北京清華大學法學院教授。主治法理學與政治哲學，著
有 *The Confucian Misgivings*、《漢語法學論綱》、《法意今古》與
《國家理性與優良政體》等。

---

114 在內藤筆下，當年嚴復先生四十有七，氣度軒昂，「眉宇間有英爽
　　之氣。戊戌政變以來，於人人鉗口、噤言自危之際，此公往往談論
　　縱橫，不憚忌諱，蓋係此地第一流人物也。」另，查內藤氏當天日
　　記，所宴請者除嚴復外，尚有「北洋大學堂總辦王修植，《國聞報》
　　記者方若及西村、安藤、小貫三氏。」參詳內藤湖南，《禹域鴻爪》，
　　頁41、45、198，以及頁48。

馬華社會之文化權利及其文化再生產[1]

許德發

一、前言：

　　馬來西亞華人文化的傳承與發展問題困擾了幾代人。近代中國人的遷徙大潮造就了分佈各地的各個華人社會，而對一個移民社會而言，當它遷徙到一個新的土壤時，它終究得面對文化斷裂與分崩離析的問題。之所以如此，主要因為他們的遷移不是整體社會的移植，而是許許多多個人的遷徙。因此，遷移之後，必然面對文化體制（如教育制度等）與社會結構面（如缺乏知識階層等）的嚴重厥失。這也就是說，華人打從南來開始並逐漸形成一個社會之後，就處在重建文化（及其建制）的過程之中。然而，海外華人社會又由於欠缺結構性的國家文化資源之支撐，故它面對的是更為貧瘠的文

1　本文初稿曾發表於馬來西亞隆雪華堂主辦，第三十三屆全國華人文化節「創新與跨越：重塑文化的想像力」學術研討會，吉隆坡，2016年12月3日至4日。

化土壤。本文將嘗試從自由主義在對文化族群權利的爭論中所論及
之文化賦權與少數族群權利論述，尤其是有關國家機關及公共語言
對文化發展之決定性作用方面，檢視馬來西亞華人社會在憲法上的
文化權利及其對華人文化發展所起的限制。具體而言，文化權利涉
及國家對族群文化之肯認及文化資源之分配正義，而這以該文化族
群是否能有效地、創造性地參與自身文化，並具有傳承、再生產族
群文化之能力為基準。本文將借上述論述之啟示，初步指出馬來西
亞憲法及政策下文化權利之問題，探析在華人文化發展脈絡中，這
究竟對馬來西亞華人社會性文化的再生產能力發生怎樣的影響？華
人文化在此一憲制及實際的文化權利下，面對怎樣的文化發展困境
及必然？

二、移民社會的文化重建與憲制文化權利

　　要了解馬來西亞華人的文化發展及其脈絡，我們就必須先追溯
馬華社會的移民本質，尤其是其與官方或國家的關係。從殖民地時
代一開始，華人移民社會所面對的挑戰就是：要麼融入主流社會，
要麼就是重新構築自身的社會文化體系。然而，由於從十九世紀中
葉開始，隨著早期華人人口的穩定增長，華人社會走向了重建自身
社會文化的方向，即大量設立自己的學校、報館和各種團體組織，
如會館、廟宇等[2]，也因此形塑了一個華社內在基本自足的體系，使
其歷史、文化記憶在這土地上得以維繫和傳承。此一體系主要由華
社三大支柱（即華團、報館及華校）支援了各種集體歷史、文化記
憶的管道與載體，比如教育、文化思想、文學、民俗等等，使華人

　　2　詳見顏清湟，《新馬華人社會史》（北京：中國華僑出版公司，1991）。

記憶得以傳承與維持。其中華校與華文報館之創立正是社會性文化[3]再生產中的關鍵一步，因為這才保證了語言及與之相關聯的傳統和習俗傳給下一代。這三大支柱相互連接，形成了在政治、社會、文化各領域上護衛、代表華人的機制。然而必須說明的是，此種「基本自足」的體系存在著先天結構上的缺陷。此結構性問題其來有自，即如上所言，其先天移民性注定華人社會與文化發展是由歷史的跳躍和社會結構的不完整上開拓而來的[4]。而華人社會所孜孜以求的文化重建「最終目標」[5]，是建立相對完整的文化體系及文化之建制化，就以語言教育為例，從20世紀初的新式小學之初創，到1918年初中的設立與1950年代的南洋大學之開創即是此一追求之彰顯。不難理解，華人社會存有一種「華文大學情結」，這也就是為何我們常在馬來西亞華社聽聞類似「建立完整教育體系」的說法了[6]。

　　楊儒賓教授曾在《禮讚1949年》中指出，台灣作為一個移民社會，照人類歷史上的通例，它很難會累積出深厚文化；在1949之前，台灣基本上沒有任何重要的學派，沒有任何全國性影響的詩派，沒有任何較可觀的畫派，也找不到具有全國影響力的大詩人、大書法

3　此處的「社會文化」是指以一種共同語言為中心，並廣泛運用於社會公共領域和私人領域（如學校、媒體等等）的各個制度機構，而形成的文化，不必然是指傳統文化生活。見金里卡著，鄧紅風譯，《少數的權利：民族主義、多元文化主義和公民》（上海：譯文出版社，2005），頁12-13。

4　見拙作〈民間體制與集體記憶〉，《馬來西亞華人研究學刊》，2006年第9期，頁1-18。

5　拙作〈民間體制與集體記憶〉，頁6。

6　有關華文教育之發展，見Tan Liok Ee, *The Politics of Chinese Education in Malaya 1945-1961*, Kuala Lumpur: Oxford University Press, 1997.

家、大哲學家、大畫家。他進一步指出,台灣的文化在此前的獨特性並不清晰,而在1949才發生了轉折,即隨著國民黨撤台,「中華民國與台灣一體化,原來埋藏在台灣社會的新漢華文化因素透過了接枝的融合過程,才找到合理的表現方式」[7]。1949年後,大量人才湧入,學術規模擴充,學術傳統確立,遷入的故宮博物館、中央研究院史語所及中央圖書館等等,而放在世界上哪一所博物館評比,這些館藏都是頂級的[8]。「這一批人在宗教、哲學、文學、美術、書法諸方面,都帶來了台灣四百年史上未曾有過的新局面。我們很難想像:台灣書法抽掉于右任、繪畫抽掉張大千、佛學抽掉印順、哲學抽掉牟宗三、史學抽掉錢穆、考古學抽掉李濟……如果沒有這批人……台灣的中堅之文史隊伍是如何組成的。」[9]除了前面提及的研究機構,從1950年代國府基本安定後,清華、交通、政治、中央、輔仁、東吳、東海等大學紛紛復出,其作用是結構性的,這些復校大學的學生隱然成為台灣社會的中堅力量。他甚至認為,1949年前後到達台灣的文物的質與量,遠超過台灣四百年來的總和[10]。此處大量引述楊儒賓的觀察,主要意在說明馬華社會作為一個移民社會所面對的「文化重建」則更為困頓。與台灣不同,台灣儘管同樣有其移民性質,但畢竟自有清一代其知識階層仍與大陸母體文化體制保留密切聯繫,即在官僚體系上作為一個省份而存在,在知識體系上仍與科舉制度擁有傳統的維繫。最為重要的是,正如楊儒賓已指出的,1949年國府遷台意味著一個國家機關的遷移,這對台灣社會形成最後的——南渡的終點——完整遷移。上述的人力與文化財的

7　楊儒賓,《1949禮讚》(台北:聯經出版公司,2015),頁95。
8　楊儒賓,《1949禮讚》,頁111-112。
9　楊儒賓,《1949禮讚》,頁112-113。
10　楊儒賓,《1949禮讚》,頁112-113。

力量透過中華民國的體制，聚集為一股巨大的動能[11]。

　　此處可見國家機制對文化發展的決定性影響。但反觀馬華社會，它是一個從屬社會，始終夾雜在英國殖民地與馬來西亞土著政體之間。這使得它在文化創建及重建的過程中顯得極為跌宕、複雜。值得追問的是，在這樣的脈絡下，馬華社會追求怎樣的文化機制與建制形態呢？研究西方少數族群和移民利益的加拿大自由主義學者威爾‧金里卡（Will Kymlicka）的研究成果儘管不完全適用，但卻極有啟示意義。金里卡指出，今日大多數國家都是文化多樣性的國家。根據最近估計，世界上有190多個主權國家，有600多個語言群體和5000多個族群（ethnic groups）。公民講同一語言，或屬於同一「族類民族群體」（ethno national group）的國家，實際上寥寥無幾[12]。歷史上的移民和少數民族雖都遭遇到相同的「民族國家建構」政策的壓力，政府用很多方式積極鼓勵並強迫移民融入以國語作為共同的教育、經濟和政治體制，但是他們的反應或訴求方式卻是不一樣的[13]。金里卡根據西方社會的情境提出少數族群及移民社會的兩種總體要求，即：前者傾向於奮力保持或建立他們的社會性文化，他認為這是一種「民族國家」的建構，旨在傳播共同的民族認同、民族文化和民族語言的政策，而後者則只要求一種「移民多元文化主義政策」[14]。易言之，移民社會接受固有國家主流文化形態，也願意融入國家主流，只是希望國家能夠同時承認他們的貢獻、使用

11　楊儒賓，《1949禮讚》，頁114-115。
12　金里卡著，馬莉、張昌耀譯，《多元文化的公民身分：一種自由主義的少數群體權利理論》（北京：中央民族大學出版社，2009），頁1。
13　金里卡，《少數的權利：民族主義、多元文化主義和公民》，頁162。
14　金里卡，《少數的權利：民族主義、多元文化主義和公民》，頁162。

自身語言，以及文化權利[15]。但無論如何，儘管這兩種群體在自身
的權利追求上各有不同，但有兩個共性：其一，要求公民個人所擁
有的一系列共同的公民權利和政治權利，而這些權利在所有的自由
民主國家中都是受到保護的；其二，這些要求指向同一個目標，即
要使種族文化群體的獨特身分和需要得到承認與包容。

　　正如前文所強調的，文化的合理發展離不開國家體制上的支
撐。然而眾所周知，馬來西亞華人的憲制權利鬥爭，包括文化（包
含教育）權利之追求在1956年獨立憲法中曾經歷過激烈的博弈。馬
來西亞華人在追求其文化重建的過程中，面對的新興建國力量並不
是一個既強調民族自決，同時又強調這種自決應當導致自由民主的
憲政的自由主義民族主義（liberal nationalism）。由於歷史的因素與
馬來人的危機意識，他們發展出來的民族主義是一種威權制度，它
封閉、仇外，而非以啟蒙運動的理性和普遍人道主義為基礎，以建
立開放、多元社會的民族主義。這也就是說，華人的文化重建與建
制目標是與馬來民族建國相悖離的。顯然，真正意含上的「獨立」
與「解放」之實踐難度由此可想而知[16]。馬來西亞獨立之後的國家
憲法賦予馬來族特別地位，馬來「社會」可說在很大程度上差不多
相等於「國家」，國家必須反映馬來人特徵。與馬來文化議程有關
的條款主要是：憲法第3條（1），回教為聯邦宗教，惟其他宗教可
在安寧和諧中在聯邦任何地方奉行，而152（1）條款則明文規定馬
來文為國家語言和官方語言，但「任何人不得受到禁止或阻止使用

15　金里卡，《少數的權利：民族主義、多元文化主義和公民》，頁
　　160-186。

16　詳見拙作〈大局與獨立：華人社會在獨立運動中的反應〉，文平強
　　編，《馬來西亞華人與國族建構：從獨立前到獨立後五十年》（上
　　冊）（吉隆坡：華社研究中心，2009），頁92。

（除官方用途外），或教授或學習任何其他語文」[17]。所謂的「除官方用途外」，意即華文不在官方用途之列。華人民間曾在獨立憲制談判期間提出「四大原則」入憲訴求，更直接遠赴英倫向英國當局爭取憲制上的平等，嘗試從根本上解決族群權利不平等問題，但最後以失敗告終[18]。1969年五一三事件之後，憲法更規定了馬來特殊地位、回教地位等之不可挑戰，這使華人等少數及移民群體必須更加確認自己「不完整公民身分」（partial citizenship）的從屬地位[19]。儘管從1957年獨立之後以至1969年這段期間，華人社會的政治反對力量曾動員集結，進行長達22年不間斷的鬥爭，企圖通過選舉和街頭運動與馬來政黨爭奪國家機關[20]，但形勢比人強。1969年的「五一三」一役更使得華人社會進一步陷入政治困境之中，從此對

---

17 《馬來西亞聯合邦憲法》（華文譯本）（怡保：信雅達法律翻譯出版社，1984）。

18 從1956年4月開始至1957年7月以前，凡是華人社團具有全馬性的會議，都特別通過一條議決案，對華人四大要求，表示支持。他們對憲制提出以下「四大要求」：
（一）凡在本邦出生的男女均成為當然公民；
（二）外地人在本邦居住滿五年者，得申請為公民，免受語言考試的限制；
（三）凡屬本邦的公民，其權利與義務一律平等；
（四）列華印文為官方語言。（《南洋商報》，1957年8月9日）

19 這裡是借用史賓勒（Spinner）在論述美國亞米希人時的術語。儘管亞米希族是基於自身的生活方式而自我選擇離開主流社會，放棄公民權利，因而很少涉入公共領域和民間社會（civil society），但從語義而言，華人族群雖非自我選擇，但同樣沒有享有一切平等的公民權利，也算是一種「不完整的公民」身分。（引自金里卡，《少數的權利：民族主義、多元文化主義和公民》，頁169。）

20 詳見祝家華，《解構政治神話：大馬兩線政治的評析（1985-1992）》（吉隆坡：華社資料研究中心，1994）。

權利的鬥爭態勢也逐漸趨於守勢和保守化。

　　實際上，建制化之追求自然必須與國家有連接，但是必須指出的是，華人社會在文化教育上之建制化而求諸於官方或國家的，其實就是要求公平的國家資助以及自由的使用，並不是否定馬來人及其文化或語文作為國家層次語言的地位。具體而言，在獨立時期的「四大原則」或1960年代，華人社團或華校教師總會曾極力要求華語華文與淡米爾文同列為官方語文（並非國語）之一，其目的其實更是為了保障華文學校之不被剷除[21]，或者所謂的文化承認，而不是為了建立國中之國，當然更不是如金里卡所言的「少數族群的民族建國」目的。林連玉在1985年提到為何爭取華文為官方語文時明確指出，

　　　　那是1952年11月8日，我和周曼沙、沙淵如代表華校教總到二王樓去謁見副欽差大臣麥基里萊先生，從他那裡知道政府要消滅華校所持的理由是華文非馬來亞的官方語文。…既然當局以官方語文為武器要來消滅我們，我們要避免被消滅必須擁有同樣的武器才可抵抗。因此教總就於1953年4月全國華校董教代表第二屆大會時提出爭取華文列為本邦官方語文之一。從此可知華校教總**爭取華文列為本邦官方語文之一純是自衛的、求生存**

21　在獨立前夕，主要由教總向來聯盟爭取，及在憲制談判期間由全馬註冊華團通過「四大原則」爭取。1960年代，則是由教總主席沈慕羽（也是馬華公會青年團副團長）發動「馬來西亞華人註冊社團」，要求政府列華文為官方語文運動，結果以失敗告終，沈氏也被馬華開除黨籍。教總33年編輯室編，《教總33年》（吉隆坡：馬來西亞華校教師總會，1987）。

的。[22]

　　林連玉在1955年著名的「麻六甲會談」時，也跟巫統主席東姑如此說：「英文是外國語文，不配作為馬來亞的共通語文。要作為馬來亞的共通語文，必須是馬來亞的民族語文：第一是巫文，第二是華文。」[23]由此可見，華教人士是肯認了馬來文在即將獨立的新興國家中的首要地位的。再舉例而言，在1983年為回應「國家文化」政策之威脅而發表的〈華團文化備忘錄〉之中，華社難得地略有觸及所謂的「歷史問題」。該歷史性文獻指出，「我們不否定麻六甲王朝的存在以及蘇丹政體的延續性，不過誰也不可以否定其他民族的合法存在以及參與建國的事實。」[24]顯然的，他們只要求承認馬來西亞當下的多元事實，而不是否定其歷史事實。因此，以上述金里卡的術語和分類類型來說，華人社會既是移民，也是相對少數群體，其總體要求似介乎二者之間，一方面如西方少數族群，欲建立某種程度的完整語文及社會文化體系（金里卡所提及的魁北克省法語人民欲建立其領地的主流語言，但華人顯然不是），但又有西方所謂的移民社會形態，即「願意融入國家主流，而只是希望國家能夠同時承認他們的貢獻、使用自身語言、文化權利」的「多元文化主義」，而非激進的、威脅馬來文化作為主流的追求。實際上，這兩者的追求在金里卡看來，都是合法的，這一點容後再敘。

22　林連玉，〈答東姑〉，1985年11月15日。

23　林連玉，〈答東姑〉，1985年11月15日。

24　姚新光主編，〈華團提呈之《文化備忘錄》全文〉，於《馬來西亞華人文化節資料集(1984-2000)》（吉隆坡：華總—全國華團文化諮詢委員會，2001），頁18。

三、文化資源分配正義與社會文化再生產的條件

　　上文所述旨在說明，華人社會的文化體系目標是建立在要求國家憲法的承認之上，並沒有否定馬來文或馬來文化之國家地位。但是，這樣的文化多元主張追求，在馬來民族主義堅持的「完整」、「淨化」概念下，仍然沒有得到充分肯認，而馬來西亞的憲制及其衍生而來的文化政策究竟賦予了華人社會怎樣的文化權利呢？如上所述，馬來西亞憲法承認了馬來主權作為國家的本質[25]，但「允許華人自由行使其語文權利」，官方沒有實質義務資助其發展。實際上，林連玉與沈慕羽爭取華文為官方語文地位之失敗，已預示了華文發展的困頓。金里卡甚至認為，政府決定哪些語文為官方語文，實際上就決定哪些語文繼續存在，哪些即將死亡[26]。也就是說，馬來西亞的憲法雖有部分承認多元語言／文化之現實，即讓其他民族自由奉行其語言文化的權利，但並非「積極承認文化多元」。馬來西亞華人僅有消極的文化權利（相對於積極文化權，政府則會大力支持及肯認其地位），而且此一消極文化權利在實際的政治運作中還得遭遇政府之壓制對待，這是因為馬來語文已為憲制所本質化。更大的問題是，官方以憲法之馬來文中心位置，嘗試在具體政策上

25　一些學者認為，馬來西亞建國憲法承諾了一個多元文化社會的建構，但卻因政治事實牽引出單元主義及馬來回教化的趨勢。見Azmi Sharom, "Broken Promises: The Malaysian Constitution and Multiculturalism," paper presented at "Revisiting Pluralism in Malaysia," a seminar organised by the South East Asian Studies programme, National University of Singapore, Singapore, 9-10 July 2009.

26　金里卡，《少數的權利：民族主義、多元文化主義和公民》，頁75。

追求一致性、同質化不同的國民[27]。質言之，它鼓勵、甚至強迫生活在國家領土上的公民融入到使用一種共同語言的公共體制中[28]。泰勒曾即指出，「假如現代社會有一『官方』語言，按這一術語的完整意思，就是國家贊助、灌輸和定義，所有經濟職能和國家職能都通過這一語言和文化起作用。」[29]因此，在實際的文化與教育政策層面上，從1960年代開始，政府就致力把獨立之前即已存在的各種語文源流的學校統一為政府學校，從此政府只津貼國民學校（National School）和國民型學校（National Type School），僅允許在小學階段以母語教學。同時，所有母語教學的小學都改制為全津或半津國民型小學，而很多以母語教學的中學也紛紛改制成為「國民型學校」。尤有進者，儘管華文學校已於1957年成為馬來西亞國家教育體制的一環，但是由於馬來西亞政府各項政策和行政偏差，長期以來，華文小學面對著增建上的重重困難，例如撥款、師資、設備等等重大難題，政府始終沒有放棄建立以馬來語為主要教學媒介語和單元化的未來國家教育制度目標。

　　在憲法賦權下，1960年代政府實施了「國語政策」，強調獨尊馬來文及國語作為國家共同語言的重要性，也進一步確立以馬來語取代英語為國家公共領域的語言，尤其在立法及司法地位[30]。除此

27　在現實的層面上，由於英文的強勢以及中文的經濟效能，都使得此一同質化過程面對挑戰，當然這是另一個問題了。

28　金里卡，《少數的權利：民族主義、多元文化主義和公民》，頁1。

29　引自金里卡，《少數的權利：民族主義、多元文化主義和公民》，頁15。

30　Ainon Mohd. "Dasar dan Perlaksanaan Bahasa Melayu sebagai Bahasa Rasmi dan Bahasa Kebangsaan," *Kongres Bahasa Dan Persuratan Melayu IV*, Kuala Lumpur: Dewan Bahasa dan Pustaka, 2002, pp. 443-453.

之外，自1974年之後，還有35項法律條款限制著私人界對非馬來文的運用，如1976年地方法令、廣告法令、新聞部的1981年廣告指南（Advertising code 1981）、1965年公司法、商業註冊法等等[31]。在學術上，本地國立大學基本也只允許馬來文及英文為碩博論文語文，這窒息了中文作為學術語言的發展。在文化政策上，最決定性的事件當然是國家文化大會議決三項「國家文化概念」。這三個概念是：（一）馬來西亞的國家文化必須以本地區原住民的文化為核心；（二）其他適合及恰當的文化原素可被接受為國家文化的原素，但是必須符合第一及第三項的概念才會被考慮；（三）回教為塑造國家文化的重要因素[32]。這些政策實際上貫徹了一種同質化的語文政策，自然沒有承認華人的文化權。對「國家文化政策」的延伸與貫徹，還包括國家文學、國家電影政策，它獨尊馬來文及其文化。國家文學定義了只用馬來文書寫才是「國家文學」，國家電影發展機構的法規（Finas act 1981）則規定，一部電影必須要有70%以上的馬來語對白，才被承認為「馬來西亞電影」，並享有扣稅優惠[33]。

---

31 Ainon Mohd. "Dasar dan Perlaksanaan Bahasa Melayu sebagai Bahasa Rasmi dan Bahasa Kebangsaan," p. 447.

32 陳祖排編，《國家文化的理念：國家文化研討會論文集》（吉隆玻：雪蘭莪中華大會堂，1987）。

33 關志華，〈馬來西亞國家電影下的馬來西亞華語電影論述〉，《長庚人文社會學報》，2015年第8卷第1期，頁180。2011年之後，國家電影機構調整其條例，不管電影媒介語是否為馬來語，只要配上馬來字幕、同時電影50%以上是馬來西亞取景，及超過51%的電影版權屬於馬來西亞人，便可被承認為馬來西亞國家電影（頁190）。但實際上，還有許多限制，比如馬來西亞國家電影發展機構為鼓勵更多敘述國族歷史文化及激發國民愛國情操的電影製作，所設立的「愛國及文化電影基金」（Dana Penerbitan Filem Kenegaraan dan Warisan），主要申請條件便是電影媒介語必須是100%馬來語（頁

顯然的，從這幾項政策可發現，語文幾乎成為文化的代名詞，馬來文的文學、電影才是馬來西亞的國家文學與電影。

這樣一來，關鍵的問題在於，如何或者怎麼做才算是公平、公正地承認語言、劃定邊界和分配權力呢？實際上，從文化權出發的文化政策，政府才有干涉文化的正當性，據詹姆斯·塔利指出，主流文化的發展地位若已得到穩固保護之後，其他文化的權利不應被壓制[34]。金里卡的答案則是：把少數族群權利提升到公民的層次，認為貫徹少數族群權利有助於國家式民族國家建構的合法性，而同化、排斥少數族群，或者剝奪他們的權利來達致民族國家建構是不合法的。他認為，民族國家建構應與少數族群權利相結合，而少數族群有機會把自己獨特的文化保存下去，那麼這種訴求與分配就是合法與正義的[35]。而由於移民與少數群體訴求的多樣性，國家的安排與回應可包括諸如採取多元文化政策、民族自治以及使用自己語言的權利形式等等[36]。然而，我們若從西方（尤其是加拿大）逐漸興起的「文化公民權」論述及實踐來看，公民權的體制化不再只是對於文化多元主義的承認，也包括了使用多重的結構性多元主義，使得少數族群可以更進一步地去掌控自己的機制，讓國家整體包容性可以更進一步[37]。簡言之，被認同的文化權，包括了表達自由，教育權，父母為子女教育選擇權，參與社群的文化生活權，保護藝

（續）

194）。

34　詹姆斯·塔利（James Tully）著，黃俊龍譯，《陌生的多樣性：歧異時代的憲政主義》（上海：世紀出版集團，2005），頁178。

35　金里卡，《少數的權利：民族主義、多元文化主義和公民》，頁2-3。

36　金里卡，《少數的權利：民族主義、多元文化主義和公民》，頁2。

37　詳見王俐容，〈文化公民權的建構：文化政策的發展與公民權的落實〉，《公共行政學報》，第20期，2006年9月，頁140。

術文學與科學作品權，文化發展權，文化認同權，少數族群對其認同、傳統、語言及文化遺產的尊重權，民族擁有其藝術、歷史與文化財產的權利；民族有抗拒外來文化加諸其上的權利；公平享受人類共同文化遺產的權利[38]。值得注意的是，這些相關權利多半在國際的文化組織中被認可；同時，涵蓋的範圍也超出了文化的層面，即文化權利與公民權的落實與政治、教育等議題都有密切的關係。這也顯示出，文化權益的保障往往必須建立於其他權利之上[39]。詹姆斯‧塔利認為，21世紀是一個「文化歧異性」的時代，我們面對的問題不在於應否追求或者對抗歧異性。更確切的說，首要問題在於我們應採取什麼樣的批判態度或精神，才能以公平正義的方式對待那些爭取文化承認的各種要求[40]。他認為，面向此一歧異性的時代，若公民們獨特殊異的文化生活遭到排斥或同化，這樣的一部憲政結合體便是不正義的。尤有進者，與一部憲法必須處理的眾多正義議題相比，文化承認方面的正義問題具有一定程度的優先性[41]。更由於正義之議題必須由公民們討論，最後的協議也必須由公民們來達成，因此文化承認之政治的首先議題在於建立一個合於憲政討論的程序，讓每一個公民都能得到充分發言的權利。塔利甚至認為，傳統的民族國家概念並不適用於當今文化承認的主張之上。

　　理解了自由主義正義觀或文化多元主義下所應享有的文化權之後，顯然的，馬來西亞華人的文化權是乏困不堪的，它無法獲得國

38　詳見王俐容，〈文化公民權的建構：文化政策的發展與公民權的落實〉，頁142。

39　王俐容，〈文化公民權的建構：文化政策的發展與公民權的落實〉，頁142。

40　詹姆斯‧塔利，《陌生的多樣性：歧異時代的憲政主義》，頁1。

41　詹姆斯‧塔利，《陌生的多樣性：歧異時代的憲政主義》，頁5-6。

家的充分承認。隨此我們或者可以再追問下一道問題：一個文化群體需要怎樣的文化資源、體制及權利才能合理保存及發展其文化呢？如上所述，從移民到公民的社會結構必須經過一段漫長時間的建構過程。在論證自由主義與文化多元主義的關係時，金里卡嘗試指出，文化多元主義無法威脅社會的主流文化，因為在現代國家或社會中維持一個獨立的社會性文化是一項需要有雄心大志的、艱苦的事業，也是一個太龐大而可望不可及的事業。金里卡根據加拿大魁北克省的歷史經歷而指出，只有當一個族群在語言、教育、政府就業和移民方面有實實在在的權力的時候，他才能保持和再生產其社會性文化[42]。換句話說，一個族群自身社會文化的發展需要龐大而完整的公共機構和政治權力來支撐，若不然，則必定要付出何等的艱辛努力。這其實已預示了馬來西亞華人歷史記憶與文化傳承上的艱難與問題之重重。所謂的華社「第二稅」，乃至於社會運動領導者公民權之被褫奪與入獄等等，都是這個重建文化體系工程中不可謂不大的慘痛代價。金里卡進一步說，除非語言在包括政治、經濟等領域，如法院、立法機構、福利機構、衛生機構等等政府機構內獲得具「公共語言」的實質性權利，該語言才能生機勃勃[43]。除了華文學校體系，華人社會僅僅在一些路牌、招牌、填寫銀行支票等等細微的局部上要求中文（及華人文化）可以在公共領域被允許使用，與金里卡所列出的必要領域之廣泛簡直不可同日而語。

　　實際上，在政府決定公立學校的語言時，它是在提供社會性文化所需要的或許是最重要的支持形式，因為這可以保證這種語言和

42　金里卡，《少數的權利：民族主義、多元文化主義和公民》，頁156-158、180。

43　金里卡，《少數的權利：民族主義、多元文化主義和公民》，頁163。

與其他相關的傳統習俗是否能夠傳遞給下一代。相反，拒絕提供以某種少數民族語言進行的公共教育，幾乎不可避免地決定了那種語言會日益邊緣化[44]。他進而提到，少數群體必須創造它自己的高等教育系統——不僅要在小學及中學層次上，還要在大學及專業學校的層次上[45]。最後他有力的總結道，在現代世界上，保持一個社會性文化不是每年舉辦些民族節日或給孩子用母語開些課的問題。相反地，這是創建和保持一套使少數群體通過使用自己的語言而加入現代世界中來的公共體制的問題[46]。以金里卡上述文化建構所具備的條件來審視馬華社會文化之發展，其實已經深刻替我們指出了馬華文化疲弱與貧乏的問題根源了。

四、文化權利之闕失及其對文化重建之斫失

前面論述了馬來西亞華人在憲政上、國家公共層面上所擁有的有限文化權利，以及文化再生產的基本條件之後，我們可以審視馬華文化在既有的體制上所體現的文化格局了。實際上，學校教育是文化再生產過程中社會再生產的一種體現，因為它涉及語言之習得，尤其語言又是文化與思維之載體。實際上，我們甚至可以說，怎樣的語文高度決定了怎樣的文化高度。我們可從華校語言教育切入觀察此一文化再生產的問題。

學校作為文化再生產過程中的一種特殊的場域，而馬來西亞華人的客觀情境是：在多語的華麗表像背後，馬華社會飽受繁重的語

---

44 金里卡，《少數的權利：民族主義、多元文化主義和公民》，頁142-143。
45 金里卡，《少數的權利：民族主義、多元文化主義和公民》，頁164。
46 金里卡，《少數的權利：民族主義、多元文化主義和公民》，頁166。

文學習困擾[47]。在現有文化權利下，馬來西亞一般華人的中文程度
只有小學程度（在2011年，高達96%華裔學童入讀華小），而其中
大多數華人到了政府國民及國民型中學時只修一科中文（在2010
年，分別七成及兩成進入國民與國民型中學，另一成就讀獨中[48]），
而且大都非正課、每週僅有三節的語文訓練，在中學階段又大部分
全面以馬來文作為媒介語，同時又要接受英文必修的壓力，實際上
華裔子弟從小學到成年，都必須承受多語言的困擾。如果我們以語
言學家所說的，只有少數約略一成五的學子可以精通雙語（何況三
語？王國璋即言，獨中所強調的三語並重不免近於天方夜譚[49]）來
審視馬來西亞華人的語言狀態，我們恐怕發現大部分華人子弟在多
語／三語的困擾下，出現了嚴重的雙半語（semilinguals）或三半語
的現象。這意即華裔子弟對每一種語言的掌握只有表面上的流暢，
但卻沒有一種語言能力足以從事深度抽象認知及細緻書寫的工作。
教育學者陳耀泉即曾指出，尤其在當今政府強力推行「強化國文政
策」下，力要在華小推行國民學校程度之馬來文，更是擠壓了華
裔子弟的語文平衡[50]，否定了華人文化的深刻發展。華人社會必須
思考在現有的三語狀態中如何取捨，如何培植各種雙語人才，不要
再毫無常識的追求「三語並重」之天方夜譚。寧可中文為主、馬來
文為次，或者馬來文為主、中文為次，或者就是英文為主中文為次。

47　王國璋，〈馬來西亞的多語現實和馬華的語言困局〉，《思想》第
　　28期，2015年5月，頁178。

48　王國璋，〈馬來西亞的多語現實和馬華的語言困局〉，頁182。

49　王國璋，〈馬來西亞的多語現實和馬華的語言困局〉，頁192。

50　Tan Yao Sua. Education Language Policy and the Development of
　　Chinese Education in Malaysia，《2014年第二屆馬來西亞華人研究國
　　際雙年會論文集》（吉隆坡：華社研究中心，2015），頁43-45。

沒有多少民族社會可以經得起三語精通的壓力，也沒有一個族群社
會應該永遠承受半雙語狀況下的文化低沉與焦慮。

　　以文化中最精緻的學術及文學發展為例，其深化正需要「抽象」
與「細膩」的語言，而這兩種語言正由於華人的語言及文化體制之
現實作用下，變成一種奢侈的要求。正如黃錦樹著名的論斷那樣，
馬華社會基本的文化水準，通常就反映在語言中，尤其是文學語
言──文學語言一般被視為一個社會或民族最純粹、精煉、豐富的
語言[51]。然而馬華文學「直接面對的問題，則是文學語言技術的貧
乏──文學寫作畢竟是高度專門化的技藝，書寫者必須面對既有的
書寫遺產，作品是否有力量其實有賴於書寫者掌握的文化資本」[52]。
在另一方面，有如前述，國家文化政策對中文或馬來西亞華人文化
缺乏充分的承認，而被貶為族裔文學，即使巨匠存在，也不可能得
到國家機器或制度的發現[53]。這種「小文學」的境況是，猶如許多
第三世界作家們那樣，只能向資源中心──經常是殖民母國的首
都，現代大都會，或至少是國家的都城，或鄰近的都會──行旅，
留學、移民或流亡。拉丁美洲作家的歐洲之旅，構成了文學爆炸的
知識條件，而馬華作家何嘗不如此──留學台灣孕育了李永平、張
貴興兩位重要小說家[54]。

　　至於馬來西亞中文學界，它至今仍是一個高度不成熟的小群
體，學術資源貧乏，學術人員在品質都多有不足，這已是公認的事

51　黃錦樹，〈華文／中文：「失語的南方」與語言再造〉，《馬華文
　　學與中國性》（台北：元尊文化公司，1998），頁45。

52　黃錦樹，〈華文少數文學──離散現代性的未竟之旅〉，《華文小
　　文學的馬來西亞個案》（台北：麥田出版公司，2015），頁109。

53　黃錦樹，〈華文少數文學──離散現代性的未竟之旅〉，頁114。

54　黃錦樹，〈華文少數文學──離散現代性的未竟之旅〉，頁115。

實，我們亦可姑且稱之為「小學術」[55]。作為高層次文化再生產機
制的學術領域，國家層面的學術資源也幾乎全由他族所壟斷，華人
社會自身也未能在民間進一步完整的發展學術，華社研究中心、新
紀元學院等的狀況就是一大顯例。因此，我們看到整個社會的發展
與華人問題的發生遠遠超過學術界的理解能力，我們無法以自己的
理論框架與學術語言去了解社會發生了什麼事。文化深化也步履維
艱，誠如歷史記憶學者所言，歷史敘述或學術研究是民族想像或記
憶建構的必要且重要之途徑。因此在很大程度上，華人社會文化傳
承的管道必須依靠民間各種非正式形式來進行，包括霍布瓦克所認
為的維繫記憶的方式以及前面所提到的，諸如民間報刊、家庭、作
為象徵的民俗、傳統節日活動[56]，留學中港台及個人的自覺努力等
等，而沒有強有力的官方體制及正規的、完整的學術、教育體系之
支援。很大程度上，用黃錦樹的話說，這是依靠「讓文字缺席」[57]的
活動以支撐的。華人歷史記憶正因此缺乏基礎性的蘊藏，自然顯得
淺薄，文化深度呈現結構性困境。顯然的，馬來西亞的中文文學與
學術都注定淪落為一種「小文學」、「小學術」的境況。這與上述
馬來西亞華人對自身文化之重建、創建及建構之追求都是極大的悖
反。華人內在一直具有一股追求完整體制的動力，在文學上即體現
在追求自己的文學經典（如黃錦樹早年的經典缺席論），而這也就

55　許德發，〈書評：《馬來西亞華人人物志》〉，《南方大學學》第
　　3 卷，2015 年 8 月，頁140-143。

56　Halbwachs, Maurice, *On Collective Memory*. Edited and translated by
　　Lewis A. Coser. Chicago: University of Chicago Press, 1992.

57　黃錦樹，〈中國性與表演性——論馬華文學與文化的限度〉，《馬
　　華文學與中國性》（台北：元尊文化公司，1998），頁115。

必然導向追求自身的大作家，甚至追求自己的文學語言之建構[58]；在學術上，則體現於追求自己的中文學術，並期待大學者、大師的出現，然而這些期待最後都必須回到建構大學層次的學術中文、研究機構、自己的文物館、文學建制等等之建構。然而有如前述，文化重建或創建，其實背後涉及的是完整的語言訓練，而這些正是馬來西亞華文體系所嚴重缺乏的，而這又必須回到國家層面的承認與建制化。一切問題的核心在於語文如何進入公共體制。一些自由主義者在回應多元文化社會時認為，公民所屬的文化能具備發展生存的活力是個人自由能在公私兩領域中運作的主要社會條件。此一論點的根據在於，一個有發展活力的文化乃是個人自由與自主的一項必要條件，同時在一定程度上，也是個人自由與自主活動不可或缺的構成脈絡。既然一個人所言所為的價值都多少表現出其文化認同的特性，那麼，唯有在所有成員己身所出的不同文化都得到他人，包括文化本身的成員以及與這些文化毫無關係的成員之承認與肯定，在這樣的社會中，我們才能找到個人自尊的存在條件。[59]顯然的，語文與文化必須依附於國家機制與公共領域始能活出，更是個人活出自己的必要前提。

58　著名作家李永平曾在講座中說，他後悔沒有將「南洋華語」提升為「文學語言」，而在年輕時期聽信師長的意見去建構純粹的中文。他甚至認為，若他建構了南洋華文的文學語言，他今天的地位會更加崇高。於2016年11月27日馬大中文系台灣文化光點活動，文字記錄可見〈我的故鄉，我如何講述〉，刊於《見山又是山：李永平追思紀念會暨文學展特刊》（台北：文訊雜誌社，2017），頁22。

59　《陌生的多樣性：岐異時代的憲政主義》，頁198-199。

五、結論

　　綜上所述，移民社會的客觀限制以及華人的不完整文化權利，共同造成華人文化深耕的困境與限制。馬來西亞華人文化的發展胥視在何種程度上華文可以重返公共領域，即文化權利可提升到那一個程度。過去我們都深受西方民族建國的影響，現代憲法也因此為民族主義所框限，而誤認文化社群的權利之釋放與肯認將威脅主流語文與文化。但正如塔利所說的，文化不等同於「民族」，文化自身也並非內在同質的，它經由其他文化的互動，文化內涵不斷受到成員們的競逐、想像與再想像，不斷地被超越與妥協[60]。因此，馬來西亞的憲法不應將文化本質化或民族化，以為多元文化權利就是威脅國家／民族。簡言之，一部憲法或者文化政策能否承認並適應文化歧異性，將是這個時代不得不關注的政治軸心[61]。實際上，民族主義所追求的統一性根本是一個虛構不實的概念。現代民族主義假借民族之名已經造成許多可怕的浩劫，我們沒理由繼續接受這種唯我獨尊的、堅持族裔完整的教條[62]。

　　馬華文化系譜如何經由教育、語言、文藝作品、學術研究甚至媒體等等而持續的發展與維繫，其中包含了複雜的文化實踐、再現、詮釋及再生產能力等問題之處理，而這些都與國家的文化治理及對公民文化之肯認有關。正如前述，移民後裔、少數民族文化及其他

60　《陌生的多樣性：歧異時代的憲政主義》，頁10。
61　《陌生的多樣性：歧異時代的憲政主義》，頁14。
62　《陌生的多樣性：歧異時代的憲政主義》，頁196；亦可參見江宜樺，〈評介《陌生的多樣性》〉，《二十一世紀》雙月刊，2002年2月號，總69期，頁151-52。

權利一直沒有得到真正的「承認」。詹姆斯‧塔利認為,若公民的
文化特性得到承認,並被納入憲政協議中,則依此憲政秩序所建構
的現實政治世界便是正義的。反之,若公民的獨特文化遭到排斥,
這樣便是不義的。他更認為,社會上各式各樣的文化需要在公共制
度、歷史敘事以及符號象徵各個方面都獲得承認,以便培養公民對
彼此文化的認識與尊重[63]。儘管馬來西亞在2018年5月經歷了政權轉
換的歷史巨變,但新政府似仍未準備動搖馬來之上的國家根基,顯
然的,馬華文化在缺乏國家與公共領域之地位下,其建構將如明代
劉基在《登臥龍山寫懷二十八韻》所言道的那樣,「白雲在青天,
可望不可即」。

　　許德發,馬來西亞蘇丹依德里斯教育大學中文系高級講師、華社
研究中心董事。主要研究方向為中國近代思想、馬來西亞華人文化
與思想。

63　詹姆斯‧塔利,《陌生的多樣性:岐異時代的憲政主義》,頁5-7、
　　199。

謎、冤屈與進步：

委內瑞拉，兼談《經濟學人》

馮建三

界定問題

世人矚目委內瑞拉，乍看起於雨果·查維茲（Hugo Chavez）在1998年底當選、次年就任總統。但仔細觀察之後，比較準確的理解應該是，這是委國進步人士結合草根群眾從1950年代以來的奮鬥成果，是《我們創造了查維茲》[1]、《我們就是國家》[2]。

在查維茲執政的十四年期間，固有的統治階級在下野以後，仍然得到美利堅的金錢與政治之援助，凶猛反撲查維茲，致使委內瑞拉的內政從來無法穩定。俟查維茲2013年3月辭世的次年底至今，委國外匯來源的石油價格，跌至不及高峰之半，加上反對勢力發動的經濟戰加碼進行而執政官僚的治理績效改善有限，遂有委國屢生物資短缺的新聞，政情則更加吃緊。見此，原本已經在外虎視眈眈的美國，更是從2014年起，連續四年宣告委國威脅其國安，委國經貿

1　Ciccariello-Maher, George, *We Created Chavez: A People's History of the Venezuelan Revolution*（Duke University Press, 2013）.

2　Cristóbal, Valencia, *We Are the State! Barrio Activism in Venezuela's Bolivarian Revolution*（Arizona University Press, 2015）.

往來所需的國際金融信用因而遭受侵蝕。到了2017年夏季，美國升高對委國經濟的「制裁」，並且擴大與巴西、秘魯與哥倫比亞等國進行軍事演習，其國務卿更在2018年初，先暗示委國總統若未能自行去職，委國軍方可能將以政變使其政權更迭，美國並考慮對委國實施石油禁運。

內外交相煎、並且力道猛烈今勝於昔，委內瑞拉由查維茲創始的執政權，何以還能持續堅挺？預定2018年4月22日提前舉行的總統大選，外界何以也多預測，「在西方強力制裁……國內經濟壓力」之下，其勝出機會並未消失？這是一個謎題。

這是因為查維茲與其繼承人馬杜羅（Nicholas Maduro），每遇選舉就逕自指揮理當中立的選務機關，通過舞弊造假而贏得選戰嗎？這是因為他們都是威權統治、甚至專制獨裁，致使經濟困頓嚴重已至「人道危機」，人民蜂擁對抗而烽火四起的地步，卻遭其強力鎮壓，所以無功而返嗎？這些答案，或者說指控，從何而來？大眾傳播系統怎麼看、怎麼說本世紀的委內瑞拉，從而塑造了特定的委內瑞拉形象？這個塑造若有扭曲，對於委內瑞拉政權而特別是對其進步力量來說，就是蒙蔽與冤屈的承受；有多少扭曲，就有多少冤屈。

本文將先解析委內瑞拉的謎與冤屈，然後說明，何以查維茲及委國草根群眾的奮鬥，竟能捲動國內外進步力量的注目與研究？委內瑞拉固然是本世紀《拉丁美洲轉型的洶湧動盪》[3]之先驅，但該國難道除了石油，還有值得稱道的其他從事？本文最後一節將聚焦委

3　Burbach, Roger, Michael Fox and Federico Fuente, *Latin America's Turbulent Transitions: The Future of Twenty-first Century Socialism*（London: Zed Books, 2013）.

國「小地區綜合體」（communal council）與「大地區綜合體」（commune）。本文不以通用的「公社」翻譯這兩個詞彙，主要是考慮「公社」在華文世界有特定的歷史內涵、想像、理解或比附，可能增加望文生義而阻礙溝通。「地區綜合體」是委國的進步力量的寄託，執政者既聲稱要予以推進，又虛與委蛇、掣肘乃至「合法壓縮」其生存空間。

　　本文指稱的傳媒，主要是創刊於1843年、彼時馬克思經常引述與批評的《經濟學人》週刊（以下簡稱《經》），其訂戶從1960年代的十餘萬，近年已經超過150萬。分析該刊的考量有兩個。首先是2005年1月查維茲宣稱，委國的行進方向是要建設「21世紀社會主義」以後，它是將這個宣稱最當一回事的出版品[4]。就在《紐約時報》不以為意，稱呼查維茲是左派的文章，比例從2005年的高峰（三成），一路下跌至2007年的兩成多，《經》似乎嚴陣以待，從2005年不到兩成，2006後急遽陡升到逼近六成[5]。其次，至今還沒有人針對這本重要刊物的委內瑞拉新聞與評論，進行長期（約二十年）的分析，反觀《紐約時報》、《衛報》與BBC等等傳媒，外界對它們的檢視由來已久，如後文即將引述。除了對自稱是「非左非右」的「激進中間派」《經濟學人》[6]進行第一手解讀，本文也在合適的時候，佐以台灣的外電報導。

4　筆者在2017年12月10日以關鍵字"Venezuela, 21th century socialism"查詢Proquest （central）資料庫所得。

5　Hawkins, Kirk A., *Venezuela's Chavismo and Populism in Comparative Perspective*（Cambridge University Press, 2010）, p. 52.

6　https://www.economist.com/blogs/economist-explains/2013/09/economist-explains-itself

謎與冤1：選舉（不）舞弊

　　從1998至2017年，如表一所示，歷經總統至國會代表、州、市首長與民代選舉，以及憲法及工會改革等公民投票議題，二十年間，委內瑞拉先後辦理22次24種投票，環繞查維茲運作的力量（主要是2007年以後組成的「社會主義統合黨」做為核心，以西班牙文縮寫PSUV名之，但另有挺查卻未加入PSUV的若干政黨，如共產黨）贏得20次22種。

表 1 委內瑞拉各級選舉與公民投票結果，1998-2017

次	投票 年月日	選舉／公投名稱	挺查 得票率	反查 得票率	投票率
1	1998/12/6	總統大選	62.5	31.5	66.5
2	1999/4/25	憲法改革諮詢			
		是否贊成召集制憲大會	87.7	12.3	39.6
		是否贊成查版選舉規則	86.1	13.9	39.6
3	1999/7/25	制憲代表選舉	62.1	24.2	53.8
4	1999/12/15	憲法批准公投	92.2	7.8	44.4
5	2000/7/30	總統大選	59.76	37.52	56.3
		（新）國會大選	61.11	37.67	44.4
		23州長選舉	16州長	7州長	NA
6	2000/12/3	工會改革（工會領袖選舉必須秘密投票為之）	69.4	30.6	23.5
7	2004/8/15	罷免總統公投	59.25	40.74	69.9
8	2004/10/31	22州長與2直轄市長（查派得20州長／2市長）	58.31	39.32	45.7
9	2005/12/4	國會選舉	100	杯葛並罷選	24.9
10	2006/12/3	總統大選	62.96	36.98	74.7

11	2007/12/2	修憲公投A			
		是否贊成總統連選連任不受任期限制	49.3	50.7	55.1
		是否贊成縮短工時等60餘個主張	49.9	51.1	55.1
12	2008/11/23	22州長與2直轄市長（查派得19州長）	52.1	41.82	65.45
13	2009/2/15	修憲公投B（所有民選首長不受任期限制）	54.9	45.1	70.3
14	2010/9/26	國會選舉	48.2	47.2	66.4
15	2012/10/7	總統大選	55.1	44.3	80.5
16	2012/12/12	23州長（查派得20州）	56.22	44.78	53.94
17	2013/4/14	總統改選	50.6	49.1	79.68
18	2013/12/8	地方市長，查派242市／反查派75市	54.0	45.0	59.82
19	2015/12	國會選舉，反查派得將近2/3席次	40.9	56.2	74.17
20	2017/7/31	制憲代表選舉	41.53	杯葛並罷選	41.53
21	2017/10/15	23州長（查派原得18州，因Zulia州當選人拒絕宣誓而補選後，查派獲勝而領19州）	52.7	45.1	61.14
22	2017/12/10	地方市長。查派得23州首府的21個，335市的308市		杯葛但參選	47.3
23	2018/1/23	在西班牙前總理薩帕特羅（J. L. Zapatero）見證下，委國朝野在多明尼加展開系列談判，同意總統大選提前在2018年4月22日舉行。但2月初在朝野簽約前夕，MUD突然片面宣告毀約後，投票日延至5月20日。			

資料來源：作者編纂自十餘個來源。

　　反查維茲聯盟（2008年以後由二十餘政黨組成，名為「民主團結聯盟」，以西班牙文縮寫MUD名之，或以「反查派」泛稱）在2004年罷免公投前夕，開始對該國選舉機構頤指氣使、指控選舉不公。

《經》質疑查維茲主張的「參與民主」，認為這是「自上而下
（所發動）的參與把戲」[7]、「參與是指參加辯論，找出執行指令的
最佳方法。」[8]不過，在2004年之前，該刊對查維茲仍然有還算正面
的評價，它認定「查維茲……反對本地的『寡占事業』，卻沒有對
私人資本有特別的偏見。事實上他歡迎新的外資……」。[9]對於以參
與民主著稱的1999年新憲法、以單一國會取代兩院制，它還引述日
後反查最力的委國政治學者布魯爾—卡瑞亞司（Allan Brewer-
Carias）教授的意見：「現在要點滴改革，為時已晚……查維茲的勝
利是民主憲政的確認」，反對派「擔心他很快變成威權專制，看來
是錯的。」[10]

至2004年，該刊對查維茲只有負面評價，因此，反對派發動罷
免查維茲時，它全盤支持。它先說政府推動社會福利項目是進行「有
汁有味的選舉賄賂」[11]，但這些「大王牌……太貴難以維持……有
黨派傾向……是否真幫上了窮人，並不清楚。」[12]該年入夏，罷免
總統案失利，美加與拉美共組的「美洲國家組織」（OAS）與美國
前總統的「卡特中心」發布報告，指罷免公投「沒有舞弊」後，刊

---

7 "Venezuela after Chavez," *Economist*, 2013.3.9: 23-24, 26.

8 "What revolution? Venezuela's economic policy," *Economist*, 2004.
   10.9: 33-34.

9 "All power to Chavez--almost," *Economist*, 2000.8.5: 35-36.

10 "Chavez's muddled new world," *Economist*, 1999.11.20: 37-38，但十
   年後，他卻完全否認1999年憲法，見 Brewer-Carias, Allan R.,
   *Dismantling Democracy in Venezuela: the Chávez authoritarian
   experiment*（Cambridge University Press, 2010）.

11 "Regime change or bust; Venezuela," *Economist*, 2004.3.13: 37-38.

12 "Chavez's mission to get out the vote; Venezuela's referendum
   campaign," *Economist*, 2004.7.10: 31-32.

物告誡反查派，若再不參選，「將等於僅只是讓政府更輕易就能取勝。」[13]

次（2005）年底的國會選舉，反對派全面抵制，不參加選舉，《經》的報導則有兩面手法。一方面，刊物說，「反查派知道自己高度不可能贏得席次……選前（查派）已經擁有國會多數，總統真正是很受歡迎，即便支持度已經從年初的70%減至現在的過半。」[14]不過，前述引句僅出現在網路版，《經》的紙版並沒有這些文字，它僅在文末一筆帶過：「讓人驚訝，委內瑞拉仍然持續是一個開放社會」，其餘則冷嘲熱諷：「退出選戰是選民所驅動，他們反正就留在家裡。委國社會有相當部門對選舉過程沒有信心，也對選舉當局的獨立性沒有信心。」[15]

2006年底大選之前，刊物最大的批評是，官員以公費租來大巴士，拉公務員至首都前往參加查維茲的造勢活動[16]。等到查維茲以63%大勝後，它指其「民主社會主義」是外衣，內裡是「激進與威權計畫」，因此「21世紀社會主義……開始愈來愈像是舊日的專制獨裁了。」[17]再隔一年，查維茲在2007年提出修憲案，總計修訂60餘個條款，包括縮減工時，但外界報導最多的是任期條款，亦即若修憲公投過關，委國總統連選可以連任的次數不再是兩任，是要如同內閣制，只要勝選就無任期上限。該次公投，查維茲僅得49%的

---

13 "Twice bitten, thrice lucky; Venezuela," *Economist*, 2004.8.21: 30.

14 "Chavez's clean sweep," *Economist*, 2005.12.3: 1.

15 "All power to chavismo; Venezuela's parliamentary election," *Economist*, 2005.12.10: 58.

16 "In Hugo's hands Venezuela," *Economist*, 2006.12.4: 1.

17 "With Marx, Lenin and Jesus Christ; Venezuela," *Economist*, 2007.1.13: 43.

支持,《經》十分雀躍,表示查維茲雖然僅以1.4%落敗,但「意義
深遠……這幾乎確定是先聲,是查維茲先生玻力瓦爾革命及其在拉
美影響力就要結束的開始」,所謂「21世紀社會主義……許多僅只
是稀釋的20世紀古巴或蘇聯的變種」,這次公投不僅查維茲失敗,
也是「他的哲學業已破產。」再過一年,2008年11月州長選舉,查
派再次得到過半的選票及席次,他的個人支持度還是很高,但油價
下跌、社福經費困難,窮人對查維茲的支持有了鬆動的跡象,惟刊
物認為,「反對派欠缺能讓人信服的綱領,也沒有全國領導人」,
即便它寄望這次選舉是「社會不穩定,乃至查維茲統治突然結束」
的開始[18]。美國民權律師及其助理考察該次選舉後,在《西雅圖時
報》撰寫評論,表示「信不信由你,相較於過去在美國多次擔任選
舉觀察員的經驗,我們發現(委內瑞拉)的選務系統更為透明,也
更對選民沒有技術上的阻撓,同時也更能對選民負責。」[19]查維茲
在2009年2月捲土重來,再次就憲法修正案舉行公投,但是,這次僅
修一個條文,亦即要讓從總統至州與市長各層級的行政首長,選勝
就能連任,沒有任期限制,結果是在七成投票率下,該修憲案以
54.9%過關。對此,《經》鴉雀無聲將近兩個月之後,擠出了一句
話:「委內瑞拉的民主危險了」[20]。2010年9月國會大選登場,刊物
警告,MUD若不取得足夠國會席次,「恐怕委內瑞拉會……快速……

---

18 "Venezuela's opposition makes progress," *Economist*, 2008.11.25: 僅網
    路版;"Checked, but not halted; Venezuela's regional elections,"
    Economist, 2008.11.29: 48.

19 Hildes, Larry and Karen Weill. "Surprising lessons from Venezuela's
    2008 election." December 23, http://seattletimes.com/html/opinion/
    2008553815_ opin24hildes.html

20 "Revolutionary justice; Venezuela's endangered democracy,
    Economist," 2009.4.11: 36.

滑落為獨裁」[21]。結果，這次是如《經》所期待的結果，MUD取得165席次的65席，它說，這是「對查維茲希望無限期握有意識領導權的希望，給予重力一擊」，刊物也藉此批評MUD的罷選戰略，表示「這些日子很少人接受選舉是浪費時間的說法了。」[22]

2012年10月，查維茲以罹癌之身披掛競選，刊物表現得相當振奮，因為反對查維茲的聯盟，終於有了足以服眾望的人：39歲的卡普利萊斯（Henrique Capriles）年輕，初選就得到300萬人支持，「從市長、州長到國會副議長，歷練豐富，可望代表MUD勝選，查維茲的政治與體能都已虛弱」[23]。不過，它也說：執政黨內雖然存在內鬥，查維茲依舊得到民眾「很大的支持……MUD私下承認落後10-15百分點」；不過，這段文字又是僅出現在網路版[24]。轉到紙版的時候，刊物是這樣說的：「查維茲關閉了許許多多的收音機台與電視台，以威脅為手段，讓其他傳媒變成中性，然後創造了龐大的國有傳媒網絡為他的選戰助陣」。刊物顯然是想藉此暗示，查維茲得以領先，是因為傳媒不公平[25]。又過了半年、也就是選前兩週，紙版報導查維茲依舊「領先10%或更多」[26]，選後一週，《經》承認「查維茲輕鬆勝選，」但此時卻已改口，變成「選前民調顯示這是旗鼓

21　"Chavez grapples with a 50/50 nation; Venezuela's legislative election," *Economist*, 2010.9.25: 49-50.

22　"The revolution checked; Venezuela's legislative election," *Economist*, 2010.10.2: 41.

23　"Venezuela's presidential campaign," *Economist*, 2012.2.11: 39.

24　"Left to their own devices," *Economist*, 2012.3.27: 僅網路版。

25　"Tilting the pitch; Venezuela's presidential campaign," *Economist*, 2012.7.7: 40-41.

26　"The autocrat and the ballot box; Venezuela's presidential election," *Economist*, 2012.9.29: 25-28.

相當的選戰，有些甚至說卡普利萊斯先生領先」；刊物又再次說媒體不公允，因MUD「一天僅有三分鐘廣播時間」。倒是卡普利萊斯承認敗選並很快恭喜查維茲，（選前常講的）選舉會有舞弊之說，他也不再提及[27]。刊物則繼續說，傳媒不公正是查維茲當選的部分原因，MUD卻一反常態，並未重複這個並不真實的指控，可能的轉變原因，也許是卡普利萊斯的個人研判，或者，該次大選有眾多跨國組織的百人以上觀選團無人提出異見，另外，美國前總統卡特選前四周在他創設的「卡特中心」記者會表示，「究其實，就我們觀察與紀錄的92次選舉，我可以這樣說，委內瑞拉的選舉過程舉世最佳」[28]。這些原因，特別是卡特的證詞，可能會使得卡普利萊斯如果要再指控，就會顯得是信口開河，欠缺正當性了。

那麼，《經》指委國媒體偏厚查維茲的說法，是真的嗎？這是沒有根據的批評，甚至與實情相反。首先，各國由政府分配給政黨或候選人的廣電時間，其實質作用遠不如日常新聞的影響，這是眾所周知的常識。其次，是《經》沒有說的是，國營電視VTV正面報導查維茲的時間固然比較多（法定競選期的第一週，VTV有利查維茲與卡普利萊斯之秒數，分別是3.036萬與1.218萬秒），但它的收視份額不會超過一成。反觀囊括八、九成收視份額的三家私人電視（Televen、Venevision與Globovision），在這相同的一個星期，有利於查維茲的秒數是900、540與3360秒，但有利於卡普利萊斯是1680、4500與3.048萬秒！最後，假使我們加總廣播、電視與報紙的

---

27 "Stuck with him; Venezuela's presidential election," *Economist*, 2012. 10.13: 45-46.

28 Shattuck, Chris "Carter Praises Venezuela, Scolds U.S. on Electoral Processes," 2012.9.17. https://www.globalatlanta.com/carter-praises-venezuela-scolds-u-s-on-electoral-processes/

影響力,那麼,查維茲執政十多年之後,委內瑞拉的傳媒生態是出現了變化,但是,挺查傳媒的影響力還是低於反查的傳媒,比例大約在35與65左右[29]。

過了半年,也就是2013年4月,因查維茲去世,委國又辦理總統大選,查維茲的繼承人馬杜羅僅以50.7%選票險勝,比選前預期少6%。此時MUD及卡普利萊斯不再風度翩翩,而是共鳴齊唱,抨擊造假,要求驗票。這個時候,美國政府配合(或事前串連?)MUD,拒絕承認馬杜羅的總統資格,即便拉美各國包括最親近美國的墨西哥與哥倫比亞,都已經出席馬杜羅的總統就職典禮。四個多月之後,曾經在四月派團觀選,5至6月又再度參與選票二度覆核工作的美國律師公會在8月26日完成報告並發布。他們表示,該次選舉「公平、透明、參與度高而組織良好」、「占有90-94%收視份額的私人電視在選戰期間偏袒反對派」,「(我們已經參與)擴大稽核的工作,再次認可委內瑞拉電子選舉系統的正確無誤,宣稱選舉造假毫無根據」,但美國政府迄至報告發布之日,都還不肯承認馬杜羅,讓人費解[30]。

卡普利萊斯繼續認定選後的再次稽核,仍然有假,他又說,最高法院裁定選舉有效,是因為執政黨的政治干預所致。在否定4月選舉無效的訴求落空之後,他開始大力宣揚,2013年底舉行的地方(市長)選舉,將是對馬杜羅政權信任與否的「全民公投」。三個月之

29 Stelling, Maryclen "The Captured Truth in Venezuela," *NACLA Report on the Americas* , 2012, 45.3: 49-52.

30 NLG, *Report of* the *National Lawyers Guild Delegation on the April 14, 2013 Presidential Election and Expanded May-June Audit in Venezuela.* 2013.8.26, p. 4, https://www.nlg.org/wp-content/uploads/2016/09/Venezuela-2013-NLG-print.pdf

後，馬杜羅的聲望在2013年7月已經升高至55.9%，刊物卻在此時暗示政府出現內訌，因為國營電視知名主持人聽到傳聞，指PSUV的重要人物將會推翻馬杜羅[31]。10月，《經》再次表述委國政府侵犯新聞自由，因為馬杜羅「大舉擴張國有傳媒……異端……銷聲匿跡」[32]。11月的時候，它散播選舉將屆之前夕，支持PSUV的基本盤已經在崩解。但事實違逆刊物的期待，12月選舉結果揭曉之後，顯示單是PSUV這個黨，就已經得到49%選票，MUD是43%，各自加上盟友之後，PSUV超過了54%，MUD也略高於45%。這就是說，事隔不到八個月，馬杜羅或說PSUV的勝出比例，已經從4月的1.6%，擴大到了12月的9%以上；如果這是卡普利萊斯所說的公民投票，他顯然已經落敗。但《經》以屢敗屢戰的寫法，直說這次馬杜羅的勝選「很空洞」，因為PSUV的選票比例固然躍增，但MUD贏了四大都會及九個首府的市長職位[33]。過了一年多，美國外交智庫「西半球事務委員會」回顧，指該次的選舉是一個分水嶺，顯示MUD當中支持選舉路線的人，兩年不到已經因為連續敗選三次而有失勢的樣子。確實是這樣，因為過不到兩個月，羅北斯（Leopoldo López）與馬佳苓（Maria Corina Machado）這兩位出身較小黨派但激進的人，趁著溫和派選戰失利後，已順勢在2014年初崛起，他們採取街頭示威與暴力活動（見後文），企圖推動馬杜羅「下台」（la Salida）。

　　2015年12月，油價崩盤已有一年、經濟低迷而社福支出銳減，

---

31 "Venezuela's government: a circus without a ringmaster," *Economist*, 2013.7.6: 40-41.

32 "A crackdown in Venezuela: news that's fit to print," *Economist*, 2013.10.19: 40, 42.

33 "Maduro's hollow victory; Venezuela's municipal elections, *Economist*," 2013.12.14: 43.

反查派的經濟戰並沒有就此停止進行，PSUV的治國寡方也沒有明顯改善。這個時候，《經》在國會大選前表示，由於七成的人反對馬杜羅政府，MUD即便「混沌一團」，但還是必然獲勝，至於MUD沒有政策綱領，倒也不怎麼礙事，刊物認為，先贏得政權，再來辯論國政，並不是那麼沒有道理[34]。選舉結果揭曉以後，雖然MUD大勝，《經》還是沒有停止抨擊查派，指其「選舉手法骯髒」，進而開始下指導旗，呼籲MUD「應該通過憲法所容許的民主程序，以公投罷免馬杜羅」、「反對派應該好好運用國會的多數，先前（MUD）只是以模糊允諾而勝選。現在……它必須提出拯救經濟的計畫，得犧牲哪些，得誠實向選民說明。」[35]

　　這一次，MUD得56%選票，但囊括的國會席次遠超過這個比例，達到將近三分之二。然而，選前MUD及配合它的海外菁英傳媒包括《經濟學人》，控訴PSUV政府截利（gerrymander），不公正劃分選區，並且勢將舞弊造假的聲音不絕於耳。投票前幾日，許多歐洲報紙也刊登了英法首相、西班牙總統與若干現任或卸任高階保守派政治人物的公開信函，指馬杜羅政府將會「違規以便讓即將登場的選舉結果對自己有利。」選前，馬杜羅簽署承諾書，表示將尊重選舉結果，對於這個承諾，海外傳媒鮮見提及，反而有更多的不實報導，栽贓馬杜羅不肯簽署，即便不肯簽署的其實是MUD。選前，委國中選會放寬觀選人數，來自委國各種政治色彩的社團，人數比三前多了一倍，總量到了「委國人數以千計而境外人士以百計」。然而，美國許多主要傳媒對於這個事實視若無睹，它們堅持認定，

34　"Muddled, yet united; Venezuela's legislative elections," *Economist*, 2015.10.3: 36.

35　"A democratic counter-revolution; Venezuela's election," *Economist*, 2015.12.12: 17-18.

PSUV政府沒有讓OAS派人觀察選舉，就是選舉不透明的證據，既然如此，選舉的結果也就不會有正當性。何以PSUV讓觀選人團多了一倍，卻不讓OAS派人進入國境？原因是2015年5月就任第十屆OAS秘書長的阿爾馬格羅（Luis Almagro）以反對查維茲政權著稱。他完全違反外交的婉約措辭，反而在11月撰寫措辭傲慢的18頁書信，對委國中選會主委表示，假使不讓OAS觀選，這次選舉就不算透明也不公平！再者，拒絕OAS入境觀察選舉，委內瑞拉不是第一個國家，先前，阿根廷、巴西、智利、烏拉圭、加拿大，乃至於OAS資金四成來源的美國，都曾婉拒OAS的觀選。

現在，MUD選舉大勝，且獲得之席次遠遠超過其票數的比例。在這個時候，所有海內外主流媒體、MUD及與其唱和的政治人，無一提及自己昨日詆毀選舉正當性的言詞，更沒有為其高調誣賴PSUV政權而致歉。

選後不到一個月，三位反查派及一位查派國會議員因為承認賄選，在2016年元月遭到最高法院剝奪其資格。這個時候，MUD掌控的國會先是同意四人的空缺要進行改選，但過不了多久卻又翻臉，他們說，最高法院根本就是聽命馬杜羅，其裁定沒有正當性，國會將不遵守也不奉行。但這個決定很快又招來反擊，最高法院裁定國會蔑視司法，若不糾正，國會所為的決議無效。至此，PSUV與MUD的新一輪衝突即將展開。

MUD以發起罷免總統馬杜羅作為開始，但至夏季時，MUD聲稱中選會查核其連署名單費時，將致使罷免總統的公投無法在2017年1月10日以前完成，若在其後完成，即便通過罷免，則馬杜羅任期已經過半，依據憲法仍可由PSUV的副總統代理總統至任期屆滿。如此，MUD入秋後不再推動罷免案，朝野對峙依舊，2016年底的州長選舉也為此延期。2017年3月底，因國會處於非法狀態，國營石油

公司PDVSA子公司又需國會即時批准才能推動後續改革措施，司法院遂介入代行[36]，但很快就遭傳媒說，這是「委內瑞拉『政變』，最高法院奪權取代國會」。街頭示威與暴力很快在4月初爆發，至7月底致死126人（詳後）。這個時候，原本支持政府、也是查派的檢察總長奧蒂嘉（Luisa Ortega）轉與政府對立。再來，出乎意料，馬杜羅在5月1日宣布將制訂新憲法，因此將在7月底舉行制憲會議代表的選舉，他訴求以此解決朝野對峙。葛林潔（Eva Golinger）曾多次耙梳檔案，揭露美國以金錢支持MUD的事實，但此時她也轉而批評馬杜羅，認為他背離了參與民主的精神；一年前在實地考察之後，發表多篇文章反駁委國有人道危機的美國教授黑特藍（Garbriel Hetland），現在也指控馬杜羅走向威權並說委國甚至將有內戰危機。

　　對於盟友的這些看法，以批判的查派自詡、紐約出生而在1977起任教委內瑞拉，主司經濟史與政治學的耶拿（Steve Ellner）教授另有看法，他在拉美多國政府經營而以委國為主的「南方電視」網路發表專文。此外，英語世界最重要而專事提供委國資訊、2003年創辦，主要由美英澳人士為主維持營運的「委內瑞拉分析」（venezuelanalysis.com, VA）網站，也有回應。

　　耶拿與VA的主要看法是，PSUV黨內菁英是有窒息黨內民主，以及選舉時刻之外，並不重視基層的現象，他們也同意，政府最近一年是有違反民主原則的不良表現，比如，以行政糜爛及貪腐為由剝奪卡普利萊斯的參選權；又如，延遲州長選舉。但是，他們也同時強調，馬杜羅的其他措施仍在自由民主體制內運作，以負面的威

36　Boothroyd Rojas, Rachael and Ryan Mallett-Outtrim "Has Maduro Really Dissolved the National Assembly in Venezuela?" 2017.3.31. https://venezuelanalysis.com/analysis/13018

權政府定其位，並不準確，也不公正。

　　到了7月底，一方面是MUD強力杯葛制憲會議代表的選舉，另一方面則政府嚴陣以待，積極動員投票並史無前例地延長投票時間至晚間七點。投票結束後，中選會宣布，在MUD全面抵制下，投票率仍有41.53%，亦即支持政府的人超過808萬，比馬杜羅在2013年的得票多40多萬，也比2015年國會大選的查派票數還多。對於這個結果，MUD認為不可信；路透社與BBC稍後的報導則廣為其他媒體引述。路透社說，投票至5點僅有350萬人，兩小時後怎麼可能有八百多萬？BBC稱，電子投票系統商說，委國中選會至少多報了一百萬票。黑特藍教授另羅列五點考量，同樣認為這次票數有疑問。《經》僅以60字報導，似乎引路透社，但數字是370萬。中選會如同過往，很快駁斥，同時援引觀選團的背書作為依據，並表示對BBC與路透社及其消息來源，保留法律控訴權[37]。

　　不過，支持中選會的證據，這次有個意外的來源：專攻委國政經報導與評論的「加拉加斯記事」網站（caracaschronicles.com）。外界認為它是反查派的急先鋒，該網站則自稱「接近反對派，但並不瘋狂」；美聯社說這是「外國記者、學者與政治迷的必讀……高調抨擊PSUV政府，但也不放過反對派」。在投票日當天，它的執行編輯前往首都若干投票所，包括可以容納兩萬人的室外運動休閒館。她這樣書寫：「讓人困惑不解，但眼前的景象確實顯示，還有數以百萬計的查派，他們完全出於真誠，彼此顯得相當親密，又很興奮地前往投票，支持制憲會議，即便他們大多數並不確定這次選

37　Mallett-Outtrim, Ryan "Venezuela Dismisses Electoral Fraud Allegations as Baseless," 2017.8.3. https://venezuelanalysis.com/news/13279

舉究竟意味什麼，或者甚至不知道他們在選誰。整個反對派⋯⋯對此根本就無法理解，所以我們就予以否認。但是，這是實情，如假包換。」[38]

　　真假不論，可以確認的是，由於MUD如同2005年，全面抵制該次投票，因此，即便真有虛報而扣除虛假的票數，同樣會是制憲代表全數落入查派的陣營。《經》對這次選舉結果的反應，輕描淡寫已如前段所引，原因也許是刊物無法理解MUD的抵制戰略（畢竟，PSUV若真完全失去人心，反查派參選還能不複製一年多前、也就是2015年底的大獲全勝嗎？）也可能是它對MUD的舉棋不定，已經去信心。這個態度持續至10月與12月的州長與市長選舉，PSUV再次連續大勝之前，它也都是靜默不語，僅在選後行禮如儀，仍然指責選舉不公，它說，政府配送給低收入群眾的食物袋，就放在投票所等人領取，這不是賄選嗎？稍後，《經》倒是有一時的活絡，因為馬杜羅罷黜了委國駐聯合國大使，顯示PSUV內部出現權力衝突，而委國民眾歡呼，指委國最大食品集團業主將是「總統」，那麼，「錯誤領導，致使經濟即將崩盤」的PSUV，應該不可能贏得下一次的總統大選[39]。

謎與冤2：經濟困頓、「人道危機」與「政府殺人」

　　委內瑞拉賴以取得外匯的石油，其國際油價的高峰在2013年來到，每桶105美元。其後往下滑動，至2014年7月仍有98元，但12月

38　Duarte, Emiliana "A Venezuela where Dictatorship Feels Far Away," 2017.8.4. https://www.caracaschronicles.com/2017/08/04/a-venezuela-where-dictatorship-feels-far-away/

39　"Voting in Venezuela Last man standing," *Economist*, 2017.12.16: 37.

底陡降到了52元，2015與2016年的年平均價格，分別是44與34美元，2017年略有回升，來到46美元。除了價格走低，委國油產量因投資不夠、設備更新與遭人破壞，日產量從2011-2014年的高峰（270-300餘萬），滑落至2017年的160-190萬桶。2018年初就任的新石油部長表示，他將設法使產量回升至240萬桶。低價與低產量的相乘，再加上2017年馬杜羅政府累計償付740億美元外債，無不使得委內瑞拉更形艱困，進口海外物資金額從2013年的570億美元，持續下滑至2014年的470億、2015年的330億，以及2016年的160億美元。

客觀數字相當嚇人，新聞報導也很驚悚。最慢在2013年入春之後，主要傳媒就開始陸續出現〈糧食短缺 委內瑞拉陷入分裂〉之類的新聞。這類標題在2016年5、6月進入高峰，委國出現「人道危機」的說法逐漸增加。

《紐約時報》用了這樣的標題：〈嬰兒瀕臨死亡，沒有醫療用品：崩潰中的委內瑞拉醫院〉。《華盛頓郵報》則說，〈委內瑞拉在崩潰邊緣的景象讓人哀傷〉。美國「傳統基金會」跟進，它提出報告，呼籲國際社會應當設法〈舒緩委內瑞拉的人道危機〉。「國際特赦組織」抨擊〈委內瑞拉：頑固的政策加速了勢將帶來災難的人道危機〉。台灣跟進最多的是「風傳媒」，其外電如同台灣同行，幾乎完全翻譯英美主流來源，從2016年5月14日至12月13日，它連續有15則報導在主標題之前，加配「委內瑞拉經濟崩潰」這個固定且醒目的眉題。因此，連續半年多，讀者每十多天，就看到諸如此類的標題，足以怵目驚心：〈委內瑞拉經濟崩潰 民生商品買不到買不起 總統揚言接管工廠、囚禁老闆〉、〈委內瑞拉經濟崩潰 有錢也買不到食物 女大生街頭翻拾垃圾「找吃的」〉、〈委內瑞拉經濟崩潰 委內瑞拉暫時開放邊境 逾萬民眾湧入鄰國搶購民生物資〉。這些「經濟崩潰」的接龍報導結束七個多月後，每則累計點擊次數，

少是2265，多則3.2269萬，平均1.0648萬。

到了2017年，MUD的罷免公投及暴力示威登場。這個時候，政治外交、美國「制裁」與委國債務等類型的新聞，擠掉了經濟崩潰的報導。等到PSUV政權在10與12月勝選而穩定後，從2017年底至2018年初，〈委內瑞拉人發動火腿起義抗議年節沒豬肉〉、〈委內瑞拉石油減產問題叢生 孕婦嬰孩死亡率大增 商店成搶掠目標〉……等等標題，捲土重來。

《經濟學人》開始報導委國物資不足，也是始於2013年初。它以圖片顯示超市食品架空無一物，標題是〈沒有存貨了〉[40]。一年後，阻街抗議在2014年3日趨向暴力之際，它的標題是〈（窮人區）里巷之內：委內瑞拉的抗議〉，內文強調「反對派的激進人士僅是操之過急……再有兩三個月，食品及基本物資短缺會愈發嚴重，如同1989年2月發生在首都的Caracazo暴動就要重演！」[41]當年底油價開始下滑，《經》說「經濟崩盤……革命的時間用罄了。」[42]又過了半年，刊物先以重點提示，表示「聯合國稱讚委內瑞拉遏制飢餓有成」，但「其實委國飢餓情況更糟了。」該文的導言則說，「新聞傳來，聯合國食品與農業組織頒發委國證書，指其為了遏制飢餓，付出了『顯著和卓越』的努力，但JR先生全無感受。」《經》以個案反駁聯合國之後，自行製作圖表，它對比兩種資料，一種是政府公布至2013/2014年的政績，另一種是親MUD的團體所提供的材料。刊物認定政府造假，並宣稱聯合國近日肯定委國所引的統計是

---

40 " Venezuela's economy: out of stock," *Economist*, 2013.2.9: 38.

41 "Inside the barrios: Venezuela's protests," *Economist*, 2014.3.22: 44-45.
本文作者按，Caracazo事件是拉美近代最大的民變，當時軍警開火四百萬發子彈。

42 "On borrowed time; Venezuela," *Economist*, 2014.11.29: 31.

2012年，事隔兩年，事態早已生變，委國糧荒是真的，因此篇標題直接了當：〈讓他們去吃查派〉[43]。

2016年初，兩所大學及一家基金會聯袂調查，刊物從當年2月至2017年11月，引用該調查五次，依序說「2016年委國貧窮人口達76%，1998是55%」[44]、若看家戶「目前已有82%生活在貧窮線以下，而1998在查維茲掌權以前是48%」[45]，以及「四分之三委內瑞拉人……去年平均減少8.7公斤」（引三次，先網路版，八天及七個多月之後，兩度刊登於紙版）[46]。人民悽慘若此，《經》對PSUV的嫌惡已經從標題表露無遺：〈這個爛蕃茄〉[47]。可惜的是，MUD還是嚴重分裂，甫於2017年初離任國會議長的羅莫斯（Henry Ramos），竟與卡普利萊斯在記者會相互對罵[48]。到了這個地步，馬杜羅還不竊笑嗎？怎麼辦？〈就看軍方了〉，刊物開始喊話，指卡普利萊斯敦請軍人好好想，是否要與該死的執政黨「分攤命運」，而現任國會議長博格斯（Julio Borges）也呼籲軍人「打破沈默」[49]。何況已有14名青年軍官被補，馬杜羅也沒有讓國防部長續兼參謀總長，高層分裂可想而知。刊物已經在暗示，軍方與文人政府不是沒有間隙，

43　"Let them eat Chavismo," *Economist*, 2015.6.20: 44.

44　"Endgame in Venezuela," *Economist*, 2016.2.6: 44.

45　"How to steal a country: Will Venezuela's dictatorship get away with it?" *Economist*, 2017.3.11: 48.

46　"Venezuela leaps towards dictatorship," *Economist*, 2017/3/31; "Undo the coup," *Economist*, 2017.4.8: 34-35; "Venezuela's debt crisis: staying afloat, somehow," *Economist*, 2017.11.4: 39-40.

47　"Venezuela: rotten tomatoes," *Economist*, 2017.4.29: 32.

48　"Venezuela's debt crisis: staying afloat, somehow," *Economist*, 2017.11.4: 39-40.

49　"Venezuela: it's up to the army," *Economist*, 2017.5.6: 32-33.

若軍方舉事〈向民主說再見〉[50]，如同查維茲也曾在1992年兵變，有何不可？

《經》的真意難尋，但轉述對政府相當不利的相同調查五次，顯示它的「選擇性報導」很有技巧。然而，該項廣為徵引的調查是否可信？它的三位主持人，至少有一人是MUD成員；再者，《經》沒有引述的部分是，該項調查仍然說，67.5%的人可以日食三餐（官方則說自己的調查更科學，是95%的人[51]），雖然有25%的人認為其營養「不足」[52]。果真如此，怎麼會是四分之三的委內瑞拉人，一年瘦了20磅，這不合理。1990年代，前蘇聯及東歐中斷與古巴的傳統貿易量，石油進口從一年1400萬降至400萬桶，古巴人銳減的體重也是接近20磅，卻係數年間「完成」，而委國的經濟當時尚未被美國封鎖，貿易量的減少雖然可觀，但沒有古巴那麼急遽。

另一個選擇性報導的重要例子，主角是委內瑞拉經濟學者豪斯曼（Ricardo Hausmann）。本世紀初他與MUD的強硬派就有聯繫，包括為馬佳蓉接受美國金錢的社團Súmate工作，他也在2013年從哈佛大學請假為卡普利萊斯助選，失利後才又回到美國。另外，他曾在2018年初提出驚人主張，建議MUD成員占有大多數的國會出面邀請跨國聯軍進入，藉此為委國的經濟危機找出路[53]！先前，在油價

---

50 "Adios to Venezuelan democracy," *Economist*, 2017.7.1: 36.

51 Mallett-Outtrim, Ryan "Venezuela's Maduro Vows to Expand Food Distribution Program to 6 Million Families," 2017.3.2. https://venezue lanalysis.com/ZPQ

52 Wilson, Jacob "The Media, Venezuela, and Hunger Statistics: A Case Study in Careless Reporting," 2017.10.31. http://cepr.net/blogs/the-americas-blog/the-media-venezuela-and-hunger-statistics-a-case-study-in-careless-reporting

53 Hausmann, Ricardo "D-Day Venezuela," 2018.1.2. https://www.

仍高的2014年9月，他與人聯合撰寫文章，抨擊馬杜羅政府「如同宗教般」不肯違約，反而是選擇持續兌現委國公債的利息與本金給海外債權人，就是沒有運用這些現金來進口物資，這等於是不支持窮人而討好華爾街，此一作為根本「就是政府的道德破產」。刊物轉引前述論點時，完全不提豪斯曼的政治經歷，並且另以漫畫凸顯這個意見[54]：總統站在石油桶上，左臂夾錢櫃，右臂取銀兩而興高采烈向前方西裝手臂大灑鈔票，後方有男、有女、有小孩，都是衣衫藍縷，他們面露不解並有慍色：菜籃空空如也。

　　《經》同時也引用美林銀行委國分行首席經濟學者的評論，但避重就輕，沒有說明這篇標題是〈為何委內瑞拉不該違約〉的文章，根本就是為反駁豪斯曼而作。該文說，委國政府「並沒有缺少美元，政府是奉送美元」。不償付外債，是可減少支出GDP的1.5%，但假使改變政策，單是不補助汽油（在委國幾乎是免費）就可以省下7%的GDP，外匯管制若不僵硬而取合理價位，可再減10%[55]！這樣看來，若要批評或建議委國政府，理當是檢討匯率與補助政策，不是外債是否支付。油價走低將近兩年後，委國是就外債支付的履約與否，有了激烈的辯論，但豪斯曼此時全無言語，即便他的祖國在2016年時，因油價跌而外匯減量，確實已到真該考慮不履行外債支付責任的階段。最後，是到了2017年春，《經》在報導國會與最高法院的職權衝突時，反而讓讀者恍然大悟，委國若不守約、不支付公債，

（續）

　　　　project-syndicate.org/commentary/venezuela-catastrophe-military-intervention-by-ricardo-hausmann-2018-01

54　"Venezuela's economy: of oil and coconut water," *Economist*, 2014.9.20: 41-42.

55　Rodriguez, Francisco "Why Venezuela Should Not Default," 2014.9.16. http://venezuelanalysis.com/analysis/10911

風險是「債權人會扣押石油運送船隊」[56];年底則說〈加拉加斯耶誕節:委國全盤違約將推高油價〉[57]。顯然,委國若在2014年入秋尚有大筆外匯時就已經違約,這些風險就會提前到來。豪斯曼三年多前的言論,究竟是無心或錯誤的建議,或是刻意要破壞委國債信之作?應該是後者。

所有輸出大批原物料的國家,依其對於經濟體的重要程度,2014年底以來無不因為世界經濟的增長放緩而遭遇多寡有別的衝擊。委內瑞拉若是更為吃緊,重要原因之一是,中東與非洲產油國乃至拉美其他國家,並無她所須承受、由國內經濟菁英配合反對派所發動的「經濟戰」(對此,《經》總是說,關鍵是委國政府無能與腐敗,經濟戰的說法只是代罪羔羊)。同時,委國還得面對美國的經濟「制裁」(特別是2017年入秋以後),以及美國對MUD……等反查維茲力量的金錢支持(資料不完整,但本世紀累計至2010年超過5700萬美元),致使其施政無法不受更多的掣肘。

那麼,本節次有關委內瑞拉的經濟新聞,是否真實?作何判斷?在多大範圍與哪些屬性,是真、是假?我們依序檢視委國政府、世界銀行,以及聯合國的調查。

委國政府的統計顯示,查維茲主政前10年(1989-1998),該國通貨膨脹47.8%、失業率10.6%、極端貧窮10.8%、社會福利支出占GDP的11.3%,可以領年金的人數是38.7萬、能讀大學的人占同齡人口的47.7%。到了1999至2014年也就是查派執政15年後,前述數字依序降為27%、5.5%與5.4%,以及增加為19.2%、258.4358萬與71%。

56 "Venezuela: Undo that coup," *Economist*, 2017.4.8: 34-35.

57 "Christmas Caracas: a full-scale Venezuelan default could push up oil prices," *Economist*, 2017.12.9: 66.

若是依照「世界銀行」等機構發布的統計，1999-2011年間，扣除2002與2003兩年，占有委國外匯收入九成的石油封廠數個月，致使生產總值倒退六成的特殊情況，委國的年均經濟成長率是4.84%而基尼係數降至0.390。這個成績比採取更多自由經濟措施的智利，來得優越（前述二個數字是4.19%與0.507）。假使前舉兩年列入計算，智利的3.65%成長率是比委國的2.81%來得高，但假使考量查維茲主政在四年多之後，也就是2003年4月才真正完全掌握該國最重要的國營石油公司PDVSA，那麼，這樣的成績似乎仍可說差強人意，若是納入其分配走向的相對平等，應該還可以得到更多的肯定[58]。

再看聯合國從1990年代開始發布、本世紀起涵蓋更多國家的「人文發展指數」。如果以此作為比較基礎，那麼，委內瑞拉的表現也是相對可取。

2000至2016年，也就是查維茲開始執政至最近可以取得的資料，該指數發布12次，取其平均，委國排名第68，在南美僅次於阿根廷（40）、智利（41）與烏拉圭（46），也次於中美洲的墨西哥（59）；這個順序與1990至1999年間共有8個年度資料的排序，大致相當[59]。但是，假使僅取2014至2016年的資料、亦即因為原物料下跌，致使有「粉紅浪潮」停滯不前甚至退卻的現象，並且是委國開始被指為物資短缺已到「人道危機」的程度這個階段做個比較，那麼，墨西哥在這三年的排名依序是71、74與77，反而落後於委內瑞拉的67、71與71。近幾年，〈委內瑞拉人湧入哥國求生路〉之類的新聞標題開始出現，但哥倫比亞除了前舉的12年次平均（79名）落

58　參見馮建三，〈傳播拉丁美洲「社會主義」：委內瑞拉承先啟後〉，《台灣社會研究季刊》，97：1-62，2014。這些數字取自頁20-22。

59　從下列網址取得的年度報告計算而得：http://hdr.undp.org/en/content/human-development-index-hdi

後委國；哥國近三年如同墨西哥，她與委國的落差也是拉大而不是縮小（哥倫比亞前舉三年的排名，依序是98、97與95）。同理，〈委內瑞拉移民暴增 巴西……求救〉之類的標題，也與巴西平均排名75低於委國，並不一致。為什麼會出現這個不一致？一是兩種資料都有缺失，都無法反映實況。再就是二者雖然大致均屬實情，但新聞報導的是一時一地的個案，機構調查的是全年的全體，這可能是無法相提並論的原因。

　　另一個造成新聞個案與整體調查的差距，原因可能是三國的社會福利政策不同。早從1994年，墨西哥就是北美自由貿易協定區的成員，哥倫比亞除了未曾出現進步派執政，也是美國在南美最重要的軍事盟友，墨、哥兩國的原物料出口雖然也占有該國重要的經貿比例，但低於委國。若說社會及福利政策，兩國與委國在本世紀有了明顯的差距。這應該是重要原因之一，解釋委國在財政困難增加的背景下，仍有積極與相對有效的分配政策介入，遂能在平均壽命、教育年數、性別平等、實質人均所得、學童營養、出生死亡率，以及住房提供等等指標所綜合組成的人文發展指數，得到較不差的評價。2014年底，油價下滑成了定局、委國人而特別是中下階層的生活更見困難，加上2015年大選落敗，於是PSUV政府在2016年3月推動新的措施，設立「就地配置與生產委員會」（the Local Provisioning and Production Committees, CLAPs），直接分送物資至低收入戶[60]。

　　對於CLAP及其他措施加總所取得的成績及其侷限，已有不少海外專業與社運人士進入委國，提供了有別於新聞的親身經驗的報

60　Jiménez, Atenea "Are the CLAPs an Effective Measure to Combat Shortages in Venezuela?" 2016.11.15. https://venezuelanalysis.com/analysis/12784

導，包括先前所說，已經從2017年5月起，認定委國出現了威權趨勢
的黑特藍教授也在油價還沒回升的2016年親往三週，回美後撰寫長
文，結論是美國公共電台在內的主要傳媒，「都明顯地誇大了危機
的悽慘程度」[61]。

　　更為晚近的是人權律師柯發力（Dan Kovalik），以及史學家與
人權法律專家查雅思（Alfred M. de Zayas）教授的證詞。兩人都在
2017年12月進入委內瑞拉，查雅思更是1996年以來，第一位正式訪
視委國的聯合國「促進民主與平等國際秩序」獨立專家。柯發力說，
那裡的人「很有活力，以第一世界眼光看當然不算富裕，但和平滿
足有決心……沒有看到有人挨餓，雖說在我抵達之前，外界都這樣
說。」[62]查雅思離境後，接受瑞士「時事焦點」獨立網站訪談，表
示有800萬家庭每個月從CLAP得到兩次食品配給，一次16公斤，委
國政府每年也興建數萬社會住宅供低收入家庭使用。更重要的是，
查雅思同意「拉美與佳勒比海經濟委員會」的看法，他們都認為委
內瑞拉並沒有「人道危機」。他並特別提醒，這個用詞有特定內涵，
「假使誤用，有人會拿來當作軍事介入與改變政權的藉口」。他也
認為「私部門……經常刻意杯葛分配，有些時候……囤積……然
後……販售至黑市…就只為了更高的利潤。」他的建言是，盜賣、
囤積、腐敗與貨幣操弄等問題都存在，但主流媒以戲劇化方式，加

---

61 Hetland, Gabriel "How Severe Is Venezuela's Crisis?" 2016.6.22.
　　https://www.thenation.com/article/how-severe-is-venezuelas-crisis/
62 Kovalik, Dan "Americans Must Hear The Other, Hopeful Side of The
　　Venezuelan Story," 2017.12.20. https://www.huffingtonpost.com/entry/
　　americans-must-hear-the-other-hopeful-side-of-the_us_5a3a77aae4b06
　　cd2bd03d6cb

重醜化這些現象，實屬「無濟於事」[63]。

　　這些與MUD視野很不相同的敘述或意見，從來沒有或鮮少出現在海外傳媒，無論是前引三位美國教授、律師與人權工作者的查訪觀感，或是本文對於「人文發展指數」的解讀。反之，海外傳媒所傳達，基本上就是MUD的認知，它認為委國政府的資料並不可靠，並進而打造了一種鮮明的印象：委國經濟悽慘迫使2002年以來，人民多次起義，在這個局勢下，委國PSUV政府還沒有倒台，重要原因是政府的暴力壓制，已經到了「政府殺人」的地步。這個印象充斥於傳媒之後，海外認知的日積月累到了2017年，上升到了另一個「境界」：中間偏右占多數的歐洲議會頒發人權獎，得主是MUD控制的委國國會，委國政府則是不義的政權。

　　認定查維茲政府不義、鎮壓至殺害人民的發端，起自2001/2002年。當時的起火點是，查維茲推動土地改革與石油權益金的重新分配……等等在內，總計49種法律的制訂。除「勞工貴族」的總工會與資方聯合示威與罷市罷工，原先支持查維茲的人，也有人就此離異，其中，內政部長米基萊那（Luis Miquilena）是最重要的代表。他是老共產黨人、主張聯合「進步資產階級」，查維茲出獄後曾住其寓所，接受他的意見並放棄武裝革命而在1996年決定參選；作為協調朝野的魯仲連，他不但在國會有支持者，查維茲任命的最高法院法官，也多出自他的推薦。但現在他判斷查維茲操之過急，一因

63　Zayas, Alfred de "UN Human Rights Expert: Statement on Venezuela & Ecuador," 2017.12.13. https://venezuelanalysis.com/analysis/13548。另外，以下這篇論文的頁122-130提供了更多的材料，說明「人道危機」的說法，出於羅織：馮建三，〈當代拉丁美洲的另類傳播：委內瑞拉英語另類媒介及其對主流新聞的回應〉，《傳播、文化與政治》，8: 103-139，2018。

新人團隊尚未培養完成，二則距離意識領導的階段太遠。還在一個月前，《經濟學人》還說查維茲推動的玻力瓦爾革命「相當溫和」，現在，土改等法通後，它的標題已然變成〈委內瑞拉的政治：反革命在此誕生〉[64]。

　　過了幾個月，少有委內瑞拉新聞的台灣報紙，首次大幅予以報導，那是因為2002年4月12日，委內瑞拉發生政變了。次日，《中國時報》以七則新聞，幾乎塞滿了3版，通告〈軍方叛離 人民怒吼 委內瑞拉總統下台〉；《聯合報》三則，但圖文面積加總之後，也占了11版過半；《自由時報》放在10版頭條，另有一則稱〈查維茲籠絡窮人，集大權於一身〉，加上兩張醒目的照片，同樣也將近半版。

　　那個年代，台灣仍有七成人口每日讀報，其中八、九成閱讀這三家報紙。三報的黨政傾向雖有差別，但關於決定委內瑞拉日後走向、從而牽動拉美局勢的該場政變，其報導重點，大致雷同。

　　何以發生政變？中時說「查維茲下令效忠他的⋯⋯狙擊手對示威群眾開火⋯⋯大開殺戒」[65]；聯合稱「查維茲下令向示威者開火後，被迫辭職旋遭拘禁」[66]；自由的用詞是，「查維茲⋯⋯下令國民兵部隊及其武裝支持者阻止示威群眾接近總統府⋯⋯釀成十多名手無寸鐵的示威者被射殺⋯⋯」[67]。

　　美國是否介入？自由無言，聯合近千字的新聞，是有50字提及

64　"Politics in Venezuela: Birth of the counter-revolution," *Economist*, 2001.12.15: 29.

65　〈軍方叛離 人民怒吼 委內瑞拉總統下台〉，《中國時報》，2002.4.13：3版。

66　〈軍方同情工潮 委內瑞拉總統下台〉，《聯合報》，2002.4.13：11版。

67　〈委內瑞拉總統下台 遭軍方拘留〉，《自由時報》，2002.4.13：10版。

政變發動者事先曾告知美國[68]；對此，中時說美方的回應是「無法令人接受」，彷彿是在為美方緩頰[69]。

　　傳媒扮演什麼角色？三報完全空白、隻字未提，雖然查維茲在1998年底當選總統，彰顯了一個事實：委內瑞拉「在舊有政黨體制完全崩潰後，傳媒本身成為最有制度能力的反對力量。不僅只是偏倚，它們還積極進行組織，努力要通過政變、封鎖（油廠）工作與罷免（總統）等行動，驅逐查維茲。偏見至此的資訊系統，即便是最弱版本的民主所要求...的基本原則，斷也無法容許……。」[70]

　　三報完全複製外電報導，亦即呈現的完全是反查派的立場，直到廖美五天後撰寫〈揭開查維茲總統之謎〉[71]，才見另一種說法。但該篇評論是外稿，且所有報紙僅此一篇。

　　相較於台灣報紙翻譯的外電，《經》對2002年政變的報導，有一個相同，兩個差異。

　　該刊的網路版仍然說，「查維茲政府下令對示威人群開槍，致使將軍們要求查維茲辭職」。接著，它鋪陳溫和反對派的解釋：軍方與民間參與的人「嚇得要死……他們少有政府經驗，也不知道要怎麼做」、「政變中有政變，極端保守分子的行動又（壞了反查大業）……因為卡莫納（Pedro Carmona）解散了人民議會並凍結了憲

68　〈查維茲復職 國際油價上揚〉，《聯合報》，2002-04-16：11版。

69　〈委內瑞拉 政變美方事先獲告知 但回應造反軍官：「無法令人接受」〉，《中國時報》，2002.4.16：10版。

70　Hellinger, Daniel "When 'no' means 'no' 'yes' to revolution": electoral politics in Bolivarian Venezuela," *Latin American Perspective*, 32, 3: 8-32, 2005, p. 17.

71　廖美，〈揭開查維茲總統之謎〉，《中國時報》，2002.4.18：時論廣場版。

法……致使……查維茲復位。」[72]依照這個說法，政變應該是純屬擦槍走火，全無預謀的可能。

但在稍後另一篇也是僅在網路版的文章，《經》已經更正說法，它指有好幾位傳媒大亨事前已在聚會，討論怎麼讓查維茲下台。到了政變當天，這些傳媒老闆進入總統府，對卡莫納說「傳媒支持你」，卡莫納則對傳媒主說，「在你們手中，政府有了安全與穩定。」刊物又說「（新）政府的各個傳媒盟友合謀，壓制所有新政府已經面臨困境的消息。這個政權一方面揮舞新聞自由的旗幟，同時又在掌權的36小時，卯盡全力不讓公眾知道真實情況……電視台聯合了起來，如同是臨時政府的宣傳部。」[73]事隔一週，其紙版社論坦承，「在民主政體，要以選票逐出壞的領導人，不是罷黜……查維茲並沒有鎮壓……他對民主形式還是保持敬重。」[74]接著，刊物認為，美國知道委國將有事發生，是否參與計畫不易確認，但委國傳媒大亨與美國總統布希家族熟識，參與反查維茲的國營石油公司總裁被開除，正是因為他與白宮能源顧問交好；白宮承認新政府，沒有批評國會遭解散，是在拉美各國譴責與情勢逆反之後，美國國務卿才跟進表示，「暴力推翻民選政府違反美國的價值與利益。」[75]

由以上的引述可知，《經》對政變的報導是有矛盾。何以如此？這是刊物「平衡」報導的考量，還是這已透露了刊物的焦慮？專業媒體不應該參與政變，美國也不應該暗助政變，偏偏卻有證據顯示，委國主流傳媒是政變的參與者，美國也事先知情且事後配合。《經》

---

72 "Chavez chased out," *Economist*, 2002.4.12: 僅網路版。

73 "Coup and counter-coup," *Economist*, 2002.4.12: 僅網路版。

74 "Venezuela: Chavez redux," *Economist*, 2002.4.20: 11-12.

75 "Tales from a failed coup; The United States and Venezuela, *Economist*," 2002.4.27: 31.

對這個違反正當性的現象難以自圓其說，於是時而為「賢者諱」，時而如實呈現，遂有前後的不一致。到了2009年，《靜默與毒蠍：反查維茲政變與現代委內瑞拉的形成》[76]出版。這是第一本以圖書規模，「還原」政變過程的著作。《經》見此書，異常欣喜，因為這本書解除了它在認知上的負擔。它撰寫書評，興高采烈地宣布，本書證明，查維茲當年的短暫去職，「不是古典意義的政變，也不是預謀，美國也沒有直接參與」、「真正關注人權的人可能會希望有朝一日查維茲要為他在4月11日的血案所扮演的角色，面對審判」，「所有那些還在相信查維茲是一位為了民主與被壓迫者戰鬥的人，都應該讀這本書。」[77]

但這本書這麼可信嗎？

關於政變與否，有三種說法：（1）查派主張，結盟反對派的軍人指責查維茲下令攻擊示威者，私人電視台對新聞的操縱則強化了逮捕查維茲的口實，政變謀畫者解散所有國家機構後，軍官當中的忠誠派在查派群眾奮起的激勵下，迎回查維茲。（2）反對陣營強硬派否認政變，他們堅持是查維茲下令開火，將軍拒絕並迫使他辭職後，轉請商界大老卡莫納擔任臨時總統但卻沒有獲得新職務，他們氣憤之餘叛離，遂讓軍方忠誠派取回權力。（3）反對陣營溫和派認為，下令與否，查維茲都要為射殺示威人群負責，遭政變推翻罪有應得，但卡莫納毀憲也破壞民主制度，背叛中庸的盟友，同樣不可取，同樣應該下台。

《靜默與毒蠍》是第三種，並如同第二種，它也將群眾死亡事

76　Brian A. Nelson, *The Silence and the Scorpion: the Coup Against Chavez and the Making of Modern Venezuela*（Nation Books, 2009）.

77　"Venezuela's curious coup: riddle wrapped in a mystery," *Economist*, 2009.6.13: 87.

件歸咎於查維茲。但是，美國學者維爾珀特對該書的可信度，高度
質疑。他詳細閱讀了這本書並撰寫長篇的評論[78]；事發當時，他已
經住在美國兩年多，政變次年，他也就該事件的來龍去脈編著了專
書[79]。他指出，《靜默與毒蠍》的重大缺失有三。一是作者雖然訪
談了19人，但「證詞」主要取自三位反對查維的將領，其中兩人是
三軍總長及陸軍總司令。如果沒有他們的支持，反對派無法驅離查
維茲。二是主要受訪者既然是事件主角，並且他們的說法前後並不
一致，何以作者沒有就此追問，何以未能盡量澄清？三則在《靜》
書出版之前，已有其他公開的材料與說法可供比對，但該書作者完
全未曾給予引述與討論，並不合理。事實上，指控查維茲下令開火
的「證據」，僅來自一位可疑的證詞。反之，2003年完成而轟動國
際的《風暴48小時》（The Revolution Will Not Televised）儘管存在
紀錄片倫理的爭議，但其所呈現的內容，顯示政變早有預謀、傳媒
的主導角色，以及查派草根民眾及查派軍人反正的關鍵角色，仍是
清楚的事實，並不曖昧[80]。2006年完成的《屠殺事件的關鍵》（Claves
de una masacre）紀錄片，以及當時的無線通訊紀錄都可顯示，查派

78 Wilpert, Gregory "The Venezuelan Coup Revisited: Silencing the
    Evidence," 2009.6.26. https://nacla.org/article/venezuelan-coup-revisi
    ted-silencing-evidence

79 Wilpert, Gregory ed., *Coup Against Chavez in Venezuela: The Best
    International Reports of What Really Happened in April*（Fundacion Por
    Un Mundo Multipo, 2003）.

80 Gunson, Phil "Director's Cut," *Columbia Journalism Review*, 2004,
    May/Jun, pp. 59-61; Bartley, Kim and Donnacha O'Briain "Who's
    right? the filmmakers respond," *Columbia Journalism Review*, 2004,
    May/Jun, pp. 60-61; Schiller, Naomi "Framing the Revolution:
    Circulation and Meaning of *The Revolution Will Not Be Televised*,"
    Mass Communication and Society, 12: 478-502, 2009.

群眾是自衛反擊，不是主動攻擊反查派的群眾，但是《靜》書對這些證據也完全未曾給予呈現[81]。

在2002年之後，委內瑞拉的朝野衝突延續到現在，其間，最激烈從而外界報導最多的是2014年春天，由MUD結合大學生發動的（總統）「下台」運動；以及，2017年3月至7月制憲代表選舉期間的動盪。2014年致死42人，2017年126人殞命。

對於這兩段期間的事件，《經》的第一篇社論似乎並不認同MUD的強硬派，因此指馬杜羅政府即便「有惡棍行為，仍有民主天命……反對派……有責任在上街時保持冷靜，應該清除阻礙街道的路障……聽從卡普利萊斯的領導..」[82]。但是，與社論同日見刊的報導，卻是這樣寫：「2月24日的街道……許多樹幹橫陳、水泥方塊散落、輪胎滿街燃燒而垃圾熊熊冒煙，癱瘓了交通……反對派的激進組……向總統馬杜羅送出了回應：棍棒交加、子彈飛舞與催淚瓦斯無法阻擋我們」、「這個政權在2月12日轉以暴力反應後，超過12人已經喪生；其中一半頭部中槍。大多數人死於維安人員或力挺政府的持槍市民之手。」[83]其後四期刊物，連續兩期出現：「已經有18人死亡」[84]、「過去六週以來……已經致死30人……（兇手）大多數……全副武裝……有人拍攝到他們開槍射擊抗議人群，與政府治安人員合作」[85]。到了5月，商界中介而朝野協議後，刊物仍連續

---

81 Wilpert, 2009, 同前引。

82 "Protest in Venezuela: Stop the spiral," *Economist*, 2014.3.1: 10.

83 "Towards the brink; Disorder in Venezuela," *Economist*, 2014.3.1: 32-33.

84 "A test of political maturity: Only outsiders can break Venezuela's deadlock," *Economist*, 2014.3.8: 41.

85 "Inside the barrios: Venezuela's protests," *Economist*, 2014.3.22: 44-45.

兩期說「官方說已有44人死亡」[86]與「超過40人死了，大多數亡命
於政府代理人之手。」[87]2015年國會大選期間，刊物又在四期重複
了四次「去年街頭抗議死了43人」[88]的意思，其中僅有一次，也是
兩年來僅此一次提及，「雙方」都有死亡[89]。2017年致死人數更多，
《經》至2018年1月也有四次提及，依序：這是「三年以來最大的動
盪。從三月以來，已經造成至少29人死亡……是支持政府的武裝幫
派所殺…首都窮人區…有面牆壁大刺刺寫著，『馬杜羅謀殺學
生』……」[90]、「委國政府至少殺了46人」[91]、「群眾抗議120人致
死」[92]。事過半年，刊物在今（2018）年初，再以不實的浮誇，宣
稱「委內瑞拉在1970年代是拉美最富裕國家」，似乎有意以此對比，
加重當前的不堪：昔日之芳草今日之蕭艾，已因油價走低與反市場
政策而舉國遭殃人民困頓，僅在去年「就致死120人，許多死於維安
人員之手」[93]。

　　刊物在2014與2017年，各自僅有一次提及死者不全是反對派，
但總體讀過，應該是僅有「政府殺人」的強烈印象留存。

86　"Venezuela's unrest: Stumbling chaos," *Economist*, 2014.5.17: 40.

87　"Devaluing the Bolivarian revolution," *Economist*, 2014.6.21: 38.

88　"Venezuela: empty shelves and rhetoric," *Economist*, 2015.1.24: 30; "Venezuela: the revolution at bay," *Economist*, 2015.2.14: 31-34; "Venezuela's crackdown: a slow-motion coup," *Economist*, 2015.2.28: 11-12; "Whose emergency in Venezuela?" *Economist*, 2015.3.21: 31.

89　"Venezuela's crackdown: a slow-motion coup," *Economist*, 2015.2.28: 11-12.

90　"Venezuela: rotten tomatoes," *Economist*, 2017.4.29: 32.

91　"Venezuela's debt crisis: staying afloat, somehow," *Economist*, 2017.11.4: 39-40.

92　"Despotism and default in Venezuela," *Economist*, 2017.12.2: 37.

93　"Threat of violence in Venezuela," *Economist*, 2018.1.20: 38.

　　但是,究竟是MUD殺人,還是政府殺人?我們依序看三種調查報告。第一種是2014年這一場。當年至4月5日,致死人數累計至40人的時候(其後仍有三死),委國42位人權工作者與專家署名及詳細職銜,公布了他們蒐集與查核的資料,並依照日期逐次記載死者姓名、年齡、政治傾向……等等概要,他們推定有20人死於反對派群體的暴力,或他們設置的路障;10人在衝突與狀況不明或因殺手是第三方而致死(但有人指控其中有7人死於政府支持者,惟證據並不一致);5人因維安人員而隕命;又有5人因暴力挑撥而間接致死。再看死者的黨派色彩,15位無法確認,12位是反對派,5位挺政府,國民衛隊6人身亡,公務員2人[94]。

　　第二份調查的作者是華府外交智庫資深研究員雷波立(Charles Ripley)。他以第三者的身分,對委國該年次的政治暴力現象,完成了較長時間(一年)的完整量化並有經驗證據的報告。若要判定MUD與執政者的相互指控,究竟何者真實一些,這篇調查會有很大的貢獻。

　　雷波立的研究耗費龐大能量,獨立製作而未得任何資助。他遍查2014年2月至2015年2月之間,數百種挺查、反查與中間派的委國海內外英文與西班牙文報刊,聲稱要發掘韋伯所說的「不方便為人知悉的事實」。他將暴力分作三級:「致人於死」是高,「身體傷害或強制行為」是中,低則包括「將石油潑灑在地等」。暴力的執行者分作「政府、反對派,以及意外而無法歸責於政府或反對派」。據此統計的結果是:政府暴行22起,低1中9高12;反對派暴行49起,

---

94　Robertson, Ewan "Where is Venezuela's Political Violence Coming From? A Complete List of Fatalities from the Disturbances," 2014.4.5. https://venezuelanalysis.com/analysis/10580

低2中14高31（另有2起作者說是「非常高」）。所有暴行致死31人，
21人是反對派造成，政府是10人。

　　然而，如果僅只是看《紐約時報》對發生在委國暴力行為的報
導，則發現該報33次的報導，有31次被歸因是政府所為，2次沒有歸
因，沒有任何一次歸因於反對派。2014年10月，PSUV國會議員塞
拉（Robert Serra）及伴侶雙雙在首都遭慘酷謀殺；由於他是委國歷
來最年輕的國會議員、查派新星，假以時日可能是總統候選人，很
多證據顯示該命案明顯是「政治暗殺」。哥倫比亞前總統、當時是
「南美國家聯盟」（UNASUR）秘書長的善波（Ernesto Samper）說，
「塞拉遭人暗殺，這是讓人擔憂的訊號，顯示哥倫比亞民兵已經滲
透到了委內瑞拉。」但雷波立發現，紐時對該事件隻字不提，僅有
美聯社提及，但很簡短，完全沒有交代整起兇殺案的背景與意義。
11月，委國「（政治）謀殺受害人親屬聯盟」及其他社運人士發起
抗議，因大約有178位偏鄉農民，被富有的地主菁英雇用殺手謀害。
聯盟徵求了17,000人連署，要求立法保護農民不受這類恐怖行為侵
害。紐時再次靜默無聲。前起遊行後半年，農民領袖卡瑞拉（Robert
Carrera）又被暗殺，紐時同樣緘默[95]。

　　雷波立製作的委內瑞拉政治暴力資料庫僅限於2014-2015年，但
他認為，「這個報導偏見可能還是會在當前（按：指2017年）有關
委國政情的報導，再次出現。」[96]

　　誠然。美英澳社運及學界為主設置的VA獨立網站，曾在2014

95　Ripley, Charles "Venezuela, Violence, and the *New York Times*: failing
　　when it comes to selective indignation," 2017.9.18. http://www.coha.
　　org/venezuela-violence-and-the-new-york-times-failing-when-it-comes
　　-to-selective-indignation/

96　Ripley ibid, 2017.

年刊登人權工作者的調查報告，試圖廓清街頭暴力的責任歸屬，如前所述；惟當年發布時，已是事件的尾聲，VA提供另一種事實與觀點的效能，或有遲緩之失。

因此，2017年暴力示威再次來臨時，VA在事發不到一個月時，即已開始查核資料，並製作更清晰的、即時的套色統計圖表與詳細死亡名單，至7月31日總計更新至少23次。總計126位喪命者，因政府行動致死14人、挺政府民眾造成3人死亡、反對派暴力直接奪走23命、反對派設置路障使8人喪生、61位隕身者原因有爭論（尚未或無法確認），另有3人與14人死於意外及趁火打劫。若看死者身分，知名的政府支持者與公務及維安人員19位，路人29位，無法確認或其他28人，反對派民眾與政治人物50人確實略多，可能因暴力不長眼、失誤與不明原因[97]。其間，以訛傳訛的事情難免發生。比如，5月3日，18歲小提琴手遭射殺，與其出身近似、同樣受惠於委國蜚聲國際30餘年的音樂教育，如今早已盛名在外的指揮家杜達美（Gustavo Dudamel）首次公開譴責政府，台灣在內的傳媒也多次報導，惟六天後，調查顯示他死於反對派群眾擊發的子彈，但主要傳媒已不追蹤。反之，應該被譴責的謀殺案，美歐外電很少追蹤，比如，5月22日，示威者毆打21歲、非裔的菲格拉（Orlando Figuera），並潑汽油與點火，十多天後不治。有人指控他是小偷而遭此不測，另有說他因自稱查派而喪命，VA將他的身分歸為「路人」，死因調查中。兩位美國研究人員則說，死因勿論，加害現象凸顯的仇恨與種族敵意，讓他們憂慮；許多象徵查維茲派的符號（如「雨果‧查維茲婦幼醫院」），遭到大肆毀壞。「中產、中上階級的街頭暴力」伴隨

97　VA "In Detail: The Deaths So Far," 2017.6.31. https://venezuelanalysis.com/analysis/13081

歧視言論，由來已久，大多發生在反對派執政的區域，拉美及委國無法將罪犯繩之以法的比例原已不低，在這些地方，犯罪者更是往往全身而退，形同因為縱容而可能強化這類行為；反之，殺害民眾的維安人員，大多遭解職並接受調查[98]。非裔千里達史學家詹姆士（C. L. R. James）曾說，「有產有優勢位置的人一殘暴起來，比起窮人、比起老遭壓迫者的報復，來得更為慘忍。」或許已在委內瑞拉出現[99]。

2017年3至7月的6386次街頭示威，5045次是反對派發動[100]。比起2014年，這次的暴力也更為嚴重，反對派使用汽油彈、路障與槍枝已是「常態」，反查派的激進分子這次自製迫擊砲，攻擊對象包括政府機關與社福機構，甚至軍事基地都沒有倖免，而高潮是6月底有警官率人駕駛直昇機至內政部、司法院建物上空丟擲手榴彈，並以廣播號召他人起義，聯合推翻馬杜羅。相較之下，政府宣稱自己相對克制，若真鎮壓，「怎麼可能讓遊行持續70多天？」的說法[101]，一定沒有道理嗎？

MUD的強硬派採用接近革命的激烈手段。有人認為，這是「希

98 Mills, Frederick B and William Camacaro "Right-Wing Terrorism in Venezuela," 2017.5.27. http://www.coha.org/right-wing-terrorism-in-venezuela/

99 Ciccariello-Maher, George *Building the Commune: Radical Democracy in Venezuela*（Verso, 2016），pp. 81-82.

100 Navarrete, Pablo "Back from the Brink: Chavismo Reloaded?" 2017.10.26. http://upsidedownworld.org/archives/venezuela/back-brink-chavismo-reloaded/

101 徐燁，〈委內瑞拉亂局背後，你不知道的事〉2017.6.21。http://big5.xinhuanet.com/gate/big5/news.xinhuanet.com/world/2017-06/21/c_129637577.htm

望引起政府的暴力反應」[102]，以便1970年代的委國都市游擊隊運動，宛如重返當代。當然，現在的角色已經倒反，以前他們是官，如今他們以「匪」自居，指「這些（按：政府的）人都該死。」對於MUD強硬派的這個作為，仍有美國研究委內瑞拉的學者認為，暴力不可取，但在當下的委國情有可原：「今日的委內瑞拉人為了表達嚴峻的苦楚，已經窮盡了所有和平的手段（選舉、抗議、傳媒討論，影響決策）。人們痛苦呻吟，所有表達的管道以及所有可能改變的希望已經消失。」然而，這是一個凌空而脫離具體政治實況的看法。究其實，這種升高暴力的作法，讓MUD的溫和派很不是滋味，他們說，「我們實在不知道怎麼控制這批人，讓人嚇死了，擔心他們會整個豁出去，壞了我們的戰鬥……有人跑得太過頭……出現無政府狀態……」[103]。

進步與希望：地區綜合體

查維茲在1999年執政後，至少有兩年多，他自己及外界對他的認知，都是民族主義者，加上「第三條路」的奉行者，這個術語當時因英國首相布萊爾而重新流行一時[104]。2001年底土地改革等法案

---

102 Kat, Quintijn "Venezuela: A country divided," 2017.6.24. http://www. aljazeera.com/indepth/features/2017/06/venezuela-country-divided-170 609113735157.html

103 Soto, Noris, "They All Deserve to Die: Caracas Militants Vow to Take Up Arms," 2017.6.24. https://www.bloomberg.com/news/articles/2017- 07-24/-they-all-deserve-to-die-caracas-militants-vow-to-take-up-arm

104 Pabian, Marcus "Venezuela: From 'third way' to socialist revolution," 2008. http://directaction.org.au/issue4/venezuela_from_third_way_to_ socialist_revolution

啟動，新舊政治勢力的衝突加劇，政變（2002）、石油封廠（2003）
與罷免公投（2004）無不顯示統治階級即便失去總統大位，但其反
撲查維茲的激烈行動不曾中止，這個對峙是否促使，或甚至轉化了
查維茲，使他改走激進路線而在2005年初宣布，在他主政下的委內
瑞拉，要走「21世紀社會主義」的道路？這個問題值得探討，但如
果說查維茲是在推進社會主義路線的建設，那麼，其建設最突出的
部分，並不是2006年底後的（重要）生產事業國有化（其中，最重
要的石油公司PDVSA在1976年起已是國有公司），因為至今國有經
濟產值所占國民生產毛額的比例，都沒有超過10-15%。

　　查維茲執政後的第一項工作，不是從「經濟」入手，是進行「政
治」改造。肇因於委國第四共和（1958-1998）的政治信用與結構徹
底破產，查維茲在選前就已經表明，當選後將創制新的憲法。選後
一年，新憲法在1999年底通過公民投票而誕生，即使是反查派的學
者都說，這是「民主憲政的確認」。這部新憲法的特徵是，它凸顯
人民主體，包括經濟層面的「參與民主」，因此就有《地方公共規
劃理事會法》根據憲法第182條而創設，它及其他法律與行政措施要
求全國355個都市在2002年10月12日之前，落實小地理區的經濟規
劃，因為委內瑞拉人（特別是中下階層）大多在非正式部門營生（攤
販兜售小商品、臨時勞動力……等等），他們對於居住區的認同及
連帶，更為明顯。

　　然而，彼時的油價低迷、石油公司也仍然由昔日的人馬管理，
委國也很快因為土改等法而升高衝突。在錢不夠，權也弱的局勢下，
即便查維茲掌握大位，他所想要啟動的地方建設，效能也是大打折
扣。2003年查維茲掌握了石油公司、次年挺過罷免公投，2005年因
反對派抵制國會選舉而讓查維茲派全盤掌握國會，地方經濟的推
進，這才稍微加速。2006年4月，委國通過新的《小地區綜合體理事

會法》（the Law of Communal Council）之前，已有4,000個小地區綜合體（以下簡稱小C）在運作，都會由（150或）200至400個家戶，鄉村則20個家戶即可組成一個小C，中央政府編列10億美元供其申請。

至2007年底修憲前，小C增加至1.95萬個，並有300個小C銀行累計貸出7千萬美元，每個項目申請金額上限從1.4增加至2.8萬美元。該次修憲的第16條鼓勵與引導若干小C，通過合併而成為「大地區綜合體」（commune，以下簡稱大C），這是中央、州與市之後的第四個行政單位。由於這次修憲沒有得到支持，大C建設未能推動。到了2010年底，反對派在國會取得將近四成席次，查維茲快馬加鞭，在新國會尚未就任之前，利用他的PSUV黨還有足夠席次，通過了需要三分之二多數決的《有機大地區綜合體法》（*Organic Law of Communes*）。2007年未能通過的修憲內容，現在另以新法補實，該法通過之後，MUD強烈抨擊這是「違憲」、是「對未來民主的嚴重威脅」。至於PSUV何以延宕三年才完成立法，原因可能是該黨對於大C的創設並不積極支持，甚至有人杯葛；或者，這也顯示查派即便完全控制國會，卻沒有蔑視反對意見，沒有贏者通吃。

《經濟學人》對於「參與政治」與大／小C之說，很少肯定。在查維茲於2013年離世後的第一期刊物，它以黑白二分法做了總結。《經》說，「海外左派學界人士聲稱這些機制總加起來，就是具有培力作用的『直接民主』，比起拉美社會民主黨派所建立、還在萌芽的社會福利國家，來得優秀」。不過，「對於其他人來說，這只是一種由上而下的荒謬參與，所有權力都是總統說了才算數。」《經》給予這兩種對立觀點形式的平衡，但無心探索前一種命題的虛實，而是站在第二種立場，它毫不掩飾、斬釘截鐵，作此裁定，

「小C網絡是查維茲的『控制工具』」[105]。

　　不過，刊物並不總是這麼僅存黑白，別無中間地帶。至少在它尚未與查維茲決裂之前，《經》對查維茲是有出人意表的正面評價。比如，查維茲在2001年初任命前游擊隊員、曾經因為涉及綁架而入獄七年，仍然以馬克思主義者自居的藍茲（Carlos Lanz）負責教育改造的工作。除了教師工會、私校協會與天主教會齊聲反彈，外界抨擊藍茲的「罪名」包括，要引入古巴的「教條」、要以「格瓦拉作為青年楷模」。《經》下了中性的標題〈委內瑞拉的革命來到了教室〉，內文的這段言詞不算負面，倒可以作為藍茲反駁批評者之用：「查維茲言詞凶猛，結果通常挺合理也很現實…他的政權並不鎮壓，雖然能力不足，無法執行自己的法律。至於古巴的教育，從某些方面說來，還真是絕佳的模式：各種國際檢測都顯示，古巴學童在拉丁美洲得到最好的學校教育……。」[106]

　　三個月後，作為小C建設前身的地方規劃與土地改革，進行已有兩三個月。《經》這時說，1961年已經有過土改，此次再來，不但無助於農業生產，還使土地開發商指使無地農民入侵私人土地，造成地主被謀殺。然而，刊物沒有說的是，委國人認為1961年土改是「鬧劇」，因為私人土地並未重新分配，國有地雖然放領，但可望受益的人因沒有得到其他支持，三分之一退出、其餘是九成的人沒有得到地權[107]。2001年啟動的土改則不然，從起步至今都有極大

---

105 "Now for the reckoning," *Economist*, 2013.3.9: 23-24, 26. 引句在p. 26.

106 "Venezuela's revolution reaches the classroom," *Economist*, 2001.1.27: 33.

107 Wilpert, Gregory "Land for People Not for Profit in Venezuela," pp. 249-264, P. Rosset, R. Patel, and M. Courville, eds., *Promised Land: Competing Visions of Agrarian Reform*（Oakland, CaliforniaN: Food

阻力（不是地主被謀殺，是很多農民遭殺害），但至2011年已有一千萬公頃土地重新分配給小農，50多萬戶（超過一半鄉村人口）獲益；另有一說，指至2015／16年，已有65萬筆都市土地移轉給100多萬家戶[108]。這個成績是優是劣，依評斷標準而定，但大／小C建設若要有局部成績，無法不觸及土地產權與使用權的競逐。

到了2007年，涉及小C要擴張成為大C的修憲遭致否決後，《經》難掩雀躍，認定查維茲雖然僅以1.4%落敗，但「意義深遠」，如今反對派業已成功阻擋「21世紀社會主義」的前進。「這幾乎確定是先聲，是查維茲先生玻力瓦爾革命及其在拉美影響力就要結束的開始。」查維茲以大／小C推動參與政治的「哲學業已破產」[109]。次年初，查維茲轉而將修憲失敗的條文，另以法律代行，大C草案提出至當年底，雖有進展但未通過，刊物表示「這是將權利與資源從民選市長與國家權威當局，移轉至（執政黨）挑選的地區市民與民兵代表。地區綜合體大致代表了查派的草根運動得到了重要與顯著的資助。這些未經選舉的大／小C理事會與民選機關為了取得資金，可能會是2009年主要衝突的所在。」[110]草案通過前，刊物評論大C時，已經運用英文的特性，導引讀者將它與「共產主義」產生聯繫，因此，在眉題「委內瑞拉的政治」之後，是字體更大的〈擬共產主義（Commune-ism）〉：查維茲通過大C分配資源，可以「餓

（續）————————————
　　First, 2006）, p. 251.

108 Ciccariello-Maher, George*Building the Commune: Radical Democracy in Venezuela*（Verso, 2016）, p. 36, 86.

109 "The beginning of the end for Hugo Chavez; Venezuela," *Economist*, 2007.12.8: 12.

110 "Venezuela's opposition makes progress," *Economist*, 2008.11.25: 僅網路版。

死」反抗他的州、市政府,這是一種「新的共產主義」,天主教則說這是「一種馬克思主義的共產政權」[111]。在查維茲生前,刊物對大C的最後一次抨擊,出現在2012年總統大選投票日就要登場之際。它發表了三頁長文,對於查維茲自稱「要將權力下放給人民」而大C是「社會主義的地方實體」之說,嗤之以鼻,進而斷言大C「完全依賴中央政府……大會表決以舉手為之……根本是列寧式的蘇維埃……。」[112]

「蘇維埃」,親身經歷者當有苦楚的回憶,耳聞這個比附的人,頓生荒謬與時代錯誤之感。但是,大C是當年的蘇維埃嗎?

查維茲宣稱大／小C的目標,是要使住民有權。他期待居民通過參與區內的政經文各種建設,從中得到培力的經驗。具體的制度安排包括,比如,C向中央(或州與市)政府申請經費,從事修橋造路與疏通水道等工作,也協助醫護照顧與社區教育,亦可自籌部分經費,加上向地區金融單位取得優惠貸款,藉此創設「社會生產公司」,投入農林畜牧等生產,或者從事製造業與服務業。就此看來,由居民自主形成並向各級(中央為主)政府申請而由其核准的C,與當地或上層的市／州／中央的民選政府的關係,可以有兩種類型。第一種是,既然中央政府控制國有石油公司而掌握最多資源,假使它繞過二級的州與三級的市而直接受理、核准與撥付資源至第四級的C這個地方國家機器,那麼坐實《經》批評的自上而下之「列寧式蘇維埃」或裙帶模式,機會就要增加。反之,第二種是,如果中央依循常規,通過州、市與C產生連帶,則「C……與民選機關……

---

111 "Venezuela's politics: Commune-ism," *Economist*, 2010.7.17: 43-44.

112 "Venezuela's presidential election: autocrat and ballot-box," *Economist*, 2012.9.29: 25-28.

的衝突勢將激烈」（這是《經》的另一個批評）的場景，應當就可以預見。

大／小C的構建是動態過程，並非穩定固著，而是在朝野衝突與昔日官僚慣性必然存在的狀態中行進，相關的研判無法仰仗尚不存在的普查或大規模調查。另一方面，委內瑞拉的「革命」宣稱及其實質變化，也已經吸引了海外學界的注意，至今出版了若干研究可供參考，而VA對大／小C的實況，也有一些雖非嚴謹但也比一般外電翔實的報導或編譯。這些學術研究為主所提供的經驗描述與判斷，顯示大／小C應該不是蘇維埃。

小C法施行一年多後，查維茲在2008年11月州／市長選舉前13天，撥付1.4億美元給一千家小C銀行。天主教耶穌會的古米拉（José Gumilla）行動研究中心就其執行成果，隨機訪談了1200位小C發言人，有這個看法：「還算成功，它們不只是要求解決問題，是自己提出方案並執行自己需要的服務，試圖滿足自己的需要。從人權角度視之，人們滿足了自己的社會權」、「不能說這個參與是消極的存在或父權作風，剛好相反，這是人民當家作主與人民責任的進步過程。」[113]

麥卡錫得到美國福特基金會與富爾布萊特學術基金會資助，在2007-2009每年前往委國首都研究其水利運作。他通過文件分析、半結構訪談、與官員正式訪談，並參與觀察了不同的小C活動，對其運作過程有較清楚的介紹與討論。作者說，MUD控制的地區若要建立小C，程序相同，要有全區20-30%成人出席，在官員見證下選10-15

---

113 Hellinger, Daniel "Venezuela: movements for rent?," *Social Movements and Leftist Governments in Latin America: confrontation or co-optation?* edited by Gary Prevost, Carlos Oliva Campos, and Harry E. Vanden（Zed Books, 2012）, pp. 137-168.

人組成委員會，他認為小C是「國家與社會的聯合產物……它可顯示，宏觀層次的政治納編，以及微觀層次的再生產，究竟怎麼進行。」申請小C的人假使不認同玻力瓦爾的革命路線，是否就無法得到資源核可？作者自忖與懷疑，但無法解答，而是引述官員與媒體，指政府會起訴腐敗的小C，至2011年5月，公私媒體都報導已有1500起小C的腐敗疑雲進入調查程序。作者的總結是「人民廣泛已經得到主權者的身分，即便還沒有完全實現，惟單是這樣的成就，已經很不簡單……對於身處邊緣的人來說……收穫已經豐盛，它改變了人們的政治對話與行動的框架……小C也是一種創舉，愈來愈大的政治光譜接受了這些作為，其相對成功的故事，業已讓社會當中有更多的人，願意以更合宜的評價，看待先前覺得被排除在外的人。……這個成功的故事有助於讓我們理解，何以人們願意投入可觀的時間與資源，獻身於可觀層次的項目，也讓我們理解，國家與社會行動者的總合行動，何以能夠讓這個類型的參與得以可能，有效運行也廣獲珍惜。」[114]

　　專研公衛醫療保健的庫伯從2006至2009年間，投入首都城中的工人區進行15個月的方誌學研究。這個地區有兩萬多居民，他們的收入中間偏低，但高於最窮地區的平均；作者另訪談十多位公衛志工，並曾在2012年回訪。最讓作者記憶深刻的是，「在田野工作過程，我再三觀察到一個現象，委內瑞拉人拿著1999年憲法（本文作

---

114 McCarthy, Michael M. "The Possibilities and Limits of Politicized Participation: Community Councils, Coproduction, and Poder Popular in Chávez's Venezuela," *New Institutions for Participatory Democracy in Latin America: voice and consequence*, edited by Maxwell A. Cameron, Eric Hershberg and Kenneth E. Sharpe, Palgrave（Macmillan, 2012, pp. 123-147）. 引句出自 pp. 140-141.

者按：譯為英文的委國憲法350則條文，達三萬多字），反覆閱讀及引述，特別是有關各種社會權利的章節。」醫護志工大多是家庭工作之外，並未在外就職的中年女性，其運作過程雖與政府有緊張關係，但志工大多挺政府，因「國家以物資投入社會服務，讓她們有了動機，想要支持這些（項目）」。是以，她們認為社區組織的困難並非來自國家的干預，是部分住民對於這些政府項目的冷感，以及其政治上反對政府，這是委國兩極分化在社區的展現。過去，她們側身邊緣，如今有了培力的感覺，認為現在的參與「是改善自己社區的公衛及活力的機會，也是改善個人處境，特別是體驗走出社會及政治邊緣化的機會。」委國與拉美其他地方公衛人員的經驗明顯不同，委內瑞拉大力投入資源，引入古巴醫療人員協助（含培養醫護人力），拉美其他地方固然也對於社區參與也是朗朗上口，卻往往是國家卸除醫療照顧責任的藉口[115]。

在另一篇論文，前文作者額外訪問了50位病患，對比1990年代與當前的委國醫病關係。在她研究期間，曾經發生已有政治意識的病患聯名，要求小C撤換專業技術訓練良好，但看病時，不看病人眼神：這樣的醫生表現，與作者所熟悉的北美醫生沒啥不同。作者說，這個現象具體而微，清楚表明如今居民在有了比較之後，不僅要醫療，並且也對醫生態度及他們的身體感受，有了更為明顯的要求。委國傳統讓居民對醫生有浪漫投射，認為他們應該重視病患，但現實並非如此。委國在本世紀引入古巴醫護人員，推動小C為基礎的免費醫療服務之前，窮人沒有詢問醫生的機會，醫生也認為來

---

115 Cooper, Amy "What does health activism mean in Venezuela's Barrio Adentro program? understanding community health work in political and cultural context," *Annals of Anthropological Practice*, 39, 1: 58-72, 2015. 引句出自 p. 62.

自勞工階級與窮病人的文化水平低，無法吸收醫生提供的資訊。受訪者對委國自己的醫生很有意見，認為他們不願進入窮人區服務，是對貧窮國民的輕蔑，窮人至醫院得不到診治，是被推來轉去。在研究期間，小C醫療診所的委國與古巴醫生，比例已達2：8。以前中低收入戶不容易看病問診，現在醫生就在附近的診所。古巴因教育過程的強調，醫生有傾聽病患述說的習慣，新醫護制度變化了尋醫看病的經驗，醫生傾聽病人訴說病情的時間比較久些，給其感受關注之情，包括身體語言及肢體的接觸，乃至於眼神的關注，就有相當重要的政治意涵，包括病患會從中判斷醫生對自己的階級與生活地位的反應。作者說，這是政治主體性的形成，部分連通於看病經驗的原因[116]。

　　另有一個跨國研究，相當難得。針對尼加拉瓜、委內瑞拉、墨西哥與巴西，研究者以立意取樣的方式從2007至2010年間，各選擇八個地方，使各國樣本至少有一個地方有顯著的少數族裔、一個有女性領導人，兩個是在（半）都會區，因此研究發現「高度可以比較」。針對這些地方機構或組織與各社團及政黨的關係，作者扎雷姆伯格通過網絡分析，佐以深度訪談（一國80人）與問卷調查（一國100份）。在委內瑞拉部分，成員以主婦、教師、學生與工人為主，65.9%是女性，44%直接與PSUV有關，約26%參與其他組織（包括查派運動者），但有30%未曾參與任何組織。小C直接從不同來源得到財政及非財政資源，政府經費必須專款專用，其他款項則由公民大會批准後執行，但小C使用這些經費的能力不足，引發不少抱怨。

---

116 Cooper, Amy "The doctor's political body: Doctor–patient interactions and sociopolitical belonging in Venezuelan state clinics," *American Ethnologist*, 42, 3: 459-474, 2015.

再者，小C與中央政府有協商，也有衝突，特別是小C法律制訂完成之前已有更多地方自治經驗的地方，而MUD控制的城市若成立小C，是常跳過市層級，直接與中央聯繫。作者有個總結，指委國社會比另三個國家，「來得更有活力」[117]。

英國研究者魏爾德在2009-2010年間，在委國第三大城瓦倫西亞進行了15個月調查與訪談，一年多後並曾回訪。作者的主要看法是小C是「多方爭奪的空間」，可分三點申述。一是參與高度不平衡，集中在相對年長的婦女，她們開發自己的政治主體身分，對於社區貢獻不少，但這也同時複製了性別不平等。比如，受訪女性之一有兩個女兒都在工作，她於是同時為家人準備餐點，還得處理電話業務，又要分神不讓在旁的孫子吵架。年長女性說查維茲的國家年金制度讓她們有財政的安全，禁得起擔任志工，並說年輕人還得有全職考量，因此由她們出任這些執掌是合適的。作者則認為這些是「性別與世代的緊張」；他又認為，對於能夠從事這些志願工作，她們確實有「言謝之忱」，因為雖然無薪，卻「也是機會，讓她們研習新的技能，培育自重自尊，並且在很多時候變成半專業的社區活動家，甚至是准國家公務員。」擔任小C發言人之一，「接合了公民身分與團結及自我犧牲與利他的理念」。其次，並非所有人都願意投入小C的不支薪工作。再者，因為人們聲稱貪腐而引發的衝突也時有所聞。抱怨參與度不夠的同時，也有謠言四起，指發言人沒有

---

117 Zaremberg, Gisela "'We're Either Burned or Frozen Out': Society and Party Systems in Latin American Municipal Development Councils（Nicaragua, Venezuela, Mexico, and Brazil），" *New Institutions for Participatory Democracy in Latin America: voice and consequence*, edited by Maxwell A. Cameron, Eric Hershberg and Kenneth E. Sharpe（Palgrave Macmillan, 2012），pp. 21-51.

得到同意，擅自動用只能進入社區銀行的微型基金，且有誤用情事。
這些儘管是無法證實的謠言，但顯示社區工作存在「不信任」；不
過，另一個解釋是，社區的人要用這個方式確認價值，也要發言人
負起責任。最後，對於「參與」的理解，差異不小。有人因實用與
符合個人目標而來，有人確實更為激進，他們要踐行自下而上的民
主自治模式。不過，「參與」的理念也會變成規訓的口實，上頭的
人會問：你有啥方案要做？此時發言人若不想做，上級時而扣上：
「你有責任啊」的帽子。反之，熱心且有意願及組織能力的人，卻
因為不是社區選出的理事，反而受挫：因私人垃圾處理廠商被指控
腐敗並有刑事犯罪，小C的當地政府決定停止該廠商合約；此時，
早就想在當地組織垃圾處理合作社的人，「因為不是選出的理事」，
沒有得到申辦的資格，合作社之議也就打消[118]。

　　另有人指出，大小C建設運動在「2010年還繼續擴張，也漸次
往開發不同以往的另類生計模式」，捲入了你「可以想到的任何一
個經濟領域……從食品相關企業到運輸、交通，住房醫療保健與銀
行金融……等。」[119]

　　VA網站創辦人維爾珀特站在諍友的立場，檢討與批評至2011
年的大小C成績。他說，「玻力瓦爾革命」雖然是「左派實驗」的
成功，不是失敗，卻「仍很脆弱」；並且，裙帶政治文化沒有太多

---

118 Wilde, Matt "Contested spaces: the communal councils and participatory democracy in Chavez's Venezuela," *Latin American Perspectives*, 44（1）, 2017, pp. 140-158.

119 Striffler, Steve "Something left in Latin America: Venezuela and the struggle for twenty-first century socialism," *Socialist Register 2017: rethinking revolution*, edited by Leo Panitch and Greg Albo（Merlin Press, 2016）, pp. 207-229. 引句出自 p. 220.

改變，而查維茲信誓旦旦要鼓勵自下而上的參與，卻與他更習慣的
軍事管理之自上而下作風，無法協調[120]。VA的社運記者訪視學校，
也有類似觀察：學童在校參與並協助教學、組織校外旅行、識字率
提升而教師工作條件改善，校方經由大／小C而與外在世界有更多
聯繫等成績是激勵人心，但官僚作風與腐敗及裙帶主義，仍對教學
方法與學校的民主組織方式等結構調整，形成壓制[121]。

　　美國政治經濟學教授薄默在2012年第三度造訪委國，停留兩個
多月。他說，相比於前三年，他察覺小C與工人自營公司及公共產
權的企業是「大量增加」，這些是「工作場所、經濟、社區、政治、
女性、教育、醫療保健、傳媒與文化等等另類與對抗性質的領域」。
「我認定……政府是促成者，讓這些連鎖的增長過程得以自下而上
發生，但不能說政府是主要的行動者，也不能說政府是變遷代理
人」。查維茲的價值與願景，「並沒有完全與裙帶主義切斷關係，
也與自上而下的作法不是完全不同，並且，PSUV及其所控制的地
方／州全國層次的再分配政治，仍屬溫和……查維茲對於更為平等
及參與政治……信守仍在，但我們不能將PSUV其他領導層的行
動，完全與他分離看待。」[122]

　　查維茲在2012年選前提出39頁的《2013-2019規劃書》，對於「市
長以及現有公職人員將權力移轉給人民，抗拒抵制」的現象，未曾

120 Wilpert, Gregory "An Assessment of Venezuela's Bolivarian Revolution at Twelve Years," 2011.2.11. https://venezuelanalysis.com/analysis/5971

121 Pearson, Tamara "Venezuela's Dreams and Demons: Has the Bolivarian Revolution Changed Education?" 2011.3.18. https://venezuelanalysis.com/ analysis/6072

122 Bohmer, Peter "Venezuela: The Revolution Continues," 2012.6.5. https://venezuelanalysis.com/analysis/7035

置語[123]，似有迴避難題之嫌。這些民選首長有些冷感，有些根本不願讓小C合成大C，位在首都加拉加斯的「一月二十三日區」（面積2.31平方公里，人口八萬多）的故事，正可說明。該區因1958年參與推翻軍人政府而知名，位於首都西北方、在2002年查維茲反敗為勝的政變中貢獻巨大，它又自豪，聲稱「政府不能『告知』我們要做什麼，政府必須『請求』／在這裡，（我們）下令，政府遵守」[124]。在這裡，雖有兩個小C申辦，經過四年努力，完成系列的公共開會、選舉及科層規範所要求的自治組織註冊程序，但就在依法必須由居民公投是否通過時，上級官員卻說，眼前以助選查維茲總統大選的勝利為重，公投暫停[125]。

　　印度學者姬瑞則以「一月二十三日區」的經驗作為判準，認為查維茲的新憲及其執行，其實是國家資本主義，不能而外界也不宜給予「社會主義」的託付或冠名。作此投射的人與PSUV都將社會主義建設的困難與敵人，說成是外在美帝所致，卻沒看到或沒有強調委國「內在敵人」的威脅，姬瑞認為，查維茲沒有全面對寡占事業資本家下手，實屬失策。PSUV推說問題都在外面，都是海外帝國與本地不愛國之資本家合謀，致使玻力瓦爾革命承受壓力。反覆放出這些空話之後，PSUV沒有行動，頂多也只是再逞口舌之能，表示「委內瑞拉的資產階級將會逐漸失去避難所」，如果他們「不與『具有革命意識的多數』和平共處，又不愛國，也不停止服務海

123 Pearson,Tamara "Planning the Next 6 Years of Venezuela's Bolivarian Revolution," 2012.6.6. https://venezuelanalysis.com/analysis/7091
124 Ciccariello-Maher, George *We Created Chavez: A People's History of the Venezuelan Revolution*（Duke University Press, 2013），pp. 171-174.
125 Perez, Tibisay "The Communes Are Still Being Constructed," 2012.7.24. https://venezuelanalysis.com/analysis/7125

外帝國主人……」[126]。

　　對於這些情景或檢討，選後的查維茲不再視而不見。在勝選後兩週，也是《經濟學人》前引的指控出版之後四周，查維茲發表最後一篇重要講話〈握準方向〉（Golpe de Timon）。他承認，「這場革命僅取得孤立的成績，未能再造現實……大地區綜合體沒有完成預定目標……」[127]。距離大C法通過將近兩年，2012年10月大C的組成數量僅50個，（但也有紀錄說，當時沒有大C）。在查維茲勝選之後，成立於2009年、16個已在運作但沒有完成註冊程序的大C，旋即在2012年11月底召開三天「全國大／小C工作者網絡」（Red Nacional de Comuneros, RNC)集會，大約200個活躍分子積極辯論，商定要對查維茲提出哪些要求，他們說「最終的問題……就是『沒有那個政府要摧毀自己』」[128]。查維茲指定的繼承人馬杜羅在2013年4月角逐總統時，凸顯「若無大地區綜合體，一切成空」（Commune or Nothing!）的競選主軸。馬杜羅當選後，大／小C在8與9月分別在五個地區集會，同時舉辦經濟成果博覽會，既是展示，彼此也進行交易[129]。這個時候，委內瑞拉首次完成全國大／小C的普查，顯示

126 Giri, Saroj "Capitalism Expands but the Discourse is Radicalized: 'Whither 21st Century Venezuelan Socialism'?" *Critical Sociology*, 39（1）21-36, 2013.

127 Bujanda, Héctor "Hector Navarro: I'm Encouraging a Rebellion at the Bases of the PSUV," 2015.2.13. https://venezuelanalysis.com/analysis/11209

128 McMillan, Rebecca and Calais Caswell "Learning to Govern Ourselves': Venezuela's National Network of Commoners," 2013.1.1. http://upsidedownworld.org/archives/venezuela/learning-to-govern-our selves-venezuelas-national-network-of-commoners/

129 Pearson, Tamara "First National Commune Conference: The Communes are the Antidote to Venezuela's Economic Problems,"

小C有3.9111萬、大C是1341個，另有2.7291萬集體與社會運動組織，以及1264個社會抗爭論壇組織[130]。

2014年初，MUD的強硬派捲起街頭暴力活動。大／小C的進展反而更加強勁，表現在馬杜羅編列的2015年大／小C預算，增加了62%，他並宣布，即將創設大C發展銀行，並聲稱大C是「民主的最大表述」、「純粹的社會主義」。在他主政下，委國24個州／直轄市也成立了21個州層次的大／小C理事會，第五屆RNC召開時，參加的代表已達2000人，他們要求赴邀講演的大C部長移轉權責，將受理大C成立申請的註冊單位，從各州政府下放給RNC，又要求將公共電視頻道TVes的控制權，同樣也作此轉換。但是，「有人還是認為，有些公職人員的抵抗或說無能，構成了建設大C的障礙。」[131] 2015年的另一項成績是，大／小C社運人士推動三年後，取得重要的立法成績。這是指孟山都（Monsanto）公司在2013年遊說委國政商界，試圖將基因種子引入委國，未能成功；次年PSUV另提新法，並在2015年大選大敗、即將由MUD掌握國會前夕，通過了「舉世最進步的種苗法律之一……符合生態農業模式所需。」[132]

（續）————————————————————

　　2013.11.19. https://venezuelanalysis.com/ /analysis/10173

130 Mills, Frederick B. "'The Commune or Nothing': popular power and the State in Venezuela," 2013.9.26. http://www.coha.org/the-commune-or-nothing-popular-power-and-the-state-in-venezuela/

131 Robertson, Ewan "Activists & National Authorities Create Regional Councils for 'Communal Governance'," 2014.8.15. https://venezuelanalysis.com/news/10848

132 查維茲生前數次政策宣示要推進生態社會主義，亦即不讓基因轉作種子進入委國農業。但2013年國會提出「種子法」的人不是由新自由主義者，是查派的國會代表領銜！Camacaro. William, Frederick B. Mills and Christina M. Schiavoni "Venezuela Passes Law Banning GMOs, by Popular Demand," 2016.1.1. https://www.counterpunch.org/

　　2016年，石油收入持續萎縮、國會已由MUD掌握多數席次，加上查派人馬也如前所述，未必熱中推動大小C（此時已經分別有1620與4.6566萬個）的建設。即便如此，自下而上的大C運動至2018年春仍在進行。

　　首先，新國會由反對聯盟MUD取得多數後，它以查核生產效率為由，很快在2016年元月通過提案，要對已被充公的生產事業與土地展開調查，大／小C積極人士認為這是對其志業的潛在威脅。2017年4月及2018年1月，先後有公務人員兼C運工作者及查派領袖（也是制憲代表）共四人遭謀殺。激進與批判的查派對於馬杜羅要以制憲會議抒解政治對峙，原本質疑也傾向反對。在制憲無法改變之後，他們轉念支持，尋求推進C運的契機，並有24位州與直轄市選出的大C代表，在2017年8月起，參加由545人組成的制憲會議。在制憲會場之外，則有RNC進駐首都廣場，他們提出23點要求，籲請制憲會議採取積極行動，同時有人質疑，「為什麼委內瑞拉政府如今不再談論大C？」[133]批判的查派以大／小C運動經驗作為基礎，從2018年初起，開始在全國300多個城市分區集會（單在首都估計會有891場），討論馬杜羅如果得以連任總統，他們要提出哪些主張與要求。

　　其後，另有危機逼出轉機的例子，這是因為進口糧食減少，若不設法自立更生，餐飲會更困難，都市農業反而因為經濟危機而有生機，變得較為興旺。與此同時，制憲會議也通過了強化農業生產的法律；以及，早在2005年就由共產黨提出，針對國營產業工會的活動提供保障之法律案，在擴大後以《工人生產委員會憲法》之名

（續）————
　　2016/01/01/venezuela-passes-law-banning-gmos-by-popular-demand-2/
133 Castillo, Jennifer "Why Doesn't the Venezuelan Government Talk About the Communes Any More?" 2017.10.6. https://venezuelanalysis.com/interviews/13421

完成制訂並施行。現在,除了國營產業的工會,所有停止生產或破產後由工人接管的公司工會也有了合法地位,生產工人得到更全面的法律權利。該法施行之前,由於欠缺保障,工委會在國營與私有公司都遭忽視,並有多起遭起訴,而參與組織的工人,許多也被非法解雇。

人口略多於200萬、面積略大於台灣一半的拉拉(Lara)州是委內瑞拉大╱小C運動最發達的地方。2014年,拉拉州大C註冊達103個。不過,該州2008至2017年的州長法爾康(Henri Falcón)在2010年脫離PSUV,不再是查派。這個關係的變化也許可以說明,地方政府與中央政府的關係與大╱小C的建設,並非一成不變。在拉拉州這一百多個大C裡,「玉米大C」(el Maizal Commune,以下簡稱「玉」)從誕生至其成長的過程可以作為例子,讓人更清晰得知,草根群眾的自主力量,會與不同層級的國家機器,產生哪些協作或衝突。

「玉」的所在地有漫長的土地爭奪歷史,也有很多的傳說與事實在此流傳,前者包括拉美解放者玻力瓦爾在這個地區活動的故事,後者包括查維茲在玻力瓦爾誕生兩百年時,在這裡發起秘密結社。2009年,原本從事警衛工作,但也早就從事農務,並且是當地活躍人士的博拉多(Angel Prado)有了新的決定。在他聽聞查維茲即將造訪該地的時後,博拉多辭去了警衛工作,準備向查維茲提出要求。他與當地人沒有想到的是,查維茲3月搭直昇機到達的時候,主動且「出乎眾人意料地」宣布,政府要將當地兩千公頃沒有從事生產的私人土地,轉交給國家與當地居民共同持有,「玉」可以說就在這一天誕生。表面觀之,這是典型的故事,偉大領袖自上而下帶來救贖。但故事沒有那麼簡單,一是本地人早在查維茲造訪前,已經在不斷聚會,他們早就覺得私人閒置土地的問題,不能放任不

管,他們已經在想怎麼在法規框架內,提出使用與經營這些土地的主張。另一方面,即便有了查維茲的鄭重與公開布達,但國營農業機構CVAL(負責管理糧食生產與分配)卻片面霸占所有土地,沒有遵照查維茲的要求,也就是本地人仍然無法共享已經充公的土地。是在歷經多回交涉之後,「玉」才獲配370公頃相對貧瘠的土地。當年底,查維茲再次前來,這一回,他表明土地屬於「玉」,不歸國家,但反對大/小C理念的地方政府也再次強力抵制,即便後來查維茲多次去電斥責,他們還是繼續扯中央政府的後腿。2010年初,「玉」居民占領土地並召開全體大會,同時,州公務員也獲邀參加,他們表示,假使CVAL再不將土地與「玉」對半平分,就不離開。2014年,夾查維茲的〈握準方向〉與馬杜羅當時的強力表態與實質支持,居民再次出擊,取得所有土地。「玉」現在是擁有「社會生產事業」的大C,其玉米田在2014年創造剩餘超過100萬美元,豢養400多頭家畜,另有水果、豆類與咖啡……等等物產;當年它也接管了 12個CVAL棄置七年沒有任何生產的溫室,修護後投入蕃茄、青椒與其他果蔬的生產。2015年,它的種植面積達2千公頃,收成250萬公斤玉米、3萬噸咖啡、5萬公升牛奶……等等。這個效率「是全國平均值的兩倍」[134]。

「玉」的運作績效逐漸揚名,這個大C直接向住民提供合宜價格的食物,國家科層難以掣肘,進入「玉」的資源都有人直接核計與監督,腐敗肆虐之象少見,如今居民覺得自己「真是人了,土地也完全活絡,有生產力了。」2017年國營豬肉加工公司的員工前來爭取支持,商請「玉」接管他們的工廠。該公司農場擁有養殖6千頭

---

134 Ciccariello-Maher, George *Building the Commune: Radical Democracy in Venezuela*(Verso, 2016), pp. 88-92.

家畜的容量，但僅存600頭，由於沒有餵食與敗壞的生養環境，每天還耗損50隻牲畜。接管後，「玉」展開改善工作，生產力得到恢復，並已經開始通過CLAP分配豬肉。另有MUD控制的國營生產實驗設備已經遭棄置八年後，「玉」再次獲邀並進入調查，結果是它認為，這些設備不再需要國家的財政支持，就能整修後重新投入生產。進駐並運用位於中西部大學的這些設備不到三個月，「玉」已經讓15隻母牛的牛奶日產量，從30公升增加至90公升，其他被廢棄的生產機械也都重新修護，初期將讓600隻家禽，重回雞肉及雞蛋的生產，未來預定再將漁業養殖，以及蔬菜生產與食品加工儲存，漸次復興[135]。

博拉多認為，政府雖然也是要角，包括土地是經由政府與居民奮鬥而取得，政府也提供低利貸款，但這些成績主要是群眾參與及努力才能取得；在他看來，「玉」現在的「主要敵手，其實正就是查派自己，就是當地的市長與州長」，由於「玉」的實踐相當成功，這就「讓他們感受到威脅……使他們相形見絀。」[136]

作為大C的「玉」由22個小C共同構成。2017年7月，博拉多在Simón Planas市（面積是台北市的三倍，人口約四萬）參選制憲代表，得到八成選票。當選之後，他繼續參選年底的市長選舉，但執政黨PSUV未予支持，甚至有人懷疑「玉」有40多公頃的田地遭人縱火，會不會是PSUV黨棍所為？到了11月底，前大C部長伊圖里扎（Reinaldo Iturriza）批評PSUV黨中央不肯支持大／小C運動的候選人，致使革命停滯不前，他並舉博拉多的例子。12月選舉結果揭曉，博拉多代表的PPT聯盟得到57%選票，沒有想到的是，中選會以他

---

135 "El Maizal Commune Leads by Example, Takes on Venezuela State Superstructure," February 6, https://venezuelanalysis.com/ video/13642
136 Ciccariello-Maher, ibid.

是制憲代表，但沒有得到制憲大會的核可就參選為由，拒絕承認他當選市長的資格。「玉」的支持者前往中選會抗議，表示即刻起就地駐紮，直至他的勝選得到確認。社會學教授出身，歷任總統府秘書長，經濟、農業、外交部長，也是前副總統哈瓦（Elias Jaua）也公開捍衛博拉多，呼籲查派的分歧要政治解決，聲援的人還包括前電力部長與大C部長。另外，來自全國的連署信函要求中選會、數百大／小C活躍分子也要求最高法院承認博拉多當選市長的事實。到了2018年元月，警方以這起事件涉及公法為由，傳喚博拉多，又過了三週，中選會接受博拉多的選舉仲裁申訴，將由最高法院裁定。

結語：真相喚不回？進步盡成灰？

當前世界的體制特徵，仍然是資本逐利及其積累的使用歸由私人支配。這個動力還在主導眾生，其下的不平等與貧富分裂及其衍生的人際惡象、生態環境的敗壞、動植物種的減少……等等難題與困境，不因歷史號稱終結而消失。世人見此自有感應，獨善其身或以特定議題作為人群結社的導引，試圖改變體制的多種進步力量雖有成績，時而卻有頭痛醫頭、腳痛醫腳之憾，甚至也有彼此相剋之嘆。

委內瑞拉的「21世紀社會主義」宣稱，在查維茲執政五年後登場，至今超過十年，有進有退有得有失，她「結合了『老派』的政治……它是巨型的實驗，企圖促成取代新自由資本主義的另類方案之出現。」[137]

---

137 Wayne, M., & O'neill, D. "Form, politics, and culture: A case study of the take, the revolution will not be televised, and listen to Venezuela," in

　　這是一個值得注意的宣稱，它的虛實理當探究。然而，很多知識菁英不此之圖，他們反而呼應或結合主流政商的視野，通過流行媒體而認定並宣傳查維茲主政下的委國宣稱，根本就是時代錯置，注定要重蹈20世紀社會主義的覆轍。這篇文章特別以《經濟學人》作為例子，除了因為該刊最為重視查維茲的21世紀社會主義之宣稱，也因為該刊的出版頻率較長，是以受制於新聞時效的牽制，可能相對少些。不過，經過本文予以詳細檢視，發現該刊近二十年來對委內瑞拉的報導與評論，雖然已經比每日或即時新聞來得深入，但與《紐約時報》或BBC[138]也僅只是五十步與百步的差別，都對本世紀的委國玻力瓦爾革命，有嚴重的扭曲。

　　為什麼會這樣？天主教神父哈第的觀察提供一個線索。他在1985年進入委內瑞拉，住了二十年，其中八年在首都貧民區。他有著作，副標題是《一位北美人的委內瑞拉民主革命回憶錄》。哈第坦言該書並不試圖平衡，會有偏見，但他又說「國際特派員住在市中心商業區，也就是反對派報紙所在地的建築物，居住之所是富裕的社區」，哈第希望他們也能坦承自己的偏見[139]。其次，雷波立研究《紐約時報》，發現該報對委內瑞拉的報導呈現強烈意識形態的偏倚。何以如此？由於無找到前人尚未言說的理論，他因此再次表

（續）────────────────

　　　J. Kapur, & K. B. Wanger Eds., *Neoliberalism and global cinema: capital, culture, and Marxist critique*（New York: Routledge, 2011）. pp. 113-134. 引句出自 p. 130.

138 Lee, Salter and Dave Weltman, "Class, nationalism and news: The BBC's reporting of Hugo Chavez and the Bolivarian revolution," *International Journal of Media & Cultural Politics*. 7, 3: 253-273, 2011.

139 Hardy, Charles, *Cowboy in Caracas: A North American's Memoir of Venezuela's Democratic Revolution*（Curbstone Books, 2007）, pp. 5-6.

示，赫曼與杭士基早在1988年[140]以眾多實例悉心建構的「宣傳模式」（美國傳媒的外交新聞與華府的立場高度重疊，華府的敵人，通常也是美國主要傳媒的敵人），至今適用。不僅用於美國，亦可用於英國的BBC以及《經濟學人》。

霍金斯通過比較分析，從供需面解釋查維茲的崛起，成績不俗。不過，他勸誡查派不要「犬儒」地認定反查派僅只是「陰謀與自私自利的菁英」，他以平衡的姿態，認為查派與反查派「都有強烈的道德優越感，也非常頑固地認定，『他們』才真正代表了民眾的意志」[141]。但是，即便這個相對主義的說法有理，事實仍然是傳媒，而特別是海外英美傳媒，對於查派的歷史經驗與當代心聲，少見聞問，但這些傳媒卻又早已在充當「提倡美國霸權的重要區域工具」、呼應與倡導「美國所領導的新自由主義的世界秩序」。是反查派不讓查派表述，不是相反[142]。

查維茲通過石油收入的重新分配，推動從識字教育至住房與醫療保健……等等有利於中下階層的「任務」，其調整的水平相比於西方的福利國家，還有很遠的距離，但《經濟學人》在這類政策啟動才一年，就已經開始說這些福利「太貴難以維持……理貧專家都認為這些解方錯誤。」[143]吉爾伯特教授完全不認同這個觀點，他引

---

140 Herman, Edward S. & Noam Chomsky（1988/2002），邵紅松譯，《製造共識：大眾傳媒的政治經濟學》（北京大學出版社，2011）。

141 Hawkins, Kirk A. *Venezuela's Chavismo and Populism in Comparative perspective*（Cambridge University Press, 2010），pp. 235-236.

142 Burges, Sean W., Tom Chodor and R. Guy Emerson （2017）"¿Por qué no les callan? Hugo Chávez's Reelection and the Decline of Western Hegemony in the Americas," *Latin American Perspectives*, 44, 1: 215-231）. 引句出自 p. 216.

143 "Chvez's mission to get out the vote; Venezuela's referendum

述班雅明的「歷史斷裂說」，主張委國正在進行真正的革命，必然
要先對過去的積欠提出回應，如果沒有率先推行形形色色的社會福
利，就不可能喚起受害者的支持，就不可能開啟通向未來的道路，
就無從承擔「彌賽亞」的大業[144]。

　　事實上，正是底層人民得到了這些政治變革的果實，原本很有
可能是「人窮志短」的被動消極，如今才能有人不那麼窮了，人的
物質條件有些改善了，於是增添了長志氣的機會、空間與信心。這
些過程展現在「任務」的施行，也展現在大／小C建立的過程，底
層人民主體身分的認同與培力經驗，逐漸增濃轉厚。

　　查維茲主政兩年之後，委國因改革而衝突四起，在他辭世之後
的2013年至今，危機仍然四伏。然而，研究委內瑞拉十二年，甫出
新作《草根政治與石油文化在委內瑞拉》的挪威學者史卓能相信，
假使就此認定委國在本世紀的經驗，再次是「新瓶舊酒……的老把
戲……是另一個烏托邦又搞砸了……（這將）是……學術謬誤...玻
利瓦爾過程……的動力……會從政治鬥爭與社會變遷之中學習……
人類學家格爾茨（C. Geertz）說得好，『社會變遷急不來，也不肯
讓人馴服』……全球資本主義邏輯與權力及資源的壟斷……在
先……查維茲勝選……並尋求另一個政治視野與模式……在後……
結局還待揭曉。歐洲年輕人的……明亮未來的許諾……在其誕生地
方日漸消失……正是為此，我們應該密切注意委內瑞拉……。」[145]

（續）─────────────────────

　　　campaign," *Economist*, 2004.7.10: 31-32.

144 Gilbert, Chris "Walter Benjamin in Venezuela," *Monthly Review*,
　　October, 69, 5: 15-30, 2017.

145 Stronen, Iselin Asedotter, *Grassroots Politics and Oil Culture in
　　Venezuela: The Revolutionary Petro-State*（Palgrave Macmillan, 2017），
　　pp. 327-328. 引自前書的文字順序有所調動，「歐洲年輕人」以降

　　委內瑞拉也許不僅值得「歐洲年輕人」注意。尚未認可歷史終結說、寄希望於財產所有權民主制、認為通向社會主義的道路仍可在自由民主體制完成的人，也許也會願意思考與評估耶拿教授的這個看法：

> 　委內瑞拉遵循憲政民主之路，承受的威脅規模之大與期間之長，使其經驗顯得極為獨特；縱使獨特，我們從中可以領受的教訓，具有普遍的意義。任何信守社會主義的民主政府，特別是其推動若已進至查維茲的水平，那麼，已在委內瑞拉掌權的左派所承受的相同挑戰，隨時就會重現。就這個意義來說，相較於二十世紀蘇俄、中國與古巴革命，委內瑞拉的經驗無論是讓人失望之處、或是讓人肯定之事，對於自由民主體制國家的左派，都會更有啟發。[146]

　　馮建三，政治大學新聞系教授，研究傳播與政治經濟學，略涉古巴與委內瑞拉的探索，曾主編《臺灣社會研究季刊》、《新聞學研究》與《傳播、文化與政治》，著有《傳媒公共性與市場》等書，並翻譯《論市場社會主義》等著作。

（續）

的文字原本在前。

146 Ellner, Steve "Venezuela's Fragile Revolution," *Monthly Review*, October, 69, 5:1-14, 2017. 引句出自p. 2.

南洋魯迅
接受與影響

　　魯迅一生並未到過南洋，即便許廣平在抗戰時幾乎要攜帶魯迅子嗣海嬰「下南洋」，並曾探問於「滯留南洋」的郁達夫，但最終並沒去成。然而，魯迅的思想、精神及其作品卻實實在在曾「下南洋」，而且曾經再生產了不少「南島魯迅」。許多學者業已指出，近現代東南亞華人（尤其是馬來西亞）思潮是中國近代思想的延伸，魯迅即是在此一脈絡下緊隨著左翼思潮「下南洋」，並長期作為兩種革命——政治的與文學的介面，影響了華人文學與思想。與台灣不同——魯迅在台灣只有隱晦的存在；也與中國大陸不同——兩者原本即有思想順延的脈絡關聯；唯有在南洋有其地方性與政治文化語境，因此「南洋魯迅」是一個經過區域化的魯迅。以馬來西亞及新加坡而言，「現代性的魯迅」為「左翼魯迅」所掩蓋，猶如黃錦樹所言，「一整代的南洋魯迅讀者，其實沒留下什麼有意義的文學遺產」。南洋魯迅們更相信寫作的力量及魯迅的人格表現多於其文學現代性，也因此實踐及形塑了馬華文壇及社會一股不夠深刻但激越的左翼傳統。與此同時，越南與印尼則呈現著另一種魯迅現象，魯迅著作很早就被譯介成本地語言，這使魯迅跨越了族語界線。上個世紀以來，魯迅就一直是越南讀者最熟悉的中國文學代表作家，他以「世界文壇大文豪」和「中國文化革命主將」的雙重身分徘徊於越南文壇。本期專輯以「南洋魯迅：接受與影響」為題，從馬來亞、新加坡、印尼與越南對魯迅的接受或傳播視角探析魯迅在各國不同政治語境作用下的多元呈現與複雜面向，同時勾勒其在地影響，希望提供「南洋魯迅」與「東亞魯迅」雙邊研究一個初步的研究對比與對話。

許德發

馬來西亞蘇丹依德里斯教育大學中文系高級講師

「馬華魯迅」與「東亞魯迅」：
對話的可能與不可能

張康文

　　「東亞魯迅」是「魯學」的一個研究重點。它是對魯迅以及同時代其他東亞——日本、韓國、台灣——知識分子共同創造的20世紀東方思想文化文學遺產的一個整理。這些區域同屬東亞歷史文化區，它們不僅在地理上毗鄰而居，也在歷史文化上相存與共。何況，魯迅也被中、日、韓三國公認為最能代表東亞文學的作家，如伊藤虎丸即曾在《魯迅與日本人》中論道：「魯迅的文學在世界文學中，恐怕比日本近代文學的哪個作家和哪部作品都更代表東方近代文學的普遍性。」[1]因此，魯迅能成為東亞研究者的共同話題，甚至形成「東亞魯迅」的研究範疇便不足為奇。

　　「東亞魯迅」約略可分為比較研究和影響研究兩個方向。前者研究魯迅與東亞各國的知識分子在面對共同或相似問題時所產生的思考，這些思考具有一定的內在聯繫，可以互相映照，作互文解讀；後者則研究東亞思想家與文學家對魯迅的接受與傳播[2]。目前已有學者對比魯迅和以下東亞思想家、文學家的異同，或梳理二者影響——

1　伊藤虎丸，《魯迅與日本人》，李冬木譯（石家莊：河北教育出版社，2000），頁23。

2　錢理群，〈「魯迅左翼」傳統〉，《台灣社會研究季刊》，第3期（2010），頁226-227。

接受的關係：台灣的賴和、鍾理和、楊逵、陳映真，日本的竹內好、池田大作，韓國的李游禧等。可見，「東亞魯迅」的研究已有一定規模。

　　無獨有偶，魯迅的影響也遍及東南亞，尤其馬來亞華社與文壇。1930年代末期至1970年代，魯迅在馬華文壇享有至高無上的地位。魯迅逝世（1936年10月19日）之時，馬來亞華文報紛紛刊登新聞報導和推出紀念專號，刊登紀念魯迅的文章、照片、木刻等。此外，馬華文藝界及其他社會人士也在魯迅的週年祭和誕辰舉辦不少紀念活動，這些活動的參與者有時高達二千人，當中不僅有文藝界的代表，還有教育界、出版界、新聞界的代表甚至底層工人與學生[3]。此傳統一直持續到1970年代才告結束，由此可見魯迅影響之深之廣。值得一提的是，魯迅的作品也常被馬華作家改寫，以〈阿Q正傳〉為例，就上述時段而言，馬華文壇就出現了七、八篇的馬華改寫版。同時，馬華報刊雜誌也不時刊有魯迅論述的文章。這些現象說明，「馬華魯迅」可自成一獨立的研究範疇。

　　這篇短文的問題是：「馬華魯迅」可如何和「東亞魯迅」交集？它們彼此的異同是甚麼？這個異同有何啟示？此文將先簡單介紹「東亞魯迅」的核心議題與研究意義，接著討論「馬華魯迅」與「東亞魯迅」對話的可能性。

「抗拒爲奴」與「魯迅左翼」

　　「東亞魯迅」之所以能形成，首先和東亞各國對魯迅的認識

3　章翰，《魯迅與馬華新文藝》（新加坡：風華出版社，1977），頁10，47。

有趣同性不無關係。在接受魯迅及汲取其遺產時，中、臺、日、韓擁有共同的視界，即著眼於魯迅「抗拒為奴」的思想。這當然和東亞各國的戰爭經歷、殖民與現代化經驗不無關係。學者不僅解析魯迅的這套思想，也試圖解讀和對比東亞政治家和知識分子在面對當地的歷史情境時對魯迅這套思想的詮釋、運用與對話。

　　舉例而言，處於日本殖民時期的台灣作家張我軍，以不斷轉載與翻譯魯迅作品的方式，企圖以中國的新思潮來改造台灣社會，動搖日本的殖民化工作。被稱為「台灣魯迅」的作家賴和也曾以魯迅著作為藍本，並結合當地的歷史境遇，描繪、批判台灣社會的眾生相，如遭受欺壓卻不懈奮鬥的百姓、自命不凡的遺老逸民、反抗現狀的叛逆青年、愚昧無知的順民等，以及表現以暴力打破殖民境地的可能性[4]。再以「南韓魯迅」為例，由於受日本殖民的經驗，南韓作家在閱讀魯迅時傾向於魯迅對奴隸性以及帝國主義的批判。韓國學者劉世鐘曾對魯迅與韓國革命作家韓龍雲進行比較研究，他突顯出兩者在西方帝國主義侵略下的殖民地或半殖民地所產生的革命思想及反抗精神，並且將之理解為西西弗的推石上山──說明魯迅、韓龍雲如西西弗般透過反抗自身荒誕的命運以獲得救贖[5]。日本方面，從竹內好開始到後期的日本魯迅專家皆在接觸魯迅時保持一種反思與反抗的研究態勢。竹內好的《魯迅》就凸顯了魯迅「掙扎」的精神面貌，他說：「『掙扎』這個中文詞彙有忍耐、承受、拼死

<hr>

4　王德威，〈文學地理與國族想像：臺灣的魯迅，南洋的張愛玲〉，《中國現代文學》，第2期（2012），頁28。

5　劉世鐘，〈魯迅和韓龍雲革命的現在價值〉，載《韓國魯迅研究論文集》（鄭州：河南文藝出版社，2005）；劉世鐘，〈現代精神的模式或方法論──魯迅、加繆及韓龍雲比較研究〉，《當代韓國》，秋季號（2005）。

打熬等意思。我以為是解讀魯迅精神的一個重要線索，也就不時地
照原樣引用。如果按照現在的用詞法，勉強譯成日文的話，那麼近
於『抵抗』這個詞。」[6]也是在這樣的認識下，竹內好認為魯迅「首
先讓自己和新時代對陣，以『掙扎』來滌蕩自己，滌蕩之後，再把
自己從裡邊拉將出來」，給人一種「強韌的生活者的印象」[7]。竹內
好除了強調對社會的掙扎，也強調自我的掙扎，也就是對自身奴性
的抗拒。他說道：「自覺到自己身為奴才的事實卻無法改變它，這
是從『人生最痛苦的』夢中醒來之後的狀態。即無路可走而必須前
行，或者說，正因為無路可走才必須前行這樣一種狀態。他拒絕自
己成為自己，也拒絕成為自己以外的任何東西。這就是魯迅所具有
的、而且使魯迅得以成立的、『絕望』的意味。絕望，在行進於無
路之路的抵抗中顯現，抵抗，作為絕望的行動化而顯現。把它作為
狀態來看就是絕望，作為運動來看就是抵抗。」[8]以上的魯迅論述不
但被援以批判二戰前日本帶有奴性的近代化——以「物質」扼殺「精
神」、以「眾數」扼殺「個性」，也被用以批判戰後缺乏抵抗的近
代化道路——人成為社會機器上的小齒輪，缺乏了人的特性[9]。

　　魯迅「抗拒為奴」思想的高度受重視，其實出於研究者的一大
期望，即挖掘五四以來非黨派化、非國家中心的左翼思想傳統。這
樣的努力，無疑是對1990年代至當代知識界在面對時代與民族問題
時傾向於西方與古代兩條思路走的反抗。同時，東亞週期短、被動
性強——很大程度由西方文化衝擊而形成——的現代化過程也讓東

6　竹內好，《近代的超克》，李冬木、趙京華、孫歌譯（北京：生活・
　　讀書・新知 三聯書店，2005），頁9。

7　竹內好，《近代的超克》，頁11。

8　竹內好，《近代的超克》，頁206。

9　伊藤虎丸，《魯迅與日本人》，頁182。

亞各國亟需一個可以找到自我，避免淪為西方附庸的思想資源。「東
亞魯迅」的學者因此立足當代，與此左翼傳統或「魯迅左翼」[10]展
開對話，以建構一個第三世界的、有別於西方的左翼思想資源。他
們深信，這種從本土歷史與文化孕育出來的思想資源，在理解自我
的歷史時自然會得出與西方左翼、自由主義和古代思想不一樣的分
析結果。

「闡釋魯迅，又接著魯迅往下說」

除了藉魯迅及東亞知識分子的論述形構獨特的批判資源，「東
亞魯迅」的另一重心是影響研究，其工作是梳理魯迅與東亞知識分
子之間的聯繫，從中看到影響與接受的整個軌跡，探究魯迅遺產是
如何被繼承與深化的。用魯迅專家錢理群的慣用說法，即是研究人
們如何「闡釋魯迅，又接著魯迅往下說」[11]。而顯而易見的是，日
本的魯迅研究在整個過程中扮演了極為關鍵的角色。

舉例而言，韓國最初的魯迅研究其實就起源於二戰後的日本魯
迅研究。在1980年代，韓國開始翻譯丸山昇的《魯迅評傳》、《革
命文學論戰中的魯迅》和竹內好的《魯迅全集》。在翻譯和閱讀的
過程中，日本戰後魯迅研究的問題意識，即反省日本近代的現代性
和對美國占領軍政策的批判深入韓國學界的心裡，對同樣面對殖民

---

10 「魯迅左翼」的概念由中國魯迅專家錢理群提出，指向與政黨與政
　　治有著複雜關係，並保持自我的獨立性的左翼知識分子傳統。這個
　　概念的提出是為了與「黨的左翼」，即與政黨與政治、國家統治者
　　有依附關係的左翼知識分子傳統作區別。見錢理群，〈「魯迅左翼」
　　傳統〉，頁221-258。

11 錢理群，〈「魯迅左翼」傳統〉，頁226。

問題和美國佔領軍的他們產生共鳴。他們從竹內好到伊藤虎丸的「抗拒為奴」與「個人的覺醒」中認識到，東亞民族在積極認識和借鑒西方思想、制度與文化時必將否定舊的自我，然而這種否定並非將自己變成西方的翻版，而是要重新找到和確立新的自我[12]。

　　除了韓國，日本魯迅研究的成果也以「邊緣打入中心」之勢對中國魯迅研究界起到對話、挑戰作用。中國的魯迅論述有很長一段時間操控於毛澤東與中國左翼文壇之手。任何違背黨的魯迅論述都將遭到對付，如李長之就曾因《魯迅批判》一書在1957年的反右運動中被整肅，文化大革命期間甚至掃了十年廁所。同時期的日本魯迅研究沒有中國那種被瞿秋白和毛澤東的模式綁死的僵化處境，也沒有神化魯迅的包袱，因此可以對魯迅作更客觀透徹的闡釋。伊藤虎丸即曾批判，中國魯迅學界對魯迅價值的把握，不是按照人類文化發展的普世原則為準，而是強調魯迅與共產主義的親密及其對共產黨的忠誠。竹內好的魯迅論述也企圖將魯迅從啟蒙者的角色拉回到文學者，反對把魯迅神話化和權威化。此外，為了抗衡中國對魯迅充滿政治性與黨派性的解讀，日本魯迅研究界自1960年代起也試圖以實證研究還原魯迅的一些史實[13]。以上種種收穫也被後來較為擺脫意識形態束縛的中國魯學研究者所肯定，比如1980年代汪暉對魯迅「反抗絕望」的主題把握，即是從竹內好著作得到的啟發。以

12　陳方競，〈韓國魯迅研究的啟示和東亞魯迅研究意義〉，《中山大學學報（社會科學版）》，第6期（2006），頁56。

13　平凡社於1978年2月出版的《魯迅在仙台的紀錄》即是明證：日本魯迅學界於1973年10月2日成立了魯迅在仙台的記錄調查會，圍繞四項內容展開調查：一、尋找同班生遺族之所在；二、調查明治時期的當地報紙；三、調查仙台醫學專門學校的舊公文；四、在荒町、土樋地區查找魯迅第二寄宿處之所在。這本著作如今號稱為魯迅與仙台關係最為翔實的記錄。

上的軌跡追踪除了有助於理解魯迅在各地的影響，也有助於梳理魯迅的闡釋史、接受史，以便後來者能接上傳統，繼續豐富魯迅的遺產。

左翼思潮下的反殖民視角：「馬華魯迅」的論述

　　回看「馬華魯迅」，既然魯迅曾在馬華文壇掀起熱潮，那我們自然有必要觀察那段時期生產的魯迅論述，探討其具有甚麼特色？如何和「東亞魯迅」形成對話？又是否具有甚麼挑戰或補充意義？

　　可以發現的是，「馬華魯迅」與「東亞魯迅」一樣具有相當程度的社會政治性，他們皆將魯迅當作是反殖民的思想資源。為了表達自己反殖民統治、擺脫奴役狀態的心聲，馬華作家先是歌頌魯迅的戰鬥性與革命性，又把魯迅當作是以文學介入現實、不畏強權的榜樣，讓知識文化界學習。比如，馬華文壇在敘述魯迅的一生時常以戰鬥貫穿——「同盟會時代，他主張推翻滿清的專制政權。五四時代，他向舊禮教挑戰，拋出第一顆手榴彈——狂人日記——向人吃人的社會爆炸」、「始終沒有停息過投槍；始終趕在時代的前頭搏鬥」[14]。他們也總結了魯迅的戰鬥法：即突出一個「敢」字——「敢言、敢怒、敢笑、敢哭、敢罵、敢打……在這可詛咒的地方，擊退這可詛咒的時代」[15]；並且也強調魯迅「韌性的戰鬥」，即「堅

14　漢青，〈魯迅與青年〉，載《風下周刊》，總第97期（1947），頁193。

15　春雷，〈學習魯迅韌的戰鬥〉，《南僑日報》，1947年10月21日，頁5；丹影，〈倒下，又爬起！——魯迅先生逝世13周年紀念〉，《南僑日報》，1949年10月21日，頁8；林苗，〈魯迅先生逝世十四周年祭〉，載《文藝行列》，第4期（1950），頁3；吐虹，〈想

決持久不斷,而且注重實力」,「共同抗拒,改革,奮鬥三十年,不夠,就再一代,二代」,「咬著牙關,埋頭苦幹下去」[16]。馬華作家不僅將魯迅定調成戰士,也將其戰鬥精神當作重要的人生態度,加以模仿與實踐。如江天所說,「只要他的英靈永遠和我同在/我將剋服一切障礙/我將戰勝牛鬼蛇神」[17]。此外,新加坡的左派團體也常在會所掛一副寫著「橫眉冷對千夫指,俯首甘為孺子牛」的對聯和魯迅的畫像,魯迅作為戰士和精神導師的形象可謂深入民心。

但,不能忽視的是,馬華文壇對魯迅的評價深受中國左翼文壇和中國共產黨的影響。他們的魯迅論述很多是中共提供的詮釋框架下的再生產。比如《陣線報》就曾將魯迅的戰鬥和中共的革命事業相聯繫,認為魯迅是為了中共革命事業而戰鬥:「魯迅先生思想的進展,是經歷了一段艱苦的過程。他之能夠成為一個階級論者,一個社會主義戰士,與他過人的思想毅力有密切的關系。」、「他終於找到了正確的思想觀點——社會主義思想,站在無產階級的立場,……找到了個人力量與中國人民革命的主力,工農大眾相結合的道路」「作為一個革命戰士,魯迅先生對人民無限忠誠。凡是對人民革命事業有害的言論行為,他都反對。他大無畏的『橫眉冷對』反動派所謂之『千夫指』;他全心全意為人民服務,忘我勞動,甘

(續)————————————————

　　　起魯迅的一句話〉,《南洋商報》,1954年10月19日,頁8。

16　春雷,〈學習魯迅韌的戰鬥〉,頁5;金丁,〈魯迅精神〉,載《風
　　　下周刊》,總第97期(1947),頁114;唐兮,〈魯迅先生逝世十
　　　四周年祭〉,載《文藝行列》,第4期(1950),頁3。

17　江天,〈有一個人——紀念魯迅逝世十八周年〉,《魯迅贊》(吉
　　　隆坡:東南亞華文文學研究中心,1991),頁94。

願作為人民的牛。」[18]這些論述基本和中共所肯定的茅盾、胡繩之
魯迅論如出一轍。而這樣的論述說到底其實還是受中共的整風運動
及其產物——毛澤東在1942年發表的〈在延安文藝座談會上的講話〉
論述所影響。〈講話〉要求文藝從屬於政治，希望文藝工作者自覺
地為無產階級政治服務；同時它也強調作家與藝術家的思想改造，
要求他們毫無保留地擁抱社會主義與無產階級。前引「橫眉冷對千
夫指，俯首甘為孺子牛」的解讀正是〈講話〉的翻版：「魯迅的兩
句詩『橫眉冷對千夫指，俯首甘為孺子牛』，應該成為我們的座右
銘……『孺子』在這裡就是說無產階級和人民大眾，一切共產黨員，
一切革命家，一切革命的文藝工作者，都應該學魯迅的榜樣，做無
產階級和人民大眾的『牛』，鞠躬盡瘁，死而後已」[19]。

　　為何馬華作家筆下的魯迅幾乎千人一面，而且與中國左翼文壇
的魯迅論高度相似？這個問題放在當時的歷史情境加以分析即不難
理解。1930年代至1970年代正是馬來亞經歷日本和英國殖民的慘痛
時期[20]。殖民時期對華社、左翼刊物的壓制，對左翼人士的遣返，
以及1950年代推出的企圖消滅華文教育的教育法令與方案，都在在
加深華社厭惡及反殖民的心理。同時，那段時期的馬華文壇深受中
國左翼思潮影響，而左翼作家也佔有不小的比例。一些馬華左翼作
家甚至與馬共及其外圍組織合作，欲以文化統戰的方式介入新馬政

18　關文，〈戰鬥・思想・前進——紀念魯迅先生逝世廿九周年〉，《陣
　　線報》，1965年10月16日，頁7。

19　中共中央文獻研究室編，《毛澤東文藝論集》（北京：中央文獻出
　　版社，2002），頁82。

20　盡管馬來亞已於1957年成立，新加坡於1959年自治，但在新馬乃至
　　婆羅洲、印度尼西亞及汶萊的左派人士眼中，這只是英國新殖民主
　　義的統治策略，畢竟在自治時期，英國仍影響著其外交、國防和內
　　政。

治。在殖民地的情境及反殖民思潮的衝擊下，馬華文壇自然孕育出強烈的反殖民心理。此時的他們需要一面旗幟，以鼓勵自己與他人共同投入反殖民的隊伍，然當時英殖民者對共產思想嚴格提防，不可能公開討論與宣揚毛澤東或中共，被中共推出的革命戰將魯迅因此進入馬華作家的視野，成了反殖民的戰士。誠如馬華作家所說，「在這『方生未死』之間的年代，在這苦難重重的年代」，對魯迅的「悼念越沉痛，崇拜越堅貞」[21]。《南僑日報》於1947年10月21日的一篇文章也提到：「許多青年之間又流行著失敗頹喪的情緒，認為英帝既然這樣頑固，我們又沒有槍炮，革命一定是不成功的！……要徹底的完成這個勝仗是頗不容易的。」文章最後的提供的解方是甚麼？就是魯迅的韌的戰鬥方針，也就是「敢說，敢笑，敢怒，敢罵，敢打，在這可詛咒的地方擊退了可詛咒的時代」，「堅決持久不斷，而且注重實力」[22]。這種對魯迅「韌的戰鬥」精神的提倡在反殖民時代是極為重要的，它能讓人們意識到，環境並不構成阻礙因素，個人——如果能像魯迅的話——具有突破囹圄的可能。可見，無論是在新馬，還是在東亞，魯迅都發揮了反殖民的作用。甚至，以影響的幅度而言，新馬的情況或許比東亞國家還高，因為魯迅不僅進入作家或知識分子的視野，成為精神資源，同時也深受底層民眾、教育界、政治界等人的歡迎，其忌日甚至不時有魯迅紀念活動與報刊的紀念特輯，成為民族革命的旗幟。就此而言，魯迅在新馬的影響應受魯迅學界的重視，它是魯迅影響的重要圖景之一，這也是「馬華魯迅」和「東亞魯迅」可以展開對話的面向。

---

21 潔石，〈魯迅之路〉，《南僑日報》，1947年10月1日，頁5；魂，〈向東南亞兄弟民族文化學習：紀念魯迅先生〉，《星洲日報》，1955年10月19日，頁4。

22 春雷，〈學習魯迅韌的戰鬥〉，頁5。

「馬華魯迅」的「經典缺席」

　　既然魯迅對新馬影響深遠，為何這影響卻極少進入主流的魯學視野呢？為何「東亞魯迅」的視界一直未達「馬華魯迅」這一板塊呢？這當然有一定的中國／東（北）亞中心主義作祟的關係。但另一方面，也須反思的是，「馬華魯迅」有甚麼可以啟發別人的論述？如果說，日本既有對魯迅思想的透徹闡釋（如竹內好、伊藤虎丸對魯迅「抗拒為奴」和「個人的自覺」的分析），還有嚴格、堅實的科學實證，那「馬華魯迅」又可以提供甚麼資源？

　　關於這點，我們要回到「東亞魯迅」的討論範疇。前面提及，「東亞魯迅」的提出有兩大意義：一，研究相互影響性，也就是魯迅與東亞思想家、文學家的影響與接受問題；二，研究平行性的思考，也就是研究魯迅與東亞思想家、文學家在面對共同或相似的問題時呈現的共同或相似的思考，以起對比之用，如「魯迅與韓龍雲」、「魯迅與金洙暎」的相關研究。這些均是比較文學的核心議題。先談第二點，面對學者對平行性思考的期待，我們不得不反思，馬華文壇有甚麼可以「平行」和「對話」的思考與作品？不能忘記的是，平行性的思考之所以出現，前提是有文學家與思想家的出現，上述時段的馬華文壇有這類份子嗎？何況，1930年代至1970年代，馬華文壇崇拜魯迅都來不及，沒人敢以魯迅自居，與他平等觀之，只敢視他為精神導師，亦步亦趨地跟隨（他們想像的）魯迅，拾其牙慧。同樣的思考也可用於第一點的討論，影響性的研究不只關注魯迅如何影響某位作家，抑或某位作家如何影響魯迅，也關注魯迅和另一作家如何以自身獨立性創造、發展彼此的思想與文學。就這一點而言，不難發現的是，魯迅與馬華文壇的關係只呈單向的影響，用經

濟學的術語來說，馬華文壇一直停留在「入超」的狀態，因此本身
就難以進入學者的法眼，而且就這單向的影響來看，馬華文壇是否
有獨立的創造也是讓人存疑的。如前所述，馬華文壇在解讀魯迅之
時很大程度上繼承與複製中國的論述，鮮少有自己的創造。另一方
面，在論述魯迅的時候，他們也有很大程度的選擇、更形乃至扭曲
──比如馬華文壇表現出來的魯迅是如此的果斷決絕、激進樂觀，
彷彿其行動的背後沒有一絲一毫的猶豫和遲疑，也沒有和共產黨有
任何不協調之處，然而如果仔細辨析魯迅的文字，即可知道上述印
象只是一個錯覺。簡單來說，這些受魯迅影響或討論魯迅的作品非
但不深刻，而且淪為意識形態先行的觀點複製與降格模仿，根本無
法達致「東亞魯迅」所期待的「闡釋魯迅，又接著魯迅往下說」的
要求，或提供任何可以建立東亞思想傳統的論述。在此情況下，我
們如何期待別人關注「馬華魯迅」？這也是「馬華魯迅」與「東亞
魯迅」難以對話的難點。

　　最後，我們或可以問的是，何以上述時期的新馬生產不出類似
日本這樣的魯迅論述呢？這樣的差異究竟為何發生？首先可以稍作
解釋的是，馬華文壇的魯迅論述乃至文學論述長期受到中國文壇所
影響，這除了是因為馬華文壇的作家組成有很大一部分是南來左翼
作家，所以中國內地的文學與思想論述會很容易嫁接來馬，也因為
中國是馬華文壇最重要的文學資源與參照。另一方面，馬華文壇當
時對反殖民的訴求遠超一切，他們對文學的認知也是政治性的，因
此不可能對魯迅作非政治性的或單純美學的解讀，在這樣的情況
下，中國對魯迅的政治性解讀自然被馬華文壇所繼承。若擴大來說，
我們甚至還可以從馬華文壇乃至馬華社會的構成探討此問題。須瞭
解的是，馬華社會的移民性質並非整體性（包括整體社會階層、社
會文化基礎及體制）的移植──以勞工階層為主，沒有「士」的階

層——而是建立在個人的遷移之上，社會結構與組成的離散因此自然導致完整社會的難以形成（包括性別平衡、社會及治理結構的完備、文化再生產機制等）以及文化的破碎化、淺層化[23]。先天的不足，加上沒有完整的公共機構和政治權力支撐的馬華社會，要出產一個大師恐怕是一大奢望。這個問題不僅可用於解釋為何馬華文壇沒有大作家，也可用於解釋為何馬華文壇無法生產有如日本的竹內好、伊藤虎丸等可以抗衡乃至糾正、補充中國的魯迅詮釋的知識分子。回看上文提及的「東亞魯迅」與「馬華魯迅」的論述生產者，即可發現前者以學者、知識分子為主，後者則以左派文人和底層民眾為主，魯迅影響的接受主體之不同已經預示了兩方論述的差距：比起前者，後者自然較少學理上的自覺，也較易受到時代風潮的衝擊。在這樣的情況下，馬華文壇對中國文學論述（包括魯迅論述）的幾乎全盤接受也就得以理解了——那既現成，又有已經革命成功的共產黨之「加持」。就此而言，「馬華魯迅」其實為我們展現了一個文化機制有欠完善的社會與魯迅的相遇。

結論

　　馬華作家與學者黃錦樹曾言，「一整代的南洋魯迅讀者，其實沒留下什麼有意義的文學遺產」。此意義應該是就現今學術界與文壇所需而言，但放在反殖民時代，魯迅的意義是毋庸置疑的。當時一般的馬華作家或許書讀得不多，或讀不透，易於被中國主流論述操控，但他們對理念、信仰的執著，對社會的關懷，對批評實踐的

23　許德發，〈文學如何「現實」？——馬華文學現實主義中的政治介面（1919-1930）〉，《中國現代文學》，第2期（2015），頁81。

堅持——馬華作家正是在這樣的語境下與魯迅相遇的——是今人難
以想象的。他們相信寫作即是力量，是人格的表現，也是這樣的信
念和實踐形塑了馬華文壇／社會一股不夠深刻但激越、可貴的左翼
傳統。在虛無與犬儒主義盛行、缺乏關懷和超越性的當代，這個傳
統尤顯難得，它無疑是一段難以複製卻值得追溯的過去，是必須記
入史冊的歷史和文學史事實。何況，「東亞魯迅」的研究出發點乃
透過魯迅整理東亞國家的思想家與文學家共同創造的20世紀東方思
想、文化、文學遺產，因為它是「20世紀中國與東方經驗」的一個
重要組成部分[24]。既然是要挖掘東方經驗，魯學專家不應該只把焦
點放在東亞，還應該將視域擴大至與中國有深厚歷史因緣及感情淵
源並且也經歷了殖民與反殖民階段的東南亞。

　　但我們也應該坦誠，過去「馬華魯迅」的論述無法豐富我們對
魯迅的瞭解。它的「黨派性」過重，政治性太強，缺少獨立客觀的
闡發，遑論從馬華的立場去接近魯迅，發掘前人所未注意到的面向。
面對魯迅，如果我們未能從非黨派的、馬華或馬來西亞的立場、問
題意識去接觸他，發出屬於自己的聲音，如果我們僅僅滿足於新馬
地理位置的代表意義，保持「有」即等於「好」的認知，魯迅的影
響終究只是曇花一現——而且還是開得不完全的那種。

　　張康文，馬來西亞蘇丹依德理斯教育大學中文系碩士，國立台灣
大學中國文學所博士生。

---

24 錢理群，〈「魯迅」的「現在價值」：對韓國學者劉世鐘教授的回
　　應〉，《台灣社會研究季刊》，第2期（2008），頁213。

魯迅在冷戰前期的馬來亞與新加坡

莊華興

前言

在市舶與南海貿易時代，南洋只是中國商賈收購珍禽異獸與土產的異域，一旦西北季候風刮起，便揚帆北返。16世紀以後，西方海上競爭勢力擴展到南洋，開啟了西方殖民與經濟掠奪時代，殖民現代性也隨著密集資本的運作改變了殖民地人民的生活方式與價值觀。本時期大量苦力南來謀生，他們不一定有明確的國家觀念，但鄉梓觀念仍有所寄，落葉歸根是他們的精神歸向。

太平洋戰爭結束後，情況有所改觀，從1946至1960年十餘年間，可謂是東南亞華人面對群體歷史中最為煎熬與艱困的時期。這種現象不僅僅是因為政治身分歸屬的轉變，更是因新國家誕生涉及了文化身分的重新定位而引起的內心兩難，也有部分南來文人與知識群體因大陸政治變化而與故鄉親人睽隔，有一部分在華文學校執教或在文化團體做事，終老客死南邦。

面對戰後冷戰新形勢，華人須懂得如何安身自處。與此同時，他們還必須面對居住地的洶湧的民族主義浪潮與隨之而來的排外情緒。這時候，在抗戰時期培養起來的華人民族主義思想被壓制下來，

學界對這特殊階段的華人社會的心理似不能很好的掌握，譬如一般民眾對祖國局勢劇變有何態度，以及返鄉、歸根之路被切斷的反應，都無法確切感知。當緊急法令實施以後，殖民政府推出了一系列打擊共產—左翼勢力的嚴刑峻法[1]，華人社會更噤若寒蟬。我們後來只能從側面，如文化界和民間知識階層的行為與活動去了解。其中之一便是魯迅紀念活動，如紀念會、群眾集會、文藝晚會與周年紀念專號或特刊的出版。寫作界也不乏繼承魯迅精神的作者，為馬華文藝注入一些思想元素。

冷戰時期的左翼魯迅

1930年代以來，新馬華人始終把魯迅視為左翼的旗手，在抗戰精神的感召下，充分體現魯迅與華人民族主義情結。然而，人們只看到南洋華人熱火朝天的抗戰，卻忽略了左翼魯迅在其中的作用。這樣的思想結構卻也反映了戰前與戰後的華人民族主義鬥爭的差異。

約言之，戰後華人選擇以左翼與共產主義鬥爭因應英美冷戰戰略，左翼也借民族情感爭取華人的支持與擁護。魯迅精神這時候成為新馬文化界青睞的有力武器，一方面加強族群內部凝聚力以因應

1　其中廣為人知的是驅逐出境條例（Banishment Regulations）。早在1937年，新加坡英殖民政府已施行驅逐出境條例，1941年再修正。戰後新馬兩地於1946年4月恢復民政以後，亦有華僑被拘捕並被驅逐出境。至1948年英殖民政府頒布緊急條例（Emergency Regulations Ordinance, 1948）後，被驅逐出境華僑劇增，根據《南洋商報》新聞記載，1949年1月1日新聞有606名，同年2月5日有661名，以後每隔一個月左右都有華僑及其家眷被驅逐，1960年12月30日，仍有為數150名人士被驅逐出境。

冷戰，另一方面藉以維繫華人民族情感。

　　戰後，英殖民政權擔憂馬來亞落入左翼勢力手裡，於1955年開始逐步把權力交給以馬來右翼政黨巫統（巫人統一機構）為首的政治聯盟陣線（簡稱聯盟）。同時當局加緊對付左翼政團與人士，厲行逮捕、扣押與拘禁，或驅逐出境。原先合法的政黨——馬來亞共產黨於1948年被查禁。這時候，英殖民政府配合美國推行冷戰策略，加緊在英屬馬來亞和婆羅洲對付左翼分子。冷戰進程在1949年以後，不僅改變了整個東亞局勢，東南亞華人也開始受到英美陣營的關注。美國分別於1949年秒和1950年代初派遣耶素浦代表團和格禮芬代表團到新馬考察。杜魯門於1949年1月宣布給發展落後的國家提供技術與經濟支援，這些國家包含東南亞諸國。耶素浦代表團訪問了從日本到阿富汗的十四個國家，為期六周。他向美國政府陳述「亞洲各國政府無代表性，不民主，腐敗和效率低下，缺乏訓練有素的人員以對抗武裝共產主義的軍事能力，遭受經濟和金融打擊⋯⋯。我們需要西方協調一致來幫助東南亞抵制共產主義的擴張。」（Matthew Foley, 2010: 84）

　　由格禮芬（R. Allen Griffin）領導的代表團則造訪了印度支那、新加坡、馬來亞、緬甸、泰國和印度尼西亞，前後為期二周。後者建議共和黨政府設計660萬美元的技術與經濟配套，支助東南亞國家至1951年6月，為期15個月。（同前，83-84）。在這樣的冷戰白色恐怖氛圍下，華人如何借助或挪用魯迅作為一種精神資源，進行反殖與反抗，尤其值得關注。

　　美國對東南亞華人的冷宣傳戰戰略分兩個階段。首階段從1949至1956年，第二階段從1959至1964年，置於此脈絡來看，相較於周邊國家，馬來亞延至1957年方取得獨立便顯得頗不尋常。東南亞的冷戰戰略，最早可以追溯到1949年底，美國在其亞洲政策中，制定

了《美國對東南亞華僑政策的指導方針》的專門政策文件，主要是
鼓吹中國威脅論，向東南亞華僑灌輸反共意識，隔離華僑與中國大
陸的關係。此後，反共成為美國冷戰政策中的主軸，並貫徹到文化
軟戰略中。1956年，美國國務院發布了《海外華人與美國政策》，
文件分析各國華人情況，並制定了對東南亞華人的政策和應對的措
施。這是美國對東南亞華人實施政策的轉向。翌年11月，國務院行
動委員會專門制定《對東南亞華人宣傳的指導方針》，鼓勵華僑融
入東南亞社會，支持東南亞國家對華僑的同化政策（張學軍，2014：
100）。簡單說，第一階段對華人的宣傳著重在反共、爭取華人心向
「自由世界」以及鼓勵華人支持台灣國民黨政權。第二階段才配合
東南亞各國當地政府，鼓勵華人認同與融入當地社會，企圖以此淡
化華人民族意識，藉此削弱華人對共產黨的支持。

　　實際上，美國很早就對東南亞華人與中國之間的文化紐帶關係
有所警惕。1952年出台《美國新聞處對東南亞華人宣傳計劃》，在
「反共」宣傳宗旨下的第三項宣傳重點即：抨擊中國和蘇聯關係的
實質，稱「北京代表的民族主義是一種虛假的民族主義」。（引自
張煥萍，2016：77）。這和1956年發布的《海外華人與美國政策》的
工作重點是一致的。

　　美國對東南亞華人的冷戰戰略的轉變，從NSC5723解密文件透
露了一些端倪：「鼓勵華僑完全融入居住國的國民生活，轉變為居
住國的公民。同時要保留中國身分的華僑認同台灣，在政治上把台
灣作為中國文化和利益的唯一代表。」（引自張學軍，2014：100）。
1950年以後，馬來亞英殖民政府逐步放棄對待華僑的強硬手段。先
前大規模逮捕與驅逐華僑，造成華僑的反彈與反抗，有者遁入地下
與英軍展開武裝鬥爭。美國中央情報局當前情報署（Office of Current
Intelligence）於事件後在解密文件 OCI No. 2957/65總結工作透露：

英殖民政府自馬來亞共產黨於1950年發動武裝鬥爭後轉而採用心理戰術，把華人搬遷至新村[2]、賦予華人更大的自由如允許成立各種非共組織與政黨，目的是為了培養華人的在地認同、自治參與與國家意識，以疏遠華人與左翼和共產勢力的關係。（*Intelligence Memorandum*, 1965.12.20, pp. 5-6）這進一步證明了美國於冷戰第二階段，即1956年以後對東南亞華人的冷戰戰略轉向。

反共、鼓勵華僑同化於當地民族或放棄民族意識、支持蔣政權這三大因素，顯然直接衝擊當時新馬華僑左翼勢力從戰前抗日戰爭承續下來的左翼民族救亡精神。抗日與反蔣是戰前中國南來文人的主要任務，涉及者包括郁達夫、胡愈之、王任叔、汪金丁、楊嘉、洪絲絲等，部分為中國民主同盟（民盟）海外支部成員。他們成為戰後最初幾年在新馬傳播魯迅的主要力量，一直到1950年陸續北歸為止。但卻對新馬華僑左翼文化界在冷戰前期的對應方式發生了影響。

1947年10月19日，新加坡舉行魯迅逝世十一周年紀念大會，民盟代表胡愈之在發言中把魯迅提升到亞洲的地位，這應該是第一次。他說：「魯迅不僅是中國翻身的導師，而在整個亞洲亦然，對民族問題（的主張）是一切平等，教人不要做奴隸。」（引自章翰，1977：15）面對冷戰籠罩下的殖民地社會，胡愈之這番話不僅點出魯迅的反殖反帝精神的普遍意義，特別是頑強的戰鬥與堅持原則的精神，更透露出戰後國共劇烈共持的1940年代的左翼中國民族主義心態。新馬的紀念（左翼）魯迅一方面是對冷戰的回應，同時也加強了新馬華僑的中國民族主義意識，特別是在冷戰第一個階段。前者

2　文件稱「new villages」，並置引號中。所謂新村，實際上是圈了鐵蒺藜的「集中營」，生活條件極為簡陋。

以文化方式回應英美同盟推行的冷戰策略。冷戰切斷了華人移民與祖源國的聯繫與想像，在地左翼與共產勢力自1948年以後亦面對殖民政府的打擊，因此不得不尋求可行的辦法延續鬥爭。這時候魯迅紀念活動不僅成為一種鬥爭策略，亦發揮著喚起逐漸被邊緣化或消弭的華人民族意識的作用。

　　1954年10月19日，《南洋商報‧文風》刊載「魯迅先生逝世十八週年紀念專刊」，其中有范嬰羊的〈魯迅思想片斷〉。該文主要從人格與精神角度談前期魯迅，譬如硬骨頭與堅持抗爭的精神，並啟示青年們及早養成辨別是非的能力，「這種魯迅先生所指出的判別是非的能力，當然不是以自己個人的尺度為標準，而是應以比個人更廣大的人群，我想，這是他思想最重要的一面。」（范嬰羊，1954.10.19）然而，對於魯迅同樣在五四時期的思想啟蒙並無著墨，由此可以看出殖民地華僑社會接受魯迅的選擇性與務實態度。易言之，為了對抗殖民霸權，新馬華人僅偏好戰鬥的魯迅以及1930年代的魯迅，並把魯迅與當地左翼勢力結合，形成了左翼魯迅與華人民族意識的統一。

　　1955年3月25日，新加坡一份叫《生活文叢》的文藝雜誌創刊，第一篇文章就是〈向魯迅先生學習〉。該篇短文敘述了魯迅思想對新中國建設的作用後，筆鋒一轉提到，「而在此時此地陰霾密布下的馬華文壇，更迫切需要這種戰鬥風度。」至於具體的戰鬥手段，作者認為是學習與使用魯迅的戰鬥武器即雜文。作者把魯迅生活的時代和他當下面對的殖民統治下的冷戰時代相提並論：「在魯迅生活的年代裡，何嘗不是一個恐怖的白色統治，可是魯迅先生卻是毫不退縮地在敵人的陰謀迫害之下豎起一面凜然不可侵犯的正義大旗，獨當一面地進行著艱苦卓絕不屈不撓的長期喋血奮鬥。」（江佐，1955.3.25）

作者由此得出結論：問題並不在於環境的惡劣，而在於我們要怎樣去學習、仿效和掌握魯迅先生打擊敵人的巧妙戰術和方法。更重要的是要我們學習魯迅先生的代表苦難者，並為之鞠躬盡瘁的思想；學習他對敵人無限的憎恨態度和對受難者不斷的給予鼓勵和熱愛。作者對學習魯迅提出兩個具體思想——代表苦難者、對敵人無限的憎恨以及對受難者的鼓勵和熱愛。至於學習魯迅的雜文，除了揭穿吃人的舊禮教等人們所熟知的打擊對象，作者另提出對「高等華人」的批判。這類近乎文化戰鬥的宣言，在當時惡劣的殖民地環境下，對華人社會，特別是文化階層，起到了激勵與引路的作用。構成阻礙因素的不是環境，而是個人的思想。這個前提是因應當時新馬作為殖民地的事實而存在的。是故，魯迅的反殖反帝與反封建鬥爭思想被挪借到新馬，隨之而來的是民族主義思想。只不過在戰前，後者的地位更為突顯，到了戰後，因東亞局勢的變化以及越共在越戰中取得勝利，它不得不隱遁在華人左翼鬥爭之下。

魯迅思想與新馬華人的取捨

學界對魯迅思想多有論述，簡單說，魯迅的思想歷程分三個階段：辛亥革命前後到留學日本時期的民族主義與保守主義、五四時期的世界主義與啟蒙主義，以及五四後的革命民族主義的回歸。有論者以為魯迅一生的思想轉變，最終沒有脫離民族主義是中國現代化歷史發展使然，「這是五四一代啟蒙知識分子的共同的思想歷程，它反映了中國現代化進程中現代性與現代民族國家的衝突。」（楊春時，2016）。論者也看到，「即使在五四時期，魯迅與多數啟蒙知識分子的世界主義也是表面化的，深層心理中仍然存在著強固的民族主義情結。因為歸根結底，啟蒙是為了救國，西化是為了中國的

現代化。……世界主義不過是達到民族主義的手段，而民族主義是最終的歸宿，（同前）。魯迅的民族主義情結早在留學日本時期已經非常顯著。他選擇到日本學醫，以此立志救國而表露無遺。當留日學生發起抗俄運動時，他寫了〈斯巴達之魂〉，慷慨激昂鼓吹民族主義思想。其它寫於本時期並帶有民族精神意識的作品有〈文化偏執論〉、〈摩羅詩力說〉、〈破惡聲論〉等。他棄醫從文、翻譯弱小民族的文學，到回國後對國民性弊病的解剖與批判，皆出於深篤的民族情感。

　　1930年代文學革命以後，魯迅的政治立場向左轉，並開始撰寫政治性雜文，批判帝國主義和西化的中國知識分子。這時候的魯迅開始對海外華僑產生巨大的影響。以新馬為例，英帝國主義的殖民政策對華工的剝削與壓榨，「高級華人」的挾洋以自重與狐假虎威，說明新馬華僑面對的問題恰恰是1930年代以來魯迅筆下批判的對象。因而深得華僑社會的共鳴。在抗戰時期，魯迅的革命民族主義思想得以在華僑間散播開來並不令人意外。然而，**戰後冷戰時期啟動的意識形態對立被華僑華人巧妙借助各種魯迅活動延續與傳承民族精神，卻是被忽略的現象背後的實質**。在1952年以後東南亞的冷戰形勢越來越嚴峻時，華僑華人的魯迅情結雖然越來越隱晦，但絲毫沒有消褪或稍減的跡象。易言之，兩者一表一裡，這樣的情況是研究魯迅在新馬的學者不曾注意到的。譬如章翰僅僅注意到魯迅革命精神的反帝反殖面向，方修從社會主義角度談魯迅的後期思想，王潤華談魯迅在南洋的後殖民霸權文化。這樣的研究取徑只見樹木不見樹林，往往忽略了現象背後的本質。

　　一般海外華人史學者都認同，戰後1950年大約是新馬華人認同轉變的分水嶺。戰前為歷史認同與中國民族主義認同，而歷史認同受宗族籍貫的原生情愫左右，中國民族主義認同則受中國國內的政

治變化主導，特別是辛亥革命與抗日戰爭。1950年之後，華僑中的民族主義開始發生變化，歷史認同超越政治的民族主義認同，漸次以文化民族主義的姿態出現，譬如1950年代開啟的華教抗爭運動。華僑對族群文化熱愛固然無可厚非，但這也是他們用以抗衡居留地政府充滿敵意的政策的唯一方式。這股被顏清湟稱為「現代中國的民族主義支流」恰好體現在戰後十餘年間的左翼魯迅的紀念之上，這也是新馬華人所了解的魯迅——左翼和民族主義魯迅。

新馬華人文化與魯迅

　　冷戰期間，出版魯迅紀念專輯或特刊是華人文化界的一個特殊現象，而且顯得格外熱絡。戰後的華文報業與出版業都集中在新加坡，南洋大學於1955年創辦，進一步推動文化發展進程；北部則以檳城為中心[3]。戰後二十年在檳城出版的華文雜誌雖然不多[4]，但以著名學府鐘靈中學校內出版社與該校老師創辦的刊物卻頗受校內外讀者歡迎，出版時間較長，產生一定的影響，如沙漠風社出版文藝雜誌《沙漠風》和逍遙天主編的《教與學月刊》（1960至1973年）[5]，

3　包括《中華公報》、《北斗報》、《商業日報》、《新生報》、《戰友報》，戰後復刊的則有《現代日報》、《星檳日報》與《光華日報》。

4　計《教育新聞》（1947年創刊）、《螞蟻月刊》（1959）、《學報》、《沙漠風》、《學藝》、《銀星》（1962）、《無盡燈》（1962）、《文新月刊》（1967）、《教與學月刊》（1960）約九種。

5　《沙漠風》於1954年1月份創刊，前期顧問有葉志顏、陳蕾士、蕭逍天，第九期顧問是葉志顏、汪開競、趙爾謙。這幾位老師皆文名卓著，陳蕾士享中國音樂歷史研究者、古箏演奏家，享譽國際樂壇。蕭逍天從事教學與文藝創作以外，尤潛心研究潮州文化，1960

後者走傳統文史路線，前者寫實風格鮮明，可以說立場中間偏左。該雜誌第七期（1954年10月）便籌備了「魯迅逝世十八週年紀念特刊」，由七人執筆，談魯迅的文學作品與精神人格。在新加坡，魯迅週年紀念特刊亦見於《時代報》半月刊第2期（1955.10.15：15）。報刊與雜誌上的魯迅紀念專號或個別作者撰寫的追憶／悼念文章，可見於本文附錄。

在1950年代馬華創作中也有類似的反映，亦成為目前最佳的新馬社會史材料。這些作品的題旨一方面反殖，一方面帶著當時華人濃厚的民族意識與情感。譬如雲里風寫於1956年的小說《火炬運動》以馬來亞獨立建國前夕的華校發展的不確定性為主題，表達了華人堅持母語教育與華人身分認同的決心。小說描寫馬來亞自治政府規定四歲至七歲（即1949至1952年出生）的孩子必須在入學前先到學校登記，以保留學額。這項全馬大規模登記入學措施被當局稱為「火炬運動」。家長為孩童登記時必須選擇學校源流（如英校、馬來文學校或華校）。很顯然，這項不明朗的政令與誤導性的施行手法首先將使一般文化程度不高的家長做出錯誤選擇，進一步影響華校的學生來源。其次，政府的第二個目的是為了禁止超齡孩童入學，可謂一石二鳥，居心叵測。在日治時期無數華裔孩童失學，殖民政府在戰後冷戰意識形態的對立下，以防止共產思想滲透華校為由禁止

（續）─────────────────────

　　　年創辦《教與學月刊》並擔任主編，兼擅長畫畫與書法，獲著名畫家張大千的讚賞與好評。汪開競寫戲劇、小說，署名依藤，另有南島居士、陶然、金惠吾、慎良、落人等筆名；趙爾謙，法國里爾大學哲學博士，在鐘靈中學任教十年。他於1955年主編《鐘靈叢書》，七年內出版六本書，計有：蕭遙天《語文小論》、依藤《彼南劫灰錄》、趙爾謙《中古文藝春秋》、蘇宗文《科學的故事》、吳鶴琴《文史劄記》、黃霜仁與錢景澄《效顰集》。本時期也是該校學術與文藝氛圍最濃厚的時候。

超齡生入學，華校的生存在戰後初期即面對嚴峻的挑戰[6]。這是否對新馬華人族群意識以及對本文化認同構成衝擊？華社又如何排除這些憂慮？從上述作品表達的主旨與行文筆調來看，作者的立場已不言而喻。

　　主人公阿貴的出身和其他許多華人新村村民一樣，都是工人，他的族群意識雖稍單純卻非常鮮明。「讀英文的難道就一定會發大財？我只知道我是唐人[7]，讓孩子念書，不過想給他們認識些字，學學做人的道理。」（1957：91）猶有進者，作者也透過小說人物吳英強批評洋化的校董和老師。「我們培強學校的教師，他們的女兒有九十巴仙[8]是進英校的，還有我們的董事長、董事，更全是洋化了的，由一些洋化了的董事來管理華校，由這些不信任自己文化的教師來教導學生，後果如何，我實在不敢想像下去。」（頁94）作者透過小說人物表達了他的想法，這想法反映了廣大下層華人的心理。面對母語華文被殖民霸權文化歧視以及因之而生的文化矮化心理，促發華僑社會生起對母語與民族教育的堅持，而魯迅作為民族情結的紐帶再明顯不過。

　　雲里風的散文也有魯迅精神的閃光，他的第一本散文集《夢囈集》的作品大部分寫於1954、1955年，亦即東南亞冷戰前期。作為二十出頭的熱血青年，雲里風對現實不免抱著熱情與理想，但戰後

6　林連玉先生於1950年代初通過馬來亞華校教師總會（簡稱教總）領
　　導華教運動與殖民政府幹旋，反對不利於華校的法令條文，正是基
　　於這個事實。小說《火炬運動》也敘述了教總透過家庭訪問，向華
　　人家長解釋兒童登記入學事宜。

7　新馬華人習慣自稱「唐人」，有學者以為這是華僑先民移居南洋時，
　　以「盛唐子民」自居而得此稱謂。

8　意指百分之九十，「巴仙」為南洋華語借詞，原文是英文的percent。

不久掀開的冷戰卻給他（包括當時不少華僑青年）不少的挫折。雲里風早期的散文喜歡以夢戳夢，從而悟出現實生活的虛幻、平凡與實在，〈夢與現實〉、〈西升的太陽〉、〈囈語〉、〈無題〉、〈昨夜的夢〉等都屬於這類作品。最值得注意的是，他善於攫取問題，並把它提升至某種藝術層面，才開始敘事抒情與說理。因此，破題、筆調、氛圍乃至修辭（如鬼、鬼眼、殘星），都有幾分魯迅的神韻，如〈狂奔〉和魯迅的〈過客〉是一個例子。有論者指他青年時代的散文有魯迅散文詩〈野草〉的痕跡，並非毫無根據（見古遠清，2002：300-304）。他的其餘散文有對殖民地現實的思考與批判，深得魯迅的神髓，如〈夢與現實〉中的「毒蚊」，〈未央草〉中的「黑而高的天空」皆有跡可循。

小結

魯迅的被詮釋與被建構，被戰後新馬華人拿來面對嚴峻的冷戰形勢，的確令人始料未及。當左翼政黨政治在戰後新馬面對殖民者的強烈打壓之際，閱讀、紀念與學習魯迅儼然成為當時華僑華人的民族意識與心靈的慰藉。此外，魯迅更被塑造成文化思想的源頭。戰前新馬以儒家傳統為文化源頭，林文慶更於1894至1911年推行儒學運動，代表當時新馬華人精英階層的思想面向；戰後華人社會推動紀念魯迅主要來自左翼文人，其能動性更為強烈。學者把這種現象視為後殖民霸權文化現象。譬如新加坡學者王潤華就提出魯迅曾先後在東南亞「成為反殖民英雄與殖民霸權文化」，殊不知背後有冷戰潛結構問題，以及左翼魯迅如何促成新馬華人民族意識與文化的保存。論者也許未必察覺，其後殖民魯迅的論證邏輯，實際上是在冷戰結構中被殖民主義默許登陸馬華文壇的陌生詩學，即由台灣

轉口的西方現代主義文學，並成功在1960年代中期以後逐漸崛起為
一股新思潮，與馬華現實主義文學分庭抗禮。冷戰掀開序幕後的二
十年，馬華文壇的現實主義與現代主義思想之爭，或隱或顯都帶有
左翼魯迅與以西方文化為基柢的馬華現代主義文學文化之爭。可以
說，馬華文學在英殖民時期文化冷戰的加持下，讓戰後二十餘年馬
華現代主義文學的發展逐漸茁長，1970年代以後占據主流，並成功
置換馬華文學價值與審美趣位。《學生周報》和《蕉風》在1950年
代中期產生，是配合新馬逐漸高漲的冷戰適時而生的，而後才有接
續中國五四文學革命與1930年代中國新文學傳統（特別是現代詩傳
統）的說法，而不宜作倒果為因的詮釋。這些都是欲了解冷戰期間
的馬華文學文化的整體知識配套。

參考書目

王瑤瑛（1995）。〈馬華文學的魯迅觀〉，《魯迅研究月刊》3月號，211-214。

王潤華（2001）。《華文後殖民文學：中國、東南亞的個案研究》。上海：
　　學林出版社。

古遠清（2002）。《魯迅精神在五十年代馬華文壇：讀〈雲里風文集〉中
　　的散文》，雲里風編，《雲里飄來的清風：雲里風及其作品評介》
　　（300-304）。吉隆坡：嘉陽出版有限公司。

朱文斌（2007）。《中國文學是東南亞華文文學的殖民者嗎？：兼與王潤
　　華教授等商榷》，《華文文學》總79期，43-46。

＿＿＿（2008）。《作為殖民者的魯迅》，《西南民族大學學報》（人文社
　　科版）202期，185-202。

范嬰羊（1954.10.19）。〈魯迅思想片斷〉，《南洋商報・文風》第8版。

莊華興（2014）。〈六七十年代新馬華文雜誌中的魯迅〉，見張鴻聲、樸

宰雨主編，《世界魯迅與魯迅世界：媒介、翻譯與現代性書寫》
　　（221-229）。北京：中國傳媒大學出版社。

＿＿＿（2016）。〈戰後馬華（民國）文學遺址：文學史再勘察〉，《台灣
　　東南亞學刊》第11卷第1期，1-22。

＿＿＿（2019.5.20）。〈緊急狀態時期的驅逐出境法令〉，當今大馬：
　　https://www.malaysiakini.com/columns/476789

張煥萍（2016）。〈再論冷戰初期美國對東南亞華人的宣傳戰（1949-1964）〉，
　　《南洋問題研究》第1期，74-85。

曹淑瑤（2011）。〈《馬來亞獨立前當地華族的民族認同之研究〉，《南
　　洋問題研究》第1期（總第145期），44-53。

雲里風（1957）。〈火炬運動〉，《黑色的牢籠》（85-102）。文匯出版
　　社。

＿＿＿（1970）。《夢囈集》。新加坡：青年書局。

鄒賢堯（2005）。〈殖民語境中魯迅與馬華文學〉，《魯迅研究月刊》11
　　月號，36-40。

楊春時（2016）。〈魯迅的民族主義情結及其思想歷程：兼答朱獻貞先生
　　的批評〉。中國文學網：http://www.literature.org.cn/ Article.aspx?id=
　　71994（2016.08.20檢索）

翟韜（2013）。〈美國對東南亞華人宣傳政策的演變，1949-1964〉。《美
　　國研究》第1期，117-137。

張學軍（2014）。〈美國解密檔案DDRS與戰後東南亞華僑華人研究〉，《山
　　西檔案》2月號，99-101。

章翰（1977）。〈魯迅與馬華新文藝〉。新加坡：風華出版社。

星洲日報，1947-1965。

南洋商報，1947-1965。

Foley, Matthew（2010）. *The Cold War and National Assertion in Southeast Asia:*

Britain, the United States and Burma, 1948-1962. London: Routledge.

Intelligence Memorandum （1965.12.20）. "Reintegration of Insurgents Into National Life." OCI No. 2957/65. Approved For Release 2001/11/20： CIA-RDP79T00472A000600060006-4.

附錄
報刊與雜誌上的魯迅紀念專號或個別作者撰寫的追憶／悼念文章

1945.10.18，〈魯迅導師逝世九週年，文化界將開會紀念，定明日假養正學校舉行〉，《星洲日報‧總匯報聯合版》第3版。

1945.10.19，胡佗〈紀念魯迅先生逝世九週年〉，《星洲日報‧總匯報聯合版‧晨星》第4版。

1945.10.20，〈星華文化界紀念魯迅大會，胡愈之報告魯迅史略，力勉發揮魯迅戰鬥精神〉，《星洲日報‧總匯報聯合版》第3版。

1947.10.22，〈芙蓉青年紀念魯迅忌辰〉，《南洋商報》第7版。

賀斧（1953.10.20），〈怎樣紀念一個巨人〉，《南洋商報‧世紀路》第9版。

東起駱（1954.10.19），〈民族魂——魯迅——紀念魯迅先生逝世十八週年〉，《南洋商報‧文風》第8版。（魯迅先生逝世十八週年紀念專刊）

范嬰羊（1954.10.19），〈魯迅思想片段〉，《南洋商報‧文風》第8版。（魯迅先生逝世十八週年紀念專刊）

大流（1954.10.19），〈站在文藝的旗幟下——紀念魯迅先生〉，《南洋商報‧文風》第8版。（魯迅先生逝世十八週年紀念專刊）

范滔（1954.10.19），〈還要向魯迅先生學習〉，《南洋商報‧文風》第8版。（魯迅先生逝世十八週年紀念專刊）

杏影（1954.10.19），〈補白雜記〉，《南洋商報‧文風》第8版。（魯迅

先生逝世十八週年紀念專刊）

劉建菴作（1954.10.19），〈阿Q〉（木刻），《南洋商報・文風》第8版。
（魯迅先生逝世十八週年紀念專刊）

敏知（1954.10.19），〈魯迅的雜文〉，《南洋商報・文風》第8版。（魯
迅先生逝世十八週年紀念專刊）

江佐（1955.03.25），〈向魯迅先生學習——橫眉冷對千夫指，俯首甘為孺
子牛〉，《生活文叢》第1期，頁1。

麥野（1955.10.15）。〈不許歪曲魯迅：為導師逝世十九週年紀念而作〉，
《時代報》第1卷第2期，頁15。

林士序（1955.10.19）。〈魯迅先生與木刻〉，《南洋商報・文風》第13版。

方郎（1955.10.19）。〈魯迅之後無數魯迅〉，《南洋商報・文風》第13版。

方原（1955.10.19）。〈摘錄魯迅〉，《南洋商報・文風》第13版。

曼倫（1955.10.19）。〈魯迅的兒時：紀念魯迅先生逝世十九週年〉，《南
洋商報・文風》第13版。

大衛（1955.10.19）。〈也是關於魯迅的事〉，《南洋商報・文風》第13版。

劉劍（1955.10.19）。〈提燈的老人：紀念魯迅先生〉，《南洋商報・文風》
第13版。

左毅（1955.10.19）。〈刺激〉，《南洋商報・文風》第13版。

萍輯（1955.10.19）。〈魯迅語錄〉，《南洋商報・文風》第13版。

穎文（1955.10.19）。〈紀念魯迅逝世十九週年〉，《南洋商報・商餘》第
14版。

鄭子瑜（1955.10.19）。〈「魯迅詩話」三版前記〉，《南洋商報・商餘》
第14版。

文蔔漢（1955.10.19）。〈魯迅「清算」胡適的「公案」〉，《南洋商報・
商餘》第14版。

雪鴻（1955.10.19）。〈魯迅的著作〉，《南洋商報・商餘》第14版。

燕樓（1955.10.19）。〈魯迅的故居〉，《南洋商報‧商餘》第14版。

觀海（1955.10.19）。〈發揚魯迅的精神〉，《南洋商報‧商餘》第14版。

湘山（1955.10.19）。〈魯家‧魯迅紀念館〉，《南洋商報‧商餘》第14版。

湘山（1955.10.23）。〈魯迅三處紀念館‧星期園地〉，《南洋商報》第4
　　版。

沈櫓（1956.10.20）。〈要胡鬧，捕入靜坐細聽礮聲，為紀念魯迅先生誕辰
　　而寫〉，《南洋商報‧文風》第13版。

艾華（1956.10.20）。〈腹誹夾傷慘〉，《南洋商報‧文風》第13版。

文吟（1956.10.20）。〈魯迅的詩〉，《南洋商報‧文風》第13版。

　　莊華興，馬來西亞國立博特拉大學外文系中文學程副教授。研究
方向為馬華文學、馬華—馬來比較文學、魯迅與東南亞、馬華文化
與翻譯。已出版中文、馬來文著作與譯著數種，中文編著有《伊的
故事：馬來新文學研究》、《國家文學：宰制與回應》、《回到馬
來亞：華馬小說七十年》（合編）等，以及學術論文數十篇。

魯迅在印尼的傳播與影響*

馬峰

　　魯迅是中國現代文學的一面旗幟，他的文學之路有堅定的使命感，雖常伴寂寞與悲哀，但絕望與希望始終同在。對於「愚弱的國民」，他要以文藝去「改變他們的精神」；對於「奔馳的猛士」，他不免慰藉而「吶喊幾聲」[1]。他的吶喊正在於喚起國民的覺醒，而批判則寄望於對國民劣根性的療救。他的人格魅力與文藝實踐不僅牽動著中國新文學的進程，在南洋華文文學的濫觴與發展過程中也充分體現了他無可替代的影響與作用[2]。魯迅的文學成就在印尼同樣影響深遠，從印華新文學伊始到當下都無不感受到一股股在地的「魯迅風」。鄭吐飛、黑嬰等是印尼北歸華僑的代表，楊騷、巴人等是中國南來文人的代表，「南來北往」的文學漫遊都時常帶有魯迅的精神印記。反觀印尼本土，魯迅的傳播則更為廣闊，其影響不只在

---

* 本文主要依據已發表的兩篇論文〈魯迅在印尼的傳播與影響〉（刊於《魯迅研究月刊》2017年第3期）及〈魯迅對印華作家黃東平的影響及啟蒙知識分子同構〉（刊於《魯迅研究月刊》2018年第1期）修訂。

1 魯迅，《吶喊‧自序》（北京：人民文學出版社，1979）。

2 李志，〈魯迅及其作品在南洋地區華文文學中的影響述論〉，《西南民族學院學報》2003年第3期，頁174。

華文領域，還有印尼文的譯介。在對魯迅作品的接受過程中，一些
作家也受到其創作風格的感染。在印尼文壇，普拉姆迪亞‧阿南達‧
杜爾（Pramoedya Ananta Toer）是國家文學的精神領袖，他和魯迅
一樣都是為民族覺醒而吶喊的鬥士，雖幾度入獄卻仍「以筆為矛」
堅持不懈。在印尼華文作家之中，鄭吐飛、黃東平、黃裕榮、林萬
里等對魯迅甚是推崇。由於魯迅作品的傳播及華文報紙的推介，在
中國現代文學作家之中，魯迅對印華文學的影響可謂首屈一指，而
魯迅精神的薪傳尤其體現在印尼文壇對現實主義風格的賡續發揚。

一、北歸追隨與南來推介

在新文學初期，從印尼北歸求學的鄭吐飛算是魯迅的追隨者，
不僅有書信往來，更得以親沐其風。在上海暨南大學的秋野社，由
於社刊《秋野》的創辦，他們之間有過更為直接的交往。「一九二
六年秋，魯迅去廈門時，他（陳翔冰）與同學鄭吐飛連袂轉學廈門
大學。魯迅離開廈大到廣州，他們也於一九二七年下半年同返上海，
復學暨大，為文學院西洋文學系學生。」[3]由此可見，當時的華僑青
年鄭吐飛對魯迅的仰慕程度，他為了追隨左右甚至不惜轉學。就其
極具現實批判性的創作風格而言，這無疑也受到了魯迅的影響。1927
年12月21日，已身在上海的魯迅受章衣萍之邀在暨南大學演講，題
為〈文藝與政治的歧途〉。過後，該講稿刊載於1928年1月的《秋野》
第三期，章鐵民記錄，經魯迅修改。在1927年至1928年間，鄭吐飛
用原名「鄭泗水」給魯迅寫過五封信，其中三次有「覆信」的日記

3　溫梓川著、欽鴻編，《文人的另一面：民國風景之一種》（桂林：
　　廣西師範大學出版社，2004），頁154。

存底。此間，魯迅先後輾轉廈門、廣州、上海三地。就未見覆信紀錄的兩次而言，當時二人已同在上海，以其他方式見面或答覆也未可知，又或是無需覆信。

（一九二七年四月）八日 得鄭泗水信，廿四日上海發。（頁651）

（一九二七年四月）十三日 覆鄭泗水信。（頁651-652）

（一九二七年六月）一日 得鄭泗水信，二十六日廈門發。（頁658）

（一九二七年六月）二日 上午覆鄭泗水信。（頁658）

（一九二七年十月）四日 三弟交來鄭泗水信。（頁673）

（一九二八年二月）七日 得鄭泗水信。（頁701）

（一九二八年十一月）十八日 得鄭泗水信。（頁733）

（一九二八年十一月）十九日 下午覆鄭泗水信並還稿。（頁733）[4]

　　值得注意的是1928年11月19日的日記，「覆鄭泗水信並還稿」出現了僅有的一次「還稿」。這裡的「稿」應是鄭吐飛的文稿，他可能是想得到魯迅的批評指點而寄稿求教。鄭吐飛的小說主要發表於《秋野》，大多創作於1927年至1929年。結合《椰子集》在1929年的出版，我們也能推知魯迅對其創作的無形推動。

　　南來文人對魯迅的在地傳播主要應始於抗戰時期，他們以華文報刊為活動陣地，其中有因新馬局勢危機而轉移的避難文人，也有從中國直接南來的文化界人士。其中，巴人（王任叔）曾是上海「魯

4　魯迅，《魯迅全集·日記》（第十四卷）（北京：人民文學出版社，1998）。有關鄭泗水的通信記錄，筆者核查自1926年至1929年間全部日記。關於演講，魯迅在日記中如此記述，「（一九二七年十二月）二十一日晴。午後衣萍來邀至暨南大學演講。晚語堂來。夜雨。//二十九日 下午寄還暨南大學陳翔冰講稿。（頁684-685）」

迅風」作家群的一員。1939年1月，巴人、許廣平等人創辦了以發表
雜文為主的《魯迅風》雜誌，逐漸形成以繼承魯迅雜文的精神和風
格為特色的作家群[5]。1942年至1947年，巴人曾在蘇島避難暫居，同
時積極主編報刊及創作。他參加和領導過由當地華僑所組成的秘密
抗日組織蘇島人民反法西斯同盟，並編輯出版了一份地下油印刊物
《前進報》，後來又在棉蘭主持印尼文版的《民主日報》，促進華
僑同印尼人民的友好團結和支持印尼人民爭取獨立的鬥爭[6]。其間，
他根據反荷鬥爭歷史創作了劇本《五祖廟》，在蘇北地區巡迴演出
且反響強烈。1950年8月至1952年1月，他成為首任中華人民共和國
駐印尼特命全權大使。這兩段生活經歷，還有文學行蹤，再加上本
身對魯迅創作的推崇，或許對印尼本地知識分子不無影響。

　　在日本投降後，南來文人積極推動了印尼華文報刊的復刊及創
辦。雖然《新報》及《天聲日報》早在抗戰之前已是雅加達的兩家
華文大報，但比起後起的《生活報》，二者並無明顯的南來文人色
彩。1945年10月24日，《生活報》三日刊在雅加達創刊，1965年「九·
卅」事件後停刊[7]。在二十年間，該報聚集了一批南來文人，王紀元、
黑嬰、楊騷、鄭楚雲、鄭曼如、鄒訪今、黃周規、汪大均等都擔任
過主筆、編輯或社長，由此其辦報立場也帶有「愛國僑報」的鮮明
色彩。同時，這些南來文人對魯迅在印尼的傳播也不乏貢獻。楊騷

5　徐道翔、張晨輝主編，《文學詞典》（北京：學苑出版社，1999），
　　頁291。

6　黃書海主編，《忘不了的歲月：印尼蘇島華僑抗日鬥爭「九·二〇」
　　事件六十周年暨華僑愛國民主運動紀念特輯》（北京：世界知識出
　　版社，2003），頁298-300。

7　千仞、梁俊祥編，《生活報的回憶》（廣州：世界圖書出版廣東有
　　限公司，2013），頁5-6。

曾直接得到魯迅的教誨和培養，他經常在《奔流》發表作品，後來
加入左聯。在1928年和1929年兩年裡，魯迅在日記裡關於楊騷的記
載有69次之多[8]。王紀元於1937年奉命赴香港，將國際新聞社移港並
籌備發稿工作，向海外發行馬、恩、列、斯著作以及《西行漫記》
《魯迅全集》等[9]。在《生活報》上，有關魯迅的文章也不時出現，
大多是在雜文或政論中摘引魯迅言辭而闡發己見，此類文章帶有效
仿魯迅雜文風的印記。有些則集中弘揚傳遞魯迅精神，以〈學習魯
迅戰鬥精神〉（鄭曼如）、〈魯迅談落水狗〉（楊騷）、〈魯迅先
生與蘇聯〉（鄒訪今）、〈談怎樣向魯迅學習〉（鄭楚雲）等為代
表[10]。在《生活報》同仁中，第一任總編輯黑嬰（張又君）算是特
例，他因數度往返而具有「北歸、南來」的雙重身分。他生於印尼
又北歸求學，過後南來工作又歸國定居。在《生活報》創刊三日後，
他便率先撰文〈不要忘記了魯迅先生：紀念先生逝世九周年〉。這
些以「魯迅為名」的文章多刊於周年祭，這不僅是對民族脊樑的追
思緬懷，更是對文壇領袖的文氣傳承。此外，張實中曾擔任印尼泗
水《大公商報》總編輯，並著有《聖母‧魯迅‧陳嘉庚》，1962年
由翡翠文化基金會在雅加達出版。當然，具有明顯外化特徵的作品
畢竟屬於少數，而將魯迅精神內化並行之於文的應占大宗。南來文

8　楊西北編，《楊騷（海外）詩文選》（廣州：世界圖書出版廣東有
　　限公司，2013），頁2。

9　《印尼〈生活報〉紀念叢書》編委會編，《王紀元文選》（廣州：
　　世界圖書出版廣東有限公司，2013），頁414。

10　《生活報》原載時間分別為：〈學習魯迅戰鬥精神〉載於1947年10
　　月19日；〈魯迅談落水狗〉載於1950年10月19日；〈魯迅先生與蘇
　　聯〉載於1952年10月20日，〈阿Q與火箭〉載於1959年9月22日，鄒
　　訪今用筆名夏飛霜發表。〈談怎樣向魯迅學習〉載於《生活報》所
　　下屬的《生活週報》第11期1950年10月18日。

人們的在地文章，雖然聲勢並不熱烈，但已然吹起陣陣魯迅風。

二、印尼本土的魯迅推崇

　　魯迅在印尼本土的影響，首先要歸功於華文書籍的輸送及傳播。對此，印華歸僑有切身感觸，「30年代印尼華文圖書主要來自上海。以魯迅為代表的上海左翼文化著作對於印尼華僑社會所發生的影響極大，魯迅作品是印尼華僑的指路明燈，《吶喊》《徬徨》和其他許多著作，為廣大華僑青年讀者所喜愛。」[11]這些華文著作的流通僅限於華僑群體，尤其激發起當時華僑青年的回國求學、抗日救亡的愛國熱情。其次，1950-60年代，由於印尼與中國政治關係的融洽及文化界的友好往來，以魯迅為代表的左翼文學作品有不少被翻譯成印尼文。1955年，亞非會議在萬隆順利召開，中國的崛起在第三世界的影響力正不斷擴大。王家平指出，一部分第三世界國家試圖通過譯介、宣揚魯迅的遺產，一方面尋求對本國歷史和現實進行批判的思想資源，另一方面獲得反抗霸權主義、抵制大國欺凌的精神動力[12]。印尼作為亞非會議的發起國，也是第三世界的重要代表，蘇加諾政府對新中國的蓬勃氣象頗為讚賞，而有些進步作家對中國左翼文學也心生嚮往。在劉宏看來，《印尼》《文化》等文學評論雜誌廣泛地報導外國文學的發展，於是諸如魯迅、丁玲、茅盾等人的作品及其文學理論獲得了廣泛的介紹，它們成為1950年代

11　吳文華、甘美鳳，〈本世紀30-50年代華文圖書在印尼〉，《東南亞縱橫》1993年第3期，頁41。

12　王家平，〈百年來魯迅在世界上傳播的區域格局與重要學派〉，《魯迅研究月刊》2009年第6期，頁10。

中國文學在印尼總體形象的一個有機組成部分[13]。

　　印尼文化界對魯迅的重視，從其小說的印尼語翻譯版本便能窺知一二。「印尼最初出現的魯迅作品譯本是《阿Q正傳》，1956年在人民圖書出版社印行，是譯者吳文傳、蘇戈卓根據英文譯本轉譯的。」[14]根據林萬里統計，還出現過如下三種譯本：1961年，陳寧（Tan Nin）翻譯的印尼文、中文對照本《阿Q正傳》（Riwajat Asli Si Ah Q），由雅加達「翡翠文化基金會（Jajasan Kebudajaan Zamrud）」出版；1963年，山奴（Shan Nu）翻譯《魯迅小說選集》（Pilihan Tjerpen Lu Sin），由雅加達「覺醒文化基金會（Jajasan Kebudajaan Sadar）」出版；1989年，努爾・拉茲米（Nur Rachmi）和拉斯蒂・蘇爾洋達妮（Rasti Suryandani）合譯《狂人日記及其他的短篇小說》（Catatan Harian Seorang Gila Dan Cerita Pendek Lainnya），由雅加達「印尼火炬基金會（Yayasan Obor Indonesia）」出版[15]。這些譯作，不論是從中文直譯，還是根據英文轉譯，都拓展了印尼（語）文學界對魯迅的了解。其中，普拉姆迪亞在1956、1958年兩度到中國訪問，他十分欣慕社會主義的文化思想，對中國知識分子和社會的關係尤感興趣。他對魯迅的創作推崇備至，1956年中已完成了《狂人日記》的部分翻譯工作。在北京的魯迅逝世20周年紀念大會上，他還應邀

13　劉宏，〈寫在「民族寓言」以外：中國與印尼左翼文學運動〉，《文藝理論與批評》2001年第2期，頁46-47。

14　王家平，〈魯迅文學遺產在東南亞的傳播和影響〉，《首都師範大學學報》2014年第5期，頁101。

15　林萬里，〈談魯迅短篇小說的印尼語譯本：為紀念魯迅先生誕生一百一十一周年而作〉，《魯迅研究月刊》1998年第2期，頁47-49。這三種印尼文譯本已由林萬里贈送給魯迅博物館收藏。此外，普拉姆迪亞也曾於1956年翻譯《狂人日記》，估計刊載於當地報刊，並未出版單行本。

做如下發言：

> 魯迅是他的民族的喉舌，是他的人民的聲音。魯迅體現了充滿
> 對全人類有良好願望的人們的道德覺悟。他並非僅僅停留在希
> 望上，而是採用了他認為最好的和最恰當的方式——文學，而
> 積極鬥爭，來實現這些希望。
> 每個作家都有責任，正是由於這個責任而產生了選擇。魯迅選
> 擇了遭受苦難的人民的一邊……但是魯迅不僅僅是選擇，他還
> 進行了鬥爭，使得他選擇的對象不停留在文學作品上，使它成
> 為現實。他是一位思想的現實主義者，行動的現實主義者。[16]

　　普拉姆迪亞在印尼政治舞臺上的影響力舉足輕重，其作品意在
喚起人民的政治覺醒，在文化層面上更被印尼人民視為國民的靈魂
人物。他擁有魯迅的魄力與魅力，他是激進的宣揚民族覺醒的社會
鬥士，而「布魯島」長篇小說四部曲（《人世間》《萬國之子》《足
跡》《玻璃屋》）便是最好的見證。

　　印尼本土的華文作家更不乏魯迅的仰慕者、傳播者，其中黃東
平、黃裕榮和林萬里等還撰文引述、評說或研究。其一，黃東平在
多篇雜文中不時提及魯迅，且有意穿插引用其佳篇名句來論事說
理。〈我擁有現在〉則借魯迅的〈死後〉自勉言志，「但我還擁有
著現在，我不但能夠自己把皺角拉平，還能舉手而使椅子改變位置，

---

16 劉宏，〈論中國對當代印尼文學的影響：以普拉穆迪亞・阿南達・
杜爾為例（上）〉，《華文文學》2000年第1期，頁68-74。部分資
料原載於：〈杜爾訪問記〉，雅加達《新報》1956年11月17日；〈印
尼作家普拉穆迪亞・阿南達・杜爾的講話〉，《文藝報》1956年第
20期，頁15-16。

而且又能參與著這使世界趨向美好未來的、人類的大事。我必須好好地利用這擁有的現在！」[17]他對魯迅非常佩服，並視其為創作楷模。這些雜文的引述化用自然妥帖，沒有絲毫的違和感，更進一步則是對創作技法的化用。其二，身殘志堅的黃裕榮被譽為「印尼的保爾‧柯察金」，1983年1月中國《魯迅研究》雙月刊還發表了他的遺作〈試談《孔乙己》中的笑聲〉[18]。他認為一般評論〈孔乙己〉的文章中，對藝術性分析探討還不夠全面細微，其自身研究所抱持的態度則出於「更好的學習魯迅先生的創作方法」[19]。其三，林萬里的研究文章是〈談魯迅短篇小說的印尼語譯本〉，刊載於1998年的《魯迅研究月刊》。他搜集到《阿Q正傳》《魯迅小說選集》《狂人日記及其他的短篇小說》三種譯本，並針對翻譯問題予以點評。能夠對諸種譯本進行細微糾錯，考究的是研讀對照的功力，足以證明其對魯迅短篇小說的驚人熟悉程度。林萬里本身就是印華文壇的短篇小說好手，他的作品不時顯現出諷刺批評的風格，這與魯迅的些許精神遺風不謀而合。綜合來看，深受魯迅影響的印華作家不勝枚舉，而在小說創作方面，鄭吐飛、黃東平及林萬里的創作都具有相當的代表性。

17　黃東平，《大石塊底下的野草》（瀋陽：遼寧教育出版社，1997），頁110。

18　潘亞暾，《海外華文文學現狀》（北京：人民文學出版社，1996），頁281。

19　潘亞暾編，《輪椅上的戰歌：印尼華文作家黃裕榮文集》（廣州：暨南大學台港暨海外華文文學研究中心出版，1995），頁299。

三、鄭吐飛的徬徨吶喊

　　鄭吐飛是民國時期北歸求學的印尼華僑，他是印華新文學初創期的重要代表。溫梓川提到，鄭吐飛是在《秋野》上寫小說寫得最出色的其中一位，在暨南的爪哇僑生當中，中文寫得那麼有分量的，他算是一個大手筆[20]。既然他同魯迅曾有過看似緊密的交往，那麼其創作是否受到魯迅影響？這種影響是否強烈，又表現在哪些方面呢？雖然無法量化對證，但是透過其短篇小說的核心創作理念已能窺見端倪。

　　魯迅具有強烈的現實主義精神，歸僑學子鄭吐飛曾追隨其左右，更得其精神真傳。魯迅的創作指向病態社會中的「不幸」，在於揭露現實苦難，摒棄一切精神幻夢，並尋求「療救」的希望。對此，錢理群提到，魯迅卻要杜絕（堵塞）一切精神逃藪（退路），只給人們（以及自己）留下惟一的選擇：正視（直面）現實、人生的不完美、不圓滿、缺陷、偏頗、有弊及短暫、速朽、並從這種正視（直面）中，殺出一條生路[21]。鄭吐飛的代表作是《椰子集》，當時他雖身在中國，但卻心繫印尼。他創作了一系列「不幸的人們」，其獨特之處在於將審視現實的筆觸聚焦印尼本土。基於一些個案研究，王丹紅認為東南亞華文作家一直秉承魯迅的孺子牛精神，創作了大量反映民眾生活的作品[22]。雖然此說法有失籠統，但魯迅的現

20　溫梓川著、欽鴻編，《文人的另一面：民國風景之一種》，頁147-156。

21　錢理群，《走進當代的魯迅》（北京：北京大學出版社，1999），頁67。

22　王丹紅，〈東南亞華文文學與魯迅〉，《新文學史料》2006年第2期，頁206。

實主義批判精神及其對底層民眾的深度挖掘確實澤被深遠，而鄭吐飛就是其中一位秉持魯迅精神的積極踐行者。

在表現荷蘭的殖民壓迫及民眾的生活遭際方面，鄭吐飛無疑是華文作家當中頗有擔當的先行者。他「為人生」的現實精神在於對荷印時代的小人物雕刻，也投射出「哀其不幸，怒其不爭」的複雜情感。在《椰子集》中，七個短篇小說從不同角度表現了社會與人生的陰暗。法國學者蘇爾夢切中肯綮地指出，其作品不僅表達了他對南洋下層社會人們苦難的深深責任感，也流露了他對徬徨中的知識分子在生活上的關心[23]。鄭吐飛從個體與家庭入手，主要以華人為敘述中心，深入描繪出一幅印尼底層社會的多層剖面圖。

《椰子集》篇目及人物概況表

篇目	人物類型（所屬）	特徵	結局
〈阿逑哥〉	苦力（華人頭家）	性苦悶、偷竊	入獄
〈橡園之玫瑰〉	青年豬仔（荷蘭園主）	精神苦悶、絕望	上吊
〈你往何處去〉	中年豬仔（荷蘭園主）	不堪奴役、出逃	活埋
〈狂雨之夜〉	知識分子（自由職業）	自甘墮落、厭世	流浪
〈沙魚〉	馬來人（小島漁民）	走投無路、窮困	家破人亡
〈人頭〉	異族通婚（華人+馬來人）	沒落商人、堅韌	夫妻雙亡
〈新猶太人的悲哀〉	異族聯合（華人+馬來人）	被侮辱、被迫害	暴力復仇

23 [法]克勞德·蘇爾夢，〈椰林血淚：一位激進的華文作家筆下的荷屬東印度群島〉，關勝渝譯，《華文文學》1988年第1期，頁59。

　　根據上表所示，從個體來看，有苦力、豬仔、知識分子，他們因「沒有出路」而苦悶與絕望；從家庭來看，有馬來人、華人及兩族通婚的家庭，他們大都因貧窮而「走投無路」。不分個體或家庭，他們都屬於底層弱勢群體，有的被華人頭家壓榨，有的被土人放貸盤剝，有的被荷蘭園主奴役，有些還被侮辱殘害致死。在殖民奴役與封建習性的雙重規約下，他們都是印尼病態社會中的不幸者。「不幸」在作者行文中更是高頻詞，幾乎每篇都出現數次，還有「烏鴉」對死亡惡兆的隱喻，這是否暗應了魯迅的號召？甚或化用了魯迅的筆法？面對無盡的黑暗，這些不幸者都流露著「徬徨」無助的心緒，然而「吶喊」的聲音卻顯得異常虛弱。在荷印時代，作者離開印尼到中國求學，能更清醒的回望旁觀。當時中國文壇有濃郁的新文化氣息，以魯迅為代表的作家正從事著啟人心智的文學活動。魯迅在上海暨大的演講中說，「文學家往往是替社會說話，不是替個人說話。他們的感覺比較靈敏，雖然是替社會說話，但社會不曾感到的，他們先感到了，所以社會也厭惡他們說得太早，太急進。」[24]當時，鄭吐飛或許就在現場聆聽。這些因素，無疑促生了其社會責任感，讓他有意於擔當印尼的「文學啟蒙者」。由此，他要寫出印尼社會的痛苦，借著被壓迫者的消沉與徬徨，去表達自己內心所淤積的壓抑與吶喊。

　　具體到小說文本，先從「個體」的人物形象說起。首先，從「阿述哥」很容易便聯想到「阿Q」，二人都曾為性壓抑所困擾，連對女人的德性也十分相像。阿述哥在華人頭家店鋪做工，自從偷窺店中夥伴的身邊仔（馬來姘婦）洗澡後便性情驟變。於是，他因苦悶

24　魯迅先生講演，章鐵民記錄，〈文藝與政治的歧途〉，《秋野》1928
　　年第3期，頁202。

而日趨「變態」，不僅對荷蘭人家的馬來女僕揩油，還在人叢擁擠的夜市中尋求偷摸的刺激。在被風情萬種的馬來女人俘獲後，他傾盡了微薄的積蓄，又開始偷店家的錢。夥伴的打趣，頭家的嫌惡，他都一概無視。對頭家，他自有一套自我排解、自我安慰的「精神勝利法」。他對頭家有冒犯之心，卻沒有行動之膽，只能尋求自我的精神慰藉。當他試圖最後一次偷錢還債，被頭家抓住綁在柱上鞭打，被同夥圍觀的無言，最後被判六個月監禁，這又像極了阿Q赴刑的決絕與黯然。

　　同阿述哥的遭際相比，豬仔的命運更為悲慘。「豬仔」同樣是苦力階層，卻形同奴隸，不同於相對自由的華人雇主的夥計們。他們屬於荷蘭園主的契約華工，因為「賣身契」而失去了人身自由。當時，荷印政府對新聞報館有嚴格管控。1928年至1931年，洪絲絲曾在棉蘭的《南洋日報》和《新中華報》工作，他講到「在日裡，西洋人經營的種植園有許多契約華工（即所謂「豬仔」）。這些華工受著殘酷的壓榨，過著非人的生活，但是，當地的報紙很難報導這些真相。」[25]因此，鄭吐飛有關豬仔生活的小說不可能在印尼的報紙刊載，只能在中國發表及出版，這反而極大地釋放了其揭露豬仔真相的力度。〈橡園之玫瑰〉〈你往何處去〉都是典型的豬仔書寫，這在印華文學中鮮少出現卻意義非凡，它發掘出身處人間煉獄最底層的早期華人移民群體。「老」豬仔的誠語打破了「新客」豬仔的南洋發財幻夢，他更像是作者潛在意圖的代言人[26]。這與魯迅所謂的鐵屋吶喊者也不謀而合，所不同的是「過來人」無法逃脫的

25　洪絲絲，〈華僑新聞界片段〉，《新聞研究資料》1980年第1期，
　　頁114。

26　鄭吐飛，《椰子集》（上海：真美善書店，1929），頁167-168。

宿命觀卻讓夢醒者陷入更沉重的悲哀，連一絲打破鐵屋的希望也蕩
然無存了。回到現實，等待豬仔的不是幸福的美夢，而是噩夢的開
幕。〈狂雨之夜〉的主人公炳德常自稱是「不幸的人」，而充其量
算是一位隱形匿跡於底層社會的流浪者，同苦力、豬仔的苦悶困頓
相比，他的肉體放縱與精神病態實在可憎。在社會現實中，他無疑
身屬「零餘者」的一員，更兼受害者與施暴者的雙重性。在徬徨的
個體面前，〈沙魚〉所表現的馬來家庭的不幸正蘊蓄著被壓抑的吶
喊，而〈人頭〉則顯出荷蘭殖民者行徑的殘暴。在上述底層個體的
書寫中，在「哀其不幸」的同情之餘，也有「怒其不爭」的批判反
省。魯迅筆下的國人形象恍惚也隨著移民而被移植到了南洋，無聊
看客、恃強凌弱、卑微奴性、聽天由命等國民劣根性不斷浮現。

　　作者把〈新猶太人的悲哀〉放在小說集的末篇應該別有用意，
經過無盡的徬徨與壓抑的吶喊，終於迎來了堅定的行動。「不幸的
群眾」不僅憤然覺醒，還對荷蘭煙園主採取暴力復仇。小說完稿於
1929年2月22日，「新猶太人」顯然指代華人移民（尤其是豬仔群體），
而「悲哀」則是對群體境遇的感性素描。全篇為死亡氣息所籠罩，
阿恭嫂被殘忍姦殺激起了華人的報仇之心。目睹禽獸暴行的馬來人
道出了真相，園主柏德哈生不僅是兇手，此前也侮辱過馬來婦女。
於是，支那人（華人）不再忍耐，巫來由人（馬來人）也拔出吉利
斯刀，連婦人也緊隨在後，憤怒的人群一起走向白皮人（荷蘭人）
的半西半巫式的洋房。雖然正義的天平沒有傾向於被迫害者，但是
悲壯赴死的鮮血卻不會白流。華人和馬來人聯合反抗荷蘭人，這是
最先覺醒的一批抗爭者，而死亡代價更是反殖民運動的最強有力的
吶喊。

四、黃東平的啓蒙同構

　　魯迅是中國新文學的啟蒙者，作為率先覺悟的知識分子，他始終抱持清醒高遠的自覺意識。他拒斥逃避，即使自我覺悟形單影隻，他也要嘶聲吶喊，並堅持孤絕抵抗。確切地說，他是堅韌的文化鬥士，以思想啟蒙為投槍，要震懾、擊退腐化的愚民者，以期警醒、療救孱弱的國人。從棄醫從文的毅然抉擇，到公共知識分子的使命擔當，魯迅對後進青年、後世文學乃至海外華文文學都產生莫大影響。誠如日本的學生友人增田涉所言，「魯迅是進步文學青年的保護人」[27]。黃東平（1923-2014）是印尼華文文學的典範，他雖未親炙魯迅風采，但顯然已自薦於受啟蒙的「進步文學青年」之列。對此，他直言不諱，「我的從事華文文學學習是受到故國文學的影響，尤其是故國當年的左翼文學，特別是魯迅的影響，除此，我就找不到這項活動的根源。」[28]那麼，黃東平究竟受到魯迅的何種影響？是源自純粹的精神孺慕，還是寫作理念的有意模仿？而諸般影響是否有跡可尋？通過對魯迅與黃東平的小說解讀，我們可以探觸到不同時代的中國知識分子與華僑華人知識分子的心理脈衝。

　　黃東平是印華文壇最具韌性的作家，算是魯迅作品的傾慕者與魯迅精神的皈依者。在他的小說裡，魯迅印跡便隨處顯露。首先，表現為啟蒙背景的契合。長篇小說三部曲《僑歌》是其蜚聲文壇的巔峰之作，且素有「華僑史詩」的讚譽，它所展現的印尼華僑社會

27　[日]增田涉，《魯迅的印象》，鐘敬文譯（長沙：湖南人民出版社，1980），頁87。

28　黃東平，《大石塊底下的野草》（瀋陽：遼寧教育出版社，1997），頁22。

與魯迅時代遙相呼應。主人公徐群是一位飽含激情與理想的知識分
子，可以循源推定他是被魯迅啟蒙過的進步青年。他由於在上海參
加學生運動而遭到迫害，隨之遠赴荷屬東印度從事華文教育。在坷
埠的「中華學校」，他厲行改革，還以時事座談引導學生。在夜校，
他講授魯迅的〈聰明人和傻子和奴才〉，學生們都爭當「傻子」[29]。
其中，李少華在徐群的感染下成長為熱衷寫作的文藝青年。他大量
閱讀「祖國」文藝作品，尤其熱愛魯迅等左翼作家。這些思想給養
培育出對華僑社會的關懷意識，讓他走上進步之路，他身上也投射
著作者的影像。不論是南來文人的魯迅宣導，還是華僑青年的魯迅
尊崇，他們無不為啟蒙精神所催發，並自覺擔起進步知識分子的在
地責任。若論啟蒙功效，從僑領的忍私心、順公義，到「中華會館」
的棄右、傾左，再到僑眾的毀家紓難，只有國父的「華僑乃革命之
母」才足以囊括。

　　其次，黃東平在短篇小說中更有對魯迅小說的創造性化用，應
和了啟蒙知識分子對社會現實的正視。這些化用，大都有隱蔽而潛
在的肌理連綴，不同於有意的仿擬，也不存在互文性關係。在形式
技巧的化用上，《人的故事》《阿二伯傳》都以傳記的理念謀篇，
與《阿Q正傳》的手法如出一轍。不論是名叫「人人」的精英知識
分子，還是普通的華僑小商人「阿二伯」，他們同農村遊民「阿Q」
一樣，在模糊化的姓名背後是符號化的泛指，而能指範圍已超出個
體歸屬的階層群體，從而升格為一種或褒或貶的普遍性所指。在批
判性的化用上，同魯迅深透的國民性批判相比，黃東平殫精竭慮於
印尼的華人性改造，他們在剖析華夏子民的劣根性時都灌注了強勁
力道。如果說《狂人日記》揭示了中國封建制度的禮教吃人，那麼

29　黃東平，《七洲洋外》（北京：中國友誼出版公司，1986），頁211。

《人肉的風波》就是印尼現代社會赤裸裸的金錢吃人。從精神僑領到物質僑商，從吃人的無聊到被吃的無知，啟蒙知識分子要應對華僑社會劇變後的嚴峻挑戰。

魯迅塑造了一系列知識分子形象，極為深刻地摹畫了「後五四時代」的啟蒙失落者，而黃東平則圖構了「華文封閉後」的啟蒙教育者悲途。在印尼政壇，「從1966年3月開始，各地戰時掌權者陸續頒佈法令，下令取締華校。」[30]自此，華文教師全部失業，短期的非法補習也難以為繼，他們為了生存只能另覓他途。華校全面封閉，華語禁止使用，曾經以啟蒙華僑子弟為己任的教育者頓失理想的憑依。在華族邊緣化及華社世俗化的趨勢下，華文知識分子要隨時應對生活衝擊，黃東平也一度經受失業窘境與精神酷刑。由於切身體驗，他對華族知識分子的生活與命運看得格外透徹。就小說所隱含的作者經歷與體驗來看，黃東平沉浸於知識分子苦難的自我傾訴，魯迅具有更為精警的知識分子的自我解剖。

基於作家本身的啟蒙氣質，魯迅與黃東平筆下的知識分子，已經糅合了內在的自我與外在的同窗、同事或同僚，乃至同仁、「戰友」或「敵人」，已然「雜取種種人，合成一個」[31]。這些啟蒙者形象，貴在對特定時代的真實操度，其現實批判性已遠勝對事實的揭示。特別是承載啟蒙使命的教育者，他們因分化而走向「歧路」或「窮途」。在被迫轉型中，他們如何安放自我？又如何進行精神慰藉與物質調適呢？

---

30 黃昆章，《印尼華文教育發展史》（北京：外語教學與研究出版社，2007），頁156。

31 魯迅，《且介亭雜文末編‧〈出關〉的「關」》（北京：人民文學出版社，1973），頁47。

（一）固窮者：沉淪與反抗的悽楚

當知識分子身患於窘困，「固窮」與否就成為量度君子的價值匹配砝碼。消極者以沉淪消弭以對，積極者則竭力反抗，其結局都難釋悽楚。在對知識分子家庭的表現上，黃東平比魯迅更為直露鋪張。他所選取的華文教育者基本都是積極的族群啟蒙者，以秉承華族文化以及回應新中國為理想，這與作者本身的左翼傾向不無瓜葛。然而，華校封閉後，志業與生活卻呈現難以彌合的落差。對於固窮者而言，他們無法表達恢復華校的合理訴求，雖有拒絕沉淪的信念，但卻嘗盡反抗的艱辛。黃東平大量書寫曾經的華文教育者，滿懷失落地為華校的光榮傳統招魂，在理想的祭奠中迸發出針砭現實的正氣。即使生活困頓，也從未放棄文藝啟蒙，他常以「煮字療饑」戲謔自嘲。他為印尼華文知識分子的固窮者塑形，也是對庸俗華人社會與威權執政當局的反戈一擊。

（二）自棄者：理想幻滅後的孤絕

在理想幻滅之後，啟蒙知識分子的軟弱性被無限放大，他們曾經的堅定信念日趨飄忽虛空，而孤獨感也無時無刻地滋長。這種孤獨性，在女性覺醒者與啟蒙者身上顯得異常壓抑沉重。它的主要指向應是精神與情感層面，精神孤獨是追求理想的寂寞，情感孤獨是現實婚戀的隔膜。不論是中國的新文化運動時期，還是印尼的新秩序時期，女性地位並無顯著改觀，她們依然是社會的弱勢群體。在啟蒙思潮薰染下的知識女性，她們毅然從家庭走向社會，當時的決絕並不亞於男性。在啟蒙退潮時，她們無可抉擇地從社會重歸家庭，社會理想只能讓位於「家庭理想」，此時的青年女性要從女兒轉型為妻子。當被社會與家庭所遺棄，啟蒙女性徘徊於精神自棄與肉體

自棄,而精神的苦痛大都難逃肉體的毀滅。

魯迅對女性有深切的同情,黃東平則飽含同情地描寫了啟蒙知識女性中的婚戀「不幸者」,她們所處時代與子君相隔近半世紀,然而印尼華人社會的「病態」卻未見療癒。這裡要談的社會病態,體現在迂腐閉塞的婚戀觀,受害者主要是大齡獨身女性群體。該現象之普遍、數量之多,在在說明此社會問題的嚴重性,而華校女教師的獨身悲劇正是啟蒙者的一大悲哀。當時的進步華校女教師們大都一心撲在教育事業上,為了啟蒙理想,個人幸福退居次席,因此不結婚的大有人在。華校封閉後,華僑社會的風氣隨之轉變,思想進步、穿著樸素成了落伍的表現,「面向故國」的思想意識也日趨淡化。大齡剩女被貼上「老處女」的惡毒化標籤,這是惡意貶低女性的類型化綽號,在日常話語裡帶有強烈的侮辱性。知識女性從備受尊敬的教壇跌落世俗社會,她們成了被損害的一群,這是啟蒙教育的失敗,也是啟蒙者與被啟蒙者共鑄的悲劇。

(三)蛻變者:精神掙紮與物質屈服

在啟蒙知識分子的轉型過程中,魯迅親眼目睹了文化陣營的分裂。他經驗了「同一戰陣中的夥伴」的高升、退隱、前進的變化,因而在《徬徨》裡的小說「戰鬥的意氣卻冷的不少。」[32]〈在酒樓上〉〈孤獨者〉都對蛻變者有精細幽微的精神解剖,孤獨抑鬱的啟蒙教育者始終被氤氳迷帳籠罩。兩篇小說中的「我」都是蛻變者的參照物,暗蘊落魄啟蒙者的持久韌性,這才是堅守理想的真正固窮者。

---

32 魯迅,《魯迅選集(三)·〈自選集〉自序》(北京:人民文學出版社,2004),頁140。

　　印尼長期禁絕華文，對華教啟蒙知識分子的打擊可以想見，理想追求與生活來源橫遭斬斷。啟蒙教育者不得不轉型，從知識分子轉變為商人本無可厚非，黃東平力陳其弊的是從追求進步到唯利是圖的蛻變者，〈同學之間〉〈女店東「馬太太」〉等篇都聚焦於此。在知識分子分化之後，特別是財富懸殊後的階級顯明，華僑教育與華僑傳統的優良一面已消褪，華僑社會的勢利現象日益彰顯。黃東平對蛻變者的表現手法與魯迅有頗多吻合。身兼次要人物的敘述者「我」都是持守理想的固窮者，他們作為參照物都見證了啟蒙者的蛻變。不同之處在於，從啟蒙教師轉型為僑商的蛻變者並無精神掙扎，他們已完全屈服於物質利益。黃東平曾數十年為華僑商家做記帳，謀生不易卻始終堅守文藝理想，其個人經歷與價值觀也或多或少地融注在敘述者「我」的話語裡。在〈我友沈君〉中，「我」和沈君都是當時的進步青年，屬於紅色年代的弄潮兒。五十年代初，在椰城還一起參加愛國團體「青年學習社」，其現實原型是1957年成立的「雅加達華僑青年習作社」[33]。黃東平對魯迅作品的廣泛接觸便源自此社。在小說中，沈君儼然扮演思想導師的角色。1960年，當地掀起排華狂潮，他是愛國僑胞中協助歸僑工作的帶動者。1965年，軍人政變後，華僑社會受到巨大震撼，沈君也陷入失業困境。隨後他經商發家，開始為謀取私利而不擇手段。這些海外知識分子的啟蒙者，由經濟信仰而成為轉型時代的畸形產物。對於棄絕理想的蛻變者，「我」的啟蒙信仰只能化力為無助的靜觀與清醒的自持。

33　當時，黃東平使用「黃平」的筆名，他曾任該社「副學習」及《新綠》文學月刊的編務。鄧訪今，〈雅加達華僑青年習作社〉，參見福州市華僑歷史學會編，《千島風雲：印尼華僑抗日民主運動史文集》（福州：華僑歷史學會，1997），頁340-351。

五、林萬里的幽默諷刺

　　林萬里1938年生於福建福清縣漁溪鄉蘇田村，三歲時隨母親到印尼與父親團聚。1957年在萬隆清華中學高中畢業後回國求學，1962年畢業於河北北京師範學院中文系。回印尼後曾參與「翡翠文化基金會」的工作，寫了不少文學評論和文學隨筆，後因華文被禁而停筆二十餘年。由於在中國接受了正規的中文系高等教育，中國現代文學對他的影響自不待言。他收藏有一本由何凝（瞿秋白）編錄並序的《魯迅雜感選集》初版本，此書由上海青光書局在1933年發行出版，而購書資訊更值推敲：「1935年5月9日，萬隆華文書局」。借此，作者從書話談到文學源遠，「這說明在三十年代，印尼華人書商已經進口出售中國出版的新文學書籍。這些書籍對印尼華人文學愛好者產生了深遠的影響，在這種影響下產生了早期文學寫作者。其實印尼華文文學一直是在中國新文學的影響下發展成長起來。」[34]在某種程度上，這段有關文學影響的「書話」也可視為其創作心路的「自話」。從魯迅短篇小說的印尼文譯作評析到書話，在在說明其閱讀視野對魯迅的看重。固然中國現代文學作家對其創作的影響當不限於此，他在與老舍的通信中也曾倍受鼓舞。不過，就其短篇小說的整體風格而言，他敏銳的諷刺性與批判性算是對魯迅精神的一種傳承。

　　魯迅深諳諷刺藝術，對於「諷刺」作品，他有自己的衡量尺規，注重諷刺的寫實性，其內核便在於對現實中「不合理」的人與事的批判性。汪暉論及魯迅小說的悲劇與喜劇的相互轉化，並強調在魯

34　林萬里，《林萬里文集》（廈門：鷺江出版社，2000），頁201-202。

迅看來「幽默」是對生活的含笑又含淚的批評和諷刺[35]。魯迅追求
作品的深刻性,不是為幽默而幽默,而是講究幽默背後的諷刺力量。
他在〈從諷刺到幽默〉中對一些文字上流行的「為笑笑而笑笑」的
「幽默」就表露不滿[36]。在印華文壇,林萬里擅用幽默的語言展露
諷刺性,他的諷刺小說可謂別具一格。他對魯迅作品十分熟悉,或
許也參透了其諷刺手法的三昧。

　　如果說鄭吐飛精於對印尼下層社會的深入描繪,那麼林萬里所
擅長的則是對印尼上層社會的精雕細刻。他們偶爾觸及或穿插原住
民形象,但主要都側重於對華人及華社弊病的批判。他以幽默與諷
刺的手法見長,尤其表現在對華社上流階層汲汲於名利錢財的揭
露、嘲諷與批判。〈永久高級資深榮譽顧問〉〈名譽主席姚佐觀先
生〉對華社「名流」冷嘲熱諷,史耀明(死要名)、姚佐觀(要做
官)不惜花錢搜羅各社團頭銜,他們都是徒有其表、好出風頭且沽
名釣譽的高手。作者對現代金錢社會的批判不遺餘力,側顯出華人
唯「錢財」是瞻的秉性,無怪乎被稱為「經濟動物」。從最早的〈妙
選東床〉〈在醫院裡〉開始,「拜金主義者」就成為其短篇小說的
慣常主題。錢高升一心要把女兒姬淡(雞蛋)和婭淡(鴨蛋)嫁給
有錢人,為達攀附目的而不擇手段。他「量財擇婿」,而且持有一
套「分人待客」的標準。

　　　錢先生的好習慣,就是一見陌生人就先問家長姓名和職業。這
　　　樣,錢先生就可以根據家產多少來分等級,毫無差錯、恰到好

35　汪暉,《反抗絕望:魯迅及其文學世界》(石家莊:河北教育出版
　　社,1999),頁211-214。
36　魯迅,《偽自由書》(北京:人民文學出版社,1995),頁38。

處地招待客人。家產千萬以上者屬甲級,供應「阿華田」一杯;
百萬以上者屬乙級,咖啡一杯;小康人家屬丙級,請原諒,只
有茶水半杯。[37]

　　錢先生將女兒作為套取金錢的籌碼,父女親情已蕩然無存,家
庭與人際都淪為物化的附庸。在〈結婚季節〉裡,阿貴夫婦則根據
錢財來區分請帖,「最有錢最有知名度的」夫妻親自出馬,「差一
點的」阿貴一人去,「沒有錢的」就派孩子或傭人做代表。華人社
會的金錢現實,不僅表現在等級分明的階層觀,還暴露了大搞婚慶、
奢靡享樂的腐化風氣。這些所謂的上層人士大都形象滑稽,姓名諧
音便是有意消解,他們毫無德性可言,都是一副暴發戶嘴臉。他們
只貪圖名利,對社會卻全無奉獻之意。在幽默諷刺之餘,名不副實
的「社會名流」實在引人反思。

　　林萬里的小說篇幅最長的應數〈駕鶴西歸〉,他以印尼華人大
老闆死後魂魄的所見所感所歷為題材,展現出人情冷漠、喪葬習俗、
商界創業、華社陋習、金錢至上、官僚體制等複雜多元的社會問題。
無論是主題內容,還是敘事技巧,都表現的頗為出色。「他的小說
用誇張的手法,輕鬆的口語描述,故事看起來有些荒誕,卻充滿了
反思反諷,添加了黑色幽默,揭露了社會醜陋和拜金思想,凸顯了
人情悲劇,諷刺了繁文縟節和人物行為荒唐可笑。」[38]具體而言,
文本由於先分後合,雖無銜接的生澀,但有階段的過渡。或者,直
接分為前後相連的姊妹篇也無不可。第一階段是「身在陽間」,經
過停屍間、殯儀館、棺車、墓山的輾轉,「我」回溯一生的輝煌與

37　林萬里,《結婚季節》(新加坡:島嶼文化社,1990),頁11-22。
38　吳玲瑤,〈讀林萬里的小說〉,《星島日報》2010年11月7日副刊。

作為，而抱怨卻一直未停。於是，引以為傲的生意經、念念不忘的
享樂、不中用的後代、虛假的祭詞、奢華的喪禮等輪番登場，而所
吐真言恰是華人上流社會的諸般弊病。第二階段是「魂遊陰府」，
先受到入境辦事處、民政部房管處的審查盤剝，因「派死簿」失了
金表，又因「糾紛房屋」沒了房屋。接著是轉世事務辦事處、審委
會的繁瑣手續，他憑著阿諛奉承的見官之道而被從寬處理，最後被
判「投胎變成猴子」。這儼然一派世相雜陳，既是對華人富商一毛
不拔的諷刺，更是對官僚體制腐敗荒唐的批判。黃萬華認為，〈駕
鶴西歸〉借一富賈死後意識在塵世的漂浮和靈魂在陰府的行走這樣
的對照性結構來進行人性多層面的揭示和批判，其思路的犀利和想
像的機巧，令人想起魯迅雜文和錢鐘書小說的影響[39]。更進一步來
說，魯迅作品有不少「死亡」主題，〈死後〉以「夢見死亡」入題，
其意識流動、清醒靜觀、真切感觸都顯得風格特異。借此參照，在
實境與幻境的交織之下，林萬里的「亡靈敘事」恍惚也伴有魯迅式
的敏銳警覺，區別在於看透了人情世情的清醒過後卻依然故我的隨
波逐流、圓滑世故。

> 我夢見自己死在道路上。……陸陸續續地又是腳步聲，都到近
> 旁就停下，還有更多的低語聲：看的人多起來了。我忽然很想
> 聽聽他們的議論。但同時想，我生存時說的什麼批評不值一笑的
> 話，大概是違心之論罷：才死，就露了破綻了。（〈死後〉）[40]
> 我早料想到，我是死定了。不過沒想到死神會來得這樣快。……

39　黃萬華，〈語言心靈視野中的印華文學〉，《廣東社會科學》2003
　　年第1期，頁149。

40　魯迅，《野草》（北京：人民文學出版社，2000），頁48-49。

他們一邊走一邊哭，一路上哭個不停。哭聲聽起來相當響亮清晰，從這些哭聲中似乎還可以分別出其中真偽。有的真哭，有的假哭。機靈的人就是死了，也不會笨到哪裡去。（〈駕鶴西歸〉）[41]

　　朱崇科認為，〈死後〉亦有一種貌似調侃和浮華的風格，這其實更多是一種「含淚的笑」，以喜寫悲、其悲更悲[42]。兩相對照，那麼〈駕鶴西歸〉呢？在調侃自嘲、浮華如夢、積習難袪、陰風肆虐之後，應是以喜寫悲、亦喜亦悲。喜的是亡者罪有應得，他貪慕榮華、慳吝成性、毫無社會貢獻；悲的是陽陰兩間並無二致，亡者並無反省的真誠，而「陰官」們依舊帶有濃重的官僚味。對紛雜亂象的呈現，言辭幽默中暗含諷刺，更在於對人性及社會的批判。基於這一點，從林萬里筆下便能看到魯迅些許的帶刺身影。

結語

　　魯迅在印尼的傳播是多方面的，既對印尼語文學有影響，更啟蒙乃至一路伴隨著印尼華文文學的成長。如果說「傳播」路徑是單向的，那麼「影響者（魯迅）」顯然要借助「傳播源（魯迅作品及其譯介）」與「接受者（印尼作家）」發生雙向交流。在接受的過程中，接受者需要對影響者及傳播源進行選擇、吸收、消化，進而經由思想與風格的碰撞而為接受者所「內化」。接受者的歸屬地在

41　林萬里，《停不住的筆》（萬隆：印華文學社，2010），頁54。

42　朱崇科，《〈野草〉文本心詮》（北京：人民出版社，2016），頁264。

印尼,其來源則包括印尼語、華語、英語、荷蘭語及其他語種的各
族群作家。面對外來的文學影響,當地作家的內化過程不論自覺與
否,都必然要經過本土化的淘洗過濾。因此,就魯迅的影響而言,
印尼的接受者並不是刻板照搬,而是出現了不少將內化與本土化相
結合的匯通者。其中,受到魯迅作品的啟蒙而走上文學之路的黃東
平充分發揚了知識分子的戰鬥精神。魯迅是中國知識分子的精神象
徵,而黃東平則傳續著印華知識分子的族群精神。黃東平尊崇魯迅,
一方面出於對知識分子品格的借鏡,另一方面源自文學創作理念的
濡染。換言之,黃東平要做魯迅式的知識分子,首先體現於文化高
壓下的創作韌性,其次表現在對社會現實的正視與批判。在小說中,
他們都關注知識分子命運,「智識者」的價值尺規也隱蓄其間,而
濃鬱凝重的灰色調又塗抹出精神省思與靈魂激盪的人物立軸圖。在
不同類型的知識分子當中,魯迅深刻剖析了1920-30年代的中國啟蒙
者,黃東平則勾勒出1960-70年代的印華啟蒙者圖譜。在啟蒙退潮的
過渡期,啟蒙知識分子無可迴避地遭遇轉型,固窮、自棄或蛻變就
成為其主要的抉擇路向。魯迅探觸知識分子的出路,在於對思想與
行動的拷問與批判,自我解剖的滲入更熔鑄成國民精神的傳世經
典。當然,黃東平的強烈紀實性能夠提供對印華知識分子的斷代史
式的參考,但是過於情緒化的傷痕披露式書寫也制約了其藝術高度。

　　相較之下,鄭吐飛與林萬里所延續的魯迅精神則迴然有別,他
們表現的不是戰鬥式的革命激進,而是趨於冷靜的人性批判。二人
都曾在中國接受過完整的大學教育,中國現代文學的薰陶毋庸諱
言。鄭吐飛在學生階段不僅直接受到魯迅影響,他還是現代文學進
程的積極參與者和書寫者,同時不免帶有激動與熱情、徬徨與摸索
的時代氣息。在後魯迅時代,林萬里求學於新中國初期,與鄭吐飛
的民國時期相隔三十年,他是現代文學的旁觀者和接受者,在時空

距離下可以進行更為清醒的遠觀與審視、思索與抉擇。從批判性而言，二人的深刻度當然與魯迅存在差距，最大層面上算是一種「精神」的傳承。他們所呈現或批評的主要是本土化的「人性」，更確切地說應是「華人性」居多，雖有原住民的些微書寫，但尚未上升到印尼的「國民性批判」高度。這裡的「華人性」，有別於中國原鄉的國民性，也不同於印尼原生的國民性，它是離開原鄉的華僑或土生土長的華裔所具有的雙重性，它是由移植而催生的中國性與印尼性抑或本土性所雜糅合成的華人特性。鄭吐飛呈現的華人性傾向於中國性或華族性，集中在底層華人的徬徨與吶喊，重心在於對舊社會不合理制度的批判；林萬里筆下的華人性則傾向於印尼性或本土性，多以幽默與諷刺的技法刻畫上層華人，聚焦於對當下印尼社會中人性物化、庸俗化乃至精神異化的批判。

馬峰，現於中山大學中國語言文學系（珠海）從事博士後研究。曾任教於印尼建國大學（Bina Nusantara University）中文系及擔任《建國華文報》主編。學術專長為東南亞華文文學與比較文學、世界文學與比較文學。

雙重身分與雙重視野：

越南譯介中的魯迅

阮秋賢

　　上個世紀以來，魯迅一直是越南讀者最熟悉的中國文學家之一。作為中國新文學的代表人物，魯迅文學在越南文壇上的出現不像他在中國文學史上那麼早引起關注。1930年代魯迅作品剛開始被譯介到越南時，幾乎不曾引起越南文壇的關注，當時魯迅仍然是一個陌生的名字。到1940、1950年代魯迅文學作品進入系統性譯介的階段，此時他的創作才獲得越南讀者的認識和重視。1960年代，幾乎所有魯迅代表性的文學作品都被翻譯成越南語，這些譯本經過時間的考驗後已成為越南當下文壇上的經典版本。魯迅的短篇小說每年都被不同出版社重印再版。目前魯迅也是被列入文學史教材的少數中國現代作家之一。

　　越南文壇對魯迅文學的翻譯與接受從1930年代開始，一直到現在，已經快有90年的歷史。在這一過程當中，魯迅同時以「世界文壇的大文豪」和「中國文化革命的主將」的雙重身分出現在越南文壇上，隨之他的文學價值意義也同時被理解為「意識形態的體現」和「知識分子精神的表達」，反映了越南讀者對其作品的雙重接受視野。

　　魯迅文學在越南的譯介，反映了越南接受中國文學的一些重要特徵和在不同時期的發展傾向，成為20世紀代表性的中國文學接受

現象。

一、魯迅文學在越南的翻譯

　　魯迅在1918年以第一篇白話小說《狂人日記》開始了他在中國文壇上的新文學生涯。然而他的文學創作被傳播到越南卻不是那麼早。

　　據越南研究者的考察，在1931年，越南的一位作家叫武玉潘（Vu Ngoc Phan, 1902-1987）根據法語版翻譯了《孔乙己》，並發表在《法越雜誌》12月1日第59期[1]。當時武玉潘並不認識魯迅是誰，所以他無法從「Lousin」的英文拼音推測出「魯迅」一名，作品的題目也被錯譯成《孔士氣》。這可以說是魯迅文學譯介到越南的開始。

　　之後，據譯者潘魁（Phan Khoi, 1887-1959）的資料，他是在魯迅逝世一年後的1937年翻譯了魯迅的兩部作品。2月6日，他在《香江雜誌》第27期上發表了《孔乙己》，不過這篇小說的作者當時沒有被說明得很清楚，僅寫「L.S.的短篇小說」。讀者不知道L.S.到底是誰。同年11月6日，潘魁翻譯了《華蓋集》裡的〈犧牲謨〉並發表在《東洋雜誌》第26期上。這時候才相當具體的介紹作品「原文是魯迅——中國去年剛去世的文豪」所撰。

　　潘魁是越南著名的文學家和學者，出身於書香門第和有革命傳統的家庭。潘魁從小學漢字，18歲考中秀才（1905），之後主動放棄科舉而學越南國語和法語。從1920年到1939年是潘魁思想最活躍的時期，在這將近二十年期間潘魁的全部精力都用於在各種報刊上

---

[1]　阮文校，〈1945年八月革命之前在越南的中國現代文學介紹研究情況初探〉，《中國研究雜誌》，第5期（2000），頁60。

發表文章,成為越南當時著名的文學家和著名學者。他的文章所覆蓋的知識範圍很廣,例如中國和越南的古代文獻;中國當代的文化、文學、政治;越南歷史、文化、文學、語言的考究;當時政事評論等。潘魁也是在報刊上各種學術爭論的帶頭者或積極參與分子,而所論爭的內容都涉及越南20世紀思想、文學、社會中最基本而長久的學術問題。潘魁在越南文學現代化歷程中也是第一個提倡新詩的人。他的詩作〈老了的情〉標誌著越南新詩的誕生。

鄧台梅(Dang Thai Mai, 1902-1984)在越南的中國文學譯介與研究領域中是一個重要人物。他被越南文學界普遍認為是第一位介紹中國現代文學到越南的學者。他的主要貢獻體現在魯迅、曹禺作品的譯介與研究,中國現代文學史教材的編寫,以及參與指導、組織中國現代文學作家作品的譯介工作。

鄧台梅是越南著名的教育家、文學研究專家、文學家,出身於儒學傳統和革命傳統的家庭。鄧台梅從小就學漢字,長大一點繼續學越南國語字,也精通法語。1939年以後,鄧台梅接觸了馬克思主義思想及其文藝理論與世界革命文學,他開始將筆觸和文章作為革命思想的表達及戰鬥的武器。他用越南語和法語給報刊投稿的同時,也開始寫一些短篇小說。在1945年之前,他最著名的著作有:1944年出版的《文學概論》,被認為是第一部運用馬克思主義文藝理論進行系統性論述文學理論問題的著作;1944年出版《魯迅的身世與文藝》,1945年出版《中國現代文學中的雜文》。1945年之後,鄧台梅先後擔任了教育領域、文藝領域、學術領域中的領導職位。1946年,他擔任新越南政府的教育部部長。1954年,他擔任文科師範大學[2]的校長。1956年,越南政府將這所大學和科學師範大學重新

2　這是新越南獲得北方土地上的主權後於1954年設立的三所大學之

整合組建成兩個不同的學校，即河內綜合大學[3]和河內師範大學[4]。
從1956年至1959年鄧台梅同時擔任這兩所大學文學系的系主任。
1957年到1983年，他連續三屆擔任「越南文藝會」主席。從1959年
至1976年，擔任越南文學研究院的院長。

　　1930年代魯迅文學的譯作極少，當時也没引起越南文壇的任何
注意。一直到1940年代初，鄧台梅在兩年内不斷翻譯魯迅的作品以
及介紹魯迅文學事業，此時，魯迅文學才開始獲得越南讀者的真正
認識。從1942年到1943年，鄧台梅在越南《清議雜誌》上連續介紹
魯迅的不同文學創作，包括詩歌〈人與時〉、小說〈孔乙己〉、〈阿
Q正傳〉、散文詩〈影的告別〉、戲劇〈過客〉、散文〈狗・貓・
鼠〉。

　　1930年代曾經關注魯迅文學的潘魁在1950年代又回到魯迅文學
譯介工作上。他從1955年起陸續出版魯迅小說、雜文的譯本。1955
年，出版《魯迅小說集》（文藝出版社出版）其中收入《呐喊》的
六篇〈狂人日記〉、〈孔乙己〉、〈頭髮的故事〉、〈風波〉、〈故
鄉〉、〈阿Q正傳〉和《徬徨》中的〈祝福〉。1956年，出版《魯
迅雜文選集》（文藝出版社出版）。潘魁從魯迅的十五部雜文集中
挑選出三十九篇雜文來翻譯並編出這部作品選集。1957年，出版《魯
迅小說集》第二卷（作家協會出版社）其中收入《呐喊》中的〈藥〉、
〈明天〉、〈一件小事〉、〈鴨的喜劇〉、〈社戲〉和《徬徨》裡
的四篇〈在酒樓上〉、〈家庭的幸福〉、〈孤獨者〉、〈傷逝〉。

（續）———————————————————————————

　　　一，另外兩所是科學師範大學、醫藥大學。

　3　1993年，綜合大學合併河內一些院校之後組建了河內國家大學。

　4　目前這都是越南的一流大學，尤其在文學研究領域中都具備很高的
　　　學術聲譽。

　　除了鄧台梅、潘魁之外，還有其他翻譯者也參與了魯迅文學譯介工作，像簡之是其中一位。簡之（Gian Chi, 1904-2005），原名阮友文，越南河內人，從小就學了漢字，長大在法越學校上學。簡之高中畢業後上了公共工程高等學院，然後在郵政單位工作。也就是說，簡之大學階段所學的專業和初期上班的單位都跟文學翻譯或文化研究毫無關係，但他身上早已具備學者意識。從1965年南進以後，他在順化、西貢的不同文科大學、師範大學當了老師，主講中國哲學、越南漢喃文學。這個崗位的轉換以及他身上的學者精神，都明顯體現在他的兩次魯迅文學譯介。

　　1952年，簡之出版命名為《孤獨者》的小說短篇集，其中翻譯了〈狂人日記〉、〈故鄉〉、〈兔和貓〉、〈藥〉和〈孤獨者〉。之後在1965年，簡之又出版了《魯迅選集》，在他看來這是對1952年做過的事的一種彌補，除了〈狂人日記〉、〈故鄉〉、〈兔和貓〉、〈孤獨者〉，他加上翻譯了〈孔乙己〉、〈明天〉、〈風波〉、〈白光〉、〈祝福〉、〈在酒樓上〉、〈兄弟〉的另外七篇小說。

　　繼簡之之後，1960年，胡浪（Ho Lang）是另外一位也把魯迅作品譯介給越南讀者的譯者。胡浪的身分到目前我們在越南學術書籍中幾乎找不到任何記載。胡浪當時將魯迅的〈祝福〉和〈明天〉一起翻譯出版。那本小冊子以《祝福》為書名。

　　從1960年至1963年，另外一位譯者張正（Truong Chinh, 1916-2004）把魯迅的全部重要作品重新翻譯並出版：1960年出版《故事新編》、1961年出版《吶喊》和《徬徨》，1963年出版《魯迅雜文選集》一共三部。張正是越南河靜人，出身於儒學家庭。1940年前自己學漢字。從1952年到1956年，他在南寧中央學舍區[5]學習與工

5　越南中央學舍區，中國稱之為廣西南寧育才學校，是一所建立在中

作。從1956年到1959年，在越南教育部修書組工作。1959年後在越南河內師範大學當老師。可以說，在越南文壇上，張正是一位最有系統性地翻譯魯迅作品的譯者。在當今的越南文壇上，張正翻譯魯迅作品的譯本被看成「經典」譯本。這些版本正在被列入越南高中語文教科書和大學文學教程。

　　跟小說、雜文體裁相比，魯迅的詩歌較晚被翻譯，並且比較少受到越南讀者的關注。儘管如此，在1971年，有一位譯者叫費仲厚（Phi Trong Hau）也把魯迅的59題76首詩翻譯成越南語。費仲厚當時在一所文化補足學校就學，並在畢業時以《魯迅詩歌：翻譯與介紹》為題完成他的畢業論文。之後費仲厚將這一本畢業論文贈送給越南國家圖書館，從此該論文成為越南研究魯迅詩歌的重要參考資料之一。當時費仲厚的導師是陳春提教授，他評價此書「可以說是越南（北方）第一個完整的介紹，翻譯，注釋魯迅詩歌的研究。」[6]

　　總體來看，到1970年代，魯迅的代表性作品基本上都被越南譯者翻譯成越南語。此後，在21世紀初，除了短篇小說不斷被重印再版，魯迅的詩歌（2002）、散文（《野草》，2006）、小說（《故事新編》，2017）仍然被其他譯者繼續翻譯介紹。相比之下，小說

（續）

　　國土地上的特殊越南學校。在當時兩國關係密切的基礎上，中國政府同意越南將一批學校遷至中國土地來辦學，其中有這所學校。中國給越南提供了場地和生活方面的條件，越南負責派一流的專家、教授到中國來講課。學校的機構系統中包括大學本科水準和高中水準的培養。從1951年10月15日成立至1958年8月這七年時間裡，學校已培養出4000多位幹部、教師、翻譯者和3000多名高中學生。這一批幹部和學生當中，後來有很多人都成為了越南各所著名大學的教授、中央各省廳的官員。

6　費仲厚，《魯迅詩歌：翻譯與介紹》，收藏在越南國家圖書館資料庫，1971年。

仍然是魯迅文學創作中越南讀者最熟悉的體裁，至於魯迅詩歌、雜文、散文等體裁都不太被關注。

二、魯迅在譯介中的雙重身分：世界文壇的大文豪與中國文化革命的主將

1930年代剛被譯介時，越南讀者對魯迅這一名字相當陌生。到1942年，通過鄧台梅的一系列譯介成果，魯迅才成為越南讀者所關注的文學家。觀察越南對魯迅文學的譯介史，我們卻發現魯迅是以雙重身分出現在越南文壇上，一方面越南譯者強調魯迅的世界大文豪地位，另一方面他們又認為魯迅是中國文化革命的主將。越南譯者在譯介魯迅文學的過程當中，有的人起初從「世界大文豪」的評價觀點出發，而後來逐漸轉向強調魯迅「中國文化革命的主將」的地位。然而，有一些譯者是始終如一的堅持著文學立場並高度肯定魯迅文學的世界性意義。我們探討一些代表譯者的譯介觀念，將能體會到這個特點。

第一位不得不提到的譯者，即鄧台梅。他開始譯介魯迅作品的時候是用世界文學的眼光來形容這位作家。1942年，鄧台梅翻譯魯迅的詩作〈人與時〉並發表在《清議雜誌》10月第23期的「外國名文」欄目中。他當時寫出的介紹詞是：「魯迅（1880-1936）是最近幾年剛去世的中國先進文藝家。魯迅的很多詩文都被翻譯到國外去。魯迅的特色是用平淡的話覆蓋著深奧的意義。《清議雜誌》在將來會介紹給讀者的小說《阿Q正傳》是魯迅的一部已被翻譯成法語、英語、俄語、義大利語、日語等多種語言的作品。魯迅的思想與藝術不是中國獨權擁有的產物，而是世界名文庫裡的共同物品。」

[7] 在這段介紹詞中，鄧台梅把魯迅文學的世界性意義表達得很清楚。

當時鄧台梅所翻譯的魯迅作品全部都在《清議雜誌》上發表。在筆者看來，這本身是有意義的，體現了魯迅文學在越南文壇上的出現是具備世界性定位的。《清議雜誌》[8]在1940年代的越南社會裡就是一個帶有世界氛圍，既開放又多元的文化平臺的象徵。我們在這一份雜誌上讀到魯迅的作品，也看到對其他外國文學作家的譯介，像愛爾蘭作家的王爾德，像法國作家安德列·紀德，法國詩人古爾蒙，法國詩人保羅·瓦樂希，前蘇聯作家高爾基，印度詩人泰戈爾，英國作家凱薩琳·曼斯費爾德，英國作家吉伯特·基斯·賈斯特頓，美國作家賽珍珠等等。《清議雜誌》所追求的文化目標就是建設一個趨向西方化而具備「越南性格」的民族文化文藝。

魯迅文學作品就是在那樣一個多元化的、具備世界性的文化平臺上被介紹給越南讀者的。同時，在鄧台梅翻譯者本身的譯介意識當中，魯迅也是一位有多方面成就的作家。筆者之所以一直強調魯迅形象在此時是一個內涵豐富的文學形象，是因為整個從1940年代末到1960年代的越南接受環境裡，這個文學形象越往後越失去了其原有的豐富內涵。不像後來魯迅的小說和雜文被抬到很高地位，而

7　魯迅，〈人與時〉，鄧台梅譯，載《清議雜誌》，第23期（1942，10月）。

8　《清議雜誌》創刊於1941年6月，是一份公開發行的雜誌。1941年是月刊，1942年5月起變半月刊，從1944年開始到1945年8月停刊期間是每週出刊一期。在封面上，《清議雜誌》自認為是一份「議論—文章—考究」的刊物，實際上社會議論、文學批評與文學創作、學術考究也是雜誌的三大主要內容。在文學方面，主要登載有關世界文學創作及文藝理論問題的介紹，此外也發表有關越南古典文學考究。登載文學創作的空間並不是很大，但是《清議雜誌》的文學審美觀念比較開放，願意接受各種藝術創造傾向的文學創作。

他的詩歌、散文卻很「邊緣化」。這種情況在鄧台梅開始譯介魯迅作品的時候是不存在的。他在魯迅的每一類文體中，都選出為其代表的作品來介紹，一方面是他希望能夠展現出一個作家形象的全貌，另一方面其實也表達他心目中對於一位世界大文豪的形容。我們從資料中看出，除了雜文之外，魯迅的小說、詩歌、戲劇、散文等體裁的代表作品都被選來翻譯的：小說有〈孔乙己〉和〈阿Q正傳〉，詩歌有〈影的告別〉，短劇有〈過客〉，散文有〈狗・貓・鼠〉。鄧台梅的這種做法也是明顯體現著他是接受了西方文學體裁分類法的影響，即把一個文學創作體系分成詩歌、小說、戲劇的三大類體裁。所以我們很容易理解為何他作出這樣的翻譯選擇，這個原因，同樣是可以用來解釋為何在新文學裡他就選了曹禺的戲劇來譯介，而不是其他體裁的作品。它其實體現了越南讀者對中國文學的新認識，從原來僅有詩詞傳統的文學過渡到以小說為主的文學，最後轉向除了小說、詩歌之外也具備戲劇體裁的新型文學。

在總共14期的《清議雜誌》上先後譯介魯迅詩歌、戲劇、小說之後，鄧台梅從第45期到47期上繼續寫了三篇文章，介紹魯迅的身世、人格及其在中國文壇上的地位。在〈身世〉一文[9]中，鄧台梅認為魯迅是「在最近二十年的世界文壇上有筆名為『魯迅』（Lutsin）的中國現代大文豪」。在〈人格〉一文[10]中，鄧台梅表示：「魯迅雖然是一個『百分之百』的中國人，但他的心靈、思想、才華都超越了種族、國家的界線，而成為世界思想和文藝庫藏中的一部分」。

9　鄧台梅，〈魯迅（1881-1936）・身世〉，載《清議雜誌》，第45期（1943，9月）。

10　鄧台梅，〈魯迅（1881-1936）・II〉，載《清議雜誌》，第46期（1943，10月）。

在第三部分〈魯迅在中國文壇上的地位〉[11]，鄧台梅認為：「魯迅是中華文藝的領導者。但魯迅的藝術和思想同時也代表著20世紀世界思潮中的一個系統」。

1945年前在鄧台梅譯介視野下的魯迅形象基本上集中於一點，即魯迅是具世界水準的中國現代大作家。他的世界水準主要體現在思想和藝術兩個方面。從思想方面來講，他是一位人道主義的文學家，作品體現著對弱者的憐憫和博愛。從藝術方面來看，他是一位多方面成就的作家，從小說、詩歌、散文到戲劇等文體都有很成功的創作。另外，他在創作中成功運用了寫實主義、表現主義等多種創作方法來體現出自己的文學個性。因此，他的思想和文藝是超越了國家、種族的界限而成為世界思想和文藝庫藏中的一部分。

1945年後，隨著鄧台梅在1946年接觸到毛澤東的《新民主主義論》，隨著越南和中國從1950年之後在政治、文化等關係上有著密切的聯繫，也隨著鄧台梅本身先後擔任著不同的社會身分，他譯介研究視野下的魯迅形象也發生很大的改變。如果說起初他的介紹觀點仍出發於對文學藝術意義本身的重視，那麼在後來譯介觀點反而更傾向於文學是否能夠體現革命運動的精神。換句話說，衡量一位作家或一部文學作品的意義並不是要看其在思想上是否有貢獻、藝術上是否有獨特的創造，而是要看其對一個革命運動的體現是否具備代表性、典型性意義。

在《新民主主義論》，毛澤東給魯迅很高的評價並強調魯迅是中國文化革命的主將，他不但是偉大的文學家，而且是偉大的思想家和偉大的革命家，魯迅的方向，就是中華民族新文化的方向。毛

---

11 鄧台梅，〈魯迅（1881-1936）‧III〉，載《清議雜誌》，第47期（1943，10月）。

澤東的這些評價成為鄧台梅在這一階段對魯迅文學譯介研究的基本觀點。在此基礎上鄧台梅在他的《中國現代文學史略1919-1927》[12]中對魯迅文學形象的介紹基本上通過以下幾點來展現：一、魯迅是一位與封建主義、資本主義進行徹底鬥爭的作家；他對白話文學的提倡與貢獻，他作品的內容主題都強烈體現這一點。二、魯迅是人民大眾的作家，無論是小孩、婦女、知識者還是農民都是以弱者的身分出現在他的小說裡，他們都是封建制度和資本主義制度的受害者，通過這些人物的刻畫一方面體現了作家的批判精神，另一方面也表達他對弱者的同情。此外，魯迅也是第一位在中國小說裡把農民形象提到主人公的最高位置的作家，在描寫農民及其生活，魯迅都是站在農民的情感和精神的立場上。三、魯迅是現實主義的代表作家。他的作品直接暴露著社會的腐敗現狀。他的創作方法是從批判現實主義發展到社會現實主義。

也因為魯迅以這樣特點的文學形象出現在文壇，所以這時候他的小說和雜文被提到很高的位置，幾乎壓抑了他的詩歌、散文創作。許多越南讀者到現在對魯迅的詩歌、散文仍然很陌生，可見他在這個時候被樹立起來的文學形象對後來產生深刻的影響。

潘魁比鄧台梅更早接觸到魯迅文學，但1930年代他的魯迅文學譯介卻未獲文壇的注意。1950年代回到魯迅文學譯介工作時，除了一部小說和雜文的翻譯，潘魁也寫了一些有關魯迅的文章。潘魁介紹魯迅文學的文章並不多，若包括作品集的前言一共有六篇。1955年8月28日，在《人民報》上發表〈魯迅，一位世界和中國的大文豪〉。1955年10月27日，在《文藝報》第92期上發表〈魯迅的文學鬥爭〉。

12　鄧台梅，《中國現代文學史略1919-1927》（河內：事實出版社，1958），頁155-164。

1955年10月30日，在河內舉辦的魯迅紀念大會上發表講話〈魯迅的生活和文學事業〉，後來講稿被收入《魯迅雜文選集》一書。1956年，他被派到北京參與魯迅逝世二十周年紀念大會，並在此大會開幕式上發表講話。之後講稿在《文藝報》1956年11月2日第145期上發表。

　　跟鄧台梅不同的是，潘魁始終堅持的觀點是認定魯迅不僅是中國文學家而且還是世界大文豪。1955年8月28日，在《人民報》上發表〈魯迅，一位世界和中國的大文豪〉，從文章標題上就明顯體現這觀點。文章中也提到：「魯迅是中國和世界的大文豪，這次《人民報》將魯迅介紹給越南人並不是第一次他被介紹的。」[13]

　　1955年寫的〈魯迅的生活和文學事業〉是潘魁介紹魯迅思想文學最全面的一篇文章。文章共有七部分：魯迅的生活及中國時代背景、魯迅如何成為文學家、魯迅的著述、文學的鬥爭、政治的鬥爭、我們該學習魯迅的地方、結論。在該文章的開頭，潘魁就強調：「如今魯迅已過世十九年。他的書已經被翻譯成世界上多種語言。所以，他不僅僅是中國大文豪而且也是世界大文豪」[14]。

　　1956年，潘魁在北京的魯迅逝世二十周年紀念大會開幕式上發表講話，也再次強調：「如今魯迅先生不僅是中國大文豪而且是世界大文豪。以前先生的文學事業對我們國家已經產生影響，八月革命以後到現在，那個影響力越來越擴大」[15]。

13　潘魁，〈魯迅，一位世界和中國的大文豪〉，吏元恩編，《潘魁寫和譯魯迅》（河內：作家協會出版社，2007），頁9。

14　潘魁，〈魯迅的生活和文學事業〉，《魯迅雜文選集》（河內：文藝出版社，1956），頁220。

15　潘魁，〈潘魁在魯迅逝世二十周年紀念大會開幕式上的講話〉，吏元恩編，《潘魁寫和譯魯迅》（河內：作家協會出版社，2007），

　　除了潘魁、鄧台梅以外，還有其他譯者參與了魯迅文學譯介，即簡之、胡浪、張正，然而目前在越南的魯迅翻譯與研究領域當中，鄧台梅、潘魁、張正這三個名字更為人知曉，而簡之、胡浪卻不太被認識。

　　1952年簡之開始翻譯魯迅小說。因為他當時還在郵政單位工作，翻譯幾乎是一種業餘的愛好。在《孤獨者》短篇小說集的前言，簡之說明他翻譯魯迅小說的理由，此時他對魯迅文學創作的瞭解還是很有限：「現代文學的趨勢是前往世界性。有意識地、清楚地認識到自己歷史使命的文藝家都為了促進那個進步的趨勢而大膽鬥爭。那些文藝家裡有魯迅，他是一個富有才華的、中堅的和熱心的文化戰士。那是中國人的榮譽。那也是我翻譯這些短篇小說的主要理由」[16]。在簡之的表達中，我們看出他跟鄧台梅初期的譯介觀念上有相似之處，即認為魯迅是一位有世界水準才華的文學家，是中國文學的代表作家。譯者之所以選擇魯迅，也是因為這位作家具備人道主義思想和作品本身的文學價值。「我翻譯了下面幾篇小說的理由在上面開頭的部分已經提過，我的目的是給讀者的心靈帶來對正在生活在一個還不怎麼好的社會裡的廣大人類的大痛苦的一種同情，那個廣大人類裡面，從很多方面來看也許會有你和我⋯⋯」[17]

　　十多年後，在1966年，簡之出版了《魯迅選集》，其中收集了十一篇小說，包括《吶喊》裡的七篇和《徬徨》裡的四篇。在該選集的〈譯者的話〉中，簡之相當全面的介紹了魯迅的文學成就、文學思想、創作風格及文學史地位，從中可以看出這個時期簡之完全

（續）─────────────────

　　　　頁51。

16　簡之，〈前言〉，魯迅，《孤獨者》（短篇小說集），簡之譯（河
　　　內：世界出版社，1952），頁9-10。

17　同上，頁10。

是以學者心態來接觸魯迅的文學創作。在〈譯者的話〉部分內容當
中，簡之表示他選擇魯迅作品來翻譯並不是按照個人觀點，而是參
考了中國文學家、中國研究者意見以後才決定。據中國學術界的意
見，該選集中的作品都是魯迅《吶喊》和《徬徨》中最優秀、最有
代表性的短篇小說。繼續1952年曾經提出的觀點，認為魯迅的文學
名譽已經超越了中國國界，簡之此時進一步強調魯迅「他的文學創
作不僅有出色的品質而且數量也豐富」，出版在1936年魯迅逝世後
的《魯迅全集》共有20冊六百萬字，主要包括校訂、編寫，翻譯及
創作三個方面的成果。在文學創作方面，簡之特別強調魯迅的小說
創作成就，他認為魯迅是「用筆尖來改變中國人的精神，改造中國
國民性」，為了這個目標，魯迅通過文學創作揭開了他民族所有傳
統性的醜陋因素，批判了腐敗的傳統文化以及當時的社會制度，並
認為這是中國惡化的主要原因。關於小說寫作技術，簡之評價魯迅
在人物描繪及心理分析上是當時中國其他作家難以跟他相比的。魯
迅寫出來的句子很簡練但非常深刻，筆力剛勁。魯迅是一位擅長用
諷刺手法的作家，他寫得輕鬆有趣但卻給人感覺深沉悲哀，讀者看
了小說笑了，感興趣了但也沉思著。最後，簡之表示他之所以譯介
魯迅文學「第一是因為魯迅筆鋒的藝術價值，第二是因為他對社會
病態和個人醜陋的控訴，這些對我們越南人來講完全不陌生，從很
久以前，我們早已認為把他的作品翻譯成越南文是一個非常有價值
的事」[18]

　　胡浪僅僅翻譯了魯迅的兩篇小說。在以《祝福》為名的小說集
〈前言〉部分中，胡浪寫道：

論到魯迅，毛主席有說：「魯迅是中國革命的偉人」。從辛亥革命（1911）前後階段，魯迅已活躍在文化戰線上，他向中國封建禮教道德的城堡進行激烈的攻擊。他在這一階段創作的作品大部分是短篇小說。故事一般通過貧苦的人物來揭露當時社會病根。他經常寫在城市和農村裡的貧窮人民階層的痛苦；每個故事描寫出不同層面，不同生活，但從大體上都針對一個目標，即徹底揭露腐敗的封建禮教對中國勞動人民帶來如何的悲傷和死亡……通過這兩篇小說，在其他小說裡也一樣，魯迅想告訴讀者要把舊封建禮教習俗給廢除，要把產生出痛苦和不公平，壓迫中國人民在黑暗、憋氣、病疫的生活中的腐敗社會給打破。[19]

　　這些介紹內容明顯體現在胡浪的觀念下魯迅形象被視為「中國文化革命的主將」。

　　張正雖然在越南的魯迅譯介領域中有相當重要的貢獻，但在筆者的觀點看來，他的譯介觀念其實是受到鄧台梅在1950、1960年代觀念的影響。這首先體現在1957年他和鄧台梅合作出版《阿Q正傳》單行本（河內建設出版社）。書封面標明「由鄧台梅和張正翻譯、注釋和介紹」。書內容共有四個部分：作者介紹（歷史背景、身世與事業、魯迅思想、魯迅的作品）；《阿Q正傳》作品分析；翻譯《阿Q正傳》小說；翻譯魯迅的「《阿Q正傳》的成因」文章。

　　另外，在1961年出版的《吶喊》小說集譯本的前言中，我們也不難看出張正所繼承鄧台梅對魯迅文學的接受觀念的痕跡。他清楚

19　胡浪，〈前言〉，魯迅，《祝福》，胡浪譯（河內：普通出版社，1960），頁3-4。

地表達：

> 魯迅在什麼情況和為什麼目的而創作《吶喊》裡的小說，作家
> 在為自己小說集寫的序言裡已經講得非常感動，我們在這裡不
> 必再重複了。但是，為了讓讀者更清楚地瞭解這些小說的內容
> 思想上的一致之處，我想還是要強調兩點：第一點，魯迅有明
> 確意識地用文學來為革命服務。這個意識不是到了寫《吶喊》
> 裡第一篇小說的時候才有，而早在一開始拿起筆來寫文章時已
> 經具備了。這個意識在三十多年參加文學活動過程中一直陪伴
> 著他到去世的那一天。……第二點，魯迅不僅給自己提出「文
> 學為革命」、「文學為人生」的方針，而且還提出「遵命文學」，
> 意思是遵奉命令而創作的文學。換句話說，要實現這個方針，
> 作家必須遵奉先鋒革命者的政治路線，不能按照自己的主觀想
> 法，不能走個人自設的路線而不管大家共同的革命運動。[20]

在這段話當中張正所表達的觀點跟鄧台梅後期觀點是一致的，
他們都把魯迅理解為體現著毛澤東和中國共產黨的文藝方針的代表
作家。

參與魯迅文學譯介的五位譯者當中，如果說鄧台梅對魯迅文學
形象的認識體現了一個從「世界文壇的大文豪」到「中國文化革命
的主將」的觀念轉換，那麼潘魁始終堅持文學的立場，多次強調魯
迅文學的世界地位。簡之從業餘愛好開始了解魯迅文學到後來對魯
迅文學的有了全面的認識。在鄧台梅的影響下，胡浪和張正一樣強

---

20 魯迅，《吶喊》（小說集），張正譯（河內：文化出版社，1961），
    頁3-13。

調魯迅對中國文化革命的貢獻。這些譯介觀點無形中讓魯迅在20世紀越南文壇上同時具備了兩種身分，既是世界水準的現代文學家又是中國無產階級革命家。

三、雙重視野下的魯迅文學精神解讀：意識形態的體現與知識分子立場的堅持

魯迅在越南文壇上之所以同時以不同身分而出現，不單是體現每一位譯者評價魯迅文學成就時的個人觀點，而更是反映了越南當時的文學接受背景。

越南對20世紀中國文學的譯介與接受基本上劃分為三個大時期。第一個譯介時期發生在1920、1930年代。隔了十多年後，20世紀中國文學進入了另外一個譯介的階段，即從1940年代到1960年代。再經過大概十多年的時間，越南和中國因外交關係的不協調而導致在文學關係的交流上的中止，直到1990年代初才恢復正常的關係。三大時期之間除了翻譯出版的時間上有中斷之外，每個譯介時期還明顯體現出越南文壇對中國文學的互不相同的接受觀念。

第一個譯介時期發生在1920、1930年代。此時越南在書面語言上從漢語使用轉向越南國語的使用，這使得中國文學從原來對越南讀者沒有語言閱讀上的障礙，逐漸變成一種外國文學。這一階段可以說是徐枕亞小說的翻譯出版的時代。當時徐枕亞小說翻譯是屬於20世紀初期第二次中國小說翻譯熱潮。第一次翻譯熱潮出現在1901年至1910年期間，最高峰時在1906、1907兩年，主要發生在越南南方的西貢（現為胡志明市）。當時大量的中國歷史小說譯本都流傳非常廣，最著名的可以提到《三國演義》、《岳飛演義》、《東周列國》、《水滸演義》等。到1920年代初，隨著越南國語字從南方

推廣到北方而引起了在北方河內的第二次翻譯熱潮，熱潮中以徐枕亞為代表的言情小說受到廣大讀者的歡迎。

第二個時期最初發生在1942年魯迅的詩作〈人與時〉在《清議雜誌》10月第23期上發表，標誌著魯迅以及中國文學被系統性地介紹到越南。這個譯介時期的高峰是在1950年代末1960年代初，所譯介的作品集中在中國現代文學和當代1940年代末到1950年代末的文學作品，其中大部分是小說體裁作品的譯介。從現代作家到當代作家，都有代表作品被譯介給越南讀者。比如現代作家魯迅、郭沫若、茅盾、巴金、曹禺、老舍；當代作家趙樹理以及屬於當時「主流文學」作家如杜鵬程、劉青、梁斌、吳強、羅廣斌、楊益言、歐陽山、楊沫等。這個時期的終點大約發生在1966年，之後兩國文學關係一直被中斷，到1990年代初才開始恢復。

第三個時期大概形成於1991年中國越南恢復正常關係之後，所翻譯介紹的作品大部分是屬於1980年代後的中國文學，尤其是一些曾經在中國文壇上風靡一時或者在世界範圍內深受關注的作品，如張賢亮的《男人的一半是女人》、蘇童的《妻妾成群》、賈平凹的《廢都》、莫言的《豐乳肥臀》、余華的《活著》、《兄弟》等。另外一部分，數量比較少的是現代文學經典作品的重印和新翻譯。重印部分集中在魯迅的小說、雜文，曹禺的戲劇以及茅盾的小說。新翻譯的現代文學創作主要有巴金、老舍、沈從文等作家的作品。

上述這三個譯介時期都具備著不同發展特徵。第一階段仍然印證著對中國文學的接受傳統延續下來的文學觀念和審美欣賞習慣，同時也體現了越南讀者對中國文學的接受觀念的改變。越南讀者當時喜歡看徐枕亞小說，是因為他們在其中看到自己所熟悉的中國文學形象（用文言文創作，小說中使用大量詩詞），同時也發現了這些創作所體現的現代性意義（衝破封建禮教的愛情故事，以書信、

日記為創作形式等）。換句話說，徐枕亞小說當時似乎完全符合了越南讀者心目中「新」的中國文學形象。這也使得魯迅文學當時雖然已被翻譯但無法獲得文壇的重視。在第二個譯介階段，此時中國文學已經成為真正意義上的外國文學。對中國文學的接受觀念，體現出一個從對中國新文學傳統的初步認識，轉向以毛澤東文藝思想的全盤接受為主的發展過程。到了第三個譯介時期，經過多年在文化文學交流上的中斷，越南文壇放棄了過去評價文學作品時帶有意識形態化的接受觀念。越南讀者又一次重新認識、重新瞭解當下的中國文學，在此時中國文學的翻譯卻反映出跟過去不同的文學接受觀念。1989年張賢亮小說《男人的一半是女人》作為1980年代後文學的第一部小說在越南被翻譯出版，就是一個新的開始，代表著一種深受大眾文化價值的影響的譯介與接受觀念。

　　魯迅文學譯介經歷過這三個階段。在第一個階段，他的文學不被認識。在第二個階段，他的文學作品被翻譯得最多並深受文壇的關注。第三個階段，雖然魯迅的小說不斷被重印出版，但對他文學的接受卻逐漸走向邊緣化並僅限於大學教育和學術研究範圍內。總的來看，目前越南對魯迅文學的譯介明顯保留了第二個階段的接受特徵和發展傾向。在此階段，即1940年代到1960年代，魯迅文學精神內涵被理解為豐富的，出現了兩種不同對魯迅文學精神的解讀觀念：一個以鄧台梅為代表的觀念是支持著國家意識形態的體現，強調魯迅文學為國家政治的服務內容。另一種以潘魁為代表的觀念，是堅持著知識分子立場來認識魯迅文學本身的價值。

　　前述已提到，鄧台梅從1942年開始譯介魯迅的作品。他剛開始並沒有很「狹隘」地把魯迅當作中國新民主主義時期文學的偉大形象來刻畫，而是用世界文學的眼光來形容這位作家。然而，在1945年後，他譯介研究視野下的魯迅形象發生很大的改變。如果說之前，

他的介紹觀點還是出發於對文學藝術意義本身的重視，那麼在後來譯介觀點反而更體現意識形態化傾向。這個轉變的原因，是因為鄧台梅接受了毛澤東〈新民主主義論〉的影響，尤其是其中有關文學藝術的論述觀點。在〈新民主主義論〉，毛澤東給魯迅很高的評價，而這些評價同樣也成為鄧台梅在後期對魯迅文學譯介研究的基本觀點。鄧台梅在許多文章中強調魯迅「中國文化革命的主將」形象的同時，其實就透露了他對魯迅文學精神的解讀立場。1959年，鄧台梅給一位年輕學者的專著《魯迅：中國文化革命的主將》寫的序。序裡面他強調：

> 黎春武同志的研究專著中最可貴的地方之一，是修正了這幾年來自稱《人文》派[21]的一些分子的故意誤解。
> 我們還記得：最近一段時間，也有人研究、介紹魯迅，但是他故意讓讀者誤解了魯迅和中國共產黨之間的關係，誤解了魯迅的寫實態度和他的諷刺文學……於是有人雖然對魯迅什麼都不知道但也「跟在老作家的腳後」而認為魯迅不需要共產黨的說

---

21 1956年，越南的一些文藝者合辦一份社會文化性的半月刊叫《人文》，潘魁當雜誌主編。1958年，圍繞著以《人文》雜誌和另外出版物《佳品》為中心的一批知識分子，因為要爭取創作自由和言論自由而遭遇了跟中國反右運動中胡風集團的類似命運。在越南歷史上將這個事件稱為「人文佳品事件」或「人文佳品運動」。當時被定為「人文佳品」集團分子的黨員被開除黨籍，有的被開除公職、軟禁，有的被勞動改造、有的被投入監獄，情況都很悲慘。在越南1986年實行改革開放之後，這部分知識分子得到平反，其中很多人雖然已故但仍被追授「胡志明獎」和「越南國家獎」。這些都是越南國家最高級別獎項，授予在科學技術、教育、文學藝術領域中對國家的發展作出重大貢獻的人。《胡志明獎》每五年授予一次。《越南國家獎》每兩年授予一次。

明也可以成才。

…………

黎春武同志的這本專著將説明讀者分辨清楚那些「無恥」筆觸中的惡意和錯誤。

讀者將明白：從一開始創作，作為一位熱情的青年作家的魯迅已經很願意遵奉馬克思者和真正革命者的命令而寫作的。去世前幾個月，在答托洛茨基派的信裡，魯迅也宣佈能夠做為「為著現在中國人的生存而流血奮鬥者」的同志是自己的光榮，他們就是中國共產者。

讀者將明白：魯迅的雜文就是向敵人射出的致命的彈子，但是魯迅永遠不會把那辛辣的諷刺文章向革命陣地攻擊，他的筆鋒是針對著從北洋軍閥到蔣介石的法西斯集團的反動派。

那就是黎春武同志這一專著的可貴貢獻。[22]

　　從鄧台梅的這番話中，我們可以看出這時候越南文壇對魯迅文學精神解讀已經發展到意識形態化的最高度層面。魯迅的「中國文化革命的主將」形象含義的理解已經狹隘到「魯迅是中國共產黨的革命者」的程度，魯迅的文學創作不是代表他個人思想而是中國共產黨文藝方針的一種圖解。不僅如此，除了這種理解之外，當時越南文壇是不允許對魯迅文學精神作任何第二種話語或第二種解讀。尤其這個觀點體現在一個同時作為學術界、文藝界、教育界的帶頭人鄧台梅的思想當中，我們更能看出貫徹「毛澤東文藝思想」方針，已經成為整個時代對中國文學接受的嚴格要求。而魯迅文學接受就

22　黎春武，〈序〉，《魯迅：中國文化革命的主將》（河內：文化出版社，1959），頁6-7。

是這個時代最有代表性的文學接受現象。

上述序文當中，鄧台梅所提到「『人文』派的一些分子」指的其實是潘魁。潘魁是屬於越南的第一批現代知識分子，所以他帶著這種精神進入了魯迅文學譯介工作。魯迅開始寫小說的時候，他已經到中年。潘魁翻譯魯迅的時候，他也一樣到了中年。他們一生的經歷其實也滿相似的，都是要見證著民族新生命的建設在很惡劣的政治環境裡進行。也許是因為這個原因而在理解魯迅的文學思想時，潘魁總是有自己尖銳的看法。而就因為那些尖銳而富有社會反思意義的觀點，他和以鄧台梅為代表的意識形態化文學接受觀念發生了分歧。兩者的分歧主要圍繞著兩點：對魯迅諷刺文學的理解和對魯迅的政治鬥爭的看法。

在《魯迅雜文選集》的〈譯者的話〉內容中，關於魯迅的諷刺文學的觀念，潘魁表明：

> 最近幾年，在中國和在越南都有人說魯迅的文學僅有諷刺和打擊，對於今天已經不生效了，不得用了。他們以為今天是一個已經十全了、盡善盡美了的時代。我不僅不同意還覺得厭惡那種論調。
>
> 只要社會尚未盡善盡美，有骨氣的作家就有可諷刺或打擊的地方。在可以自由言論的時候就打擊，在不能自由言論的時候就諷刺。兩者雖然在性質上不同但作用同樣只有一個：鞭打社會的醜惡。
>
> ⋯⋯⋯⋯⋯⋯
>
> 在1918年創作的《狂人日記》裡，魯迅提出「真的人」。那「真的人」是人類最高等級的進化。所以，魯迅的諷刺文章雖然是用來鞭打現時的醜惡，但最終還是為了嚮往那個最高等級的進

化……

總之，現在的進步社會制度尚未十全，尚未盡善盡美。「真的
人」也還沒出現。那麼魯迅說出事實的諷刺文學仍是有效，仍
是得用的。

我仍相信文學是沒有永久性的。就像孔教的五經四書那樣天經
地義也僅能用於兩千年。魯迅的文學也不可能有用到地球毀
滅，但從現在到真的人出現的那一天，他的文學還是光榮地存
在著，因為天下大家都需要它，都歡迎它。[23]

在《魯迅的生活和文學事業》另外一篇文章中，潘魁對魯迅在
政治方面上的鬥爭提出這樣的看法：

魯迅不從事政治活動，不是政客，也不是共產黨員，但他對共
產黨的政治傾向是贊同的。中國共產黨成立於1921年，但到1925
年共產黨發動的『五卅運動』後一年，魯迅才體現出他的那個
政治傾向並且親自出來反抗黑暗的政治勢力。

魯迅的政治鬥爭，從段祺瑞軍閥統治下到蔣介石法西斯統治下
一直進行的。他是真正的鬥爭，有的時候是通過實際行動，有
的時候是通過文學。[24]

透過上述資料來看，潘魁介紹魯迅觀點中最突出的一點就是刻
畫了一個具備徹底戰鬥精神的文學家，而他的戰鬥精神是來自於他

---

23 潘魁，〈譯者的話〉，魯迅，《魯迅雜文選集》，潘魁譯（河內：
  文藝出版社，1956），頁5-10。

24 潘魁，〈魯迅的生活與文學事業〉，魯迅，《魯迅雜文選集》潘魁
  譯（河內：文藝出版社，1956），頁244。

的獨立思考和獨立人格。他對一切醜惡和黑暗的批判和反抗是從一
開始寫作就已具備的一種自我意識，而並不是因為受到哪種外在勢
力的引導之後而產生的。所以他的戰鬥精神才能超越了種族的界
限，在世界範圍內發揮影響，因此潘魁才提出非常先鋒的評價「魯
迅的文學也不可能有用到地球毀滅，但從現在到真的人出現的那一
天，他的文學還是光榮地存在著，因為天下大家都需要它，都歡迎
它」，這句話到現在還是非常準確的。

　　也是因為持著魯迅的戰鬥精神來自於他的獨立思想和獨立人格
的觀點，潘魁才認為魯迅和共產黨之間是合作的關係，他之所以與
共產黨並肩鬥爭，是因為他在共產黨的政治傾向上找到跟自己相同
的目標，所以在五卅運動發生後，魯迅才開始有思想上的轉變。潘
魁的這個看法跟鄧台梅觀點很不同在於，鄧台梅認為魯迅就是共產
黨的革命者，他從一開始拿起筆來創作就是為了遵奉中國共產者的
命令，他的文學體現著也代表著共產黨的文化政策。所以在鄧台梅
的觀點當中，魯迅文學形象基本上是包括兩方面的內涵：一，是一
位與封建主義、資本主義進行徹底鬥爭的作家；二，一位站在人民
大眾立場上的作家。這兩者之間是有因果關係的，大眾就是小孩、
婦女、農民等弱者，他們就封建制度和資本主義制度的受害者，所
以魯迅小說基本上會同時體現兩點，即作家的批判精神和對弱者的
同情。

　　兩者觀念的差別體現得最明顯，就在於他們對魯迅作品內容的
不同理解。比如關於魯迅的代表作〈阿Q正傳〉。鄧台梅認為在這
部作品裡阿Q就是農村無產者的代表，魯迅在小說裡通過刻畫一個
受盡痛苦和折磨的人物，體現了他對農民的憐憫。阿Q身上的最大
特徵是「精神勝利法」，被理解為阿Q為了應付多層壓迫的生活環
境而產生的一種本能心理。「精神勝利法」的另一面是自高自大，

而阿Q的自高自大又是委婉地體現當時封建統治階層的精神面貌和性格特點。他們對待人民也是那種自高自大的態度。阿Q因為長期生活在統治制度下，所以也受到統治階級性格的影響。總之，阿Q成為人格上盡受封建制度的迫害和毀滅的典型人物，而完全失去了原來的「國民性揭露與改造」的含義。

潘魁的理解反而不同，他很明顯講述：「《阿Q正傳》，據我理解，其主題是有兩層：一方面描寫農村人民因受壓迫剝削而陷入到了貧困勞苦之中，最後變成辛亥革命的受難者，不過那僅是主題的次要內容。另一方面，這才是主題的主要內容，據魯迅的說法那是『畫出國民的靈魂』。他曾經想用文藝來醫治精神，而要先找出病根才可以治好，所以在這一篇小說裡，阿Q身上的多少弱點都是中國人的弱點。」

1958年，由於「人文佳品」事件的發生，潘魁被禁止寫作。他的自由思想和獨立人格的知識者立場雖然沒能在現實中堅持下去，但卻在魯迅文學精神解讀中獲得生命的延續。

經過第二譯介階段，魯迅文學精神的解讀一直被延續到現在，即以鄧台梅對魯迅文學精神的理解觀點為主。作為鄧台梅在魯迅譯介與研究領域中的優秀繼承者張正，仍然體現意識形態立場。1977年，張正出版專著《魯迅》（文化出版社）。這是全面介紹魯迅生平和文學歷程的一部專著。在〈前言〉部分，張正表示：「人們敬愛他不僅因為他的文學偉大，而且還因為他的一生體現接物處世態度，為共產理想而堅韌鬥爭的精神的一個好榜樣。他在一生中以筆做武器，站在抨擊從封建勢力到帝國軍閥等反動勢力的前線，為了進步社會而鬥爭，為了像阿Q、祥林嫂等那些人帶來幸福」[25]。在專

25　張正，《魯迅》（河內：文化出版社，1977），頁5。

著最後內容部分，張正提到「人文佳品」事件，此時他的個人觀點跟20年前鄧台梅觀點一致：「革命後有些人學習了魯迅的諷刺來打擊社會主義制度，打擊黨，就像人文佳品集團，那是亂來。要諷刺，首先要站在正義這一邊，那諷刺的話才有價值」[26]。最後張正提出結論認為：「他的一生是越南小資產知識分子想加入工人階級隊伍的一個好榜樣。他具備自我批評，自我改造的極高精神」[27]。

　　1990年代後，也就是前述的第三個譯介時期，雖然越南文壇對中國文學的接受已經從當初受政治的制約的氛圍脫離出來，不再以體現毛澤東文藝思想作為文學作品的評價標準，然而接受觀念還是沿著那種從政治歷史的立場去認識文學的意義的接受習慣，並未回歸到文學藝術特徵本身的欣賞。魯迅文學在越南的接受也不例外。越南學者仍普遍認為他是由無產階級領導的新民主主義時期文學的代表作家。

　　2002年，潘文閣[28]出版《魯迅詩歌》一書。書中作者將魯迅59題75首詩進行翻譯的同時，也對魯迅詩歌創作的三個階段進行總體介紹。第一個階段是1900年至1901年魯迅去日本留學之前，此時魯迅尚未接觸到新民主主義革命，所以詩歌創作仍然受舊思想的影

26　同上，頁281。

27　同上，頁282。

28　潘文閣（1936- ）原任越南漢喃研究院院長，有過在中國學習的經歷：從1954年到1956年，他在南寧中央學舍區（即廣西南寧育才學校）的高級師範學校上大學；從1976年到1978年，先後在北京語言文化大學、南京大學進修古代漢語。1960年代時期，潘文閣參加翻譯了《郭沫若詩歌》（1964）；《紅旗歌謠》（郭沫若、周揚編，1965）。1990年代後，除了張賢亮的兩部作品《男人的一半是女人》、《男人的風格》以外，潘文閣也翻譯了《魯迅詩歌》（2002），他和南珍合譯的《郭沫若詩歌》也在2002年重印出版。

響。第二個階段從1903年到1925年留學日本回來之後，此時魯迅詩歌體現了濃烈的愛國精神、反封建精神並成為民主革命者的戰鬥歌聲。第三個階段從1926年到1935年，魯迅詩歌從民主革命者的詩聲變成無產階級戰士的歌聲。潘文格認為「前幾個階段，魯迅是進化論者，有時不免感到寂寞作戰者的徬徨苦悶，那麼到這個階段，他就成為了階級論者，他從黨領導下由人民進行的革命鬥爭的偉大力量中獲得鼓勵，他不再覺得徬徨痛苦而更加勇猛作戰。在反抗『文化圍剿』的鬥爭中，在黨領導下，他成為偉大的無產戰士，這一切都反映在他的詩歌中」[29]。

　　出版於2002年的《中國文學史》（河內師範大學出版社）是越南最近期編寫的中國文學史教程。這部書的第二卷（由阮克飛、劉德忠、陳黎寶編寫）中有寫到近代文學和現代文學的兩個內容，其中現代文學部分選擇了三位作家，即魯迅、郭沫若、曹禺。關於「現代文學」的含義，教程明確指出「中國現代文學從1919年五四運動開始。五四運動是兩個革命的界線，既是由資產階級領導的舊民主主義革命的結束時期，又是無產階級領導的新民主革命的開始。現代文學是無產革命的全部事業中一個有機的組成部分」[30]。作為中國「現代文學」的奠基者的魯迅仍然保留著由上個譯介階段留傳下來的意識形態化的文學形象，對魯迅的文學貢獻的評價基本上都圍繞著「為無產文學的維護而鬥爭」這一命題。2014年，這本教材再版，基本上內容沒有改變，只是教材的重印。

　　綜上所述，可以看到魯迅文學在越南文壇上曾經是一個內涵豐

29　魯迅，《魯迅詩歌》，潘文閣譯（河內：勞動出版社，2002），頁17。

30　阮克飛、劉德忠、陳黎寶，《中國文學史》第二卷（河內：師範大學出版社，2002），頁171。

富的文學形象，但越往後來越南對魯迅文學精神的解讀越變得「狹隘」、「單一」。透過「雙重身分」與「雙重視野」這兩個命題來討論越南文壇對魯迅文學的接受，也許難以一一提及其全部面貌，但從整體上來講，這些足以體現越南接受魯迅文學的重要特徵。儘管魯迅的重要文學作品都在越南被翻譯了，但越南的魯迅文學研究成果仍然難以突破以往的觀點。這一方面體現越南本土文化背景的特點，另一方面卻反映了越南對魯迅文學研究正處於停滯狀態。換一個角度來看，魯迅文學在越南的研究其實還有很多發展的空間，尤其是把魯迅文學放在更寬闊的視野來探討，或放在更多元的文化環境來研究，這些都是有發展的可能性的。

阮秋賢，越南河內國家大學下屬社會科學與人文大學文學系副主任。研究方向為中國現當代文學史，中國現當代文學在越南的翻譯與接受，台灣現當代文學在越南的翻譯與接受。著有《譯介的話語：20世紀中國文學在越南》以及關於中國文學在越南傳播、翻譯的論文多篇。

台港思想

鄉土文學論戰中的記憶政治：
論胡秋原〈中國人立場之復歸〉

王智明

　　記憶政治有幾個維度：記憶作為一種政治行動，可被當成歷史的補遺或對反，是故記憶本身就具有政治性。以國族歷史為典型，記憶政治是一種傳承，因此最為強固，但也最為「人工」。在其邊緣是稗史、野史、回憶錄之類的補遺，它們可以強化國族歷史，也可以與之詰抗。記憶的差別因此暗示了主體位置的差異。

　　記憶政治不只是關於過去，而是為了介入當前。對過去的補遺就是對當下記憶的補充，提醒我們忘記、誤記了什麼，而造成了自身主體位置的位移。也因此，記憶政治是一種要求修補更正的行動，是以古觀今，以今鑑古的努力。不同的記憶彼此對抗，也要求彼此包容，希望在更長的歷史維度中含納彼此。朱天心在《古都》裡的大哉問「我的記憶算數嗎？」即為一例。

　　鄉土文學論戰是複雜的記憶現場，它本身也構成當代台灣歷史記憶的一部分。如果說鄉土文學論戰的效果是鄉土與本土的拉鋸，是現代主義與寫實主義的鬥爭，是國共鬥爭的文藝戰場，那麼關於鄉土文學論戰的回憶本身，也就構築了我們對於當前台灣的認識：從現代主義走進了現實主義，從鄉土轉向本土，從中國抵達台灣。在這個意義上，我們對於鄉土文學論戰的討論，就不該僅限於清理現代主義，回歸鄉土與再思中國的關係，同時，我們也要對其抵達

現實、本土與台灣的構成方式進行反省，追問如此記憶的本質，並且挑戰其政治。換言之，回望鄉土文學論戰的目的，在於重新檢視兩岸分斷的時點及其影響，從而釐清記憶之工（labor of memory）與記憶之痛（pain of memory）如何被轉化為台灣意識形態的基礎。

在這篇文章中，我主要檢視胡秋原從「中國人立場之復歸」這個角度對鄉土文學論戰的介入，特別是他將鄉土文學論戰的意義放在「三十年代文學」脈絡中思考的嘗試。我認為，胡秋原這一「復歸」的表述相當重要：一方面，它是鄉土往本土轉向中，最後一次的中國迴聲，代表了他那個世代的記憶對1970年代政治的介入；另一方面，它也顯示了鄉土文學論戰本身的性質，就是一場記憶與空間的戰爭，在兩岸切離的過程中，總是藉著一種「復歸」的想像彼此拔河。作為一種記憶現身的表述方式，「復歸」或許正是對兩岸分斷的肯定與否認，值得我們深入探究。

在以下的討論裡，我想先談談當代台灣如何「記憶」鄉土文學論戰，亦即鄉土與本土之間的構連是如何在本土化過程中完成的。然後，再進入胡秋原的文本，去討論其「復歸」的立場如何與他個人的記憶勾連。最後，我會對在鄉土文學論戰之後出現的台灣意識形態進行分析，最後再回到復歸與分斷的辯證中去思索記憶的問題。

一、記憶鄉土文學論戰

在〈二十年來的鄉土文學〉這篇回顧文章中，1947年出生的台派文評家彭瑞金給予「鄉土文學論戰」如下的定性：「那是一場和文學幾乎無關的論戰，那是一場藉文學討論為名，實則是附驥政權的文人與反當權的文人之間，左右意識形態彼此的鬥爭」（2019：282）。他接著這樣記憶與解釋著鄉土文學論戰的意義：

「鄉土文學論戰」解決了什麼？答案是解決了鄉土。因為在這之前，站在台灣的土地上、人群中創作，所謂扎根於本土的作品，都被披上鄉土文學這個偽裝，且不管願不願意，這種形式存在的本土文學，都要被人劃上邊緣、非主流、非主體文學的等號，意味文學還有中央，另有主流。就這一點而言，當年的反鄉土和擁鄉土派的立場是一致的，只是各自擁抱不同的「中央」而已。論戰畢竟還是掛著鄉土文學的名號，鄉土文學的內涵還是得到了澄清。以台灣為主體，為創作依據的文學，所以要披上「鄉土」的偽裝，完全是因為外來政權以政治力量干預、宰制文藝活動的結果，其實，它們才是唯一真正從台灣的土地上生長出來的本土種文學。無端被捲進這場戰火裡淬鍊，它的正當性立刻被凸顯出來，不僅讓人恍然大悟它正是代表台灣的文學，也把過去騙人的「反共文藝」假面揭穿，更把「西化派」的流浪、自我放逐的虛妄性暴發出來，至於完全依附「政權」存在的「中國文學」和「中國作家」，則像地基被淘空的大樓，一夕之間也證實是沒有人民，沒有土地的空中文學。（2019：283-4）

這段引文裡有許多重要的線索，有助於我們理解鄉土文學論戰是怎麼被記憶的：首先，鄉土文學基本上是一個「偽裝」，在當時是被視為「邊緣、非主流、非主體」的「本土種」文學。本土文學之所以需要偽裝是因為政治力量的干預，以致於「以台灣為主體」的文學無法得到發表的空間，因此須要竊身「鄉土」之中予以保存和發展。其次，鄉土文學代表台灣，從而揭露了反共與西化派文藝的虛妄性，突顯了這些依附國民黨政權的「中國」作家與文學，腳下其實沒有土地，也沒有人民。姑且不論彭瑞金的判斷是否準確，

他的記憶強調中國與台灣的斷裂早已發生，只是在政治情勢下必須
「偽裝」，因此不論是反鄉土派或是擁鄉土派，其實差別不大，因
為它們另擁「中央」和「主流」，而與鄉土文學中的「本土」內核
格格不入。在這個意義下，「中國」的文學和作家都是「地基被淘
空的大樓」，是將沉之浮木、無根之軀殼。一旦政治壓制的情況解
除，「本土」將撕去「鄉土」的外衣，人民與土地也將推開腐朽的
文學和作家，另尋新生。

　　晚了彭瑞金四十年出生的台派文評家朱宥勳，則是從葉石濤的
生平志業中，如此理解鄉土文學論戰：

> 〈台灣鄉土文學史導論〉發表時，「鄉土文學論戰」剛剛爆發，
> 可以看得出來葉石濤的這次出手，是審度過時機的。再過十年
> 的1987年，葉石濤再次發表了同一系列的評論——這次直接寫
> 成一本書了，即為《台灣文學史綱》。這是解嚴前夕，但當時
> 的人們還不見得能夠預知這點，葉石濤再一次用力踩線了。你
> 可以看到，最後一次改動，連「鄉土」這個屬性都拿掉了。此
> 一命名的宣示意義非常明顯：「台灣文學」終於可以拿掉所有
> 遮掩，明明白白站在眾人面前了。在葉石濤的脈絡下，「台灣
> 的鄉土」本來就是一個帶有冗贅字眼的詞彙，若非政治的壓抑，
> 他想說的一直都是「台灣」。（朱宥勳，2016）

　　在年輕的朱宥勳眼裡，「鄉土」根本就是一個「冗贅」的字眼，
是台灣文學的遮掩。這個遮掩在戒嚴時期既是保護，也是壓抑；一
旦政治壓制不再，台灣便不再需要鄉土，而可以堂而皇之地「本土」，
為「台灣文學」正名，予其歷史與未來。朱宥勳認為，葉石濤這個
「從鄉土到台灣」的戰略突破，有賴於他對台灣文學的評論與建構

——從張文環、吳濁流、鍾肇政、七等生、鄭清文、林懷民、陳映真而舞鶴、黃凡等人，構成了他「為台灣文學而評」的偉業，而且「這個局佈了不只二十年，就看我們怎麼接著玩下去了」。這些作家都屬於「台灣文學」自不待言，但他們是否只屬於「台灣文學」，以及對這個標籤的看法是否一致，則有待進一步的討論。重點是，這兩位年齡相差超過四十歲的評論家，皆是以「偽裝」和「冗贅」來理解與記憶鄉土文學「這個局」的。在他們看來，鄉土文學論戰的意義，不過是催生了潛藏在這片土地上，原本受到政治壓制的台灣文學，正如當前不少年輕人傾向把「解嚴」當成台灣的威瑪共和的誕生。一旦歷史任務完成，曖昧無邊的「鄉土」即可轉化為明確而肯定的「本土」，剩下的就是「怎麼玩下去」的問題。藉著這樣的敘述，關於鄉土文學論戰的記憶就被定格為「台灣文學」的來路，至於台灣文學作家怎麼走上文學的道路，如何體認與理解鄉土的意義，又為何呼喊鄉土，似乎就不那麼重要了。鄉土的放逐，於是成為「台灣文學」記憶的原點；人民、土地與文學也就侷限在這島嶼之上，也許深掘，卻不再遠望[1]。

1　關於鄉土與本土的關係，林載爵也是以轉換和取代的角度來觀察。他認為，鄉土文學論戰後，因為1970年代後半政治事件的激化，使得鄉土文學這股思潮橫遭中斷，致使原來已展開的諸多論題——如殖民歷史的省視、社會階級的分析、大眾文化的反省等——被很快地收束在「本土」的框架當中。他指出，即使鄉土和本土是「互為局外」的兩種論述，本土轉向的結果，非但沒能打開去殖民的視野，反而進入了一種去歷史的狀態（2019：233-234）。呂正惠則指出，鄉土文學運動本是「反國民黨的文化、文學界的大聯合」，但在1980年代以降的台灣文學運動中，卻造成了從「鄉土」轉為「本土」、從「社會文學」轉向「地域文學」、從「反西化」轉成「去中國」等變化（2019：252-253）。從林、呂兩人的評論來看，這無疑是台灣現代文化史上的巨大轉折，並且與政治運動相結合。「台灣文學」

二、「中國人立場之復歸」：胡秋原的記憶政治

> 不論鄉土文學這一名詞是否正確，問題在於內容與志向……鄉
> 土對外國而言，反對西化俄化而回到中國人立場之意。鄉土今
> 以此處之鄉土始，究必以到鄉土之大陸終。這便是民族主義。
> ──胡秋原，〈中國人立場之復歸〉（1994：125）

在今日台灣的言論市場中，胡秋原大概會被歸類於「統派」。
1988年4月，由陳映真任主席的「中國統一聯盟」成立時，胡秋原是
「名譽主席」，他的公子胡卜凱亦是1970年代北美保釣運動的大將，
稱之為「統派」或許並不為過。但所謂的「統獨」本是台灣獨特政
治歷史下的產物，只從此高度政治意識形態的濾鏡觀之，不僅會造
成不必要的扭曲和對立（彷彿統派只關心中國、不在乎台灣），更
容易忽視其背後深厚持重的自由主義傳統和反帝國主義視野，而這
正是胡秋原的民族主義的構造。

對於1977-1978年間的這場鄉土文學論戰，胡秋原是有重大貢獻
的。他的貢獻不僅僅在情感上與理論上提出了「中國人立場之復歸」
這一核心論調，更在於他的介入與發言直接避免了一場腥風血雨，
保全了左翼作家的性命和事業，也為鄉土文學論戰之後的文藝發展
保留了一個相對寬鬆的空間[2]。大陸學者古遠清便如此評述其貢獻：

─────────────

（續）

的政治性，在此表露無遺。

2　古遠清寫道：「那時國民黨御用文人彭歌在《聯合報》上發表了〈不
　　談人性，何有文學〉的文章，對鄉土作家陳映真、王拓、尉天驄公
　　開點名，作了嚴屬的政治抨擊，再加上余光中在〈狼來了〉中提言
　　要對作為毛澤東文藝思想信徒的陳映真『抓頭』，整個台灣文壇由

「胡秋原對鄉土文學的肯定性的評價，澄清了右翼方面對陳映真的
誣陷，防止鄉土作家的首級被『血滴子』取去，對台灣左翼文學的
發展起到了保護作用」（2010：119）。的確，胡秋原的聲援跨越了
省籍，堅持現實主義的介入乃是文學的本業，而非什麼「工農兵文
學」或是「社會主義寫實主義」；他更將兩岸分斷的現狀、台灣經
濟和文化上的依附狀態，以及民族的未來，置於文學討論的前景，
將腳下島嶼及對岸的土地和人民都糅合在鄉土的想像裡。胡秋原寫
道：「如果追逐西潮及其末流不是出路，描寫自己人民生活原是文
藝之永恆主題，則大陸來的青年作家應以更好的文筆，更廣大的眼
界，寫更大鄉土的人民」（1994：143）。不同於前述彭瑞金和朱宥
勳的主張，對於在大陸成長，親眼目睹神州淪陷的胡秋原來說，鄉
土不是本土的偽裝，而是兩岸分斷的接合劑。這個接合的構想並非
主觀的強制，或是無中生有的發明，而是記憶派生之自然結果，亦
是一次對當時的政治與文化現實的批判性介入，因為「人民生活」
不僅存在腳下，也存在於海峽的彼岸。

　　〈中國人立場之復歸〉原是為尉天驄編的《鄉土文學討論集》
所寫的序。在這篇文章裡，胡秋原首先指出，鄉土文學是「一種值
得歡迎的傾向」，社會上對之的批評實是出於誤解，尤其是出於對
文藝政策的錯誤認識，因此他這篇文章便是要批駁這些誤解與錯

（續）——————————————————————

此陷入一片悲憤、焦慮和恐怖之中。正是在這種氣圍下，胡秋原在
1977年9月出版的《中華雜誌》上，刊出〈談「鄉土」與「人性」
之類〉，對彭歌的文章提出擲地有聲的批駁。聲援者還有徐復觀、
鄭學稼這些老一輩理論家。這些文章均以嚴正的態度和恢宏的器
識，批判了反對鄉土文學的論調，維護了在逆境中成長起來的含有
中國特色的民族主義文學。更重要的是，胡秋原的文章體現了外省
人對本土文學成長的關懷，因而減輕了當時文壇上省籍間的矛盾衝
突」（2010：119）。亦可參考林麗雲（2019：5-9）的說明。

識。有趣的是，胡秋原之所以護衛鄉土文學，並非出於文學的理由，而是因為它是「新文化運動」與「新文學運動」的一部分。從這兩個運動的失敗開始談起，他指出，「當初新文化、新文學運動的領袖們學問與文學理論之不足，使新文化、新文學走上一個錯誤道路，一方面自斬其根，另一方面，專門模倣外國，以致整個民族精神趨於『自外』、『自失』或『精神錯亂』，即西方人所謂alienation之中」（1994：108）。換句話說，新文化、新文學運動最大的影響，恰恰不是新文化與新文學的創建，而是在經歷了文白交錯、新舊文學、模倣西方等實驗後，卻仍然未能形成「真正的國民文學」。這使得文學的世界分裂為三：一般人民看舊白話小說或武俠，一部分知識分子看過去的詩詞，而所謂的新文學變成只是「一部分新文學家之間的讀物或交通工具」（1994：118）。胡秋原強調：「這種新文學失去民眾的情感之營養，當然貧血，而也便與社會脫節，加以模倣外國，結果只成為知識分子反映和販賣外國意識形態的媒介」（1994：118）。胡秋原的觀點，與當時的郭松棻如出一轍[3]；他們都認為，當時寄生於「現代文學」與「新批評」的文藝感性，只不過是「搬弄現代西人『自外苦』的嘆息而又不真懂」（1994：122）。他們相信，連感性都仰賴西方的文學創作，絕不是真正的文學事業，我們無法在文青的呢喃與西方的戲擬中找到「自我」。相反的，我們「要由滔滔而來的外來文化、文學的支配走出，由自己的土地和同胞吸取創作源泉，要由自己的民族過去和現在文學中吸取營養」，才能夠「建立民族文學之風格，樹立文學上自立自強的精神」（胡

3　見郭松棻，〈談談台灣的文學〉，收錄在王智明、林麗雲、徐秀慧、任佑卿編，《回望現實、凝視人間：鄉土文學論戰四十年選集》（台北：聯合文學，2019），頁28-43。

秋原1994：125）。顯然，對胡秋原而言，鄉土文學的意義在於從追逐西方文藝感悟轉向關注斯土斯民，此一「復歸」恰是關節所在。

然而，復歸並不只是一種精神的象徵，而是歷史與記憶的清理。秉著「必也正名乎」的精神，胡秋原憑著學識、經驗與記憶重新闡釋「三十年代文學」的意義，為鄉土文學正本溯原。他指出，將三十年代的文學與左翼文學或普羅文學劃上等號，恰恰說明了我們與歷史脫節，因為1930年代的文學現場百家爭鳴，既有源於西方的寫實派、浪漫派、象徵派、唯美派、頹廢派等，亦有民族主義文學，以及新月派、幽默派及自由派等第三種呼聲。左聯聲勢雖然強大，但也從未統一1930年代的文壇；反倒是1937年中日戰爭開打後，全國文藝結團結於抗戰旗下，直至1942年毛澤東的〈在延安文藝座談會上的講話〉出台後，國共鬥爭再起，才有了「工農兵文學」這個旗號，並在1949年後成為清算右派的工具。胡秋原強調：「三十年代的左翼文學，也不一定都是與『毛澤東思想』相符的，也便與『工農兵文學』不是一個東西」（1994：127）。他進一步討論寫實主義的真諦，以說明「社會主義的寫實主義」此一說法的荒謬；前者在乎真實和客觀，「不粉飾現實，甚至不辭暴露黑暗」（1994：128），後者則是教條與虛矯，是為政治服務的文藝主張。基於這個理由，胡秋原堅決反對任何的文藝政策，因為文藝政策非但無法解決經濟與貧窮的問題，更在根本上否定了文學對真實與自由的追求。他強調：「一切文學都要求真實，即歌德所謂『詩的真實』」（1994：139）；文學的工作不在於掩飾真實與個人崇拜，而是要「基於善心、正義」，「鳴不平，甚至伸憤怒」（1994：146）。因此，文學的發展不在於「進化」，而在於「變化」，既要推陳出新，也要爭奇鬥巧；尤其「文藝需要自由民主，即自然成長、自由競爭」，「必須有個性，不可標準化」（1994：147）。最重要的，「文藝是一國人

民命運之記錄」，因此「表現中國人最好的精神、風格、理想的文藝，也便是洗刷我們的恥辱」，重建中國人的情感之相通以及民族團結和尊嚴的文藝（1994：148-149），因為「文學的使命也是團結不是鬥爭」（1994：133）。

胡秋原這些主張，其實沒有什麼深奧的道理，但卻將鄉土文學的問題與1930年代文學以及中國發展的問題連繫了起來。他提醒我們，1930年代的文學原本自由而奔放，卻因為政治問題走進了死巷；左翼文學不是洪水猛獸，而是在現實主義中自然展現的人道關懷。問題的核心不是文學本身是否有普羅或是工農兵的傾向，而是它是否呈現了真實的社會問題，讓我們可以重新檢視三十年代以來的政治與文化發展，深刻反省殖民主義的破壞以及社會主義的影響。如他所說的，「中國之痛苦，被列強及日本侵略之由來，不是由於資本主義，而是由於資本主義之不發達」（1994：133）；同時「一國政治學術經濟不獨立，在社會主義下一樣做殖民地」（1994：136）。對於中國痛苦的記憶以及對此痛苦由來之判斷，正是1930年代文學的教訓，這才是理解鄉土文學的根本。換言之，是對1930年代的記憶——那個因為西方強權與革命紅潮的進逼，而使得文藝失去自由、中國痛失神州的三十年代——決定了胡秋原對於鄉土文學的態度，並牽引著他的期待。在他看來，鄉土是與民族緊緊相繫的，正如文藝與自由互崁；鄉土與文藝如何攜手共進，則有賴中國人立場的指引，因為缺乏了這個指引，中國只能在西化與俄化之間傍徨，在分斷中蹉跎。

誠然，胡秋原的主張帶有濃厚的「統派」色彩，但這並不代表他主張與中共統一，或是同意「一國兩制」[4]。相反的，他對中共的

4　胡秋原本人對「一國兩制」並沒有提出任何看法。胡卜凱（2007/7/11）

批判，一如他對鄉土文學的護衛，同樣堅定，因為那橫亙兩岸的廣大鄉土與人民才是他的念想所繫，不因「一國兩制」或「一國兩府」而有所不同。儘管省籍差別無可否認，但「中國人」仍是相通的，擁有共同歷史的一個民族，即令在此歷史中彼此的經驗大不相同。即令兩制或兩府的現狀橫亙於前，文化上與歷史上的「一國」仍是值得努力的追求。文學的作用正是要讓這些差異和問題得以被看見與面對，用以團結而非鬥爭。誠如他所期待的，「新五四運動以來大陸上求自由呼聲曾與我們以鼓舞。希望這裏也有人經由同胞愛心與民族精神的發揮，能對大陸同胞作回報的鼓舞，如此互相感動，發揮文字之大功」（1994：151）。是這麼一個互通而共振的鄉土，而不是偽裝和冗贅的鄉土，值得我們回味與記憶。

三、台灣意識形態及其失憶[5]

　　既然根據他們的幻想，人與人的關係、他們的所有作為、他們的桎梏和限制，都是他們意識的產物，所以青年黑格爾派就完

（續）

在其組織的網路論壇中則表示，雖然自己「不是很清楚家父晚年的立場。但我相信他以『和平統一』為大原則，其他技術層次的議題，他不是很在意」。見http://city.udn.com/50415/2303991（2019/8/8瀏覽）。

5　誠然，說一個意識形態「失憶」多少犯了語病，但我想強調的恰恰是意識形態構造中也有記憶的部分，也就是說，形塑台灣意識形態的努力本身即是一種記憶工程，而這個記憶工程必然有所揀取和割捨。問題是：為什麼取甲捨乙？又為什麼將其取捨視之理所當然，自古由之？正因為台灣意識形態的形成本身歷史很短，揀選記憶的痕跡仍然明顯。是以，「失憶」一詞指向的，不只是揀選記憶的痕跡，更是復甦、還原記憶的可能與必要。

全合乎邏輯地向人們提出道德的設準，要用人的、批判的或利己的意識，來代替他們當前的意識，並由此而排除他們的限制。這種「改變意識」的要求，就產生了〔另一個〕要求：對現存的東西作另外的詮釋，亦即，藉由一個另外的詮釋來承認它。

——馬克思，《德意志意識形態》（2016：5）

　　不過，對於如彭瑞金等台派學者而言，胡秋原的「鄉土」陳義過高，滿滿的中國意識，並不符合台灣的現實。晏山農就說，「這樣的『中國意識』不是留有遺老汗漬，就是純粹的掛羊頭賣狗肉，是失根的唯心論囈語」（2019：280）。他甚至認為，正是因為統派陣營「屈台從中，把統一的口號置於人民與土地的需求之上，他們遂喪失了主導性的文化霸權」（2019：281）。當然，晏山農不只是批評統派，他對獨派亦有微詞，認為他們「在強調本土認同的同時，卻斷絕了對第三世界的關懷，以及對美、日帝國主義的批判」（2019：280），但真正令他覺得可惜的是，《夏潮》一系在鄉土文學論戰中好不容易建立起來的「台灣－中國二元辯證」最終破滅，使得台灣中國變成兩個無法相容的實體。換句話說，如果當時在黨國威權與現實主義的兩面夾擊當中，「鄉土」得以成為論戰雙邊的最大公約數與護身符，乃至是共同合作的場域，那麼1980年代以降本土與鄉土的割裂，乃至是對之的拋棄，恰恰與台灣民族主義的發展處於同構的關係。我們可以說，鄉土文學論戰中最根本，影響也最為深遠的斷裂，並不是擁護或反對鄉土文學的差別，而是接納或棄絕鄉土——作為一種情感與認同空間——的區辨。誠然，進入1980年代，台灣社會所出現的青年服務性社團、原住民文學、原住民復振運動，乃至於晚近對外籍移工的關注，都可以被視為「鄉土」觀念的另一種轉化，以至在最近有了所謂「新鄉土文學」的誕生，但是作為

文學論戰主題的「鄉土文學」卻在這個歷史過程中逐漸淡出，或更精確地說，被「台灣文學」所置換[6]。換言之，以本土取代鄉土不只是如馬克思批評青年黑格爾派時所說的，「用另一種方式來解釋存在的東西」，更是借助其他的解釋予以「承認」（與否定）的一種方式。

在這裡，我無意借助馬克思的《德意志意識形態》去展開關於台灣民族主義唯心或唯物的辯證，因為我認為，哲學性的思辯無助於解決我們面對的情感與認同難題。相反的，佩里·安德森對「印度意識形態」的分析或許更值得我們借鏡。他指出，印度意識形態有三個要素，而這三個要素支撐了五個常見的迷思。三大要素是甘地和獨立運動，印巴分裂與種姓民主，而五大迷思則是：印度次大陸是統一的；甘地為印度獨立注入宗教的因素是失敗的；造成印巴分裂的主因是印度國大黨而不是英國；尼赫魯對印度的影響正負難定；以及喀什米爾問題在印度建國史中所扮演的角色。我無法在此展開安德森對印度的討論，但想借用他的意識形態分析來展開問題。也就是說，相對於印度，我們是否也可以展開一個關於台灣意識形態的分析，而鄉土文學論戰所引爆的問題（如鄉土與現實，殖民與反帝，人民與國家）又如何放在此間來考慮。亦即，我們是否可以借助安德森的眼光發問：台灣意識形態的要素是什麼，又有哪些值得分析的迷思呢？意識形態的解釋，不論予以承認或否定，如何貼近我們的歷史經驗？亦即如馬克思所說的，「依照東西實際所是、實際所發生的樣子來理解它們」，以將哲學問題「消解為經驗事實」（2016：30）。

從鄉土與本土的切離這一點來看，我們大概可以說，「**土地與**

6　關於這點，筆者感謝助理蔡旻螢的提醒。

人民」（精確的說，是台灣島與福佬族群）是台灣意識形態的核心
要素。雖然隨著原住民運動的興起、東南亞移工的到來，以及不同
族群通婚的事實，台灣人民的內涵已然經過了不少轉變，但土地的
想像卻是日漸固著了。雖然統治地域中仍有澎湖和金馬（以及蘭嶼、
綠島和釣魚台），但台灣已然成為唯一的本土，絕對神聖的主權象
徵。儘管獨派仍有張俊宏和呂秀蓮等老一輩的人堅持主張釣魚台歸
屬臺灣，但年輕一輩對於釣魚台主權，乃至金門馬祖，似乎沒有不
可割捨的情感。「獨立與自由」應該是另一組台灣意識形態的要素，
而且兩者互相纏繞，密不可分。而支持這組要素最根本的力量，是
從1950年代以來延續而變化的反共意識，堅定地構築了台灣對中國
的想像：威權專制、文攻武嚇；即今1987年解嚴後兩岸的經貿往來
與人民交流日漸頻繁，都無法抹去這樣的陰影，反而加深了「中國」
是此島與彼岸共築的龐大政經複合體，以飛彈和銀彈，威脅著台灣
的獨立與自由。（蔡英文政府刻正研議的「反滲透法」正是對此局
勢的強勢回應。）於是，「獨立與自由」成為區別兩岸，也是印證
台灣獨立於中國，最根本要素。因為獨立，所以自由，因為渴望自
由，所以堅持獨立，兩者如套套邏輯，相互證成。一如被限縮的「土
地與人民」，「獨立與自由」亦是區別敵我的工具，而非普世的追求；
或是說，正因為這是「普世的追求」，所以更證明了中國的特殊主義，
不論經濟如何發展，國勢如上昇揚，仍遠遠落於普世標準之後。

　　與安德森談的印度意識形態三要素對照來看，台灣意識形態也
有獨立與政體這兩項因素，唯獨缺乏了「分裂」這個概念。這或許
是因為相較於印巴分裂已然完成，兩岸反而處於「分而不斷」的狀
態，而且正是「分而不斷」，而不是分裂，構成了台灣主體的創傷。
因此，分而不斷可以說是台灣意識形態的第三個要素。換句話說，
即今1980年代以後，作為理念的「台灣—中國二元辨證」已然失效

（具體顯現於「一國兩制」與「九二共識」的蒼白），事實卻是「兩岸」成為一種經驗性的實存，反映在台胞證與入台證的並存，人民幣與新台幣的互通，乃至文化影視的各種交流和交融。當兩岸的民間往來、通婚與置產成為日常的時候，那個被割離、拋棄與壓抑的「鄉土」，帶著更多複雜的記憶與情感，重新回到了本土[7]！它突破了實際與想像的邊界，要求我們從經驗來解釋概念，並且叩問自身：誰的記憶才算數呢？

　　誠然，我前述對台灣意識形態的分析和批評，完全可以套用在「中國」的身上，從領土、疆界、人民而政體不一而足，反向主張台灣與中國毫不相屬。但若回到鄉土文學論戰的脈絡中思考，尤其是將它視之為台灣現代史發展中的一個重要的文化政治事件，乃至是分水嶺的話，「鄉土」這個觀念或許仍有值得珍惜之處：不僅僅是因為它在美援與西化的籠罩下，打開了一條回歸土地與人民的現實主義道路，從而讓台灣得以在華語文學和東亞文化史上成為一個重要的主題和變奏，更是因為它所展開的反殖民、反壓迫的第三世界民族主義視野，讓台灣得以站上世界史的高度看待自己，重新調校己身發展的道路。在這個意義上，胡秋原「復歸」中國人立場的主張，既是期許，也是提醒：台灣的發展不該盲目隨著西化的道路前進，而忘記自己的來路，更不應該妄自菲薄，偏安一隅、洋洋得

7　從1987年開放兩岸探親以來，以及隨之而來的兩岸婚配，這個曾經被阻斷和隔絕的鄉土重新浮現。雖然台灣的政治局勢使得兩岸分斷家庭與婚配，常常因為省籍的視角，而被置於社會的邊緣，但2003年開始，大陸配偶為了取得與延長居留期限，而逐步走上政治舞台，加上大陸學生在2016年後的大量出現，更使得這個曾經被割棄或忽視的兩岸鄉土重新復歸，乃至要求成為本土。這是鄉土文學論戰四十年後，或許最值得我們重視與關切的發展。

意，拋棄歷史給定的使命。尤其關鍵的是，從本地生活出發的鄉土文學創作，其目的究竟是團結，還是鬥爭？同樣的，以台灣為立足點的民族主義運動，究竟是為了團結還是鬥爭？這或許是鄉土文學論戰留給我們最深刻而椎心的命題。

結論：記憶之工與記憶之痛

> 在世界上的許多地方，整片整片的人群被重新定義為過時的廢物。
>
> ——阿席斯·南地，〈記憶之工〉（2015：42）

　　當我草成此文的時候，台灣正迎來四年一度的總統大選。雖然作為民意的最終表達，總統大選總是激烈且激情的，但與往年不同的是，即將到來的選舉大概會被表述為一場「精英vs.庶民」、「青年vs老年」的選舉；同時，它也是一場「未來vs.過去」的記憶之戰，前者要迎向未來，後者則要回到過去。在這裡，過去意味著1970年代國民黨統治下的中華民國，那是威權統治，也是經濟上揚的年代；未來則代表著抗拒中國、反對威權、父權與金權的台灣，不論它的國名是否仍是「中華民國」。誠然，這些表述都已內蘊著意識形態的色彩，乃至統獨傾向的判斷，但值得討論的是，各自表述所仰賴的記憶之工。南地借用了佛洛伊德「夢之工」（dream work）的觀念，將記憶之工定義為：「一低度社會化、多重層疊之事。它同樣也有其顯然或隱然的內容；它同樣也發動著這些程序，像是凝縮、錯置、視覺化以及二次修正與潤飾」（2015：45）；他認為，記憶之工之所以重要，是因為「那些靠這些記憶庫藏來生活的人們，構成了我們時代的新普羅之眾」——即「那些存在著卻不算數的人們」

（2015：48）。南地的說法很值得我們考察。一方面，為什麼「我們時代的新普羅之眾」會仰賴記憶庫藏來生活，而不是拋掉過去迎向未來呢？另一方面，如果記憶也需要加工（work），那是不是表示「記憶」並不靠譜，亦是扭曲與變造呢？南地或許不會反對後者，畢竟記憶本身有著時間與生理的變項，但他對前者的主張則是出於對國家控制記憶的反對。他寫道：「記憶的管理，不僅是現代治國之道的要件，更能在我們的時代以邪惡的形式展現」（2015：48）。於是，記憶是否算數（count）的問題，就成為人民與國家之間的一種抗爭形式，是對包容、尊重與關懷的呼求。如果總統大選成為了人民對政府發出呼求的抗爭，那麼這個國家顯然出了問題，而國家記憶的凝縮、錯置、修正與潤飾，以致「那群存在著卻不算數的人們」感到失落與被拋棄，或許正是其中的關鍵。換言之，記憶之工是以一種痛苦的形式展開其運作及抗爭；它抗議的恰恰是記憶被抹除、取消或鄙視的痛楚。南地提醒我們，「這些遭受忽視不屑的記憶等待著適當的時機，將以一種抗拒的形式回返，將伺機而動取勝國策菁英、正史與熟悉的學識經典所確立的信念」（2015：420）。當然，憑什麼說我的記憶不算數呢？

　　回到鄉土文學論戰這個已經逐漸淡出歷史視野與國家記憶的話題，我好奇的是，若不是因為亞際青年學者會議要求跨界參照和學習這樣的形式與需要，在台灣的我們有多少人會想起四十年前的這場鄉土文學論戰[8]？會想要把它和近五十年前的保釣運動放在一起

8　本文初稿是為2019年9月7-8日清華大學亞太研究室組織的「文學論戰與記憶政治：亞際視角」國際研討會而撰寫的。就我所知，鄉土文學論戰二十、三十週年，還有單位組織論壇和活動紀念與討論，但四十週年除了王智明、林麗雲、徐秀慧與任佑卿合編的選集外（2017年韓文版；2018年繁體中文版），以及2019這個會議外，

思索？這兩場運動（也許還可以加上「唱我們的歌」的民歌運動）
會不會是島嶼台灣最後一次的中國迴聲？是不是在這些運動之後，
我們的記憶就變了樣、走了調？還是說這幾場中國迴聲本是歷史的
殘影，本該在「島嶼天光」的本土化運動中沉落海底？本土揚棄鄉
土，究竟是台灣成長的必由之路，還是一條我們不該走上的羊腸小
徑？兩岸鄉土的記憶，交疊著兩岸三地局勢的變化，又能否為台灣
未來的道路做出提示？在這個感情浮濫，記憶淺薄的時代裡，或許
我們可以做，也應該做的，是望向那些「新普羅之眾」，思索台灣
的記憶之工與記憶之痛。

徵引書目

古遠清，〈胡秋原：不怕開除黨籍的統派〉，《幾度飄零：大陸赴台文人
　　沉浮錄》（桂林：廣西師範大學出版社，2010），頁105-122。

呂正惠，〈鄉土文學與台灣現代文學〉，收錄於王智明、林麗雲、徐秀慧、
　　任佑卿編，《回望現實、凝視人間：鄉土文學論戰四十年選集》修訂
　　版（台北：聯合文學，2019），頁236-254。

朱宥勳，〈這個局葉石濤已經布了一輩子之久〉，「想想」論壇，2016年6

（續）────────────

　　沒有看到任何組織性的紀念活動和文字。當然，不能否認的是，隨
　　著相關文獻的出土，近來有更多對於日治時期的鄉土文學論戰的挖
　　掘和討論，但同樣不可否認的是，「鄉土文學論戰」越來越成為一
　　個本土派不願提起的話題。或許，關鍵恰恰在於我們對鄉土的記憶
　　與認識也隨著本土的確立而分裂了。因此，問題的核心不是我們擁
　　有不同的記憶，而是我們能否在保留自我記憶的同時，也看見與理
　　解他人的記憶，並找到一個共容和分享的可能。這也是為什麼我們
　　不該輕言忘卻四十年前這場論戰的理由。感謝蔡旻螢的提問與批
　　評。

月4日，https://www.thinkingtaiwan.com/con tent/5517。

林載爵，〈本土之前的鄉土——談一種思想的可能性的中挫〉，收錄於王
　　智明、林麗雲、徐秀慧、任佑卿編，《回望現實、凝視人間：鄉土文
　　學論戰四十年選集》修訂版（台北：聯合文學，2019），頁218-235。

恩格斯、馬克思，《德意志意識型態I. 費爾巴哈原始手稿》，孫善豪譯注
　　（台北：聯經，2016）。

胡秋原，《文學與歷史：胡秋原選集》第一卷（台北：東大，1994）。

南地，阿席斯，〈記憶之工〉，黃詠光、張馨文譯，《人間思想》第九期
　　（2015），頁41-56。

彭瑞金，〈二十年來的鄉土文學〉，收錄於王智明、林麗雲、徐秀慧、任
　　佑卿編，《回望現實、凝視人間：鄉土文學論戰四十年選集》修訂版
　　（台北：聯合文學，2019），頁282-285。

晏山農，〈鄉土論述的中國情結——鄉土文學論戰與《夏潮》〉，收錄於
　　王智明、林麗雲、徐秀慧、任佑卿編，《回望現實、凝視人間：鄉土
　　文學論戰四十年選集》修訂版（台北：聯合文學，2019），頁264-281。

Anderson, Perry. *The Indian Ideology*（London: Verso, 2013）.

　　王智明，現任中央研究院歐美研究所副研究員，《文化研究》學
刊主編及聯經《思想》編委。編有《從科學月刊、保釣到左翼運動：
林孝信的實踐之路》（聯經，2019），並與吳佩松合編*Precarious
Belongings: Affect and Nationalism*（ Rowman and Littlefield
International, 2017）。研究領域為亞裔美國文學、文化研究、冷戰
經驗以及學術建制與思想史，目前正在進行關於外文學門學術建制
史的研究。

楊杏庭與京都學派的歷史哲學：
台灣歷史哲學初探

廖欽彬

一、前言

今日在台灣談論歷史哲學的意義在哪？為何要從京都學派的歷史哲學著手來探討？在日本統治台灣的時代裡，曾在台灣這個島嶼出現過西哲東傳的歷史。可惜的是，戰後的台灣人因各種複雜的政治、歷史等因素，被迫忘卻甚至是埋葬自己曾經有過的歷史記憶。而這個斷裂的歷史記憶包括了台灣人認知世界的知識體系，也就是透過日本的知識系統或某種意識形態去認識、了解、掌握、反省這個世界與自己關係的學問（哲學）。探討京都學派的歷史哲學與「台灣歷史哲學」的關連，可幫助吾人挖掘出這段被掩蓋的台灣哲學萌芽與發展之歷史記憶。

關於戰前台灣人的歷史記憶（哲學史記憶）要如何重構，最重要的還是取決於史料的挖掘與詮釋。在此過程中，歷史敘述的內容與觀點，往往也會隨著史料的出現而有所改變。當然此做法是歷史學家的職務，並非本人最關注的地方。但正如京都學派左翼哲學家三木清（1897-1945）在《歷史哲學》（東京：岩波書店，1932）中所言，歷史事件（作為存在的歷史：存在としての歷史）、歷史敘

述（作為邏各斯的歷史：ロゴスとしての歷史）和敘述者的實存狀
況（作為實際的歷史：事実としての歷史）是一種辯證關係。今日
探討的「台灣歷史哲學」必會包含這種辯證關係。

那麼，關於歷史哲學，為何要選取京都學派哲學家與楊杏庭？
這只能說是台灣本身的歷史情境所造就，亦即歷史的必然（當然歷
史也不會全由必然所獨占）[1]。在台灣哲學家所處的歷史背景中可清
楚看到，這些人的世界觀無法和戰前日本的知識系統或某種意識形
態完全切割。從最顯而易見的台灣哲學家洪耀勳的例子來說，畢業
於東京帝國大學哲學科，隨後任職於台北帝國大學哲學科，周邊教
師幾乎都出自京都帝國大學哲學科（京都學派）。集日本兩個最高
學府之哲學素養的洪耀勳，並無法脫離所處的歷史情境，來獨自鑽
研現今我們所說的純西方哲學。其哲學思想必包含哲學自身的異文
化發展[2]。

同樣的，本文將楊杏庭的歷史理論，特別是其主要著作《歷史
週期法則論》（東京：弘文堂，1961）連繫到京都學派哲學家所開
展的歷史哲學脈絡來探索，亦是從其所處的歷史情境出發。楊杏庭

1　洪子偉在〈日治時期台灣哲學系譜與分期〉為台灣哲學發展提出的
　　三個階段：「前啟蒙」（1896-1916）、「啟蒙發展」（1916-1930）、
　　「成熟期」（1930-1945），以及四大哲學區塊：「歐陸—日本哲
　　學」、「美國實用主義」、「基督宗教哲學」、「漢學」。屬於「歐
　　陸—日本哲學」這一區塊的有洪耀勳（1903-1986）、陳紹馨
　　（1906-1966）、楊杏庭（1909-1987）、曾天從（1910-2007）、吳
　　振坤（1913-1988）、黃彰輝（1914-1988）、黃金穗（1915-1967）、
　　鄭發育（1916-1996）等台灣哲學家（參見洪子偉編，《存在交涉：
　　日治時期的臺灣哲學》，台北：中央研究院・聯經出版，2016，頁
　　15-41）。
2　參見廖欽彬編校、張政遠審訂、林暉鈞翻譯，《洪耀勳文獻選輯》
　　（台北：台灣大學出版中心，2019）的導論與解說。

於1935-1939年這段期間留學東京文理科大學哲學科，恰好碰上的是京都學派哲學家務台理作（1890-1974）[3]及高坂正顯（1900-1969）。務台於1935年，高坂於1936年入職。著作方面，前者於1935年出版《黑格爾的研究》（東京：弘文堂），後者於1937年出版《歷史的世界》（東京：弘文堂）。兩者皆對歷史哲學、政治、國家哲學有很大的關心[4]。楊杏庭的歷史理論與京都學派的歷史哲學有什麼接點？若有的話又有什麼意義？對這些問題的回應是本文的重點，將於以下內容檢討。

　　關於京都學派的歷史哲學之發展，按本人對京都學派整體的研究與觀察，可以從三個方面談起。一是京都學派內部哲學的轉向。二是與歐陸哲學動態的關係。前者的具體代表例之一是，田邊元（1885-1962）對西田幾多郎（1870-1945）哲學的批判（見〈求教西田先生〉，1930）以及三木清與戶坂潤（1900-1945）的馬克思主義哲學對學派的挑戰。後者的代表例之一則是現象學的轉向，即從胡塞爾的純粹意識現象學到海德格的解釋學現象學之轉向。這兩方面實際上是相互連動的[5]。三是日本主義興起所帶來的日本傳統思想

3　1926年務台被任命為台灣總督府高等學校教授並受命留學歐洲，留德期間曾於海德堡大學向李凱爾特（1863-1936）、雅斯培（1883-1969）學習。接著轉到弗萊堡大學，從學於胡塞爾。1927年被任命為台灣總督府台北高等學校教授。1928年結束留歐生活任職於台北帝大，直到1935年轉任東京文理科大學教授為止。

4　關於務台的哲學關心及其與洪耀勳哲學的接點，請參見拙論〈務台理作與洪耀勳的思想關連：「辯證法實存」概念的探索〉，《國立台灣大學哲學評論》，第55期，2018年3月，頁1-32。

5　參見拙論〈海德格哲學在東亞的接受與轉化：從田邊元與洪耀勳談起〉，《臺灣東亞文明研究學刊》，第15卷第1期，2018年6月，頁49-84。

與西方哲學之融通。當然新黑格爾主義與馬克思主義哲學的影響亦非常大。

　　本文以下將檢討三木清的《歷史哲學》（1932）與高坂正顯的《歷史的世界》（1937），並將楊杏庭在《歷史週期法則論》（萌芽於戰前，成形於1950年代）中的歷史理論及其歷史實存態度對應到前兩者的歷史哲學論述來進行探討。之所以會舉出三木與高坂，是因為上述第一和第二的方向。在此若大略做一個區分，則是如此。相對於西田幾多郎、高坂正顯的「永恆的現在」（永遠の今）代表的是奠基在絕對者（絕對無）的歷史（時間）論述，三木清的「基礎經驗」代表的是「歷史事件、歷史敘述、敘述者的實存狀況」三者辯證關係下的歷史（時間）論述。顯然，三木的歷史哲學論述，排除形而上學式的觀點，也就是排斥絕對無的哲學。至於田邊元的歷史哲學論述[6]，可說是踩在這兩個方向之間。無論是三木還是田邊的歷史哲學論述，都離不開對海德格存在哲學的批判。關於京都學派內部的歷史哲學之發展，錯綜複雜，有待日後詳加檢討[7]。

6　參見拙論〈田邊元的海德格爾批判與道元的現代詮釋：實存哲學與現實哲學〉，收於拙著《近代日本哲學中的田邊元哲學：比較哲學與跨文化哲學的視點》（北京：商務印書館，2019），頁237-256。此文檢視了田邊的海德格批判、種的邏輯、道元的「有時」論及田邊的歷史、時間（哲學）論述。

7　京都學派內部的歷史哲學發展，可參見杉本耕一的《西田哲學與歷史的世界》（京都：京都大學學術出版會，2013）。杉本以三木清、田邊元、高坂正顯為輔，從歷史概念出發，深入探討西田中、後期哲學的轉變過程。使得西田哲學的歷史、社會、世界、實踐性格，得以系統性的面貌出現。此書固然非常重要，但若從此書處理的內容與方向來看，仍可找到前人的研究蹤跡。燈影社再版的高坂《歷史的世界》（2002）這本書的解說者長谷正當，早於杉本，已將京都學派內部的歷史哲學發展脈絡進行了一些梳理，只是缺乏田邊元

　　楊杏庭的歷史理論，表面看來和他在東京文理科大學的學養無關，甚至和1940年代以後京都學派的「世界史的哲學」形成對立關係[8]。但筆者認為楊杏庭的歷史週期法則論會誕生，極大部分仍然是由他所處的歷史情境所致。一個是三木、高坂等的影響，另一個是身為被殖民者及「受難者」所擁有的特質。關於這些探討，將在下文展開。

二、基礎經驗的歷史：三木清《歷史哲學》

　　三木清於1917年進入京都帝國大學哲學科，師從西田幾多郎、波多野精一（1877-1950）。1922年留學德國，先於海德堡大學向李凱爾特學習，1923年前往馬堡大學從學於海德格，出席「現象學研究導論」（1923-1924冬季學期）講座與「亞里士多德：修辭學」（1924夏）的討論班等（期間為1923年10月到1924年8月）。其第一本著作《帕斯卡的人之研究》（東京：岩波書店，1926）受海德格分析此在（解釋學現象學）的方法之影響，來解釋人的害怕、戰慄、恐怖、感嘆等不安的狀態。關於三木的人學（Anthropologie），根據城塚登的研究，一開始是從帕斯卡那種具有直觀的纖細心所捕捉到的生命出發。這種由人的內部直觀所呈現的人學，經由馬克思革命理論的洗禮，呈現出外部社會關係（勞資關係）底下的人學。此人學發展到了未刊遺稿《哲學的人學》（1933-1937）後，逐漸展露出其獨

（續）────────────

　　的論述。在筆者來看，無論是長谷還是杉本，都是立足在學派內部立場將研究的關注放在如何建構或打造京都學派哲學，其做法極具選擇性的傾向。

8　鹿島徹的〈楊杏庭的「歷史週期法則論」〉（《早稻田大學大學院文學研究科紀要》第64號，2109，頁1298-1283）便是如此主張。

特性（特別是關於具有社會身體性的人學結構）[9]。這本未刊遺稿並非完成品，但若從三木的《歷史哲學》第五章「史觀的構造」之內容來看，可以發現三木對人學的探討是針對歷史哲學而來的。換言之，這和三木對海德格存在哲學（特別是此在與歷史的關係）的批判，有很大的關聯。上述遺稿可說是《歷史哲學》的延伸。此兩部著作的內在關聯，在此不深入探討。

　　關於三木的初期海德格觀，我們可在〈解釋學現象學的基礎概念〉（1926）看到。此文說明現象學中的此在、存在、實存（Dasein Sein Existenz）和亞里士多德意義下的邏各斯（logos：語言、定義）之間的關聯，即自我開顯（現象）與logos的原始性關連，並指出所謂現象學便是人類存在本身的開展。三木舉出解釋學現象學中的三個概念「先有」、「先見」、「先把握」（Vorhabe, Vorsicht, Vorgriff），並將此三者對應於存在、存在性、概念性，接著說明此三者與操煩、關心（Sorge）的關聯，存在在根源上因操煩、關心（海氏「現象學研究導論」：基礎經驗）具有其現實性，最後結論出要理解這種現實存在，必須藉由海德格的解釋學現象學（hermeneutische Phänomenologie）而不是胡塞爾的純粹現象學（reine Phänomenologie）。

　　然而，這種解釋學現象學下的人類存在，經由三木哲學的社會主義式轉向[10]，被歸結為一種基督教式的人類存在。三木認為海氏

9　參見城塚登〈人學的可能性：關於三木清的「人學」〉，《日本的哲學》（東京：岩波書店，1969），頁159-189。關於三木清的人學並非本文重點，詳細的研究，可參見拙論〈三木清現實主義觀點下的人學〉（林維杰編，《近代東西思想交流中的西學東漸》，中央研究院中國文哲研究所，2016年12月，頁247-274）。本文以下引用《三木清全集》（岩波書店，1984，第二刷），以「M卷數‧頁數」標示。

10　這裡所說的轉向，正如城塚登所說的，是一種「內部直觀的人學」

的哲學便是希伯來主義對希臘主義反撲的哲學，其存在論是末世論式的生命解釋學，亦即從「作為生的終結的死亡」來解釋生命的哲學，其哲學缺乏社會性與歷史性（參見〈海德格的存在論〉，1930、〈現代思潮〉，1928、〈現代哲學思潮〉，1929）。當然三木的這種海德格觀和其馬克思哲學（社會主義）傾向有很大的關聯。

除了以上的說明外，我們還須要知道《歷史哲學》的誕生，和以下幾條線索有關。第一個是三木的留德經驗與歐陸哲學的發展。第二個是大學職位的不如意，迫使三木從純哲學研究向實踐哲學領域邁進。第三個是京都學派內部彼此的哲學刺激、影響。第四個是日本整體社會狀況及其與世界動態之間的關聯。

《歷史哲學》共有六章，第一章「歷史的概念」（收於《哲學年誌》，1931 年 12 月）是此書最重要的部分。三木在此章已經具體勾畫出其歷史哲學的基本結構。根據他的說法，構成歷史這個概念，有三種要素：歷史事件（作為存在的歷史）、歷史敘述（作為邏各斯的歷史）及敘述者的實存狀況（作為實際的歷史）。三木非常仔細地在文章開頭處說明歷史事件（作為存在的歷史）與歷史敘述（作

（續）————————————

到「社會關係（勞資關係）的人學」之轉向。這在三木的著名文章〈人學的馬克思形態〉（1927，收於《唯物史觀與現代的意識》，東京：岩波書店，1928）能窺見。三木在此文表示，馬克思的唯物史觀是一種意識形態。該史觀必須與具有人的基礎經驗與反省經驗的人學以及無產階級者的基礎經驗處於一種對立與統一的辯證關係，否則只是一種抽象的概念史觀（M3・5-41）。此處的馬克思批判仍然延續到《歷史哲學》中的人學論述裡。而馬克思的唯物史觀被三木視為一種意識形態，恰好對應的是構成歷史概念的三要素之一，即歷史敘述（作為邏各斯的歷史）。三木人學的發展動態以及其海德格批判、歷史哲學論述，筆者認為應該和田邊的西田、海德格批判、人學探討以及絕對媒介的辯證法進行對比。因為關於此討論是研究京都學派歷史哲學論述的另一個重要方向。

為邏各斯的歷史）之間的關係。舉楊杏庭在《歷史週期法則論》的「本論」中處理中國五千年歷史（根據他本人說法，資料從戰前就開始蒐集，構思與內容也大致完成）的例子來說，所謂「蒐集史料」中的「史料」，便處在歷史敘述（作為邏各斯的歷史）與歷史事件（作為存在的歷史）的中間位置。而針對蒐集到的散亂「史料」進行整理、分析、書寫、敘述，則成為所謂歷史敘述，也就是楊杏庭的歷史週期法則論（將於本文第四節討論）。三木分別用historia rerum gestarum（出来事の叙述）與res gestae（出来事）來表示歷史敘述與歷史事件，用Quellen（源泉）來表示史料。

姑且不論「史料」的真偽（當然真偽的判定也是一種史學工作），弔詭的是，只要是作為歷史敘述，也就是知識、常識，通常會掩蓋過歷史事件（真正發生過的事）。換言之，原本應該是作為歷史事件之終點的歷史敘述，卻變成了出發點。如此一來，歷史事件與歷史敘述就會鬆動其位，「歷史事件↔史料↔歷史敘述」的辯證結構才能得以透明化。三木的意圖非常清楚，在他看來，無論「歷史事件→史料→歷史敘述」或「歷史敘述→史料→歷史事件」的單線結構，都是不可能的。

然而，光是談論「歷史事件↔史料↔歷史敘述」的辯證結構，尚無法觸及到歷史的本質。那麼什麼是歷史的本質？雖然三木沒有說明，但從他對「何謂真正的歷史敘述」的說明中可掌握到，也就是「人們藉由反覆（繰り返す、手繰り寄せる。不是複製、添加：筆者注）被傳達來的東西將它傳達給後世」（M6.14）。至於「如何反覆」以及「反覆什麼」，就變得至關重要。回應前者，三木清會說：立足在現在進行選擇。回應後者，三木清會說：對現代而言重要且有意義的，此外還必須是一個整體（非任意、散亂、破碎、偶然的）。理由是，讓「歷史事件↔史料↔歷史敘述」的辯證結構

形成一個有始有終的封閉整體，正意味著將帶來真正開放的實存運動。這也是三木清導入敘述者的實存狀況（作為實際的歷史）的真正目的。在此三木清要回應的問題便是「什麼樣的傳達主體」。這裡有三木清暗中意識著海德格的實際性（Faktizität）概念之蹤影[11]。三木清除了用行動、自由、創造或製作（人的活動）以及現在、瞬間、偶然（時間概念）來表示實際性的意涵，甚至將實際和「歷史的基礎經驗」（M6・48）劃上等號。

在此若思考楊杏庭從所謂優等生、高材生出發，中經中國大陸的官僚及教授經驗後，最後轉向在野運動家及思想家的境遇，我們會發現他的歷史實存狀況（一種特殊的歷史之基礎經驗）是驅使他完成一個具整體性的「歷史週期法則論」之推動力。據此，我們當然有向後現代主義思維下的史觀進行批判的理由，但在此不展開。然而，另一方面，如後所述，當世界的歷史運轉從楊杏庭所謂以「獨裁政權體制」為基礎的「反比例週期法則」發展到以「民主議會制」為基礎的「平行法則」後，就不再有發展，這正意味著「歷史的終結」。在這個「歷史的終結」的狀況下，只有「執政黨vs.在野黨」的執政輪替所帶來的和平景象。當然針對法蘭西斯・福山的「歷史的終結」提出批判的日本當代左翼思想家柄谷行人，必不會贊同楊杏庭「平行法則」中自英國清教徒革命以來盎格魯撒克遜式（英美為代表）的政治觀（主張自由、平等）及其史觀，因為只要「民族、

11　關於「作為實際的歷史」與實踐的關連，他如此說道：「然而，我們所謂的作為實際的歷史，不可能是康德的自我，更不會是費希特的本原行動（Tathandlung，日語：事行）。它是「行為的實事」（Tatsache）而不是費希特所說的純粹行為」（M6・33。括弧為筆者注）。三木將Tatsache翻譯成日語的「事實」，亦即本文所使用的實際。

國家、資本」存在的一天，人類將永遠無法得到真正自由（參見《世界史的結構》，東京：岩波書店，2010）。

　　因此我們不得不說，在楊杏庭的「平行法則」裡，依舊存在許多問題。但這仍然無法削減其「歷史週期法則論」的歷史意義。「反比例週期法則」與「平行法則」之所以都有問題，那是因為這兩種歷史理論，從我們當代眼光來看，已變成三木清所說的「具完整性的歷史敘述」（作為邏各斯的歷史）。因此必須等待具有「當代基礎經驗」的我們參與反覆（重新敘述）歷史的工作，歷史本身才會有所推進。當然三木批判馬克思的唯物史觀是一種意識形態，亦是在這種意義下進行的。若是如此，「歷史週期法則論」的誕生，恰好是推動了下一個歷史的新開展。其法則論並沒有所謂「失敗」可言。

　　那麼，三木清在歷史這個概念裡，置放「歷史事件↔史料↔歷史敘述↔實存者」這個辯證結構究竟又有何種當代性意義？其問題點又是什麼？在回應這兩個問題之前，讓我們再進一步檢視一下三木清的「實際」概念。三木清認為人的生命和歷史不可分。相對於「作為存在的歷史」與「作為實際的歷史」，他提出「作為存在的生命」與「作為實際的生命」。此外，三木藉由主張「實際應該先於存在」（M6・24）、「實際才是形而上學的存在」（M6・24），來對傳統的形而上學存在（如本質存在、理念、意識領域）之認識進行顛倒工作。針對實際的形而上學性格，他如此說道：「形而上學的存在，無寧說是以超越一切存在的存在之意味而成為一種實際。這種作為實際的歷史，超越了作為存在的歷史，可稱做是一種原始歷史（Ur-Geschichte）。實際雖是形而上學的存在，但並不意味它是不變不動。它不斷地在運動、發展」（M6・25）。

　　顯然真正的歷史開展，是奠基在「作為實際的生命」，而不是

歷史事件也不是歷史敘述，更不是傳統形而上學的存在。若是如此，在我們的腦海裡，必會浮現「實存者→歷史敘述→史料→歷史事件」的單線結構。人類的歷史實存狀況或基礎經驗（主觀），果真能擺脫歷史事實或事件（客觀）的支配，並重新構建一個全新的歷史嗎？恐怕很困難。事實上，這也不是三木清的立場。如上所述，三木清用行動或實踐、自由、創造或製作（人的活動）以及現在、瞬間、偶然（時間概念）來表示實際的具體內容。「書寫歷史」這一人的主體實踐活動，無法和「作為實際的歷史」進行切割。三木主張「製作歷史本身就是作為實際的歷史，相對於此，被製作的歷史就是作為存在的歷史」（M6‧26）、「歷史是我們的製作物，同時對我們而言又是被製作物」（M6‧43）。這意味著歷史既是書寫（包含製作、革命等實踐），又是其結果下的產物。用三木的話來說，前者為主體的實際，後者為客觀的存在，並非獨立不相干的東西[12]。

　　據上可清楚看到三木清的歷史概念所帶有的辯證法性格。這種具辯證結構的歷史，就如前面所示，既不為過去不變的必然（宿命論或命定論）以及哲學的形而上學產物（根源論或根基論）所支配，亦不會被現今人類的歷史實存狀況或基礎經驗（實存論）所獨占。即使三木清更加強調後者的歷史創造，但卻也為它設定「必須是一個整體性」的命令，以便將它引導到自我否定、自我開放的局面。

12　關於兩者的辯證關係，比如三木在同書第三章「存在的歷史性」中，如此說道：「作為存在的歷史與作為實際的歷史的對立，是存在與存在的根據之對立。然而，兩者作為存在與存在的根據，既相待又對立，但同時又是統一。無論是什麼現實性的存在，都是包含其現實存在（existentia）及現實存在的理由（根據）這兩個契機的統一。這種對立的統一、統一的對立便是辯證法的規定。因此一切現實性的存在，都是辯證法式的。」（M6‧94，括弧為筆者注）。

因為在這裡才會有歷史重新書寫，亦即反覆創造的可能性（參見
M6・16-17）。我們可以在這裡找到三木清歷史哲學的當代性意義。

　　問題是，這個支撐人類進行歷史實踐的基礎經驗是什麼？三木
清並沒有提出具體的例子，只說明了基礎經驗必須具有某種規範性
的、優越的意義（M6・47-48, 54），實踐的主體具有個體性與社會
性、感性與身體性（M6・33-37）。究竟什麼是人類共有的基礎經
驗？某種規範性的、優越的意義究竟指什麼？即使閱讀完整本《歷
史哲學》仍然無法找到答案。

三、歷史的周邊與中心：《歷史的世界》

　　高坂正顯於1920年進入京都帝國大學哲學科，1923年畢業後，
任職於京都府立大學預科。1936年，在西田幾多郎與務台理作的斡
旋下，任職於東京文理科大學哲學科，1940年轉任京都帝國大學。
二戰期間，因其「世界史的哲學」、「近代的超克」的活躍論述，
導致在二戰後被解任。1951年就任關西學院大學，1955年再度回到
京大任教。如前所述，當楊杏庭進入東京文理科大學哲學科時，正
值高坂致力於研究歷史哲學的時期。三木清的《歷史哲學》對高坂
研究影響甚大。但總的來說，兩者歷史哲學的根本立場截然不同。

　　如杉本耕一所指出，在京都學派的歷史討論中，蘭克
（1795-1886）是最常被提出來的史學家。其中，以他的「每一個時
代都和神有連接」這句話最有名。這句話意味著每個時代都有其獨
自的個性，在其自身都有其獨特的價值。這種相對歷史世界奠基在
神身上的歷史非連續、非進步思維，和西田場所論式的歷史觀有相
通之處。因為在無的場所裡，歷史中的每個時代或歷史世界中的每
個事件，並非以目的論的方式朝往某個方向前進，而是在其自身當

中就有其絕對的意義，因此經常被西田拿來引用[13]。

　　如前所述，三木清強調真正的歷史發展應該是以現今人類的歷史實存狀況或基礎經驗（實存論）為出發點，而不是西田主張的「作為絕對無的場所」這種哲學的形而上學產物（根源論或根基論）。正如田邊元在〈求教西田先生〉中的西田哲學批判所示，「作為絕對無的場所」因帶有流出論、根源論的性格，因此一切存在（包含歷史世界）都只能被包攝在場所之內，為場所所奠基。此種場所論式的歷史觀，顯然和三木清的基礎經驗的歷史觀截然不同[14]。高坂正顯的歷史論述，總的來說，是繼承西田場所論式的歷史觀，特別是關於「永恆的現在」這個概念的繼承。

　　高坂的三子高坂節三在《注視昭和宿命的眼：父親高坂正顯與兄長高坂正堯》（京都：PHP新書，2000）中，指出了《歷史的世界》的出版和其父親的康德研究[15]以及西田哲學的影響關係。「永恆的現在」是在西田的《無的自覺限定》（1932）的第三篇論文〈我的絕對無的自覺限定〉及第四篇論文〈永恆的現在的自我限定〉中的重要概念，特別是後者（首出於《哲學研究》，第184號，1931年7月）。根據高坂節三的說法，正是這個概念直接影響了高坂正顯的《歷史的世界》第一章「歷史性的存在」（收於《思想》，第116-117號，1932年1-2月）[16]。在檢討高坂正顯的《歷史的世界》之前，首

13　參見杉本耕一，《西田哲學與歷史的世界》，頁298。

14　關於三木清的西田批判，可參見〈關於西田哲學的性格〉（1936），收於全集第10卷。

15　高坂的最早康德研究成果有《康德》、《康德解釋的問題》（東京：弘文堂，1939），在《歷史的世界》之前，高坂已翻譯過康德的《永久和平論》（收於《康德著作集》，第12卷，東京：岩波書店，1926）。

16　參見高坂節三，《注視昭和宿命的眼：父親高坂正顯與兄長高坂正堯》，頁103-104。

先先讓我們來理解一下西田的「永恆的現在」意味著什麼。

西田在〈永恆的現在的自我限定〉中談時間時，引用奧古斯丁在《約翰福音書講解》中解釋《新約聖經》〈加拉太書〉中的「當時間結束時，神派來他的兒子」這句話中的「時間結束」之解釋。西田認為奧古斯丁解釋為「時間消失」，和他在《懺悔錄》中的時間觀是一致的。西田如此說道：

> 如奧古斯丁所言，並沒有過去、現在、未來，只有過去的現在、現在的現在、未來的現在。現在可以包含過去、現在、未來。然而所謂時間存於現在，就是指否定時間。當時間在某種意義上被包攝，那麼它就不再是時間。時間必須是無限之流，而且是其方向絕不能翻轉的永恆之流……如奧古斯丁所言，我們必須認為時間存於現在，如此思考時間才會消失。[17]

這裡所指的現在，並非我們一般認識的流俗時間（即非自然科學時間），而是指被永恆（神）包攝的現在，也就是「永恆的現在」（永遠の今）。西田認為若要知道變化者（時間）的話，必須要有不變的存在（変ずるものが知られるには変ぜざるものがなければならない）。這個不變的存在，在奧古斯丁是神，在西田則是一般者或絕對無的場所。比如在「個物能成立，必須是它存於一般者，必須是被視為一般者的自我限定。我將此稱為一般者的場所的自己限定」（N5・145）的西田發言中，便能發現他的奧古斯丁時間論與場所存在論的論調是一致的。一般者或絕對無的場所在西田哲學

17　《西田幾多郎全集》，第5卷（東京：岩波書店，2002），頁144-145。以下引用以N卷數・頁數標示。

的脈絡裡，通常處理的是存在論與認識論問題，不是歷史或時間的問題。但西田在此則將時間的問題導入自己的場所論。我們不難看出從場所存在論到時間論的類比性思考，很大程度上是西田為了回應田邊元、三木清、戶坂潤批判其哲學的根源論性格以及非歷史性、非社會性傾向的批評[18]。

　　高坂繼承這個帶有形而上學色彩的「永恆的現在」概念，展開他在《歷史的世界》的歷史哲學論述（序論）。《歷史的世界》有一個副標題「現象學的試論」，從其內容可知高坂和自己最初的形而上學立場有一定的差距。此差距就在於高坂一方面以解釋學現象學的方法處理各種「歷史的周邊」現象，另一方面又主張「歷史的中心」必須以宗教與道德的形而上學為依據（第一章）。在進入檢討之前，在此先說明楊杏庭的歷史週期法則，無論是第一「反比例週期法則」或第二「平行法則」幾乎與這種歷史哲學論述無關。說「幾乎」是因為在構成週期法則現象的六個要素（武力、道德、制度／文化、經濟、人口）當中的道德，被楊杏庭視為是一種道德的或宗教的自覺[19]。雖然理由是為了批判馬克思太過輕忽道德與宗教的功能，但在第一法則下的各個時代之繁榮、強盛景象無法缺乏宗教及道德的形而上學，卻是不爭的事實。因此我們可以說楊杏庭的歷史理論，不會和西田、高坂的歷史哲學立場完全分割。關於此問題，將於下一節以及本文結論處討論。

18　太田裕信，〈瞬間與歷史：西田幾多郎的時間論・永恆的現在的自我限定〉（《日本的哲學》，第12號，2011，頁123）對西田的「永恆的現在」概念，有較系統性的梳理與解釋，值得參考。順帶一提，此文可說是補足杉本耕一著作的不足之處，但仍舊只停在西田哲學的內部研究。

19　參見楊杏庭，《歷史週期法則論》，頁85-88。

　　正如長谷正當的解說所示，高坂在《歷史的世界》中處理的學
問領域極為寬泛，如地理學、歷史學、法學、政治學、民俗學、神
話學等。他在吸取這些知識之後，進行歷史現象的分析。其關心點
不在歷史哲學的抽象理論，而是在具體的歷史現象之分析與記述。
這些歷史現象，對高坂來說，不能離開自然，自然與歷史是不可分
割的[20]。什麼是歷史性的存在呢？高坂在此書第一章「歷史性的存
在」舉出兩個歷史型態，一個是具連續發展的歷史，一個是不具發
展的歷史。

　　高坂如此說明前者的抽象結構：「我們可以透過現在的決斷、
行為來變革過去的意思。我們不可將過去思考為無法改變的命運。
過去的意思隨時在現在之中發生變革。命運時刻都在變新。所有的
歷史內部存在，都不是完結的存在（完了せるもの），而是不斷演
變的存在（なりつつあるもの）」[21]。具體則以達文西的作品為例。
高坂提出「達文西的作品究竟在什麼意義上能稱得上歷史性的存在」
的問題，並針對此問題如此回答：「歷史性的部分即使在現在，還
是不會阻礙我們的理解。或許時間性的存在會埋沒於過去，但歷史
性的存在是即使在現在仍然生存的存在。我們之所以能理解達文西
的作品，是因為其作品所訴說的意義，仍然活在現在」[22]。歷史性
的存在之所以是其所是，是因為它以意義、表現的形式脫離過去，
在現在被理解，並因現在的未來期望，而被解釋、傳達到未來。這
形成了歷史連續發展的條件。三木清的歷史實存狀況或基礎經驗（實
存論）的歷史面貌恰恰是這種代表，然而高坂並不滿足於這種歷史

20　參見《歷史的世界》的「解說」，頁322。
21　《歷史的世界》，頁12-13。
22　《歷史的世界》，頁6-7。

的面貌，相反地提出不具發展的歷史。

如前所述，蘭克的「每一個時代都和神有連接」這句話，經常被西田引用，同樣地也被高坂拿來說明何謂不具發展的歷史。高坂說道：「過去必有不被包含在現在之內的意義。如蘭克所說，過去的時代，每個都直接和神相連繫。這並不是說透過被包含在現在之內，以現在為媒介，就能和神連繫。同樣的，過去的哲學體系，亦不會被包容在現在的體系之內，其必含有不為現在體系所取盡的意義。那裡有過去的尊嚴」[23]。顯然歷史性的存在成立在和神（超越、永恆）的直接關聯，而不是以現在為媒介被顯示出來的。關於過去的哲學體系，高坂舉出如何理解亞里士多德的例子。他說：「我們並不是為了理解亞里士多德，而追溯從亞里士多德到現在的哲學史發展。也就是說，理解亞里士多德，不是藉由以連續的方式回歸希臘的過往。我們直接可以從現在回歸到亞里士多德」[24]。這裡同樣可顯示出過去有過去自身的獨特價值的意思，同時也提供了我們如何處理戰前台灣人的歷史記憶（哲學史記憶）的方法。

據上我們可以看到歷史性存在的兩個面貌。那麼，讓我們來看看高坂是如何談論具連續發展的歷史與不具發展的歷史之間的關聯。高坂透過談論時間的四種樣態，來聯繫兩者。第一是因果論的時間樣態。時間從過去流到未來。第二是目的論的時間樣態。時間從未來流向過去。第三是實踐的時間樣態。從現在回到過去或前往未來，過去和未來都存於現在。相對於此三者分別從過去、未來、現在來看時間，還有第四個立場，即永恆的時間樣態。過去、現在、未來皆為超越時間的現在（亦即永恆的現在）所包攝。此時的歷史

23　《歷史的世界》，頁31。
24　《歷史的世界》，頁17。

性存在，便是「永恆的現在」的歷史性存在。高坂用「下降」（降りてくる）來說明「永恆的現在」的自我限定。在此，歷史性的存在即是「永恆的現在」的自我限定[25]。最後高坂強調這四個時間樣態並不是彼此獨立又並存的關係，應該說「第一的時間為第二的時間、第二的時間為第三的時間、第三的時間為第四的時間所包攝，形成一個整體，而這個整體同時又具有根基的意味」[26]。在高坂的此主張中，我們可明顯地看到西田哲學的影子以及其與三木清的歷史哲學之間有多大的差異。

　　以上的高坂史觀還不能算是《歷史的世界》的主要論述。第一章「歷史的周邊」才是此書的主要根幹。高坂在開頭處引用德羅伊森（1808-1884）在《史學綱要》（*Grundriss der Historik*, 1858）主張將私人話語（Geschäfte）轉到歷史（Geschichte）的史學任務，目的在於方便自己分析與解釋作為歷史周邊的六種現象：謠言、軼聞、傳承、慣例或權宜、流行、習慣（噂話、逸話、伝承、コンベンション、流行、慣習）。此外，他還加上閒聊、傳說、神話、傳統及輿論。 高坂雖沒有明示，但他顯然仿效海德格用解釋學現象學分析、解釋此在各種日常結構的方式，將歷史周邊的各種現象（即無法成為歷史中心的日常性世界）進行了闡釋，並說明這些現象雖無法到達歷史的中心，但都被歷史的中心之光所照耀。

　　關於此說法，可見於高坂以下的發言。「歷史的周邊是日常性的世界。然而，從歷史的中心而來的光，亦會照耀到那裡。因此（A）在歷史認識，特別是在解釋的立場，無論是如何細微的周邊事件，

25　參見《歷史的世界》，頁18-20。

26　《歷史的世界》，頁20。這種永恆包攝時間的論述，可說是以西田場所論（絕對無的場所包攝謂詞、謂詞又包攝主詞）為基礎的歷史哲學論述。

都會成為理解中心事件的資料,亦必須是如此。……『究竟該怎麼做才能達到歷史的中心』這個問題,應該包含解釋學面向以外的面向,即(B)『能以何種態度和行為達到歷史的中心』的實踐面向」[27]、「隨著歷史的周邊迫近到歷史的中心,我們反而能更接近超時間、超歷史的存在。雖然有點弔詭,我們反而可以說歷史的中心是超歷史的。照耀到歷史周邊的歷史中心之光,便是從這種超歷史的、理念的存在發出來的。和蘭克所言所有時代皆與神有連繫的那個神之間的接點,就在於此」[28]。

　　用三木清的話來說,上述那些歷史周邊現象最多只能進階到歷史敘述(作為邏各斯的歷史)。雖說如此,高坂一方面指出這些作為歷史周邊的各種現象(與人的存在樣態相關連的各種日常生活現象)雖然無法直接達到歷史的中心,卻可透過宗教與歷史的決斷與覺悟(即自覺)參與到中心、和歷史的中心有連繫,另一方面作為歷史中心的絕對者(神光、普羅丁的一者、絕對無、超越時間、歷史的存在),雖與歷史周邊現象有隔絕,卻又不離開具體的歷史周邊現象。歷史的周邊與中心的關係,既不是質料與形式,也不是部分與全體,更不是特殊與普遍,而是具體的普遍。針對此,高坂如此結論道:「周邊‧中心的結構,毋寧說是(d)具體的普遍,因此必須到達個體才能被揭示出來……因為通過歷史的周邊所見的<u>沸騰的漩渦</u>以及通過歷史的中心所見的<u>一者</u>被深化在歷史基體的<u>原始自然</u>與將這個自我否定面的<u>原始自然</u>包含在內的<u>永恆的現在</u>之中,而且此兩者透過歷史主體的實踐媒介,而朝往歷史的世界發展。此時,

27　《歷史的世界》,頁80-81。
28　《歷史的世界》,頁83-84。

周邊‧中心結構自身,顯然反而是以實踐的辯證法為基礎的」[29]。

在此已無篇幅可以探討這裡所說的歷史基體與歷史主體。簡言之,代表自然(含原始自然、環境、歷史自然)的前者與代表國家與文化的後者,分別扮演著推動歷史世界的角色。在此神性的存在必不會缺席。

四、歷史週期法則的哲學意涵及其問題點

關於楊杏庭在東京文理科大學時期的歷史哲學論述,大抵透過對三木清、高坂正顯的兩部著作之理解可以得到一個概觀。楊杏庭以中文撰寫完成於1947年的《歷史週期法則論》,於中國與台灣出版不果,最終在日本以日文出版《歷史週期法則論》(東京:弘文堂,1961),當中歷經了不下十五年的歲月。因此若將此書斷定為日治時期產物,於理不通。但若檢視其「緒論」及「本論」,即使將戰後所發生的歷史事件抽離出來,仍然不會造成歷史週期法則論的不成立。再加上,若從楊杏庭本人「早在1937年就發現日本軍部無視中國歷史的週期運動而發動對華侵略戰爭是一個無知的誤判」以及「在1945-1947年這段時間,在南京已經完成關於中國歷史週期法則的論證」的說法來看[30],似乎將此書視為戰前的思想結晶亦不為過。關於此議論,將在此打住。

關於什麼是歷史週期法則?在此容許筆者進行簡略的梳理。楊杏庭在自序說明此法則有兩種,一個是「反比例週期法則」,一個是「平行法則」。前者是包含戰亂(當然也有和平、穩定、繁榮)

---

29 《歷史的世界》,頁91。底線為筆者所加。
30 參見《歷史週期法則論》,頁1、79。

的法則，後者是沒有戰爭（但有黨派鬥爭與對立）且能永保和平的法則。這兩個區分十分重要，因為這分別代表了權力一元論與權力二元或多元論的歷史發展。比之更重要的是，我們必須掌握楊杏庭本人的歷史實存狀況。如前所述，楊杏庭於戰前只是日本帝國時代下的被殖民者，即使在中國大陸時期，仍舊只是為日帝做事的二等國民。於戰後因其特殊身分與言論等問題，受到蔣介石獨裁政權的壓迫，最終無奈只能流落他鄉日本另謀出路，但在日本的處境亦不能算是很好。

　　這裡借三木清歷史哲學的結構，可以觀察出兩個進路。第一個是因中日戰爭爆發（歷史事件），而觸發楊杏庭蒐集史料，繼而進行歷史敘述[31]。第二個是因戰後的歷史實存處境，而推使楊杏庭針對歷史事件及中國史料（甚至包含歐美歷史及日本史材料）再進行歷史敘述。這兩個進路恰好合流到1961年出版的《歷史週期法則論》中。而「反比例週期法則」與「平行法則」可分別還原到這兩個不同的進路裡。前者對應的是第一個進路，後者則對應第二個進路。何以這是可能的？正如楊杏庭在此書所期望的，世界歷史的走向應該從第一法則走向第二法則，讓戰亂停止，讓短暫和平走向永久和平。也就是說，讓獨裁、專制政權（權力一元世界）結束，使它走向英國清教徒革命後所開啟的民主議會制政權（權力二元或多元世界）。這和他當時的歷史處境（也就是壓迫他及台灣人的獨裁者蔣介石）有很大關聯。

　　楊杏庭在《歷史週期法則論》第十六章「中國的現代週期」裡，

31　當然這裡亦有楊杏庭自身的歷史實存狀況，只是從筆者目前現有的　　資料中沒掌握到。比如本文一直強調的被殖民者經驗、異民族、異　　文化經驗等。關於其自傳《受難者》的內容，將於日後進行檢討。

分析了中華民國的週期革命及生成。他指出孫文的國民革命能成功，是在於將一元帝權轉移到多元民權，也就是第一法則到第二法則的轉移[32]。然而，其接班人蔣介石卻將多元民權倒轉為一元帝權（獨裁者政權，在這之前有袁世凱的例子），因此最終不得不把江山讓給鼓吹共產主義、平等思想的毛澤東。然而毛澤東在楊杏庭看來亦和史達林一樣，其共產主義、平等思想只不過是取得政權的口號而已。因此蔣介石與毛澤東分別被楊杏庭視為右翼獨裁主義的權力者與左翼絕對主義的權力者[33]。楊杏庭就在這種歷史處境下開始思考第二個法則的歷史發展，也就是民主議會制政權（權力二元或多元世界）的發展。而第一法則對戰後的楊杏庭而言，自然就變成是必須被超越的法則。但如他自身所言，此法則在戰後的1960年代再被提出，完全是因為它仍舊具有教訓、參考（借鑒）的價值。更何況獨裁政權自人類有史以來就不曾消失過。

　　若是如此，我們就可以從楊杏庭的歷史週期法則論中，看到三木清所謂的「歷史事件→史料→歷史敘述」與「實存者→歷史敘述→史料→歷史事件」這兩條單線結構。前後者雖有時間的錯位，但仍可將兩者看成三木清主張的「歷史事件↔史料↔歷史敘述↔實存

---

32 這裡可以看到孫文的三民主義理想下的革命，將中國五千年的歷史循環法則打破，繼而將中國歷史發展帶往由英國清教徒革命以降的民主議會制政權（權力二元或多元世界）。在此，我們無須如溝口雄三在《作為方法的中國》（東京：東京大學出版會，1989）裡所主張的那樣，單純地主張中國的近代化可在中國傳統自身（大同世界思想）中尋找到。當然楊杏庭也沒否認中國古代有民權、民本思想（《歷史週期法則論》，頁82）。但這種論調放到孫文的思想上並不完全適用，而且這樣也會阻礙中國與世界之間能具有的共同基礎經驗。

33 《歷史週期法則論》，頁33。

者」的辯證運動。因此我們從此點能將楊杏庭的歷史週期法則論視為一種實存式的歷史哲學論述[34]。這和三木清設定基礎經驗必須具有某種規範性的、優越的意義有很大的關聯。因為楊杏庭選擇以自由、平等、博愛作為人類（不限於哪國人）應該擁有的共同基礎經驗。理所當然的，他的法則論必須是一個具完整性的論述，以便推進下一個歷史論述的誕生。

　　為了要尋找楊論與京都學派歷史哲學的接點，首先筆者想先從構成一元帝權（獨裁政權）的六個要素（武力、道德、制度／文化、經濟、人口）所造成的週期波動以及道德要素的形而上學意義檢討起。楊杏庭將到中華人民共和國成立以前的中國五千多年歷史區分成六個大週期（一大週期約700-800年左右）。而每個大週期包含有兩個中週期（一個中週期約300年左右）。一個中週期包含三個小週期（一個小週期約100年左右）。每個小週期又分成三階段，即「草創期（形成期）」、「拓展期」、「崩潰期」。一個王朝、專制體制或獨裁國家，大約在一個中週期滅亡。而此週期波動則呈現出「高、中、低」峰的波動圖。此圖不斷地以循環的方式發展下去，代表著中國歷史的循環以及一元帝權（獨裁政權）的興衰、治亂的命運。

---

34 關於此點，讓我們看看三木清怎麼說。「海德格傾全力在單純提出和世界時間不同的主體性時間，就連他都無法脫離理解的立場，也就是解釋學的立場。然而，一般來說，解釋學的立場是內在的立場，在那裡時間最終只停留在意識的時間。與此相反，新的歷史哲學首先必須站在創造歷史本身的立場。固然所有人類在某種意味上都是『歷史家』。因此，所謂理解在根本上，屬於他的存在方式。然而，人類超越此立場，是『歷史人』，即不斷地在製作歷史的人。行為的立場若能將它徹底化時，便能突破意識的立場，亦即觀念論的立場。」（《歷史哲學》，頁178）

　　和此「高、中、低」峰的波動圖形成反比例的，便是「文化、
經濟、人口」要素所造成的「低、中、高」峰的波動圖。這意味著
此發展和一元帝權（獨裁政權）的逐漸衰亡形成反比例，以逐漸增
大的趨勢出現。楊杏庭用了一個特別的術語「非連續的連續」，來
說明中國的歷史週期現象。所謂非連續，是指因一元帝權（獨裁政
權）的消亡所產生的非連續（絶対権力を覆す革命や内乱は、歴史
の非連続面）[35]，連續是指「文化、經濟、人口」即使因週期末的
政權消亡或革命受到打擊與破壞，大部分都被下一個主權者所接受
與發展。週期波動的「高、中、低」峰與「低、中、高」峰彼此以
反比例的形式，而且是以非連續與連續的這種矛盾的形式出現。

　　此處說的歷史的連續與非連續，和高坂所說的意義完全不同。
高坂主張的非連續，指的是永恆的現在（神、絕對者、超越時間、
歷史的存在），而連續指的則是不斷演變的歷史。真正的歷史發展
是不斷演變的歷史被包攝在非連續的永恆的現在，前者以後者為基
礎。這完全是「西田─高坂」式的史觀，至少在1930年代前期。對
楊杏庭來說，無論是連續或非連續，都和「永恆的現在」無關。與
其說楊杏庭的法則論和高坂完全無關，倒不如說楊杏庭不認為自己
是京都學派的徒孫，因此無須考量哲學思想體系的繼承與發展。之
所以會如此和自己是二等國民的實存立場或許不無關係。即使不是
如此，或許也可以視為對高坂的反抗，或許只是單純站在歷史必須
站在歷史的立場來看待。

　　然而，不管如何，楊杏庭在處理構成一元帝權（獨裁政權）的
六個要素中的道德時，卻因其形而上學色彩又無法和「西田─高坂」
的立場完全切割。楊杏庭認為權力主體無論是絕對或相對，都必須

35　參見《歷史週期法則論》，頁70。

具備三個條件，即「武力（勇）」、「道德（仁）」、「制度（知）」，缺乏武力取不下政權，缺乏道德終將被推翻，沒有制度將難以維持政權。筆者注意到的是楊杏庭對道德條件的解說：狹義層面的主體性人格與廣義層面的一朝代之道德風紀或綱紀[36]。楊杏庭戒備自己勿入司馬遷、黑格爾、蘭克等人的道德決定論或形而上學色彩，將武力、道德、制度（勇、仁、知）進行如下的說明。「相對於道德是唯心的、形而上的實在，武力與制度則是形而下的存在。因此這三個條件既不是唯心的，也不是唯物的，而是兩者結合形成一個歷史現實體」[37]。

　　楊杏庭一方面警戒自己的歷史論述不掉入唯心的（觀念的）、形而上的立場，另一方面卻又以這個立場批判馬克思的階級鬥爭史觀。因為馬克思的史觀只能在中週期中的第三小週期末看到，楊杏庭稱該史觀只是三分之一的真理，並主張除了物質經濟的利害衝突外，不可忽視人民的參政權要求、民權的合法性保護等，因此從新康德主義價值哲學主張的真、善、美、聖四個精神價值的標準，來批評或評價歷史亦非常重要[38]。這裡楊杏庭舉了一個具體例子。羅馬第二中週期的第三小週期末，便出現格拉古（Gracchus）兄弟的革命，造成道德正義推動歷史進步與民主解放的結果。同樣的，他也提及《尚書》中的「天視自我民視」（中國古代民權、民本思想）。此外，更舉出基督在羅馬帝國積極參與奴隸解放運動的例子，說明神的愛與正義的重要性。針對馬克思的階級鬥爭史觀，他舉基督行徑如此批判道：「此鬥爭（指基督對羅馬帝權及貴族權的鬥爭：筆

36　參見《歷史週期法則論》，頁40-42。
37　《歷史週期法則論》，頁42。
38　參見《歷史週期法則論》，頁85。

者注）並非以經濟的階級利益之鬥爭，應該是透過道德的或宗教的自覺，脫離自己所屬貴族的階級利害，為了增進其他平民的階級利益獻身」[39]。

我們顯然可以在此見到「西田—高坂」所說的「永恆的現在」（神、絕對者、超越時間、歷史的存在）或道德命令。然而這個構成權力主體要素的「道德（仁）」之形而上學基礎，也就是道德或宗教的自覺之理論，並沒有被楊杏庭發展出來。他僅僅只是說明歷史的形成不能缺乏超越的、絕對的存在。從這點依然可看到楊杏庭和京都學派（西田—高坂）的歷史哲學之間的關聯。而和它不同的便是，楊杏庭主張應摒棄第一法則的歷史循環，前往第二法則的「歷史終結」狀態（執政與在野黨或多黨制政權的狀態）。

楊杏庭的第一法則所包含的六個要素，如前所述，因其反比例以及非連續與連續，處於彼此對立的情況。此法則因文化要素，還有一個對立的狀況出現，即「從武強到武弱」（政權的強到弱）與「從文弱到文強」（文化的弱到強）的演變。在這過程中，後者產出的天才、偉人、英雄、思想家、文化人、革命家等將以超越的方式，換言之，也就是以宗教的、道德的、文化的形而上學模式來對處現實環境，對現實環境提出反動的思維或採取改革或革命的實踐方式[40]。筆者認為楊杏庭在處理文化這一塊，並沒有系統性地區分「具積極、創造性的人」與「具消極、停滯性的人」。前後者雖然都是使王朝、獨裁政權加速滅亡的原因，但前者是將政權一旦裁斷（即楊說的歷史斷裂或非連續）後再創新局的類型。這一類型的人或以武力，或以天命，或以宗教、道德或文化的形而上學為基礎來

39　《歷史週期法則論》，頁86。
40　參見《歷史週期法則論》，頁56-57、77-78。

建立全新的政權，顯然在週期波動的「高、中、低」峰與「低、中、高」峰的交錯之中可看到。

楊杏庭在該書第八章「馬克思學說的崩潰」的第三節「世界共產革命的可否」中對歷史的未來趨向，提出自己的想法。他認為（一）獨裁政權難以統治整個世界，（二）世界革命必須以武力戰爭為前提，因此不可行。唯一可行的道路是，仿效英國清教徒革命以來的民主議會方式，奠基在從下到上的歸納方法，將一國議會擴大強化到世界議會，通過此議會功能來調節英美與蘇中的關係。（三）康德在《一切能作為學問而出現的未來形而上學之序論》（*Prolegomena*）的世界永久和平提案值得重視，因為取代一個權利主體統治世界的世界組織（以前為國際聯盟，現為聯合國）比較能實現其理想[41]。然而，眾所皆知，現今最能代表後者的美國，因其新自由主義及種族中心主義，再次讓我們看到民權多元政治體制所帶來的當代危機（指美國國內外的危機與全球危機）。此外，現今以民主議會制為工具，來實行獨裁政權的國家，也不在少數。第二法則的歷史發展趨向在今日，也面臨了很大的挑戰。

五、結論

楊杏庭的歷史理論與京都學派的歷史哲學有什麼接點？若有的話那又有什麼意義？我們可以根據上面的探討整理出兩個面向：歷史實存與「永恆的現在」。楊杏庭雖沒提到三木清的歷史哲學，但

---

41 如前述，高坂早在1926年便出版了康德《永久和平論》的翻譯，其《康德》、《康德解釋的問題》亦在1939年出版。按理楊杏庭不可能沒有接觸過康德的永久和平理論及其政治理論。

這本可稱日本歷史哲學代表作的影響力在1930年代的日本,特別是京都學派是不言而喻的。楊杏庭的歷史週期法則,從歷史事件(中日戰爭爆發),中經其史料蒐集、整理、分析,在1947年呈現出理論體系(歷史敘述)。爾後出版的《歷史週期法則論》(1961),不僅增加中國史以外的西洋史與日本史,在更多二戰後的世界歷史事件及相關史料被放入後,重新為先前的歷史週期法則增添更多論據。其中第二法則可說和他當時歷史實存狀況有很大的關聯。就其歷史理論的建構過程來看,借三木清的歷史哲學架構來說的話,我們或許可以說《歷史週期法則論》是一種實存式的歷史哲學論述。

關於歷史週期法則的理論,從一個小週期使用「草創期(形成期)」、「拓展期」、「崩潰期」或「蓓蕾期」、「開花期」、「結果期」等語言來看,屬於典型的有機發展思想。三木在《歷史哲學》第三章「歷史的發展」中,將有機發展思想梳理為四種類型:古典型(亞里士多德)、浪漫型(謝林、亞當·米勒、狄爾泰)、生物學及實證主義型(史賓塞、杜里舒〔Hans Driesch〕、伯倫漢〔Ernst Bernheim〕)、形態學型(斯賓格勒),並認為有機發展思想的根本結構有四種:自然概念、人類的觀想態度、完結的整體理念以及發展物與可能性、現實性的關聯[42]。

楊杏庭的第一歷史週期法則顯然屬於有機發展思想中的形態學型,根本結構具有自然概念、完結的整體理念。權利主體(獨裁政權)的發展週期與和其成反比例的「經濟、文化、人口」之發展週期,被類比為植物或人類的生長。相對於近代以來的「無限前進的體系」(進步史觀,始於17世紀的法國),第一法則屬於「圓環行程的體系」(圓環史觀,重複「興起、成熟死滅」的循環。見於古

---

42 參見《歷史哲學》,頁109-133。

代修昔底德、波利比烏斯）[43]。

　　此外，我們還可注意到三木所提出的世代概念。此概念奠基在自然，由來自各個家族系列內部的生殖序列。用這種世代概念衍生出來的「三世代法則」來看「世紀」的歷史學家是蘭克的弟子羅倫次（Otto Karl Lorenz）。我們從三木以下對世代說的觀察，可窺見楊杏庭的週期劃分的秘密。「然而，對歷史諸事件的長遠系列來說，世紀顯然是個小單位。因此他（羅倫次：筆者注）接著以較高的單位，就像一世紀由三個世代所形成那樣，採用了三世紀即三百年，甚至是三世紀的三倍。羅倫次相信在德國的文學史，事實上，就是在威廉・舍雷爾（Wilhelm Scherer）的波動說中，找到對其三百年單位說的支持。」[44]。整體來說，楊杏庭的第一法則和德國歷史學派的「有機體說的歷史理論」極為類似。

　　至於從和「西田—高坂」的「永恆的現在」之對比來看，顯然楊杏庭並不採取那種宗教的、道德的形而上學立場。然而，如上所述，第一法則中的道德與文化要素，並無法脫離宗教的、道德的形而上學立場。畢竟此兩項，亦是影響人類歷史發展的主要因素之一。楊杏庭於二戰後放棄第一法則採取第二法則的選擇態度，雖和其歷史實存狀況有關，但從其提出的第一和第二法則都無法實現人類救贖的現代批評觀點來看，我們不也應該傾聽並思考「西田—高坂」的歷史哲學對現今人類歷史研究的啟發嗎？或許這樣的反思帶有矛盾的意味，筆者在此並非要宣傳這種歷史哲學的效益性，但當我們要建構某種史觀（包含「台灣哲學史」）時，除了以歷史實存狀況的立場來進行外，或許不能偏廢不斷發展的歷史被包含在「永恆的

43　參見《歷史哲學》，頁156-157。
44　《歷史哲學》，頁189。

現在」（超越者、絕對者）的立場。因為環繞歷史的所有相對性觀點、價值、理論等，在和「永恆的現在」（超越者、絕對者）形成包攝關係時，才能顯露出各自的獨特價值。楊杏庭的歷史週期法則論和京都學派歷史哲學（無論是三木還是「西田—高坂」的主張）的接點，處在歷史實存與「永恆的現在」的兩端，無論它帶來何種意義，都應該不斷地由後世的人來檢討。

　　廖欽彬，曾任高雄中山大學哲學研究所助理教授，現為廣州中山大學哲學系副教授。專研日本哲學、比較哲學、跨文化哲學、文化研究。著有《宗教哲學的救濟論：後期田邊哲學的研究》（2018）、《近代日本哲學中的田邊元哲學：比較哲學與跨文化哲學的觀點》（2019）。

新儒家在香港：

唐君毅視野下的「香港圖像」[1]

龐浩賢

二元對立[2]：唐君毅意識下的香港身分及意象

透過唐君毅遺留下來的文稿，筆者發現唐不單只輕視香港的身分及意象，更把香港身分放置於中國身分的對立面，形成兩者相抗的「二元對立」關係。唐作為流亡香港的中國傳統知識分子，十分希望復興傳統中國文化。正如他的外甥王康所言：「唐君毅一生行述，始終有三個母題灌注其中：人生、中國、世界」[3]，可見在唐君毅的意識中只有中國而沒有香港的位置。盧瑋鑾（小思）回憶，

---

1 本論文得以完成，有賴業師黃文江教授、范永聰博士及譚家齊博士的教導，特別是范永聰博士的啟發及協助校正，亦感謝師兄朱維理、陳冠夫、譚貴軒、葉家銘，師姐葉舒瑜、趙橙的支持及鼓勵。

2 二元對立（binary opposition）是一個批判邏輯理論，二元對立理論把世界上一切格局假設成絕對相對，一切價值、理論以至物件都是呈兩種狀態：美與醜、正與邪、黑與白、男性與女性，文明與野蠻等等。而兩種狀態皆是相抗不相容，互相排斥、對立，在二元對立的意識形態下，容易產生單一、極端的主義思想。

3 王康，〈王康序〉，載於唐君毅，《中華人文與當今世界》（桂林：廣西師範大學出版社，2005），頁3。

唐君毅在其大學面試時曾問她：「你愛中國文化嗎？認為在香港，中國文化能散播嗎？」，當小思回答說：「喜愛中國文化，但我認為中國文化能夠在香港成功散播的機會幾乎沒有什麼希望！」時，唐君毅聽後即露出「惋惜的神態」[4]，可見唐君毅極度寄望香港能夠傳承傳統中國文化及思想。同時，唐君毅自身則以排拒及無視「香港」的存在處理自己與香港的關係，正如台灣儒家研究者楊儒賓對唐君毅的分析：「唐（君毅）先生待在香港的時間比待在他的家鄉宜賓還要久，但他和香港可說是互不存在，彼此是外緣關係。」[5]唐君毅認為自己實乃流亡於香港的「中國人」，流亡香港為「逼不得已」。指：「香港英人之殖民之地，既非吾土，亦非吾民。吾與友生，皆神明華冑，夢魂雖在我神州，而肉軀竟不幸亦不得不求托庇於此。」[6]可見在唐君毅的意識中，他只是因時勢而被逼暫居於香港，但在意識、文化及身分認同上仍然「心繫中國」，故此香港的位置及身分意識對唐君毅而言並不存在。

同時，在唐君毅的意識中，香港及香港人的文化身分理應為「中國」及「中國人」，香港的社會大眾應該認同及關心中國的發展。例如唐曾言：

> 諸位以前只生於香港，長於香港，只關心香港，連諸位之小學
> 地理教科書，亦主要只講香港的地理，小學教師，還要考你們
> 前任總督的名字、女王的生日。我二十多年來，一直為此難過。

4　小思，〈承教小記〉，載於唐君毅全集編輯委員會編，《唐君毅全集第三十卷，紀念集》（台北：學生書局，1991），頁444。

5　楊儒賓，《1949禮讚》（台北：聯經出版公司，2015），頁69。

6　唐君毅，〈說中華民族之花果飄零〉，載於唐君毅，《說中華民族之花果飄零》（台北：三民書局，2015），頁27。

直到現在國際形勢變化，大家或想著中共會來香港，然後才能仰首伸眉，自覺自己生命之本源，是中國的神明華冑，要認同中國。這覺悟，由外在國際形勢變化而引起，仍是以一崇外、慕外的心理為根。這並不算很好，亦靠不住。

唐君毅這種身分意識的涵意，亦正如徐承恩等學者分析指：

根據唐君毅等大中華文化主義的觀點，香港的華人乃是一種特殊的中國人。他們生於香港這座由英國管治的城邦，因而與政治中國和地理中國割裂，但亦因此能夠免於中國赤化之禍，繼續堅持傳承中華傳統價值。香港、台灣以及海外華人社區因中國在共產政權統治下背棄中華，化身為真正的中國。

陳學然亦分析唐君毅這種身分意識背後推行的正是「面向大陸的文化回流反哺運動」，這「亦是香港這地方唯一的意義及價值」[7]。正如唐君毅認為香港人的生命皆為中國而立，香港及「香港人」的價值在於保存中國傳統文化，「香港人」的責任在於傳承中國文化，應以復興傳統中國文化為目標，例如唐君毅指：

你們（香港人）還是一樣的神明華冑，亦莫有先天罪業。歷史的意義，比地理的意義，當然深厚重大得多。地理意義的香港人，當然應該自覺到自己是歷史意義的中國人，而以之為自己

---

7 陳學然，〈從「失養於祖國」到「被逼回歸」〉，載於鮑紹霖、區志堅主編，《北學南移港台文史哲溯源（文化卷）》（台北：秀威資訊公司，2015），頁117。

生命的本質。但是如果諸位只自覺自己是生命意義上的中國
人,而非文化意義上的中國人,我還是不客氣的説,諸位作為
中國人,還未作到家。大家必須在文化生命上,作個「仰不愧
於天,俯不怍於人」的中國人。然後無論在個人之思想、學問、
德性上,作自我訓練,為七億之神明華胄,作開天闢地的事業,
才能看見更遠更大的路。[8]

　　另外,羅永生形容唐君毅的意識為「中華文化之花果飄零的悲
情故事」,從而指出香港人必須承擔「做一個堅守(中國)國族身
分的真人」的責任,並且把這責任形容為中國文化的長河中的「靈
根自植」[9]。從以上可見,陳學然、徐承恩及羅永生這三位學者不約
而同地指出唐君毅在其中華文化民族意識影響下把香港塑造成為文
化中國的基地堡壘,沒有任何自身的價值,只需傳承傳統文化及身
分認同,準備為復興傳統文化中國而服務。

　　另一方面,透過分析唐君毅對於新亞書院的構想及新亞學生們
的期望,能夠更詳細及具體地領略唐君毅這種文化身分意識。唐君
毅指出他創辦新亞書院時所抱持的理想,例如他説,「本校(新亞)
最初的理想,是希望在香港培植一些青年,待機返回大陸,重建我
們的家國」[10];他也説因此,我們於創校之初,即以復興民族之文

8　唐君毅,〈海外中國知識分子對當前時代之態度〉,載於唐君毅,
　　《説中華民族之花果飄零》,頁97。

9　羅永生,《勾結共謀的殖民權力》(香港:牛津大學出版社,2015),
　　頁182-183。

10　唐君毅,〈對未來教育方針的展望──在新亞第十六次月會上的講
　　詞〉,載於唐君毅,《唐君毅全集第九卷,中華人文與當今世界補
　　編》(上)(台北:學生書局,1991),頁498。

化，溝通世界文化為我們全體師生職志。因為我們是『中國人』，致力於復興民族文化。」[11] 可見新亞書院在唐君毅的意識中是一所為中國及中國文化而立的院校，目的當然為傳播及保存傳統中國文化，而並非為香港社會作貢獻，把中國利益置於香港利益之上，更可以說是沒有香港的位置。誠如區志堅認為：「唐君毅心中的『新亞精神』主要內涵，就是保存中國道德精神文化，尤以面對五十年代中國的政權轉變，故以香港為保存、延續中國文化的地方。」[12]

分析唐君毅對新亞學生的演講，可知唐君毅非常著重提倡香港人的「中國人」、「中華文化」的身分。唐君毅多篇對新亞學生的演講，核心主旨皆圍繞着提醒學生們中華文化的美好，大家都是中國人。以《中華人文與當今世界補編》（上）所收錄五篇（第六、九、十、十一、十四屆）唐的「告畢業同學」演講作為例子：第六及第九屆的演講的主旨核心，都是指同學們皆是「（中國）流亡學生」，提醒大家的主體身分皆為「中國人」，例如第六屆中：「那時的心境，亦總常想到我們在香港辦學，總是莫有根的……」、「都想為中國文化留下讀書的種子」[13]、「我請諸位同學雖在香港居住，面對五千年的文化存亡絕續之交，我們的生命中除了對中國古代聖賢、我們的祖宗、千萬同胞及世界的朋友之期望，未能相副之感與渾身是債之感外，還有什麼？」[14]。

11 唐君毅，〈僑民教育的新問題——從香港專上學校教育說起〉，載於唐君毅，上引書，頁429。

12 區志堅，〈非僅指的是吃苦奮鬥——從《新亞校刊》看五十年代「新亞精神」的實踐〉，載於鮑紹霖、區志堅主編，《北學南移港台文史哲淵源（文化卷）》，頁247。

13 唐君毅，〈告新亞第六屆畢業同學書〉，載於唐君毅，《唐君毅全集第九卷，中華人文與當今世界補編》（上），頁478。

14 唐君毅，〈告新亞第九屆畢業同學書〉，載於唐君毅，上引書，頁

　　而第十[15]及十一屆[16]的演講主旨則強調「新亞精神」，即為保存中國傳統文化學術、關心社會、國家、世界，並建立完備的人生。筆者認為，這背後仍然蘊含強調中華文化身分的意識，只是以辦學宗旨作包裝轉換；第十四屆的演講主旨雖然為訓勉同學樂觀面對人生，但在末段指：「學生應當有更大的志願，如求永恆真理以延續歷史文化慧命。」[17]，仍有期許學生復興中國文化的意味。

　　綜合以上五篇唐對新亞學生的演講，可以看出兩大共通點，同時亦是唐君毅身分意識的特徵：第一，強調大眾身分的「中國性」、「中華性」，並刻意強調「流亡者」的身分，以建構中國人的文化身分；第二，指出知識分子（學生）有「身分責任」去保存、研究、推廣及復興中國/中華文化，並準備隨時回饋大陸社會。

　　筆者認為唐君毅不斷在文章及演講上強調、提醒香港人的「中國人」身分責任，目的是擔心因「香港」及「香港人」的意識出現而使香港社會大眾忘卻對中國的身分及道德責任，不再當「中國人」。故在唐君毅意識中，不只是把「中國」身分放置於「香港」身分之先，更是把「香港身分」放置於「中國身分」的對立面，認為「香港身分」與「中國身分」不可以同時存在。亦正如陳學然分析：「新亞的本質和使命，被唐君毅看作是一所擔負獨特文化使命與時代責任的『流亡大學』。在這個『借來的土地，借來的時間』

（續）

519。

15　唐君毅，〈告新亞第十屆畢業同學書〉，載於唐君毅，上引書，頁521。

16　唐君毅，〈告新亞第十一屆畢業同學書〉，載於唐君毅，上引書，頁532。

17　唐君毅，〈告新亞第十四屆畢業同學書〉，載於唐君毅，上引書，頁536。

上向一切『僑居異地，為臨時之計』的滯港青年人提供教育，以待他們學有所成回國貢獻。」[18]

在這種構想意識下，香港的主體身分特別是文化意識及身分認同上的主體身分不可以亦不容許建立，因為這會與傳統中國文化意識及身分認同產生衝突，香港文化意識及身分認同的主體性的建立，會使香港社會大眾忘記中國傳統文化及身分認同，阻礙他寄望香港傳承及保存「傳統文化中國」的「宏大理想」[19]。換言之在唐君毅的意識下，香港的主體文化意識及身分（即香港圖景）與傳統文化中國的意識及身分，呈現「二元對立」的關係，兩者並不可以同時存在。

這種身分意識一方面令唐君毅如上文提及，不斷刻意強調香港及香港人的中國性及中國人身分，並不斷強調中國身分的重要性甚至把香港身分放置於中國身分的對立位置；另一方面，令唐君毅如下文分析，透過多番批判香港社會文化的各項不足及缺失，把香港「他者」化（詳見下部分的分析），以此阻止香港主體文化意識及身分認同（香港圖景）的出現，並藉着他的香港圖像建構「我者中國」的身分認同。

負面他者[20]的形象：香港歷史教育文化的不足與缺憾

---

18 陳學然，《五四在香港：殖民情境、民族主義及本土意識》，頁268-269。

19 陳學然，上引書，頁270。

20 「我者」與「他者」是個複雜且牽涉多個範疇的概念。簡單而言，西方哲學研究指出「自我」與「他者」是一個二元並生但同時亦是對立的概念，人類透過「他者」了解、塑造「自我」；但同時「自

承接上文，唐君毅以一種對立的意識建構「中國人」及「香港
人」的身分位置，而他在建構香港的形象上，透過負面描述香港的
歷史、教育制度以至文化風氣以貶低香港。筆者認為唐君毅撰寫這
些負面的香港論述，目的在於希望塑造香港的差劣形象，令讀者排
拒「香港人」這個身分認同，確保「中國人」的身分認同能夠維持，
使人們繼續關心中國的局勢變遷，擔負起「中國人」的身分義務並
貢獻「祖國」。唐君毅透過這些論述，試圖建立「他者香港（人）」
的身分形象，指出香港是蘊含着「歷史的原罪」、「功利的教育制
度」及「膚淺的文化風氣」的差劣他者香港身分，而藉此建構並襯
托唐君毅意識中的「高尚我者中國身分」。正如陳學然的分析指出
唐君毅把香港視為「他者」的意識：

> 唐君毅在香港努力工作和生活，但並沒有要為香港這個地方建
> 立什麼，他所做的一切都是指向心目中的文化中國。職是之故，
> 他在港居住了二十多年後，仍然沒有對此地心生半點眷戀。在
> 他看來，香港只是英人殖民地，他與這塊地方及其居住的人民
> 關係疏離。在他眼中，香港不過是由外人管理的蠻荒之地，他
> 與其他文化人是不得已地流落於此。這種心態一方面反映了他

（續）

我」會排斥、抗拒「他者」，在「我者」與「他者」的概念影響下，
家庭、社群、民族及國家等講求區分成員／非成員的概念及組織因
而產生。著名中國史學者許倬雲指出「中華／四夷」的概念及制度
便是「我者」與「他者」的表現，中國歷代強調的「（自我）中華」
的「正統性」，是透過「四夷」的「落後」、「野蠻」、「非禮」
反照「中華」的「先進」、「文明」、「行禮」而建構出來；但同
時歷代中國皆十分「恐懼」、「抗拒」着「四夷」這個「他者」，
這就是「中華體制」的建構思想。許倬雲，《我者與他者：中國歷
史上的內外分際》（香港：中文大學出版社，2009），頁2-3。

的強烈中原意識與文化正統的思想，故以他者（相對於本土）
的眼光視作為他者（殖民地）的香港。[21]

　　首先，在唐君毅的意識中，他認為香港的歷史從開埠以來已經
是罪惡的，香港的歷史特質是「罪惡」：

> 有學者認為：香港當然有其本質上的罪惡。因殖民地初即是罪
> 惡。我常說，西方之殖民主義資本主義，與馬列主義，乃西方
> 文化中之雙生姊妹。百餘年來，香港社會，自來只有最下層之
> 農民是乾淨的。……最早香港之中上層社會人士中，有中英戰
> 爭時，當英國人漢奸的，販毒走私的；後有大清帝國沒落後的
> 遺老遺少，民國歷年戰爭中失意的軍閥政客，憑藉中國政治變
> 亂發財的商人，而經常有在英國人與中國人夾縫中，取權勢與
> 利益的高等華人。這些高等華人，以親戚家人關係，形成集團，
> 以其在夾縫中上下其手所得之經濟利益，多少捐獻社會，以換
> 取英王之勛爵，大學之名譽學位，再本之以求更多之經濟利益。
> 此一社會，自可認為在根柢上有無數罪惡的污泥。[22]

　　從唐君毅對香港歷史的這種分析，香港歷史在殖民主義影響
下，本質上由「無數罪惡的污泥」所組成，特別是香港的上層社會，
聚集了「販毒漢奸」、「軍閥政客」及崇英棄中的「高等華人」等
等，除了「最下層之農民是乾淨的」外，整個香港社會都是腐敗不

---

21 陳學然，《五四在香港：殖民情境、民族主義及本土意識》，頁267。
22 唐君毅，〈海外知識分子對當前時代的態度答問〉，載於唐君毅，
　　《說中華民族之花果飄零》，頁115。

堪。他把香港歷史描繪得不堪入目，極度腐敗邪惡。但我們必須明
白，歷史對於一個地方、民族的身分構成極為重要。英國學者馬克
朗指出：「歷史建構為任何社群及民族的必須品」[23]；著名人類學
者本尼迪克特，安德森亦指出：「歷史為民族提供正當性」[24]，可
見歷史論述對於社群民族的建構的重要性。筆者認為唐君毅這種對
香港的歷史論述可以說是「負面化」香港的歷史形象[25]，從歷史論
述上建構差劣的香港身分，從而映照並建構中國的「高尚身分」。

除了歷史論述外，唐君毅亦着力於批判香港的教育制度。他十
分鄙視香港功利的學習風氣，指：「這十年來自新亞學院，參加中
文大學，大家只知考試得學位，把各種學問互相割裂，對於人文學
術不求通識，對中國之過去、現在與未來，莫有情感上之關心，新
亞精神，亦一天一天墮落。」[26]唐君毅認為香港這種學習風氣是繼
承自香港宗主國英國的功利加上商業模式的「殖民教育哲學」。他
指出：

> 香港青年學生需要覺醒之重要性，是因為香港社會只是一中西
> 文化的邊緣地帶。以前英國人在此創辦的學校，初只是技術性
> 的，如香港大學始於一醫學學校。其後英國殖民地的教育政策，
> 亦主要在配合政府需要。稱校長為經理人，教師為僱員等，則

---

23 David McCrone, *The Sociology of Nationalism: Tomorrow's Ancestors*
    （London: Routledge 1998）, p. 59.

24 Benedict Anderson, *Imagined Communities: Reflections on the Origin
    and Spread of Nationalism* （London: Verso, 1991）, p. 12.

25 陳學然，《五四在香港：殖民情境、民族主義及本土意識》，頁272。

26 唐君毅，〈海外知識分子對當前時代之態度〉，載於唐君毅，《說
    中華民族之花果飄零》，頁99。

純是一商業上的概念。此「商業」與「技術性」及「政府需要」的教育觀念，三者自覺地或不自覺地結合，所以形成香港傳統教育，是不合乎中國傳統教育之理想，亦不合乎西方教育方式，只能稱為中西文化邊緣教育。[27]

　　唐君毅認為香港教育模式並不符合中國傳統教育的內涵，因過分強調西方教育制度中的技術性傳授，而忽略了道德價值等方面的培養。唐並認為香港的教育系統跟隨了西方教育系統，以商業模式、功利意識作為教育的宗旨，故此批判香港教育並不符合傳統中國教育的標準，是一種不合格的教育[28]，並藉此襯托中國傳統教育的高尚。

　　另一方面，在唐君毅意識中認為香港教育不值一提，因為沒有以中國為本位，並藉此指出他所提倡的傳統中國「我者教育」才是正確。例如唐君毅指：「說到這裡，我們學校的教育理想，是要同學做一個人，這『一個人』不是做一個香港人，而是做一個堂堂正正的中國人，甚至做一個頂天立地的世界人，這才是正確的教育目標！」[29]

　　從以上可見，唐君毅批判香港教育的另一個重要原因正是因為香港這種殖民地式的教育制度並沒有為中國社會發展作出承擔，沒有以中國為本位。加上唐君毅在1974年因為反對在港英教育當局主導的中文大學改制而辭掉中文大學教席及主導新亞研究所脫離中文

27　唐君毅，〈對香港學生的期望〉，載於唐君毅，《唐君毅全集第九卷，中華人文與當今世界補編》（上），頁450。

28　羅永生，《勾結共謀的殖民權力》，頁181。

29　唐君毅，〈一個堂堂的中國人〉，載於唐君毅，《唐君毅全集第九卷，中華人文與當今世界補編》（上），頁506。

大學自立一事可知[30]，唐君毅對於香港殖民地式教育持非常負面的看法及不滿的態度[31]。

同時，唐君毅亦大力批判香港文化風氣，指出香港文化極度膚淺、沒有內涵及特色，批判香港社會輕視文化的風氣。例如他指：

> 有一位哲學家要經香港回國，問起我：香港有什麼具文化價值的東西？有大圖書館？有大博物館？有大的學術演講廳？有從事學術研究的學會組織？對於這一一之問，我都以「沒有」回答。我亦告訴他：香港有幾所中國人辦的大專學校，此外還有一所英國人辦的香港大學。他問就此就再無其他了？我答他就是香港尖沙咀區，假使你到香港，你還可以買到全世界最便宜的商品。這些雖有點近似笑話，但亦是老實話。[32]

在唐君毅的意識下，香港是一個只有商業而沒有任何文化價值的城市，功利之餘沒有任何人文風氣。唐君毅更對當時的年輕儒家學者蔡仁厚說：「而香港之環境，地少人稠，又學術文化皆帶商業習氣，交往太多亦使人無安居之感。」[33]可見唐君毅極度鄙視、討

---

30 1974年中文大學在香港教育司署的建議下推行校政改革，把轄下各書院的重要權力包括開辦課程及收生等收歸中央校務委員會，書院只保留學生住宿等次要工作，這項改革引起各書院人士的不滿，其中以唐君毅為首的新亞書院教員的反對聲音最為強大。參考羅永生，《勾結共謀的殖民權力》，頁182。

31 陳學然，《五四在香港：殖民情境、民族主義及本土意識》，頁273。

32 唐君毅，〈一個堂堂的中國人〉，載於唐君毅，《唐君毅全集第九卷，中華人文與當今世界補編》（上），頁505。

33 唐君毅，〈致蔡仁厚信（三）〉，載於唐君毅，《唐君毅全集第二十六卷，書簡》（台北：學生書局，1991），頁436。

厭「香港文化」。筆者認為唐君毅透過指出香港文化的膚淺及不足，目的在於利用香港這個「文化沙漠」的形象，對比傳統中國文化的博大精深，確立中國傳統文化優於香港文化的地位。

唐君毅產生這些香港圖像，背景是由於他作為中國文化保守主義者，受到其濃厚的傳統中國文化意識及身分所驅使的。正如何一評論唐君毅：「他（唐君毅）及他們既是文化遺民，又是身分遺民。他們的情結，實際上是民族、政治、思想、情感等諸多因素的糾結。「文化遺民」是集道統擔當、學統承續與文化弘揚為一體的『氣節之士』。」[34]陳學然[35]、楊儒賓[36]亦不約而同地指出唐君毅、牟宗三等新儒家學者們，往往因為提倡傳統中國文化而自我標籤為「南來學人／作家」，排拒、無視「香港人」這個身分意識。

尤有進者，唐君毅是利用他的「香港圖像」來建構香港負面的身分形象，從而建構中國的優越身分以及阻止香港社會大眾擁抱香港這個身分認同。首先，筆者認為並不需要討論或分析唐的論述是否正確，因為正如學者托尼貝內特所言：「歷史文獻所指的過去並不一定是『真實的過去』的指涉，而是包含了歷史學者們的論述權力（即意識形態）」[37]。相反，筆者認為這些論述所反映的，其實是他意圖透過貶低香港身分價值，以建構中國這個身分的優越性。這個情況就如西方著名學者愛德華，薩依德提出「東方主義」的概

---

34 何一，〈北學南移：現代新儒家的遺民情結：以唐君毅為例〉，載於鮑紹霖、區志堅主編，《北學南移港台文史哲溯源（學人卷1）》，頁114。

35 陳學然，《五四在香港：殖民情境、民族主義及本土意識》，頁275。

36 楊儒賓，《1949禮讚》，頁66。

37 Tony Bennet, "Outside literature," in Keith Jenkins （ed.）, *The Postmodern History Reader*（London: Routledge, 1997），p. 224.

念。薩依德指出,在西方社會來說,「東方」並非指亞洲各國,而是作為區分西方/東方世界的概念,是協助西方社會界定「自我」的功用[38]。「香港」在唐的意識下,與薩依德所指的「東方」在西方論述中的用途相同,區分中國人這一身分。香港成為一個符號[39],是一個在教育、文化及歷史等各方面都是差劣、不足的符號;杜贊奇亦有相似的看法,他形容冷戰時期唐君毅等新儒家學者都以負面的視野看待香港,杜贊奇指:新儒家學派與中國共產黨唯一相同的觀點,就是把香港形容為没有價值、欠缺道德及文化標準的地方,根據正統儒家思想,香港當然是反映着腐敗資本主義及帝國主義的象徵[40]。陸鴻基(1946-2016)亦認為唐君毅等戰後南來文人,他們的思想意識往往受到近代中國民族主義的影響,反對及厭惡西方殖民帝國佔領中國領士,認為清廷在鴉片戰爭中割讓香港予英國是中國歷史上的「屈辱」及「國恥」,視香港為中華民族的負面他者,他們亦是「在別無選擇的情況下,為了自己和殘存的中國文化而忍辱托庇於米字旗下」。[41]筆者認為唐君毅是在使用香港圖像來建構中國(人)這個身分的正面形象,進而促使當時的港人擁抱中國的身分認同,並為日後回到大陸重建傳統文化中國作出準備及貢獻;並

38　Edward W. Said, *Orientalism*（London: Penguin, 2003）, pp. 7-8.

39　這裡所指的符號是符號學當中的意思。在符號學理論中,一個符號（sign）由能指（signifier）及所指（signified）所組成,能指為符號字詞的讀音及字形,而所指則為字詞在人們意識中的形象。

40　Prasenjit Duara ,"Hong Kong as a global frontier: Interface of China, Asia, and the World," In Priscilla Roberts, John M. Carroll（ed.）, *Hong Kong in the Cold War*（Hong Kong: Hong Kong University Press, 2016）.

41　陸鴻基:《從榕樹下到電腦前:香港教育的故事》(香港:進一步出版社,2003),頁135-137。

且利用教育、文化及歷史等方面的負面香港圖像，阻止「香港人」身分認同在當時的香港社會中出現及取得支持。

政社與思想：晚期唐君毅的香港圖像轉變

在處理唐君毅遺留下來的文稿的時候，筆者發現了一個特別之處：較早期的唐君毅及晚期的唐君毅對於香港的論述有所改變。正如上文所述，早期唐君毅只視香港為一暫居地，希望利用香港以影響中國大陸，故此十分強調香港如何能夠「幫助」中國。陳學然分析：「他（唐君毅）以『客居』心態審視香港的一切」[42]。而唐自己也指出：

> 我們當時未注意香港之殖民地政府問題，因為我們當時只是流亡在此。……香港本來屬於中國。住在此地，我們還是頂天立地的中國人。在當時，我們亦與此地政府毫無關係，可以說，我們與香港政府，互為不存在。當時我們所注意關心的，亦非香港，只是中國當時的時代情勢。[43]

可是，這種忽視、貶低香港的態度，在他較晚期的論述中出現了轉變。這時期的唐君毅認為需要關注香港這地方的自身發展，例如唐在1970年的文章〈中學生〉中指出：

---

42 陳學然，《五四在香港：殖民情境、民族主義及本土意識》，頁268。

43 唐君毅，〈海外知識分子對當前時代之態度〉，載於唐君毅，《說中華民族之花果飄零》，頁66。

而諸位現生活於香港，受了適當的教育後，能否先對香港社會
服務，以用其所學，謀香港社會的進步；而不如以前人只視香
港為一客居之地。……下一代真正生根於香港社會，而建設香
港社會，為未來中國與世界盡若干責任。[44]

可見這時期的唐君毅認為大眾需要服務、建設香港，不能像以
往般只顧着中國的利益，要把香港利益置於中國之先。唐甚至批判
以往自己的「所作所為」，他指：

大凡一切以香港為避難之地者，都是視香港為暫居地，而未預
備對香港社會負長期的責任。許多原有抱負的知識分子，及教
育工作者，到了香港，亦只求在香港暫有一容身之地，而他們
對香港傳統的教育方式，亦不願意以客居者地位加以指斥、批
評及改革，同時亦不真正對香港教育，貢獻全部精神及心血。[45]

唐君毅所指的這批漠視香港教育需要，沒有為香港教育盡心盡
力的教育工作者，並且只視香港為暫居地，沒有為香港社會長遠發
展作出貢獻的責任。但如前所述，這些只視香港為暫居地的意識正
是早期唐君毅自己所提倡的，可見早期唐君毅對於香港的看法與晚
期的唐君毅存在極大差異，香港由原本毫無責任、暫住的「客居地」
轉變為需要盡力建設、生根於此的地方，亦可以從唐君毅另一篇寫
於1973年的文章〈海外中華兒女之發心〉，看出他晚期對於建設香

44 唐君毅，〈中學生〉，載於唐君毅，《唐君毅全集第九卷，中華人
文與當今世界補編》（上），頁452-453。
45 同上註，頁450。

港的希冀，他指：「在污泥中生蓮花，不是不可能。清末之黃花崗
烈士與孫中山先生之思想與革命事業即在香港開始。……下一代真
正生根於香港社會，要建設香港社會」[46]。

　　唐君毅對於香港看法產生極大轉變的背後，筆者嘗試從1960-70
年代歷史背景切入分析，認為主要有兩個政治社會的大環境原因：
第一，因台灣國民黨明顯的無力反攻大陸而造成的「文化焦慮」[47]；
第二，香港二戰後出現的嬰兒潮一代已經長大，並對傳統中國文化
失去興趣[48]，這兩個因素使唐君毅不得不重新審視及更新其香港圖
像。

　　首先筆者認為，台灣國民黨政權在1960年代開始呈現未能反攻
大陸之勢，令當時在海外持反共立場的中國傳統主義者們感到沮
喪，是令唐君毅改變對香港看法的原因之一。國民黨遷台後一直以
反攻大陸為主導意識，不斷指出他們準備回到中國大陸，在軍事及
政治宣傳等方面作反攻大陸的戰略部署，令到不少流亡海外的人士
包括唐君毅等人對回到中國大陸深感希望，準備隨時回到大陸「貢
獻祖國」，故此必須時刻關注中國大陸的發展，並維持中國人的身
分認同。唐君毅指：

> 我們中國人在香港所辦的專科以上學校，則除了遵守此地之教
> 育法令外，還有一目標。此目標，如謙虛一點說是保持中國文
> 化之種子。如老實說，則是希望由此培養出的人才負擔重建中

46　唐君毅，〈海外中華兒女之發心〉，載於唐君毅，《說中華民族之
　　花果飄零》，頁64。
47　徐承恩，《鬱躁的城邦：香港民族源流史》，頁286。
48　羅永生，《勾結共謀的殖民權力》，頁184。

國之責任。[49]

　　唐君毅自視為「流亡的中國人」，只關注中國情勢並準備回到中國，因而忽視香港的存在；這種意識亦反映着不少當時香港知識分子的心態[50]。可是，隨着年月的過去，國民黨反攻大陸的計劃卻一直「只聞樓梯聲響」而不見實質行動，台灣以至海外的人士紛紛質疑反攻大陸的可行性。例如1957年台灣政治異見人士雷震及殷海光所撰的〈反攻大陸問題〉一文，質疑國民黨反攻大陸的可能，此後越來越多海外知識分子認同這種「反攻無望論[51]」，令海外華人社會瀰漫着一股失敗主義的氛圍，唐君毅也不例外。他指出：「我們什麼時候，才能回到大陸？這恐怕不會是短時間的事。」[52]這種失敗意識，加上中共在1960-70年代在大陸推行種種群眾運動破壞中國傳統文化，更使海外秉持中國傳統文化的知識分子們感到失落。唐君毅形容當時海外的華人社會：「五千年之華夏民族，亦如大樹之崩倒而花果飄零，隨風吹散，失其所守，不知所以凝攝自固之道。」[53]

　　面對這樣的局勢及處境，唐君毅不得不重新思考及面對如何維繫海外的中國傳統文化主義者們。故此，唐君毅一改以往對香港的負面批判，轉而把香港描述為重建傳統中國的「基地」，把「重建

49　唐君毅，〈海外知識分子對當前時代之態度〉，載於唐君毅，《說中華民族之花果飄零》，頁87。

50　羅永生，《勾結共謀的殖民權力》，頁187。

51　殷海光，〈反攻大陸問題〉，載於殷海光，《政治與社會（上）》（台北：桂冠圖書公司，1990），頁519-520。

52　唐君毅，〈對未來教育的展望〉，載於唐君毅，《唐君毅全集第九卷，中華人文與當今世界補編》（上），頁499。

53　唐君毅，〈花果飄零及靈根自植〉，載於唐君毅，《說中華民族之花果飄零》，頁28。

中國」改為「建設香港」，寄望透過提倡建設香港及在其他地方傳
承傳統中國文化等新目標，用作彌補海外中國傳統文化主義者們因
為當時作為「中國傳統文化捍衛者」的台灣國民黨政權未能反攻大
陸而產生的「失落感」。唐君毅的言論甚至可以理解為把香港視為
形塑「傳統中國文化」的主體，藉此重新提起傳統中國文化主義者
們的鬥志，並鼓勵海外（包括香港）的中國傳統文化主義者們努力
在中國大陸以外的地方把傳統中國文化傳承及發揚下去[54]。如徐承
恩的分析：「對於能否返回地理中國、奪回政治中國，大中華文化
主義者日益悲觀……亦因如此，他們認為即使中國淪亡，仍指望中
華文化的能夠在香港、台灣以及海外地方傳承下去。」[55]

　　其次筆者認為，唐君毅所提倡的新儒家思想日漸在香港社會中
特別是青年界失去號召力，亦是驅使他改變對香港看法的另一個原
因。進入1960年代，由於中國大陸的政局動盪，香港與中國的人口
以至文化交流幾乎完全中斷，香港的華裔民眾無法像以往般在中港
兩地之間流移；另一面，香港社會經濟不斷發展，港英政府又適時
提供切合民眾需要的政策例推行如廉租屋政策、免費教育政策等，
加上「六七暴動」的發生，港英政府更積極提升市民對於香港的歸
屬感，就如高馬可的分析所言：「賦予港府新的聲望及合法性……
又使港府及香港大部分民眾思考如何凝聚香港的歸屬感」，在中港
兩地政治社會不斷劇變的情況下，香港的「本土意識」開始催生，
民眾開始對香港產生認同[56]。但唐君毅以往只關注中國大陸社會，
而忽略、漠視香港及其社會，這種態度受到香港年輕一代的質疑。

54　徐承恩，《鬱躁的城邦：香港民族源流史》，頁288。

55　徐承恩，《鬱躁的城邦：香港民族源流史》，頁291-292。

56　Carroll, John M, *A concise history of Hong Kong*（Hong Kong : Hong
　　Kong University Press, 2007），pp.158-160.

正如羅永生分析：「新儒家學者以中華文化傳統為教學內容及關注點，因此而疏離香港社會，變成了與世隔絕的學者，……新儒家拿不出任何實質性的社會批判，無法幫助本地學生反思自身所面對的普遍殖民。換言之，新儒家沒能與收留自己的香港殖民社會建立有機聯繫。」[57]

而根據學者呂大樂的「四代香港人」理論，這一代的年青人是屬於第二代香港人，稱為「戰後嬰兒潮」。有別於前一代多從中國大陸來港，他們是在香港土生土長的一代[58]。而徐承恩更指：「戰後嬰兒潮的一代，對於傳統中國、文化中國的陌生，又使他們難以把日益赤化的中國視為家鄉。」[59]在同一時間，親中共的香港左派亦以中華國族主義向香港青年推廣親中意識，令當時香港學生運動二分為「親中（共）派」及關注香港民生的「社會派」[60]，結果新儒家為首的傳統中國文化主義派在香港社會的影響力大減。因此，唐君毅不得不改變其漠視香港社會存在的意識，改為以正面、建設的態度重新審視香港，回應香港新一代扎根香港的本土思潮意識，爭取更多香港人特別是當時香港的年輕人接受及擁護新儒家思想。

結語：新儒家在香港：時代環境下唐君毅的「香港圖像」

總結全文分析，筆者認為主要因為唐君毅是一位中國傳統文化主義者，希望香港大眾能夠捍衛及傳承中國傳統文化，故此他多站

---

57 羅永生，《勾結共謀的殖民權力》，頁185。
58 呂大樂，《四代香港人》（香港：進一步出版社，2007），頁16-17。
59 徐承恩，《鬱躁的城邦：香港民族源流史》，頁287。
60 香港專上學生聯會編，《香港學生運動回顧》（香港：廣角鏡出版社，1983），頁123-125。

在中國人身分本位思考，二元對立地區分中國／香港及中國人／香港人的身分形象；同時，唐為了在香港確立大眾的「自我中國」的身分認同，在歷史、教育、文化等方面攻擊「他者香港」的不足，從而突顯「自我中國」的高尚。總括而言，唐君毅建構二元化及他者化的香港圖像，驅使當代香港社會大眾支持其「復興傳統中國」的事業。可是，唐君毅在晚年一改以往對香港的尖銳批判，並呼籲大眾建設香港，筆者認為這種改變是由於唐需要處理台灣政權未能重返大陸而在海外華人社會產生的「花果飄零」氛圍，加上他為了回應香港1960-70年代中國傳統文化主義在社會意識形態場域鬥爭中不斷失勢的情況，故透過重塑其「香港圖像」，提出香港對於傳統中國文化主義的重要性，嘗試把香港形塑為「傳統中國文化主義」的主體。

透過本文分析，可見唐君毅的香港形象與當時的政治及社會環境存在極密切的關係。他一直把香港置放於中國利益之內，希望香港能夠為中國大陸作出貢獻，保存傳統中國文化，亦反映新儒家這個傳統中國文化學派在1950-70年代香港的處境，及其關注的核心命題。其實，唐君毅漠視香港、把香港「他者化」的視野，亦是當時香港一群傳統中國文化主義者所持有的意識。透過分析唐先生的香港圖像，可以了解到1950-70年代在香港的傳統中國文化主義者們的一種共同時代視野[61]。

分析唐君毅的香港圖像，可以作為歷史切入點，理解近年香港身分爭議。香港在歷史上往往與中國發展有着緊密的扣連，中國不同的政治勢力往往希望利用香港作為腹地影響中國，唐君毅等新儒家學者也不例外。他們藉着建構香港成為「我者中國」的身分認同，

61　羅永生，《勾結共謀的殖民權力》，頁188。

形塑香港成為傳統中國文化主義的重地，並隨時回饋中國。可是，隨着中國的政治局勢及香港本土的時代發展，香港的新一代漸漸不認同這種視中國為主體、忽視香港存在及利益的文化意識，驅使他修正其香港圖像。這與近年的香港身分認同爭議背景十分相似。回歸後香港政府的失政及中國政府的威權統治等時代背景下，香港社會特別是年輕一代，藉着質疑「中國人」身分、提倡「香港人」身分去表達對政治上的不滿，在這種思潮影響下催生了「本土意識」、「本土派」的出現，強調「去中國」的身分意識。認同中國身分、強調民主回歸的傳統民主派則備受批判，認為他們認同中國人身分是背離了香港利益價值，使香港民主派政黨不得不改變其論述添加本土意識，令香港政治格局產生很大的變化[62]。可見不論是1960-70年代的唐君毅的香港圖像還是近年香港民主派的身分認同，都是受到中國及香港的時代政治發展所影響，而兩者都不能不順從這個「時代背景」，修訂自己的身分認同意識。

龐浩賢，香港浸會大學歷史學系哲學碩士研究生，研究領域偏向香港政治史、社會文化史，文化研究、文化政治、身分認同研究。

---

62 林泉忠，〈香港「本土主義」的起源〉，載於《明報月刊》2016年7月號，《明報月刊》網站，瀏覽日期2018年3月18日，網址：https://mingpaomonthly.com/%E9%A6%99%E6%B8%AF%E3%80%8C%E6%9C%AC%E5%9C%9F%E4%B8%BB%E7%BE%A9%E3%80%8D%E7%9A%84%E8%B5%B7%E6%BA%90%E3%80%80%EF%BC%88%E6%9E%97%E6%B3%89%E5%BF%A0%EF%BC%89/。

致讀者

　　這一期《思想》的刊名（也就是專輯主題）用了「南洋魯迅」一詞，大家自然會聯想到更為知名的「東亞魯迅」。「東亞魯迅」是一種閱讀、詮釋魯迅的傳統，由日本學者開創發展，繼而影響了韓國的魯迅觀，最後回饋中國的魯迅研究，把魯迅呈現為一個多面向的思想資源。東南亞的魯迅接受史較為單向，特別是由於東南亞華人的處境使然，讀魯迅的時候更多地跟隨中共觀點下的魯迅論述，作為反殖、批評華人社會封建體制的營養。但是也因此，「南洋魯迅」雖然缺乏「東亞魯迅」在學理上的自覺與深厚，卻更能反映在地社會的困窘與掙扎。本期的「南洋魯迅」涵蓋了越南、印尼以及星馬等國家，是很難得的一次整理與檢討。我們感謝許德發教授主編這個專輯，也感謝魏月萍教授在最初階段的協助。

　　經常讀到人們喟嘆德國一百年前威瑪共和的命運。當時「威瑪文化」展現了20世紀初期歐洲最多樣、創新，而且精彩、深刻的文化景觀，比起18世紀哥德、席勒時期的古典威瑪有過之而無不及。威瑪憲法更被視為一部先進、完備的社會民主憲法，許多國家在制憲時引為典範。可是威瑪的體制卻經不起德國內部各種激進勢力的利用與破壞，短短十四年後斷送在憑藉這部憲法取得大位的希特勒手裡，戰火旋即燒遍歐洲，也造成了德國幾乎亡國滅種的悲劇。

　　今年4月，台灣法理學會曾經舉辦「威瑪共和與法理學：威瑪憲法100週年的法政哲學」研討會，多少彰顯了威瑪憲法的常青意義。在此2019年終之際，本刊發表蕭瀚教授對威瑪經驗的回顧，從歷史、

觀念，以及當時德國的內外政治、社會局勢，更全面地分析威瑪憲法失敗的各種因素，與讀者一起吸取百年前的重大教訓，也反過來呼喚今天中文知識界的危機意識。

　　四十年前發生的鄉土文學論戰，引起的討論一路延續至今。稍早時幾位學者曾將相關的文獻編輯成《回望現實、凝視人間：鄉土文學論戰四十年選集》一書出版，便於讀者查索參考。該文集的編者之一王智明教授在本期撰寫專文，從胡秋原先生的鄉土文學觀，探討鄉土文學論戰中的記憶政治。該文的重要論點之一是借鏡安德森論「印度意識形態」的小書，指出「台灣意識形態」可以析理出三個要素：（被限縮的）土地與人民、（區分敵我之用的）自由與獨立，以及一種（無法明言的）分而不斷狀態。筆者強做解人，王教授似乎認為這三個要素是台灣人民關於自身的想像的出發點，台灣的自我意識也必然受到這三項限定條件的制約。因此一切關於「台灣意識」的論述，其實是上述三個因素的虛與實的組合；「台灣意識形態」決定了台灣集體意識的真相。如果如此，這三個要素的妥當與效力，便特別需要重視，值得進一步釐清與發展。

　　最後，許章潤教授寫內藤湖南，用「中國問題」與「日本天職」一對概念整理內藤的中國觀，焦點放在《禹域鴻爪》，正可以與本刊37期戴燕教授針對《支那論》所分析的中國觀對比閱讀。今天要反思「中國問題」，進而了解日中互動對日本悲劇的影響，內藤湖南仍然提供著豐富而透徹的教材。

編 者

2019年冬至前

思想39
南洋魯迅：接受與影響

2020年1月初版　　　　　　　　　　　　定價：新臺幣360元
有著作權・翻印必究
Printed in Taiwan.

編　　　著	思　想　編　委　會	
叢書主編	沙　淑　芬	
校　　　對	劉　佳　奇	
封面設計	蔡　婕　岑	
編輯主任	陳　逸　華	

出　版　者	聯經出版事業股份有限公司
地　　　址	新北市汐止區大同路一段369號1樓
編輯部地址	新北市汐止區大同路一段369號1樓
叢書主編電話	(02)86925588轉5310
台北聯經書房	台北市新生南路三段94號
電　　　話	(02)23620308
台中分公司	台中市北區崇德路一段198號
暨門市電話	(04)22312023
台中電子信箱	e-mail：linking2@ms42.hinet.net
郵政劃撥帳戶第0100559-3號	
郵撥電話	(02)23620308
印　刷　者	世和印製企業有限公司
總　經　銷	聯合發行股份有限公司
發　行　所	新北市新店區寶橋路235巷6弄6號2樓
電　　　話	(02)29178022

總編輯	胡　金　倫
總經理	陳　芝　宇
社　長	羅　國　俊
發行人	林　載　爵

行政院新聞局出版事業登記證局版臺業字第0130號

國家圖書館出版品預行編目資料

南洋魯迅：接受與影響/思想編委會編著 . 初版 . 新北市 .
聯經 . 2020年1月 . 360面 . 14.8×21公分（思想：39）
ISBN　978-957-08-5453-4（平裝）

1.學術思想　2.文學評論

848.6　　　　　　　　　　　　　　　　108021446